Barbara Martina Strebel

JEDERSTADT

Für Jris

Schön, dich unter
meinen Leser/innen
zu wissen (& als
Kollegin zu
haben)!
Mit herzlicher
Widmung von
Barbara

Barbara Martina Strebel

JEDER STADT

Roman

ULRIKE **HELMER** VERLAG

Für meinen Vater

Prolog

Jagotin, Ukraine, Oktober 1941

Auf dem Schulgelände ist es dunkel. Nur aus einem Klassenzimmer, in dem sie vor wenigen Monaten noch eine Schar aufgeweckter Primarschüler unterrichtet hat, dringt schwaches Licht nach draußen. Es stammt von der nackten Glühbirne, die in der Mitte des Raumes baumelt. Die Besatzer haben das Lehrerpult unter die Lampe geschoben, was dem Schulzimmer den Anschein einer Amtsstube verleiht. Davon abgesehen, ist der Raum leer. Von der Lenin-Ecke, die sie mit den Kindern eingerichtet hatte, zeugt nur noch ein Häufchen Asche. Selbst die Wände sind kahl. Die Karte des Sowjetreichs und die Schautafel mit dem kyrillischen Alphabet sind verschwunden, die anatomischen Zeichnungen ebenso. Nur an der Wand neben der Tür hängt noch ein Fetzen Papier, auf dem die Hälfte eines Oberschenkels erkennbar ist.

Der Mann, dessentwegen man sie hergebracht hat, kauert in der Ecke und brabbelt Unverständliches vor sich hin. Sein Kopf zuckt hin und her, schnellt in die Höhe, fällt ihm wieder zwischen die Arme, mit denen er die Knie umklammert hält. Sein dunkles Haar ist schweißverklebt. Die Augen hinter den kreisrunden Brillengläsern sind weit geöffnet und doch blind für das, was um ihn herum vorgeht. Er scheint weder die jungen Männer zu sehen, hinter denen sie ins Zimmer tritt, noch den alten Herrn, der neben ihm steht und leise auf ihn einredet. Es ist Doktor Kutyenko, der einzige Arzt, der dem Städtchen verblieben ist, seit sein russischer Kollege von den Deutschen in die Flucht getrieben und der jüdische von ihnen verhaftet worden ist. Der Mann in der Ecke versteht augenscheinlich kein Wort. Er ist wie die meisten deutschen Soldaten weder des Ukrainischen noch des Russischen mächtig. Kutyenko dagegen spricht neben Ukrainisch und Russisch noch jenes altertümliche Französisch, das die herrschende Klasse im Zarenreich pflegte, aber kein Deutsch. Jedenfalls nicht mehr als die paar Brocken, die alle sofort gelernt haben, nachdem die Wehrmacht einmarschiert ist.

Sie fragt sich, warum die jungen Männer – zwei ukrainische Hilfswillige, die das Schulgelände im Auftrag der Besatzer bewachen – den deutschen Soldaten nicht einfach zu seinem Stabsarzt gebracht haben. Beim Nähergehen nimmt sie den Geruch wahr, und sie begreift: Der Deutsche hat sich eingenässt wie ein Kind, das etwas Schlimmes geträumt hat, oder wie ein Geisteskranker, der seine natürlichen Bedürfnisse nicht kontrollieren kann.

Die Ukrainer fürchten, ihn zu beschämen.

Zumal er Offiziersrang bekleidet.

So viel wird ihr klar, als die Burschen ihn unterwürfig grüßen. Sie reden ihn mit »Herr Obersturmführer« an, ein Rang, von dem sie noch nie gehört hat. Das veranlasst sie dazu, die Uniform des Deutschen genauer zu studieren. Sie hat dieselbe schmutziggraue Farbe wie die Uniformen der Wehrmachtssoldaten, mit denen sie bisher zu tun gehabt hat, doch die Schulterstücke und Kragenspiegel sind ihr unbekannt. Auch das Abzeichen, welches der Mann am linken Unterarm trägt – eine schwarze Raute, in die mit Silberfaden die Buchstaben S und D eingestickt sind –, ist ihr noch nie begegnet.

Was die Buchstaben bedeuten, weiß sie allerdings sehr wohl.

Der Deutsche gehört den Einsatzgruppen der Sicherheitspolizei und des Sicherheitsdienstes an, die dem berüchtigten Reichsführer SS, Heinrich Himmler, unterstehen. Erst vor wenigen Tagen sind sie in die Stadt eingerückt, doch ihr Ruf ist ihnen vorausgeeilt. In Jagotin weiß jedes Kind, was es mit diesen Einsatzgruppen auf sich hat. Sie sollen vollenden, was die Wehrmacht begann, und die besetzten Gebiete von allem säubern, was die Besatzer fürchten: Partisanen, Parteikadern, Juden.

Vor allem Juden.

Sie hat gehört, was Himmlers Schergen den Juden andernorts in der Ukraine angetan haben. Bei der Schlucht von Babi Jar, in der Nähe von Kiew, sollen sie innerhalb von zwei Tagen mehr als dreißigtausend jüdische Männer, Frauen und Kinder erschossen haben, einen nach dem andern, bis die Schlucht randvoll gewesen ist mit Leichen.

Sie glaubt nicht, dass die Zahl stimmt. Man bräuchte eine Maschine, um so viele Menschen in so kurzer Zeit hinzurichten.

Aber selbst wenn es deutlich weniger gewesen sein sollten, hätte ein solches Mordkommando mit Sicherheit ausgereicht, einen Menschen daran irrewerden zu lassen.

Der jüdische Arzt hätte Deutsch gekonnt, geht es ihr durch den Kopf, während sie neben Kutyenko tritt und ihn auf Russisch begrüßt.

Der Doktor grüßt nicht zurück. »Wenn Sie dem Patienten bitte erklären, wer ich bin. Ich würde ihn gern untersuchen«, sagt er stattdessen auf Ukrainisch, wobei er tunlichst vermeidet, ihr in die Augen zu schauen.

Mit einem Anflug von Verunsicherung wird ihr bewusst, dass sie keine Ahnung hat, wie der alte Arzt zu den Deutschen steht. Zwar kann sie sich nicht vorstellen, dass er zu den Leuten zählt, die nach der überstürzten Flucht der Sowjetbehörden freudentrunken durch die Straßen zogen, um die Stalin-Plakate von den Wänden zu reißen und die Lenin-Statue von ihrem Sockel zu stürzen. Aber das muss nichts heißen. Nicht jeder, der den deutschen Einmarsch begrüßte, hat dies öffentlich kundgetan.

Man weiß ja nie, wann das Blatt sich wieder wendet.

»Herr Obersturmführer?«

Sie muss die Anrede mehrmals wiederholen, bevor der Deutsche den Kopf hebt und ihr das Gesicht zudreht. Er hat Augenringe, so schwarz wie die Nacht, die hinter den Fenstern lauert, und auf seinen eingefallenen Wangen liegt der Schatten eines Bartes. Der Gestank, der seiner Uniform entsteigt, ist so stechend, dass sie beinahe würgen muss.

Während er sie durch seine verschmierten Brillengläser anstarrt, übersetzt sie ihm die Sätze, die Doktor Kutyenko ihr vorsagt. Sie hat nicht den Eindruck, dass er versteht, obwohl sie betont langsam spricht.

»Wenn Sie versuchen würden, aufzustehen.«

Der Mann rührt sich nicht von der Stelle.

Sie wechselt einen Blick mit Kutyenko. Der Arzt zögert einen Moment, ehe er sich anschickt, vor seinem Patienten in die Hocke zu gehen. Im Zimmer ist es so still, dass man das Knacken seiner altersschwachen Kniegelenke hören kann.

»Der Doktor wird Ihnen jetzt den Puls fühlen«, erklärt sie dem Deutschen, während Kutyenko schon die Hand ausstreckt.

Als die Fingerspitzen des Arztes seinen Hals berühren, reagiert der Mann. Blitzartig springt er auf und stößt Kutyenko so heftig von sich, dass dieser das Gleichgewicht verliert und hart auf dem Zementboden aufschlägt.

»Der Doktor ist hier, um Ihnen zu helfen!«, fährt sie den wild gewordenen Mann an, bevor sie sich eines Besseren besinnen kann. Der Tadel in ihrer Stimme ist überdeutlich. Sie spricht wie eine Lehrerin, die einen Schüler zurechtweist.

Der Deutsche hört auf zu zittern.

Die Ukrainer halten den Atem an.

Plötzlich geht alles so schnell, dass sie nicht einmal Zeit hat, sich zu fürchten.

Der deutsche Offizier packt sie am Arm und zieht sie zu sich heran. »Ich bin ein Mörder«, flüstert er, das Gesicht so nahe an ihrem, dass sie den billigen Wodka in seinem Atem riechen kann. »Mir kann keiner mehr helfen.«

Sie starrt auf die Hand, die ihren Arm umklammert hält. Es ist eine schöne Hand. Die Finger sind lang und schmal und dennoch kräftig – wie die ihres Großvaters.

Eine Musikerhand, denkt sie.

»Ich bin ein Mörder«, wiederholt der Deutsche.

Sie hört die Verzweiflung, die in seinem Ton mitschwingt, und für ein paar quälend lange Sekunden hat sie Mitleid mit ihm. Dann fällt die Hand von ihr ab, der Alkoholgeruch verschwindet aus ihrer Nase, ebenso der Uringestank.

Der Soldat taumelt in den Raum hinein, bleibt stehen, sucht mit den Händen nach etwas, woran er sich festhalten könnte. Die Ukrainer eilen herbei, um ihn zu stützen, doch er weist sie zurück. Sie kann förmlich sehen, wie er seine ganze Willenskraft aufbietet, um ihnen zu demonstrieren, dass er keiner Hilfe bedarf. Langsam richtet er seinen hageren Körper zur vollen Größe auf – er ist größer als sie, was bei weitem nicht alle Männer von sich behaupten können – und nimmt Kurs auf die Tür.

Sie wähnt ihn schon über der Schwelle, als er erneut innehält und sich noch einmal umdreht. Er steht nach wie vor ziemlich wackelig auf den Beinen, aber der Blick, mit dem er sie anschaut, ist klar. »Kommen Sie«, sagt er mit fester Stimme.

Sie ist sich nicht sicher, ob es eine Frage ist oder ein Befehl. Unentschlossen sieht sie sich um. Die beiden Bewacher halten die Häupter gesenkt. Von ihnen wäre keine Hilfe zu erwarten. Ebenso wenig wie von Doktor Kutyenko. Der Arzt hat die Stelle des Patienten eingenommen. Er kauert in der Ecke, den Rücken gegen die Wand gelehnt, am ganzen Körper bebend. Im fahlen Licht der Glühbirne wirkt seine runzlige Haut wie zerknittertes Pergament, sein gelblichweißer Haarschopf wie der Flaum eines Neugeborenen.

Plötzlich ist ihr kalt, von innen wie von außen. Sie bereut es, ohne Mantel aus dem Haus gegangen zu sein. Die Temperaturen können sehr tief fallen in Jagotin, obgleich nicht so tief wie in Leningrad oder wie in Moskau, wo die Armen in ihren unbeheizten Kammern zu Tausenden erfrieren, wenn Väterchen Frost Einzug hält.

Der sowjetische Winter ist grausam.

Die einen beten, dass er die Deutschen stoppen wird. Die anderen hoffen, dass sie ihm gewachsen sein werden.

Sie weiß nicht, was sie hoffen, wofür sie beten soll.

»Kommen Sie«, wiederholt der Offizier an der Tür.

Es ist keine Frage. Das weiß sie so gut wie alle anderen im Raum.

Man muss kein Deutsch können, um einen deutschen Befehl zu erkennen.

Der alte Doktor rappelt sich auf und hebt die zitternde Rechte, wie wenn er sie segnen wollte. »Gott schütze dich, mein Kind«, sagt er auf Russisch, bevor er wieder in sich zusammensinkt.

Sie nimmt den Segen wortlos an und folgt dem Deutschen hinaus in die Dunkelheit.

Teil I:
Luise (1943)

1. Kapitel

Freitag, 12. März 1943

»Fräulein Littke, wenn Sie mir ein paar Minuten Ihrer kostbaren Zeit schenken könnten ...«

Engelbert Schleifer, seines Zeichens Hauptschriftleiter des STUTTGARTER VOLKSBLATTES, hörte sich so verzweifelt an, dass seine Sekretärin, Fräulein Haller, zu tippen aufhörte und einen alarmierten Blick in Richtung Chefbüro warf.

Luise Littke, der die Aufforderung galt, lächelte ihr beruhigend zu, ehe sie von ihrem Platz im hinteren Teil der Redaktionsstube aufstand, um sich zu dem verglasten Kabäuschen zu begeben, das dem Chef als Büro diente. Das Kabäuschen war mitten in die Redaktionsstube hineingepflanzt worden, sodass der Hauptschriftleiter seine Untergebenen stets im Blick hatte. Die Tür stand fast immer offen, damit er ihre Gespräche mithören konnte.

Schleifer lenkte die Redaktion des STUTTGARTER VOLKSBLATTES streng nach dem Motto »Vertrauen ist gut, Kontrolle ist besser«, welches er – wie er gern betonte – für den Leitspruch schlechthin des deutschen Führerstaates hielt. Der Erfolg gab ihm recht. Das VOLKSBLATT, unter seinem Vorgänger nur eine von vielen Tageszeitungen Stuttgarts, hatte sich unter seiner Führung zu einer der wichtigsten Pressestimmen der Landeshauptstadt entwickelt, und Engelbert Schleifer, der vor seiner Amtseinsetzung bloß einer von vielen unbekannten Journalisten im Schwabenland gewesen war, galt inzwischen als einer der führenden Redaktionsleiter Württembergs. Sein Aufstieg hatte ihn in der Überzeugung bestärkt, dass auf das Mitdenken der Angestellten selbst in sogenannt geistigen Berufen problemlos verzichtet werden konnte und Appelle an den Gefolgschaftsgeist auch in einer Zeitungsredaktion das beste Mittel waren, die Belegschaft zu Höchstleistungen anzutreiben.

Wem das nicht genügte, dem half er mit mehr oder weniger subtilen Drohungen nach.

»Wenn ich um etwas Beeilung bitten dürfte, Fräulein Littke. Ich habe nicht den ganzen Tag Zeit.«

Der Tonfall des Hauptschriftleiters ging mitten im Satz von verzweifelt in verärgert über, was Fräulein Haller veranlasste, sich schnell wieder über ihre Schreibmaschine zu beugen und mit tippen fortzufahren.

Luise warf ihr im Vorbeigehen einen mitfühlenden Blick zu, obwohl ihr schleierhaft war, weshalb die Sekretärin sich selbst nach zehn Jahren noch immer von jeder Laune ihres Chefs ins Bockshorn jagen ließ, dann betrat sie den Glasverschlag und meldete gehorsam: »Hier bin ich, Herr Hauptschriftleiter.«

Schleifer stand auf die Tischplatte gestützt und starrte auf das Telefon, dessen Hörer er eben noch in der Hand gehalten hatte. Man hatte ihn in der ganzen Redaktionsstube telefonieren gehört. Seinem unterwürfigen Ton nach zu urteilen, hatte am anderen Ende jemand vom Reichsministerium für Volksaufklärung und Propaganda gesessen, welches auch für das Pressewesen zuständig war. »Ich verstehe, Herr Referent ... Sehr einleuchtend ... Aber gewiss doch, Herr Referent ... Ganz meine Meinung ...« In diesem Stil war es eine geschlagene Viertelstunde gegangen, bis der Hauptschriftleiter den Hörer aufgelegt und nach Luise verlangt hatte.

Nun sah er vom Telefonapparat auf, fixierte die junge Frau mit zusammengekniffenen Augen – er war kurzsichtig, aber für eine Brille zu eitel – und wies auf den Stuhl vor seinem Schreibtisch.

»Setzen Sie sich.«

Luise tat, wie geheißen.

Schleifer nahm im Sessel hinter dem Tisch Platz, strich sich die lächerliche Stirnlocke aus dem Gesicht, die ihm beständig in die Augen fiel, und erklärte sichtlich aufgewühlt: »Das war die Deutsche Presseabteilung, im Auftrag des Herrn Reichsministers höchstpersönlich. – In Berlin überlegt man allen Ernstes, das Erscheinen meiner Zeitung bis auf weiteres einzustellen. Als Beitrag zum totalen Krieg.«

Der Hauptschriftleiter sah so erschüttert aus, dass er Luise beinahe leidtat. Schleifer war ein schlechter Vorgesetzter und ein noch schlechterer Journalist. Ihr Bruder Leonhard hatte einmal treffend bemerkt, die Artikel ihres Chefs klängen allesamt, als hätte er sie aus *Mein Kampf* abgeschrieben. Mangelnden Einsatz für *seine* Zeitung – die in Wahrheit einer dubiosen Verlagsgesellschaft gehörte, die sie nach der Machtübernahme der katholischen Gründerfamilie abgekauft hatte – konnte man ihm jedoch nicht vorwerfen und mangelnde Einhaltung der Parteilinie auch nicht. Dass ausgerechnet das STUTTGARTER VOLKSBLATT vom Propagandaministerium auf die Abschussliste gesetzt wurde, musste ihn ins Mark getroffen haben.

Aber gebrüllt hat er trotzdem, dachte Luise, während sie mit einer Mischung aus Mitleid und Schadenfreude verfolgte, wie der Hauptschriftleiter um Fassung rang.

Schleifer hatte zu den mehr als zehntausend Auserwählten gezählt, die im Publikum sitzen durften, als Joseph Goebbels, der Reichsminister für Volksaufklärung und Propaganda, vor drei Wochen im Berliner Sportpalast zum deutschen Volk sprach. Luise hatte die Rede am Radio mitverfolgt und sich dabei vorgestellt, wie ihr Chef, die braune Uniform auf Kante gebügelt, das goldene Parteiabzeichen am Revers, in den Jubel einstimmte, der durch den Saal gebrandet war, als Goebbels seine Zuhörer fragte: »Wollt ihr den totalen Krieg?!« – Luise hätte es ja um ein Haar selbst getan, so mitreißend hatte der Minister gesprochen. Zum Glück war just in dem Moment, in dem sie ihre Zustimmung ins Wohnzimmer hinausschreien wollte, die Vermieterin hereingekommen mit der Bitte, ihr einen Korb Brennholz aus dem Keller zu holen, damit sie den Ofen einfeuern konnte. Nachdem sie den Auftrag ausgeführt hatte, war die Rundfunkübertragung zu Ende gewesen und Luises Lust auf den totalen Krieg verflogen.

»*Meine* Zeitung einstellen ...«

Schleifer schüttelte so entschieden den Kopf, dass ihm die Stirnlocke erneut in die Augen fiel. Nachdem er sie mit ein wenig Spucke an der Schläfe festgeklebt hatte, fuhr er in zunehmend offensiverem Tonfall fort: »In Berlin denkt man, wenn der Volksgenosse lesen will, soll er sich den VÖLKISCHEN BEOBACHTER kaufen. Was brauchen wir all diese Lokalblätter? – Aber ich sag' Ihnen was, Fräulein Littke: Das lassen wir nicht mit uns machen. *Wir* nicht! Wir werden denen da oben zeigen, dass man eine Redaktion wie die unsrige nicht ungesühnt schließen kann. – *Sie* werden es ihnen zeigen, Luise.«

Es war das erste Mal in bald sechs Jahren, dass der Chef sie mit Vornamen ansprach. Der Umstand verunsicherte Luise dermaßen, dass sie zu schwitzen anfing, obwohl es in der unbeheizten Redaktionsstube ziemlich kalt war und sie nur einen ärmellosen Pullover über ihrer dünnen Baumwollbluse trug.

Während sie fieberhaft überlegte, ob die Anrede wohl eher ein gutes oder ein schlechtes Zeichen sei, lehnte Schleifer sich vor und griff nach der Pfeife, die er beim Telefonieren in den Aschenbecher gelegt hatte. Nachdem er sie erneut angezündet und einige Male hingebungsvoll an dem zerkauten Mundstück gesogen hatte, bemerkte er: »Wie mir zu Ohren kam, haben Sie sich unlängst bei Fräulein Haller darüber beschwert, dass ich Sie bloß über Kinkerlitzchen schreiben lassen würde, anstatt Ihnen richtige Reportage-Aufträge zu erteilen. – Sie leben offenbar im Glauben, zu Höherem berufen zu sein.«

Luise überlief es heiß. Sie konnte sich nicht erinnern, das Wort »Kinkerlitzchen« benutzt zu haben, aber der Rest stimmte. Sie hatte sich bei Fräulein Haller Luft gemacht, und das nicht ohne Grund. Seit ihrer Schriftleiterprüfung, die sie zur vollgültigen Journalistin erhoben hatte, also seit fast vier Jahren, wartete sie auf Aufträge, die ihrer Ausbildung angemessen waren. Stattdessen behandelte Schleifer sie weiterhin wie die unbedarfte Volontärin, die ihm von Leonhard seinerzeit aufgeschwatzt worden war. Das fand Luise ungerecht, und Ungerechtigkeit ertrug sie nicht.

Sie wollte gerade den Mund aufmachen, um sich zu rechtfertigen, als sie den Hauptschriftleiter durchaus freundlich sagen hörte: »Nun, ich glaube, ich hätte da etwas für Sie, das man ohne Weiteres als ›richtigen‹ Reportage-Auftrag bezeichnen könnte.«

Schleifer griff in die oberste Schublade seines Schreibtisches, zog eine prall gefüllte Kartonmappe hervor, die von zwei dicken schwarzen Gummibändern zusammengehalten wurde, und platzierte sie vor sich auf dem Tisch. Die kurzsichtigen Augen wieder auf Luise gerichtet, fragte er: »Sagt Ihnen der Name Fritz Freundlich etwas?«

Luise, in Gedanken noch halb bei ihrer Verteidigungsrede, versuchte sich zu erinnern, ob sie den Namen schon irgendwo gehört hatte. Vorsichtig schüttelte sie den Kopf.

Schleifer machte ein enttäuschtes Gesicht. »Der Mann war ein Held der Bewegung, jeder Hitlerjunge kennt ihn«, sagte er, indem er mit dem Zeigefinger fast zärtlich über den Namenszug fuhr, der in großen Lettern auf dem Mappendeckel prangte. »Ihr Bruder hätte mit Sicherheit gewusst, wer er war.«

Der Hauptschriftleiter seufzte.

»Aber von einer Frau kann man wohl nicht dasselbe Wissen über die Parteigeschichte erwarten wie von einem Mann.«

Er löste die Gummibänder, drehte die Mappe um hundertachtzig Grad und schob sie Luise hin.

»Bitte, schauen Sie rein.«

Luise rückte mit dem Stuhl näher heran und schlug die Mappe auf. Sie enthielt ein Sammelsurium von Fotografien, Zeitungsartikeln und Broschüren. Ihre Augen fielen auf ein schon leicht vergilbtes Foto, das aus dem ungeordneten Stapel hervorlugte. Es zeigte einen jungen Mann in SA-Uniform, der eine Standarte in der Hand hielt und geradewegs in die Kamera blickte.

»Fritz Freundlich, SA-Sturmführer aus Jederstadt, Niederschlesien«, kommentierte Schleifer, als Luise das Bild aus der Mappe nahm, um es besser betrachten zu können. »Im Sommer zweiunddreißig von zwei Bolschewistenschweinen erschlagen und aus diesem Grund in die Ehrenliste der gefallenen Kämpfer der NSDAP aufgenommen. – Wie der Kreisleiter von Jederstadt mir in Berlin erzählte, will die Stadt dem Helden ein Denkmal errichten. Der Führer soll von den Entwürfen so angetan gewesen sein, dass er eine ansehnliche Summe aus seiner Privatschatulle für den Bau spendieren will.«

Während der Hauptschriftleiter ein Loblied auf den Führer anstimmte, der noch in Deutschlands dunkelster Stunde bestrebt war, die Widerstandskraft des deutschen Volkes mit Hilfe der deutschen Kunst zu festigen, versuchte Luise sich vorzustellen, wie der Bursche auf dem Foto sich in Bronze gegossen oder in Stein gemeißelt machen würde.

Es fiel ihr nicht schwer.

Mit seinen blonden Haaren und dem kräftigen Kinn, den breiten Schultern und schmalen Hüften stellte Fritz Freundlich quasi das Idealbild des arischen Recken dar, für den so viele Mädchen in Deutschland schwärmten. Er hätte wunderbar auf eines der Wahlplakate gepasst, mit denen die Nationalsozialisten einst um Stimmen geworben hatten, oder in einen der Wochenschau-Berichte, mit denen sie ihre Erfolge als Regierungspartei feierten. Kein Zweifel, dass er auch auf einem ihrer Denkmalsockel eine ausgezeichnete Figur abgeben würde.

Luise legte die Fotografie in die Mappe zurück und linste zu Schleifer hinüber. Der Hauptschriftleiter hatte seinen Hitler-Monolog beendet und blies nachdenklich einen Rauchkringel nach dem anderen in die ohnedies schon rauchgeschwängerte Luft. Als er Luises Blick bemerkte, nahm er die Pfeife aus dem Mund und verzog die Lippen zu einem gönnerhaften Lächeln.

»Jetzt mal so ganz unter uns, Luise«, begann er in einem Tonfall, der sich fast schon kameradschaftlich anhörte. »Sie wissen so gut wie ich, dass es mit der Moral der Deutschen gegenwärtig nicht zum Besten steht. Stalingrad hat uns ja nicht gerade die Meldungen beschert, die wir uns erhofft hatten, auch wenn man das in Berlin gerne anders darstellt. – Aber der Volksgenosse ist nicht dumm. Der merkt, wenn etwas faul ist. Wenn Sie mich fragen, hat man im Propagandaministerium gute Nachrichten dringend nötig. Nachrichten, die dem deutschen Volk den Glauben an den Endsieg zurückgeben. Da kommt dieser Denkmalbau in Niederschlesien doch wie gerufen, oder was meinen Sie?«

Schleifer blickte sie erwartungsvoll an, aber Luise, die es nicht gewohnt war, dass der Chef sie nach ihrer Meinung fragte, blieb stumm.

Der Hauptschriftleiter seufzte erneut. »Ich sage Ihnen, was *ich* denke: Diese Geschichte ist unsere Chance. Damit werden wir dem Feind zeigen, dass wir uns nicht unterkriegen lassen. Und dem Propagandaministerium werden wir beweisen, dass unsere Zeitung für den totalen Krieg unverzichtbar ist.«

Er deutete mit dem Zeigefinger auf den Berg alter VOLKSBLATT-Ausgaben, der neben seinem Schreibtisch in die Höhe ragte, und fügte trotzig hinzu: »Mag sein, dass das Papier in Deutschland bald nicht mehr für alle Blätter reicht. Das STUTTGARTER VOLKSBLATT wird erscheinen, bis der letzte Druckbogen aufgebraucht ist. – Das garantier' ich Ihnen!«

Mit diesen Worten erhob sich Schleifer vom Stuhl. Er bedachte Luise mit einem weiteren Lächeln, doch als er zu reden fortfuhr, war alle Vertraulichkeit aus seiner Stimme gewichen.

»Grundsteinlegung für das Bauwerk ist am Heldengedenktag, also übermorgen Sonntag in einer Woche. Ich kann Sie heute noch bei Kreisleiter Exler anmelden.«

Er nickte zum Telefon hin.

»Fräulein Haller besorgt Ihnen eine Fahrkarte für den 7-Uhr-Zug morgen früh nach Berlin. Dann sollten Sie spätestens Montagnachmittag in Schlesien sein. – Sie hätten, sagen wir mal: zwei Wochen Zeit, mir eine Reportage zu liefern, die dem Herrn

Reichsminister das Wasser in die Augen treibt. Trauen Sie sich das zu?«

Diesmal blieb Luise ihm die Antwort nicht schuldig. »Und ob!«, rief sie so laut, dass die Kollegen in der Redaktionsstube die Köpfe nach ihr drehten und Fräulein Haller vor der Kabäuschen-Tür erschrocken zusammenzuckte. »Ich werde Ihnen die beste Reportage liefern, die Sie je gelesen haben. Doktor Goebbels wird begeistert sein!«

Luise sprang auf. Eilig raffte sie die Dokumente zusammen, die vor ihr auf dem Tisch verstreut lagen, und klemmte sich die Mappe unter den Arm.

Sie wollte sich schon zum Gehen wenden, als der Chef sie mit den Worten »Da wär' noch was, Fräulein Littke« zurückhielt.

Nichts Gutes ahnend, drehte Luise sich um.

Der Hauptschriftleiter taxierte sie ein paar Sekunden, dann lehnte er sich über seinen Schreibtisch vor und sagte so leise, dass nur sie ihn verstehen konnte: »Wenn Sie das nächste Mal unzufrieden sind, denken Sie daran, dass ich Sie nur Ihrem Bruder zuliebe in die Redaktion geholt habe. Ich billige Ihnen zwar durchaus ein gewisses Schreibtalent zu, aber Ihr Mundwerk ist mir entschieden zu lose. Sollte ich noch einmal vernehmen, dass Sie sich hinter meinem Rücken über mich beschweren, können Sie Ihren Traum von der großen Reporter-Karriere vergessen. – Haben wir uns verstanden?«

Luise nickte so heftig, dass ihre dunkelblonden Locken nach allen Seiten flogen.

»Gut«, konstatierte Schleifer. Er versicherte sich, dass die widerspenstige Strähne noch immer an seiner Schläfe klebte, bevor er mit dem Pfeifenstiel auf die Tür wies und ergänzte: »Und jetzt gehen Sie nach Hause und packen Ihre Sachen. Ich will Sie hier erst wiedersehen, wenn Sie Ihren Text beisammen haben. Ist das klar?«

»Sonnenklar«, echote Luise, bevor sie rechtsumkehrt machte und das Kabäuschen so schnell verließ, wie sie es mit ihren zitternden Knien vermochte.

*****

Als sie eine halbe Stunde später in Stuttgart-Süd aus der Straßenbahn stieg, fiel ein leichter Nieselregen. Luise, im Kopf schon bei ihrer bevorstehenden Reise nach Schlesien, spannte den Regenschirm auf, den sie am Morgen eher zufällig mitgenommen hatte, schob die Kartonmappe unter den Mantel und nahm das letzte Stück ihres Heimwegs unter die Füße. Sie ging schnell. Geschickt wich sie den angekohlten Schutthaufen aus, die der Bombenangriff der vergangenen Nacht in den Straßen hinterlassen hatte. Es war der schlimmste gewesen, den Stuttgart bis anhin hatte erleben müssen. Luise war es vorgekommen, als sei in dieser einen Nacht alles zum Abwurf gebracht worden, was die Bombenarsenale der Alliierten hergegeben hatten.

Dabei wusste sie nur allzu gut, dass dies eine Täuschung war.

Seit die Vereinigten Staaten vor etwas mehr als einem Jahr in den Krieg eingetreten waren, wuchs in Luise die Ahnung, dass das Deutsche Reich ihn verlieren würde. Sie hatte keinen Schimmer, wie viele Bomben, Flugzeuge oder Panzer die deutsche Rüstungsindustrie an einem Tag, in einer Woche oder in einem Monat herstellen konnte, doch sie war ziemlich sicher, dass die Amerikaner mit ihren Fließbändern ein Vielfaches davon schafften. Wenn es den Deutschen nicht bald gelang, den Rückstand aufzuholen, würden sie früher oder später vor der amerikanischen Übermacht kapitulieren müssen. Man brauchte kein Genie zu sein, um diese Wahrheit zu erkennen. Luise jedenfalls hatte es genügt, einen Sonntagnachmittag lang in dem Bildband über die Fabriken des Henry Ford zu schmökern, auf den sie in Leonhards Büchersammlung gestoßen war.

Sie ließ die Hauptstraße hinter sich und bog in die Seitenstraße ein, in der sich ihr Zuhause befand. Es war ein zweistöckiges Gebäude aus den frühen Zwanzigerjahren. Das untere Stockwerk wurde von zwei übers Eck angelegten Panoramafenstern dominiert, durch die Licht ins Wohnzimmer flutete. Die Fensterecke – Luise hatte sie »das Aquarium« getauft, weil sie sich hinter den mannshohen Scheiben immer wie ein Fisch im Zoo vorkam – verlieh dem Haus einen Hauch Grandezza; davon abgesehen, war es so bieder wie alle anderen Häuser in der Nachbarschaft. Nur der Garten hatte etwas Besonderes. Ursprünglich dazu angelegt, einer kinderreichen Familie schöne Stunden im Freien zu ermöglichen, diente er mittlerweile in erster Linie dazu, den Speisezettel der beiden Hausbewohnerinnen zu bereichern. Drei Viertel des Rasens waren seit Kriegsausbruch Gemüsebeeten gewichen, und anstelle der Blumenrabatten hatten Luise und Frau Trost vor kurzem einen kleinen Kartoffelacker angepflanzt, damit sie im Herbst einen Vorrat der kostbaren Knolle anlegen konnten. Zwar bekam man beim Gemüsehändler – die entsprechenden Lebensmittelkarten und viel Geduld vorausgesetzt – nach wie vor genügend Kartoffeln, aber die Erinnerungen an die Hungerwinter des vergangenen Krieges saß Frau Trost noch tief in den Knochen.

Sobald Luise das Haus betrat, streckte die Vermieterin den Kopf aus der Wohnzimmertür und fragte erstaunt: »Luise, Kind, so früh schon?«

Frau Trost hatte die wunderliche Angewohnheit, Luises Namen bei so gut wie jeder Erwähnung ein ominöses »Kind« beizufügen, von dem Luise bis heute nicht wusste, was sie davon halten sollte. Als sie im Frühling 1937 mit knapp zwanzig Jahren in das Haus mit den Panoramafenstern eingezogen war, mochte sie tatsächlich noch ein wenig kindlich gewirkt haben, vor allem im Vergleich zu ihrem fünf Jahre älteren Bruder Leonhard, der seit Herbst 1933 dort wohnte. Inzwischen aber war sie unzweifelhaft erwachsen, und dennoch schien Frau Trost außerstande, auf das »Kind« zu verzichten.

Luise nahm es stillschweigend hin. Manchmal versuchte sie sich vorzustellen, es wäre ihre Mutter Leonore, die sie mit »Luise, Kind« ansprach. Doch das wollte ihr nie gelingen. Die wenigen Erinnerungen, die sie an ihre Mutter hatte, waren mit den

Jahren so verblasst, dass sie sich weder deren Gesicht noch deren Stimme richtig zu vergegenwärtigen vermochte.

Leonore Littke war gestorben, als Luise noch keine fünf Jahre alt gewesen war. Nach ihrem Tod hatte sich bleierne Stille über das große Pfarrhaus in der Unterländer Gemeinde gelegt, in der Luises Vater als evangelischer Pastor wirkte. Gustav Littke, schon von Natur aus ein eher introvertierter Mensch, hatte sich nach dem Verlust seiner Frau gänzlich in sich zurückgezogen und den Mund fast nur noch geöffnet, um seine Predigten zu halten oder um zu beten. So war es seinem ältesten Sohn, dem zehnjährigen Leonhard, zugefallen, sich um die kleine Luise und den Säugling Georg zu kümmern. Leonhard hatte die schwere Bürde ohne Murren geschultert, wofür Luise ihm ewig dankbar sein würde. Es war Leonhard gewesen, der dafür gesorgt hatte, dass sie ihre Hausaufgaben machte und stets nur die besten Zensuren mit nach Hause brachte. Er war es, der den Vater davon überzeugte, dass Luise aufs Gymnasium in Heilbronn gehörte und nicht auf eine Hauswirtschaftsschule, wie es für Mädchen eigentlich üblich war.

Und natürlich war es auch Leonhard gewesen, der Luise in ihrem Wunsch bestärkt hatte, sich ihr Leben mit Schreiben zu verdienen.

Unter den gegebenen Umständen war ihr Bruder der beste Vater gewesen, den Luise sich hätte wünschen können. Nichtsdestotrotz hatte die schmerzliche Frage sie nie ganz losgelassen, die Frage, wie es wohl wäre, eine Mutter zu haben, die liebevoll »Kind« zu ihr sagte.

»Brrr …«, machte Luise, als sie den Regenschirm in den Schirmständer stellte. Während sie sich aus ihrem klammen Mantel schälte, musterte die Vermieterin sie über den Rand ihrer Brille hinweg.

Anneliese Trost war eine kleine, zierliche Frau Ende fünfzig, die ihr graumeliertes Haar stets zu einem Knoten gebunden trug. Die meiste Zeit lag ein leicht zerstreuter, manchmal sogar abwesender Zug auf ihrem Gesicht, aber ihren wachen, braunen Augen entging wenig.

»Sie sind doch nicht etwa krank?«, fragte sie nun besorgt.

Luise verneinte.

»Der Hauptschriftleiter hat mich heimgeschickt. Zum Packen. Ich fahre morgen früh nach Schlesien.«

»Nach Schlesien?«

Frau Trost runzelte die Stirn. Eine graubraune Strähne, die sich aus ihrem Haarknoten gelöst hatte, kringelte sich wie ein Fragezeichen über ihrem linken Auge.

»Was wollen Sie denn in Schlesien?«

Da hielt Luise die Kartonmappe hoch und verkündete nicht ohne Stolz: »Meine erste richtige Reportage schreiben.«

Frau Trost rückte die Brille auf ihrer Nase zurecht. »Und was Sie bisher geschrieben haben, war das etwa nichts Richtiges?«

»Doch«, erwiderte Luise, »aber nichts so … Großes.«

Noch während sie den Satz aussprach, kamen ihr die ersten Zweifel. Mit einem Mal fragte sie sich, ob dieser Denkmalbau tatsächlich eine so berichtenswerte Sache war, wie der Hauptschriftleiter meinte. Was, wenn sie sich damit nur fürchterlich blamierte und am Ende gar schuld daran war, dass das VOLKSBLATT eingestellt wurde?

Wie um ihre Bedenken zu übertönen, beugte sie sich vor und raunte der Vermieterin in verschwörerischem Tonfall zu: »Genaueres darf ich Ihnen leider nicht verraten. Die Angelegenheit ist streng vertraulich. Aber ich bin sicher, dass die Geschichte Ihnen gefallen wird.«

Beim letzten Satz verschwand die Skepsis aus Frau Trosts Gesicht. »Mir gefällt ja alles, was Sie schreiben«, erwiderte sie mit einem Lächeln, das sie für einen Augenblick ganz gegenwärtig wirken ließ.

Das Lächeln stimmte Luise mit einem Schlag optimistisch. Bis zu diesem Augenblick war sie sich nie sicher gewesen, ob Frau Trost ihre Texte gefielen, ja, ob sie sie überhaupt las. Leonhards

Fotoreportagen lagen stets für alle sichtbar auf dem Wohnzimmertisch der Vermieterin ausgebreitet und wurden vor aller Ohren ausgiebig kommentiert. Aber Leonhard hatte ja auch von so bedeutenden Anlässen wie der Internationalen Automobilausstellung in Berlin oder den Parteitagen in Nürnberg berichtet. Dagegen waren die Inhalte von Luises Artikeln größtenteils sterbenslangweilig: ein Kuchenverkauf des BDM hier, ein Eintopf-Wettbewerb der NS-Frauenschaft da, alles zu wohltätigen Zwecken und alles Kleinkram – Kinkerlitzchen halt. Einzig die Filmbesprechungen, die Schleifer sie gelegentlich verfassen ließ, hielt Luise für interessant genug, sie anderen Leuten zur Lektüre zu empfehlen. Und natürlich die Kolumne, die ihr vom Hauptschriftleiter vor wenigen Wochen endlich zugestanden worden war. Luise hatte ihr den Titel *Aus dem Tagebuch einer jungen Deutschen* gegeben – was Schleifer ungefragt in *Gedanken eines deutschen Mädchens im Kriege* abgeändert hatte – und feilte nun einmal wöchentlich an dieser einen Spalte, als gelte es, sich um den Schwäbischen Dichterpreis zu bewerben.

Als hätte Frau Trost Gedanken lesen können, bemerkte sie prompt: »Ihre Kolumne gefällt mir besonders gut. Schade, dass sie nicht öfter erscheint. Wenn es nach mir ginge, könnten Sie für jede Ausgabe eine schreiben.«

Sie blinzelte Luise über den Brillenrand hinweg an und fügte dann wie zu sich selbst hinzu: »Und jetzt also eine richtige Reportage aus Schlesien. Na, da habe ich aber etwas, worauf ich mich freuen kann.«

Mit dieser Bemerkung wandte Frau Trost sich wieder dem Wohnzimmer zu, wo, wie Luise vermutete, ein Berg löchriger Wäsche auf sie wartete.

Anneliese Trost war Witwe. Ihr Mann, ein begabter Ingenieur, der bis zu seiner Einberufung in den Ersten Weltkrieg bei Daimler gearbeitet hatte, war Mitte der Zwanzigerjahre an den Spätfolgen einer Senfgasvergiftung gestorben. Er hinterließ seiner Frau zwar das Haus und zahlreiche futuristisch anmutende

Automobilbaupläne, aber kaum Erspartes, weshalb Frau Trost schon bald nach seinem Tod dazu übergegangen war, junge Männer zur Untermiete aufzunehmen. Der Zweite Weltkrieg hatte sie ein weiteres Mal gezwungen, sich neue Einkommensquellen zu erschließen. Während ihre Untermieter einer nach dem anderen zur Wehrmacht eingezogen worden waren, hatte sie begonnen, Flickarbeiten für bessergestellte Nachbarn auszuführen. Zusammen mit Luises Miete reichten die Einkünfte aus diesem kleinen Gewerbe gerade aus, um das Haus nicht verkaufen zu müssen, für mehr aber auch nicht. Trotzdem hörte Luise die Vermieterin nie klagen. »Ich brauche nicht viel zum Leben«, pflegte sie zu sagen, wann immer das Gespräch auf ihre finanzielle Lage kam, »und außer mir ist ja keiner mehr da, für den ich aufkommen müsste.«

Letzteres bezog sich nicht nur auf den Mann, sondern auch auf ihr einziges Kind, einen hübschen, dunkelhaarigen Sohn, der auf allen Fotos, die Luise von ihm kannte, strahlend in die Kamera lächelte. Frau Trost musste ihn kurz vor Luises Einzug in ärztliche Obhut geben, weil der damals Siebzehnjährige versucht hatte, sie in einem Anfall von geistiger Umnachtung mit dem Küchenmesser zu erstechen. In den ersten drei Jahren, in denen Luise bei ihr gewohnt hatte, war die Vermieterin jeden Sonntag ins nahe gelegene Stetten gefahren, um ihren »Buben« in der Heilanstalt zu besuchen. Nach dem Frankreich-Feldzug im Sommer 1940 war er von einem Tag auf den anderen in eine Pflegeeinrichtung in Hessen verlegt worden, in der keine Verwandtenbesuche gestattet waren. Ein Jahr später hatte man Frau Trost brieflich mitgeteilt, dass ihr Sohn plötzlich und unerwartet an einer eitrigen Mandelentzündung verstorben sei, was sie aufgrund seiner schweren geistigen Erkrankung als Erlösung auffassen müsse. »Glauben Sie mir, ich hätte ihn bei mir behalten, wenn es nur irgendwie möglich gewesen wäre«, hatte die Vermieterin gesagt, als sie Luise das Schreiben in die Hand drückte und nach einer kurzen Pause hinzufügte: »Luise, Kind, jetzt sind Sie der einzige Mensch in meinem Leben, für den ich noch da sein muss.«

Nachdem die Vermieterin im Wohnzimmer verschwunden war, zog Luise ihre durchweichten Halbschuhe aus, streifte die feuchten Strümpfe ab und stieg barfuß die Treppe ins Obergeschoss hinauf. Sie hatte das Zimmer dort von Leonhard übernommen, als er vor vier Jahren zu seiner Verlobten nach Berlin gezogen war. Es war bedeutend größer und heller als die winzige Kammer im Erdgeschoss, in der Luise zuvor gehaust hatte, und verfügte über einen schönen Blick in den Garten. Die Möbel – ein Doppelbett und ein zweitüriger Schrank, ein Schreibtisch und ein hohes Regal, in dem noch die Hälfte von Leonhards Büchersammlung stand – waren alt, aber in gutem Zustand. Nur den abgewetzten Teppich, der die Dielen bedeckte, hätte Luise gern ausgewechselt. Er roch, wie wenn schon tausend Käsefüße darübergelaufen wären.

Luise warf die Kartonmappe aufs Bett und öffnete den Schrank. Während sie das Durcheinander in Augenschein nahm, das ihr aus seinen Fächern entgegenstarrte, kehrte ihre Freude auf die bevorstehende Reise zurück. Wenn man ihre sporadischen Besuche beim Vater außer Acht ließ, hatte sie Stuttgart seit über einem Jahr nicht mehr verlassen. An Weihnachten 1941 war sie nach Berlin gereist, um ihren Bruder und dessen Verlobte zu treffen. Seither war sie nie mehr weiter als bis ins Heilbronner Unterland gekommen.

Und jetzt also Schlesien. »Deutschlands Vorposten gegen das Slawentum«, wie der Geschichtslehrer am Gymnasium das Land stets genannt hatte. An die schönen Kupferstiche schlesischer Städte in ihrem Schulbuch konnte Luise sich noch erinnern; von den Schlesischen Kriegen Friedrichs II., die sie im Geschichtsunterricht bis zum Erbrechen durchgenommen hatten, war ihr dagegen rein gar nichts im Gedächtnis geblieben. Sie hatte schon damals nicht verstanden, was man an Kriegen so faszinierend finden konnte, dass man sich stundenlang mit ihnen beschäftigen musste.

Luise bückte sich, um die viel zu teure Reisetasche, die sie sich von ihrem ersten Gehalt als Schriftleiterin gekauft hatte, hinter Leonhards abgelaufenen Wanderschuhen hervorzuziehen. Sie schüttelte die Tasche über dem Papierkorb aus und stopfte wahllos ein paar Kleider hinein, ehe sie ins Bad ging, um ihren Kulturbeutel zu holen. Die Mappe mit den Unterlagen packte sie obendrauf.

Als sie den Reißverschluss zuzog, tauchte Frau Trosts Gesicht vor Luises geistigem Auge auf, und sie hörte die Vermieterin verwundert fragen: »Nach Schlesien? – Was wollen Sie denn in Schlesien?«

Erneut meldeten sich die Zweifel. Was würde es aus dieser fernen Provinz schon Interessantes zu berichten geben? Eine Kleinstadt in Niederschlesien kam Luise als Reiseziel in etwa so reizvoll vor wie das Kaff im Heilbronner Unterland, dem sie glücklich entronnen war. Vielleicht wollte Schleifer ihr mit dem Auftrag ja auch bloß eine Lektion für ihr vorlautes Mundwerk erteilen ...

Sie ließ die Augen zu der Schreibmaschine wandern, die auf dem Tisch vor dem Fenster stand. Es war ein elegantes, tragbares Modell der Marke *Seidel & Naumann,* das den schönen Namen Erika trug und laut Reklame speziell für Reisen entwickelt worden war. Leonhard hatte ihr die Maschine zur bestandenen Schriftleiterprüfung geschenkt. *Was mir meine Leica, soll dir diese Erika sein,* hatte er auf die beigelegte Glückwunschkarte geschrieben. *Möge sie dir helfen, deine Gedanken auf Papier zu bannen, und dir auf all deinen Reisen eine treue Gefährtin sein.* Aus den zahlreichen Reportage-Aufträgen, an die der Bruder beim Schreiben der Karte gedacht haben musste, war dann bekanntlich nichts geworden. Während Leonhards Leica in der Welt herumkam – momentan war sie irgendwo in Nordafrika, wo er mit ihr Generalfeldmarschall Rommel, den »Wüstenfuchs«, fotografierte –, hatte Luises Erika diese vier Wände noch nie verlassen. Bis jetzt.

Luise warf einen Blick aus dem Fenster, vor dem der Regen mittlerweile in Strömen niederging. Aus dichten, schwarzen Wolken prasselten schwere Regentropfen gegen die Scheibe. Unter den hohen Bäumen im Garten war es schon fast dunkel, obwohl der Wecker auf dem Nachttisch erst Viertel vor vier zeigte.

Luise griff nach dem Deckel, um ihn über die Maschine zu stülpen. Als er mit einem leisen Klicken einrastete, fielen ihr die Kollegen ein, die zur Stunde in der Redaktionsstube hinter ihren klobigen Büromaschinen saßen und darauf warteten, dass es endlich Feierabend würde. Die kichernden Gänse, Britta und Judith, die Schleifer als Volontärinnen eingestellt hatte, nachdem ihm die letzten männlichen Kandidaten abhandengekommen waren; die alten Schriftleiter-Hasen Müller und Heinze, die schon für das VOLKSBLATT geschrieben hatten, als es noch eine Postille des katholischen Zentrums gewesen war. Müller nannte sie »Luischen« und machte sich ständig über ihre »Mädchen-Kolumne« lustig. Heinze sagte immerhin »Bitte«, wenn er ihr seine Texte zum Gegenlesen gab, hatte dafür aber Schwierigkeiten, seine Hände bei sich zu behalten.

Waren die beiden neidisch, dass Schleifer sie, Luischen, nach Schlesien schickte? Oder waren sie vielmehr erleichtert, dass dieser Kelch an ihnen vorbeigegangen war?

Luise wusste es nicht. Aber im Grunde konnte es ihr auch egal sein.

Wie hatte Leonhard immer gesagt: »Als Reporter kannst du dir vielleicht nicht aussuchen, worüber du berichtest, aber du kannst bestimmen, *wie* du es tust.« – Sie würde das Beste aus der Reise machen. Irgendwo musste sie ihre Reporter-Karriere ja beginnen, und verglichen mit dem Stuttgarter Redaktionsalltag kam ihr der Schlesien-Auftrag doch ziemlich verlockend vor.

Was immer ihr in Jederstadt begegnen würde, es war mit Sicherheit aufregender, als sich von Schleifer abkanzeln zu lassen oder dessen Ergüsse zu den Tagesparolen des Reichspressechefs über sich ergehen zu lassen.

»Na dann, auf nach Schlesien«, sagte Luise zur Erika, bevor sie die Schreibmaschine neben die Reisetasche stellte und sich aufs Bett fallen ließ, um noch ein wenig tagzuträumen, bis es Zeit war, hinunterzugehen und Frau Trost bei der Zubereitung des Abendessens zu helfen.

2. Kapitel

Montag, 15. März 1943

Fräulein Haller hatte eine Fahrkarte Erster Klasse besorgt. Die Sekretärin des Hauptschriftleiters konnte das. Seit Schleifer das VOLKSBLATT zu einem strammen Parteiorgan umgeformt hatte, war er in Stuttgart ein einflussreicher Mann. Selbstredend ließ er keine Gelegenheit aus, seinen Mitarbeitern zu demonstrieren, wie weit seine Beziehungen reichten. Die Prahlerei ging Luise gehörig auf die Nerven, doch als sie am Montagmorgen in den Zug nach Breslau stieg und die gepolsterten Sitze erblickte, die sie in der Ersten Klasse erwarteten, war sie ihrem Chef dankbar. Sie hatte den Zwischenhalt in Berlin genutzt, um Leonhards Verlobter Charlotte einen Besuch abzustatten, und wie immer, wenn sie einander lange nicht gesehen hatten, waren sie vor lauter reden nicht zum Schlafen gekommen. Luise war hundemüde und sehr froh, die verpassten Ruhestunden nun wenigstens teilweise im Zug nachholen zu können.

Während sie durch den Waggon ging und nach einem freien Sitzplatz Ausschau hielt, dachte sie an Charlotte, die vermutlich in diesem Moment ihr kleines Damenmodegeschäft in der Kaisergalerie aufschloss, um auf die erste Kundin zu warten.

Bei dem Gedanken lächelte Luise.

Charlotte war die beste Freundin, die sie sich wünschen konnte, seit Effie aus ihrem Leben verschwunden war. Und dabei hatte sie die Verlobte ihres Bruders anfangs gar nicht mögen wollen.

Luise wollte keine Frau mögen, die ihr Leonhard abspenstig machen konnte.

Allein, sie hatte die Rechnung ohne Charlotte Weber gemacht.

Charlotte konnte man nicht nicht mögen. Sie war klug, und

sie war schön. Sie konnte gut zuhören, und sie lachte gern. Über die Männer und ihre Eitelkeiten, über die Frauen und ihre Blauäugigkeit. Über den neuesten Schundfilm, der im *UFA-Palast* oder im *Titania* lief, über den kitschigen Fortsetzungsroman aus irgendeiner Illustrierten, der gerade Gesprächsthema unter ihren Kundinnen war.

Am liebsten aber lachte Charlotte über die Nazis. Sie kannte jedes Gerücht, das in der Hauptstadt über die Parteibonzen kursierte, jeden Flüsterwitz, den man sich über den Führer erzählte. Der neueste, den sie bei ihrem Abschiedstrunk am vergangenen Abend zum Besten gegeben hatte, ging so: Ein Essener und ein Berliner unterhalten sich über das Ausmaß der Bombenschäden in ihren Städten. Sagt der Berliner: »Das letzte Bombardement war so schlimm, dass noch fünf Stunden nach dem Angriff die Fensterscheiben aus den Häusern fielen.« Antwortet der Essener: »Das bedeutet noch gar nichts. Bei uns sind noch fünf Tage nach dem letzten Angriff die Bilder des Führers aus den Fenstern geflogen.«

Sie hatten über den Witz gelacht, bis Charlottes Nachbar mit dem Besenstil gegen die Zimmerdecke gehämmert und »Ruhe da oben!« gebrüllt hatte.

In Momenten wie diesen verstand Luise besonders gut, warum ihr Bruder Charlotte heiraten wollte. Luise konnte sich nicht erinnern, dass bei ihnen zu Hause je so gelacht worden wäre. Jedenfalls nicht seit dem Tod ihrer Mutter. Und schon gar nicht über die Nazis, über die der Vater so eisern schwieg wie über seine Frau. – Ein Zuhause, dem Charlotte Weber vorstand, würde dagegen immer voller Heiterkeit sein.

Charlotte würde sich das Lachen nie verbieten lassen.

Nicht einmal vom Führer höchstpersönlich.

Luise bewunderte ihre künftige Schwägerin für den Mut, mit dem sie der Gefahr, denunziert zu werden, trotzte. Leonhard hielt ihn für Leichtsinn – den Leichtsinn einer verwöhnten Tochter, deren Vater in den höchsten Parteikreisen verkehrte. »Aus der

Gestapo-Zentrale wird dein alter Herr dich nicht herausholen können«, hatte Luise ihn bei ihrem letzten Zusammentreffen an Weihnachten zu Charlotte sagen gehört. »Dafür ist seine Parteimitgliedsnummer schlicht nicht niedrig genug.«

Charlottes »alter Herr« war ein Märzgefallener, wie der Volksmund alle diejenigen nannte, die nach der Machtübernahme in Scharen in die NSDAP geströmt waren, um nicht leer auszugehen, wenn die Früchte der nationalen Revolution verteilt wurden. Die alten Parteimitglieder mochten mit Verachtung auf die neuen herabsehen; für Rechtswahrer Weber machte sich das hastige Bekenntnis zum Nationalsozialismus dennoch bezahlt. Seine Anwaltskanzlei wurde bald zu einer der führenden Adressen für ausländische Unternehmen, die in Deutschland Geschäfte machen wollten, ohne dass die Öffentlichkeit in ihren Ländern Wind davon bekam. Charlotte zufolge gab es davon nach wie vor so viele, dass ihr Vater und seine Geschäftsfreunde es sich selbst nach dreieinhalb Jahren Krieg noch leisten konnten, Erdbeeren mit Champagner zu frühstücken.

Leonhard bezeichnete seinen Schwiegervater in spe gern als den »größten Opportunisten des Großdeutschen Reiches«, was Luise ein wenig hart fand, wenn man bedachte, dass sich die große Mehrheit ziemlich schnell mit den neuen Verhältnissen arrangiert hatte – sie und Leonhard eingeschlossen. Sie konnte sich noch gut erinnern, wie ihr Bruder die Rede des frisch gebackenen Reichskanzlers zum »Tag der erwachenden Nation« kommentiert hatte, die im ganzen Reich im Rundfunk übertragen worden war. »Der brüllt doch nur rum«, hatte er achselzuckend verkündet, als die Übertragung aus Königsberg in einem feierlichen Finale aus Niederländischem Dankgebet und Glockengeläut ausgeklungen war. »Die Nazis sind halt noch neu im Geschäft. Die verstehen viel vom Agitieren, aber nicht viel vom Regieren. – Denen wird auch noch klar werden, dass sie Deutschland nicht mit der Brechstange führen können.«

Ein Jahr später hatte Leonhards Urteil über den Führer und

dessen Partei schon bedeutend milder geklungen. Im Februar 1934 hatte Hauptschriftleiter Schleifer ihn zum jüngsten Hausfotografen des STUTTGARTER VOLKSBLATTES ernannt. Von da an war es mit Leonhards Karriere stetig aufwärts gegangen. Zuerst hatten seine Bilder die Redaktionen in Stuttgart, dann die in Frankfurt und München erobert; und nachdem eine seiner Fotoreportagen über den Nürnberger Parteitag der Arbeit 1937 vom Propagandaministerium mit dem Prädikat »volkserzieherisch wertvoll« ausgezeichnet worden war, standen sich ihm schließlich auch bei der Hauptstadt-Presse die Türen offen. Erst der Kriegsausbruch hatte Leonhards Aufstieg zu einem der gefragtesten Bildberichterstatter des Deutschen Reiches ein Ende bereitet. In der Propagandakompanie, in der er seit Herbst 1939 diente, gab es mindestens zwei Dutzend begabte Fotografen, wobei das Leben des einen der Wehrmacht so wenig wert war wie das Leben des anderen.

Luise steuerte auf das letzte Abteil im Wagen zu, wo sie endlich zwei freie Sitzplätze erspäht hatte. Sie lagen neben dem Gang. Die Fensterplätze waren bereits besetzt. Auf dem einen saß ein fein gewandeter älterer Herr, der vor sich hindöste, auf dem andern eine nicht minder elegant gekleidete ältere Dame, die in einem schmalen, in Packpapier eingeschlagenen Büchlein blätterte.

Luise lächelte ihr zu, ehe sie Reisetasche und Schreibmaschine auf die Gepäckablage hievte und Mantel und Hut an den Haken neben der Abteiltür hängte.

Sie hatte es sich eben auf dem Sitzplatz in Fahrtrichtung bequem gemacht, als die Tür aufging und eine jugendliche Männerstimme in übertriebener Lautstärke fragte: »Verzeihung, ist hier noch frei?«

Luise hob den Kopf und blickte in das sommersprossige Gesicht eines rothaarigen Hitler-Verschnitts, der auf den Platz ihr gegenüber deutete. Er trug Uniform – Luftwaffe, wie an der blauen Farbe unschwer zu erkennen war – und gab sich augenscheinlich Mühe, darin auch recht schneidig auszusehen. Sobald Luises Blick ihn traf, salutierte er zackig, schob die Schultern noch ein paar Zentimeter weiter nach hinten und reckte das Kinn so hoch in die Luft, dass man seinen geröteten Adamsapfel tanzen sehen konnte.

Luise, der die Zeichen männlichen Balzverhaltens nur zu gut bekannt waren, nickte wenig begeistert. Der junge Mann nahm Platz, lehnte sich zu ihr vor und verkündete so laut, dass der halbe Waggon es mitbekommen musste: »Olaf Nielsen, Oberfeldwebel. Fliegerhorst Neudorf, Oberschlesien. Freut mich, Ihre Bekanntschaft zu machen.«

Mit einem breiten Grinsen unter dem schmalen Oberlippenbärtchen streckte er ihr die rechte Hand entgegen.

»Luise Littke«, erwiderte sie, ohne seine Hand zu ergreifen.

Im nächsten Augenblick ging ein Ruck durch den Wagen, der Zug fuhr holpernd an.

Während die grauen Häuserzeilen von Friedrichshain und Treptow in immer schnellerem Tempo vor dem Fenster vorbeizogen, fielen Luise die Augen zu. Sie schmiegte sich in das weiche Polster des Sitzes und gab sich ihrer Müdigkeit hin.

Gerade war sie eingenickt, als die gellende Stimme des Oberfeldwebels sie aus dem Schlummer riss.

»Kaffee? – Ich glaube, er ist noch warm.«

Widerwillig schlug sie die Augen auf. Olaf Nielsen, schon wieder oder immer noch grinsend, streckte ihr den wohlgefüllten Deckel einer Thermoskanne entgegen.

Derweil bemerkte die ältere Dame: »Der Kaffee war eigentlich für Sie gedacht, Herr Oberfeldwebel. Aber wenn Sie partout den Galan spielen müssen …«

Nielsen, der vermutlich nicht wusste, was ein Galan war, grinste noch breiter und raunte Luise für alle hörbar zu: »Jetzt nehmen Sie schon, Fräulein. Sonst ist mir die gute Frau ewig böse.«

Luise rang sich ein Lächeln ab. Sie nahm ihm den Deckel aus

der Hand und führte ihn vorsichtig zum Mund. Der Kaffee war tatsächlich noch warm. Zu ihrem Entzücken war es echter Bohnenkaffee, für den man mittlerweile ein Vermögen hinblättern musste, nicht dieses billige Kaffee-Ersatz-Gesöff, das so fade schmeckte, dass die Berliner es »Horst-Wessel-Brühe« getauft hatten, weil die Bohnen darin nur im Geiste mitmarschierten, wie der tote Horst in seinem Lied.

Als ihr der Witz in den Sinn kam, musste Luise unvermittelt lachen.

»Schmeckt er Ihnen nicht?«, fragte die Dame am Fenster spitz.

»Doch, doch«, beeilte Luise sich zu erwidern, bevor sie den Rest des Kaffees wie zum Beweis in einem Zug hinunterstürzte und der unfreiwilligen Spenderin den leeren Deckel zurückgab.

Nachdem diese ihn zweimal mit einem Taschentuch ausgewischt hatte, füllte sie den Becher erneut bis zum Rand und reichte ihn dem Oberfeldwebel, der sich lauthals bedankte. Während er den Kaffee schlürfte, bemerkte die Dame: »Mein Mann war ja im letzten Krieg mit dabei. Er hat bei Verdun einen Zug angeführt.«

Sie hatte absichtlich laut in die Richtung ihres dösenden Gatten gesprochen, doch dieser machte keine Anstalten, die Augen aufzuschlagen. Er erinnerte Luise an ihren Vater, der auch sehr gut darin war, Gespräche zu vermeiden, indem er sich schlafend stellte. Es war keine schlechte Taktik. Besonders dann, wenn ein anderer Mann zugegen war, der einem das Reden nur allzu gerne abnahm.

»Verdun«, wiederholte der Oberfeldwebel, sobald er den Becher ausgetrunken und sich mit dem Zeigefinger die letzten Kaffeetropfen vom Hitler-Bärtchen gewischt hatte. »Furchtbares Blutbad, was der Franzmann da mit uns angerichtet hat ... Zum Glück stehen uns heute ganz andere waffentechnische Mittel zur Verfügung. Vor allem die Luftwaffe hat ungeheure Fortschritte gemacht, seit Reichsmarschall Göring sie führt ... Und natürlich, seit der Führer den Oberbefehl über die Wehrmacht übernommen hat.«

Er gab der Dame den Becher zurück und fuhr dann lautstark fort: »Aber das ist noch nicht alles. Auch taktisch hat sich die Wehrmacht dank dem Genie des Führers komplett gewandelt …«

Luises Gedanken schweiften zu ihrem Onkel Walter ab, dem jüngsten Bruder ihres Vaters, der als junger Mann am Ersten Weltkrieg teilgenommen hatte und der, wie es Luise schien, nie richtig aus dem Krieg zurückgekehrt war. Er ließ keine Gelegenheit aus, von seinen Fronterlebnissen zu berichten und seine zahlreichen Narben vorzuzeigen, Erinnerungen an die Kämpfe an der Westfront. Die Kriegsgeschichten vergaß Luise gleich wieder, aber das Bild der Narbenwülste war ihr bis heute geblieben.

»Modernes militärisches Denken«, drang Nielsens schneidende Stimme wieder zu ihr durch. »Der Führer, müssen Sie wissen, würde so eine Schlacht wie die von Verdun ganz anders lenken als seine Vorgänger, nicht stur nach Lehrbuch, sondern aus dem Bauch heraus, instinktiv.«

Luise warf einen Blick zu der Dame hinüber, die plötzlich nicht mehr sicher zu sein schien, ob es eine gute Idee gewesen war, die Schlacht von Verdun in Gegenwart dieses eifrigen Oberfeldwebels zu erwähnen.

Sie schenkte Luise ein schmallippiges Lächeln und sagte dann, an den schwafelnden Nielsen gerichtet: »Mein Mann spricht ja nicht gern über seine Erfahrungen im Krieg.«

Es war der löbliche Versuch, die anrollende Verballawine irgendwie abzuwenden.

Allein, er kam zu spät. Nielsen war nicht mehr zu bremsen.

*****

Der Oberfeldwebel hörte erst auf zu quasseln, als sie in Frankfurt an der Oder angelangt waren und die Dame am Fenster sichtlich erleichtert erklärte: »Hier müssen wir leider aussteigen.« Sie rüttelte ihren Mann wach, ermahnte ihn, das Gepäck nicht zu vergessen, und verließ das Abteil ohne einen Abschiedsgruß. Der schlaftrunkene Gatte brachte immerhin ein belegtes »Auf Wiedersehen« zustande, bevor er ihr stolpernd folgte, selbstredend mitsamt dem Gepäck.

Das Paar war kaum ausgestiegen, als eine junge Frau ins Abteil gerauscht kam und sich mit einem gut gelaunten »Tschuldigung« an Luise und Nielsen vorbei ans Fenster drängte. Während sie sich mit wohligem Seufzer auf einen der Polstersitze niederließ und die Beine übereinanderschlug, musterte Luise sie unauffällig. Sie trug einen Bubikopf – so einen, wie Luise ihn sich hätte schneiden lassen, wäre sie damit nicht Gefahr gelaufen, ihren Vater zu brüskieren – und war überhaupt sehr hübsch.

Luise bewunderte gerade die Grübchen in den rosigen Wangen, als die Frau ihren Blick auffing, auf den zweiten Fensterplatz deutete und sagte: »Möchten Sie sich nicht zu mir setzen? Ist doch viel schöner hier, so mit Aussicht.«

Bevor Luise auf die unerwartete Einladung reagieren konnte, sprang Oberfeldwebel Nielsen auf und verkündete, wie wenn es den ganzen Zug etwas angehen würde: »Aber klar doch, Fräulein!«

Sobald er sich wieder gesetzt hatte, begann der Oberfeldwebel, sein neues Gegenüber mit Geschichten aus der Fliegerschule zu bombardieren, die noch langweiliger waren als das militärtheoretische Geschwafel, mit dem er Luise zuvor hatte beeindrucken wollen, aber offensichtlich nicht langweilig genug, um die Frau mit dem Bubikopf ihre guten Manieren vergessen zu lassen. Sie gab sich jedenfalls große Mühe, Interesse vorzuschützen und über seine lahmen Scherze zu lachen.

Verdrossen wandte Luise sich von den beiden ab.

Während der Zug wieder anfuhr, drehte sie den Kopf zur Tür, vergrub das Gesicht in ihrem Mantel und versuchte erneut ein wenig zu schlafen. Doch Nielsens Stimme dröhnte so laut, dass sie den Versuch bald wieder aufgab. Mit einem resignierten Seufzer nahm sie die Reisetasche von der Gepäckablage und holte die Mappe mit den Unterlagen hervor.

Als sie die Gummibänder zurückschnellen ließ, bemerkte sie aus den Augenwinkeln, wie die Frau mit dem Bubikopf ihr das Gesicht zuwandte und wegen irgendetwas, das der Oberfeldwebel gerade gesagt hatte, theatralisch die Augen verdrehte. Luise kicherte und wurde gleichzeitig rot. Rasch senkte sie den Kopf und richtete ihre Aufmerksamkeit auf die Mappe.

Leonhard hatte ihr stets eingetrichtert, dass sorgfältige Recherche das A und O des Journalistenberufes sei, also wollte sie die Recherche für ihre erste richtige Reportage besonders gründlich angehen. Sie hatte die lange Fahrt von Stuttgart nach Berlin dafür genutzt, den Mappeninhalt Stück für Stück genauer unter die Lupe zu nehmen. Zu Beginn hatte sie sich eher lustlos durch die Dokumente gewühlt, doch je weiter sie vorgedrungen war, desto stärker hatte die Geschichte dieses Fritz Freundlich sie in den Bann gezogen. Bei der Ankunft in Berlin hatte sie fast die gesamte Mappe durchgearbeitet, und ihr war auch schon eine Überschrift für ihren Artikel eingefallen: *Der Fall Freundlich.* – Das klang nach einem Kriminalroman, und Krimis lasen die Leute gern. Schleifer würde begeistert sein.

Der Propagandaminister hoffentlich auch.

»Da bist du ja«, murmelte Luise.

Vorsichtig zog sie eines der wenigen Schriftstücke aus der Mappe, die sie noch nicht kannte. Die zerfledderte Broschüre trug den Titel *Unsere Helden* und war 1938 im parteieigenen Eher-Verlag in München erschienen. Wie der Untertitel verriet, handelte es sich um eine illustrierte Festschrift anlässlich des fünften Jahrestages der Machtergreifung. Das Geleitwort stammte von Doktor Goebbels höchstpersönlich und begann mit dem Satz: *Heute vor fünf Jahren hat die allwissende Vorsehung einen Staatsmann an die Spitze des deutschen Volkes gestellt, der in der deutschen – und in der Weltgeschichte – Seinesgleichen sucht: unseren geliebten Führer, Adolf Hitler.*

Luise überblätterte die Vorrede und wandte sich dem ersten Kapitel zu, das – wie hätte es auch anders sein können? – den Gefallenen des Hitlerputsches vom 9. November 1923 gewidmet war. Das zweite feierte SA-Mann Horst Wessel, das dritte den Freikorpsangehörigen Albert Leo Schlageter. Es folgten ein Beitrag über einen namenlosen Bauernsohn aus Niedersachsen, dessen Konterfei Luise an den Hitlerjungen erinnerte, der ihr bei ihrem letzten Kinobesuch eine Spende für das Winterhilfswerk aus den Rippen geleiert hatte, und ein etwas längerer über eine Schar Münchner Korpsstudenten, deren Gruppenbilder eine so penetrante Burschenschaftsromantik verströmten, dass es Luise in den Fingern juckte, die Seiten herauszureißen.

Das Kapitel über den Jederstädter SA-Sturmführer war das vorletzte. Die Überschrift lautete: *Fritz Freundlich – Ein unerschrockener Kämpfer wider die rote Gefahr.* Darunter prangte eine kolorierte Schwarz-Weiß-Fotografie, auf der Freundlich in Braunhemd und kurzen Hosen, Kniestrümpfen und Wanderschuhen fröhlich lachend auf einem Felsen hockte.

Nachdenklich nahm Luise das Bild in sich auf.

Sie musste sich eingestehen, dass ihr der Mensch auf dem Foto gar nicht unsympathisch war. Wenn er etwas anderes getragen hätte als diese hässliche braune Uniform, hätte er sich kaum von den jungen Männern unterschieden, mit denen ihr Bruder Leonhard in Stuttgart befreundet gewesen war. Luise hatte Leonhards Freunde eigentlich immer gemocht. Sie hatte sich oft und gern in ihrem Kreis aufgehalten. Ob einer von ihnen SA-Mitglied war, hätte sie nicht zu sagen vermocht. Dafür wusste sie von jedem, für welchen Fußballverein sein Herz schlug und welches sein Lieblingsschauspieler war.

Die junge Frau am Fenster lachte laut auf. Sie hatte ein ungestümes, fast schon unanständiges Lachen, das Luise überaus anziehend fand. Sie verspürte das Verlangen, zu ihr hinüberzuschauen, traute sich aber nicht. Stattdessen blätterte sie um und vertiefte sich in den Text.

Sie hatte das Porträt zwei Mal gelesen und den Rest der Broschüre überflogen, als der Schaffner den nächsten Halt – Breslau – ankündigte und der Oberschwafler endlich den Mund hielt. Luise ließ die Festschrift sinken und beobachtete neidvoll, wie er der Frau mit dem Bubikopf in den Mantel half und ihr den Koffer reichte, worauf sie ihm eine gute Weiterfahrt wünschte und mit einem Augenzwinkern an Luises Adresse aus dem Abteil verschwand.

»Bei mir wär' jetzt ein Platz frei, wenn Sie mögen«, bemerkte Nielsen, nachdem er sich wieder in den Sitz gefläzt hatte. »Ist wirklich schön hier am Fenster.«

Idiot, dachte Luise.

Ohne den Schwafler einer Antwort zu würdigen, drehte sie das Gesicht dem Fenster zu und schaute auf den Bahnsteig hinaus, auf dem es von Menschen nur so wimmelte. Sie beobachtete, wie der Bubikopf in dem Gedränge auf eine Frau in Rotkreuzschwesterntracht zusteuerte und ihr stürmisch um den Hals fiel. Als nächstes sah Luise, wie der Bubikopf der Krankenschwester etwas ins Ohr flüsterte, worauf diese den Hals reckte und mit zusammengekniffenen Augen in Richtung Zug spähte. Die Frau mit dem Bubikopf sagte noch etwas, was ihre Krankenschwester-Freundin sehr zu erheitern schien, dann hakten die beiden sich beieinander unter und verschwanden Sekunden später aus Luises Blickfeld.

Der Zug setzte sich wieder in Bewegung.

Während sie an den Sehenswürdigkeiten Breslaus vorbeiratterten – dem Dom, der Kreuzkirche, dem Rathaus –, machte Luise Anstalten, sich erneut in die Festschrift zu vertiefen, doch die Lust am Lesen war ihr vergangen. Sie packte die Broschüre in die Mappe, legte diese zurück und wandte sich wieder dem Fenster zu. Den Ellbogen auf die Armlehne, das Kinn in die Hand gestützt, beobachtete sie, wie die Prachtbauten der Niederschlesischen Hauptstadt von den tristen Straßenzügen ihrer Vororte abgelöst wurden, ehe diese ihrerseits in die trostlose Weite einer Tiefebene übergingen. Das Land war flach und leer. Hie und da erhob sich ein unscheinbarer Hügel, reckten die Dächer eines einsamen Weilers ihre Giebel in den wolkenverhangenen Himmel. Die Natur schien noch immer Winterschlaf zu halten, dumpfe Brauntöne dominierten die Landschaft, durchbrochen vom schmutzigen Weiß einiger Schneefelder, die dem Tauwetter trotzten. In der Ferne schimmerte das graue Wasser der Oder, die träge in Richtung Ostsee floss.

Beim Anblick des Flusses verspürte Luise einen Anflug von Wehmut. Sie liebte Flüsse. Vor allem den Neckar, in dessen Nähe sie aufgewachsen war, und die Elbe, an deren Ufer einst das Haus ihrer Hamburger Großeltern stand. Dietrich Behrens, der Vater ihrer Mutter Leonore, hatte den Fluss stets »unser Tor zur Welt« genannt, und jedes Mal, wenn Luise bei den Großeltern weilte, war er mit ihr die Elbe hinunter bis ans Meer gefahren. Dabei erzählte er von Leonore, und davon, wie sehr sie den Fluss und die See geliebt habe. Großvater Dietrich, von Beruf evangelischer Pfarrer wie sein Schwiegersohn, konnte es seinem ehemaligen Vikar nie verzeihen, dass er seine einzige Tochter aus dem weltoffenen Hamburg in die Enge der Württemberger Provinz entführt hatte. Noch auf seinem Totenbett hatte der Großvater behauptet, dass seine Tochter an Heimweh gestorben sei – oder an Fernweh, was für eine Hamburgerin, wie Dietrich Behrens meinte, ohnehin ein und dasselbe war.

Trotz der Spannungen, die zwischen Großvater und Vater herrschten, hatte Luise sich bei ihren Großeltern stets wohl gefühlt. Die Sommerferien, in denen sie bis zum Abitur fast jedes Jahr für mehrere Wochen nach Hamburg gefahren war, hatten zu den Höhepunkten ihres Jahreslaufs gehört. Auch den Sommer 1932 – in dem Fritz Freundlich in Schlesien umgebracht wurde und die Wählerinnen und Wähler die NSDAP zur stärksten Kraft im Reichstag machten – hatte Luise in dem Haus an der Elbe verbracht. Später erinnerte sie sich daran, dass die Großeltern in jenem Sommer sehr oft über Politik gesprochen hatten, doch damals war Luise zu sehr mit sich selbst beschäftigt gewesen, um dem Wahlsieg der Nationalsozialisten große Beachtung zu schenken. Anstatt sich über etwas den Kopf zu zerbrechen, das ihr Großvater den »Anfang vom Ende Deutschlands, wie wir es kennen und lieben« nannte, träumte sie davon, mit ihrer Freundin Elfriede die Welt zu bereisen und eine berühmte Reiseschriftstellerin zu werden. Luise hatte sich weder damals noch in den folgenden Jahren sonderlich für Politik interessiert, und als ihr endlich zu dämmern begann, dass ihr Großvater recht gehabt hatte, hatte es keine Politik mehr gegeben, die diesen Namen verdiente.

»Stulle?«

Luise schreckte aus ihren Erinnerungen hoch.

Nielsen hatte sich halb von seinem Sitz erhoben und hielt ihr ein Stück Brot unter die Nase, so dick mit Butter beschmiert, dass ihr das Wasser im Mund zusammenlief. Mit einem Mal wurde ihr bewusst, dass sie Hunger hatte. Es musste bereits Nachmittag sein, und die trockene Scheibe Schwarzbrot, die sie bei Charlotte zum Frühstück gegessen hatte, war längst verdaut. Dennoch schüttelte sie den Kopf und sagte: »Danke. Ich hab's nicht mehr weit.«

Der Oberfeldwebel zögerte einen Moment, bevor er sich ins Polster zurückfallen ließ und mit einem Achselzucken in seine Stulle biss.

»Wohin fahren Sie denn?«, erkundigte er sich kauend.

»Nach Jederstadt«, entgegnete Luise, die bereits bereute, das Brot nicht angenommen zu haben.

Nielsen nickte wissend. »Die nächste. Hübsches Städtchen. Bisschen provinziell vielleicht.«

Während er ihr schmatzend mitteilte, dass er seinerseits ja aus der Großstadt stamme – »aus Kölle«, wie er mit vollem Mund präzisierte –, ließ Luise die Augen wieder zum Fenster wandern. Der Zug fuhr gerade an einem Hügel vorbei, der ihnen die Sicht auf die Oder versperrte. Auf der Hügelkuppe thronte eine alte Eiche, unter der eine Holzbank stand.

Dort oben muss es geschehen sein, schoss es ihr durch den Kopf, während sie nach ihrer Reisetasche griff und sich zum Aussteigen bereit zu machen. Ein Kreischen verriet, dass der Lokomotivführer bereits zum Bremsmanöver ansetzte. Kurze Zeit später fuhren sie in den Bahnhof von Jederstadt ein.

Nielsen stand auf, um Luise die Schreibmaschine zu reichen.

Sie wollte sich gerade bei ihm bedanken, als der Soldat auch schon den Arm emporschnellen ließ und, eine Wolke Brotkrümel versprühend, »schönen Aufenthalt!« und »Heil Hitler!« krähte.

Für den Bruchteil einer Sekunde war Luise versucht, ihm »Dein dämlicher Hitler kann mir den Buckel runterrutschen« zu entgegnen, doch sie hielt den Mund.

Solche Dinge sagte man nicht in Hitler-Deutschland.

Nicht, wenn einem sein Leben lieb war.

»Auf Wiedersehen«, antwortete sie stattdessen und verließ das Abteil ohne einen Blick zurück.

Der Zeuge: Machtübernahme

Januar 1933

Die Menschen singen voller Inbrunst, ihre Gesichter leuchten im Fackelschein. Die Nacht ist klirrend kalt, und doch sind sie zu Hunderten gekommen, um den Anbruch der neuen Zeit zu feiern. Männer, Frauen – Kinder sind auch dabei. Sie stehen auf den verschneiten Wiesen rings um mich her und schmettern ein Lied.

»Deutschland, Deutschland über alles, über alles auf der Welt ...«

Mit jeder Note schwillt der Gesang um Dutzende von Stimmen an, bis auch die hinterste und letzte in ihm aufgegangen ist.

Als das Lied verklungen ist, treten zwei Männer aus den Menschenreihen hervor und pflanzen sich vor mir auf. Ihre Züge vermag ich in der Dunkelheit nicht auszumachen, aber ihre Silhouetten verraten sie mir.

Ich kenne ihre aufgeblasenen Leiber.

Erst wenige Monate ist es her, seit ich sie zuletzt gesehen habe. Damals waren sie bloß die ersten Diener ihrer Partei. Jetzt sind sie auf bestem Weg, die Herren der Stadt zu werden.

Der kleinere holt einmal tief Luft, bevor er zu reden anhebt. Seine Stimme dringt in mich ein wie ein geschliffenes Beil. Die Menge verstummt und lauscht gebannt seinen Worten.

»Parteigenossen! Männer und Frauen von Jederstadt! Die Eiche ist der Baum der Deutschen. – Wo also, so frage ich euch, hätten wir die Wiedergeburt unserer Nation würdiger feiern können als unter dieser mächtigen Eiche, die seit dreihundert Jahren über unser Städtchen wacht?«

Genau genommen sind es fast dreihundertunddreizehn Jahre.

»So sind wir denn in dieser Schicksalsstunde hier zusammengekommen, um Dank zu sagen unserem Führer, der unermüdlich ge-

kämpft hat, für uns und für Deutschland. Auf dass die Zeiten endlich besser werden! Auf dass die Schmach von Versailles endlich getilgt wird! Auf dass die Herrschaft des internationalen Finanzjudentums ein für alle Mal gebrochen wird. – Dafür hat er gekämpft, unser Führer, zehn harte, opferreiche Jahre lang. Und dafür wird er einstehen, jetzt, wo er endlich an der Macht ist – unser Reichskanzler, Adolf Hitler!«

Jubel brandet auf.

Heil-Rufe brausen durch die Nacht.

Der Redner badet in der Bewunderung der Menge, die einem andern gilt.

Als er sich lange genug an den Jubelchören berauscht hat, gebietet er den Menschen zu schweigen und fährt in seiner Ansprache fort: »Kameraden! Volksgenossinnen und Volksgenossen! Heute ist ein großer Tag. Heute bricht ein neues Zeitalter an: das Zeitalter des Nationalsozialismus. – Von dieser Stunde an werden in Deutschland wieder deutsches Recht, deutsche Zucht und Ordnung herrschen. Wir Deutschen werden den Platz einnehmen, den die Natur uns zugedacht hat: den Platz an der Spitze der Völker und Rassen. Dafür wird der Führer sorgen, und dafür werden wir ihm Dank erweisen, jetzt und in Ewigkeit, amen!«

»Amen!«, schallt es aus der Menge zurück. Einfach, zehnfach, hundertfach. Wieder und wieder lassen die Menschen Hochrufe in den Nachthimmel steigen, recken ihre Arme dem fernen Abgott entgegen.

Mir scheint schon, der Taumel wolle ewig dauern, als der zweite Mann sich vordrängt, um ebenfalls eine Rede zu halten. Auch seine Stimme ist von großer Wucht, grollend wie der Donner.

Er spricht von den gefallenen Kämpfern, den »Blutzeugen« ihrer Bewegung, von den mutigen Helden der Tat, die ihre Leben opferten, damit dieser Tag der Erlösung endlich anbrechen möge. Und ganz besonders spricht er von einem: jenem blonden Sohn ihrer Stadt, der über meinen Wurzeln verblutet ist, für Führer und Vaterland.

Kein Wort von dem, was er sagt, ist wahr, aber die Menge hört es – und glaubt. Sie nimmt seine schamlosen Lügen mit Ergriffenheit auf, und wäre die Nacht nicht so finster, man sähe die Tränen der Rührung in den Augen der Zuhörer glänzen.

Nachdem auch der zweite Mann seine Rede beendet hat, erhebt sich von neuem ein Lied.

»Die Fahne hoch! Die Reihen dicht geschlossen!
SA marschiert mit ruhig festem Schritt.
Kameraden, die Rotfront und Reaktion erschossen,
Marschier'n im Geist in unsern Reihen mit.«

Die Straße frei den braunen Bataillonen!
Die Straße frei dem Sturmabteilungsmann!
Es schauen aufs Hakenkreuz voll Hoffnung schon Millionen.
Der Tag für Freiheit und für Brot bricht an.«

Bei der dritten Strophe singen alle wie aus einem Mund, und ich ahne in der Tiefe meines Stammes, dass Jahre vergehen werden, bis es wieder hell wird über meiner Stadt.

Bis das Zeitalter des Nationalsozialismus vorüber sein wird.

3. Kapitel

Luise hatte keine Ahnung, wo sich das Hotel befand, das der Kreisleiter ihrem Chef am Telefon als Treffpunkt genannt hatte, also beschloss sie, sich hinfahren zu lassen.

Falls es in Jederstadt je Automobil-Taxis gegeben hatte, hatte der kriegsbedingte Treibstoffmangel sie wieder von den Straßen vertrieben – wie fast überall sonst in Deutschland. Daher steuerte sie auf eine der Droschken zu, die vor dem Bahnhofsgebäude auf Kundschaft warteten, und kramte den Zettel mit der Hotelanschrift aus der Manteltasche. Der Kutscher war ein Knabe von höchstens zwölf Jahren, der ein so breites Schlesisch sprach, dass er kaum zu verstehen war, aber enthusiastisch nickte, als sie ihm ihr Ziel nannte. Sie hatte kaum den Fuß in das altertümliche Gefährt gesetzt, als er auch schon mit der Zunge schnalzte und den Pferden die Zügel schießen ließ.

Während sie auf blankem Kopfsteinpflaster an schmucken Giebelhäusern vorbei in Richtung Innenstadt rollten, kam Luise sich vor wie in die Vorkriegszeit zurückversetzt. Die Häuserzeilen standen so aufrecht und unversehrt da, dass man sich im Frieden hätte wähnen können, wenn die Soldaten im Straßenbild nicht gewesen wären. Jederstadt hatte augenscheinlich noch nie einen feindlichen Flieger zu Gesicht bekommen, geschweige denn einen Bomber. – Was Wunder, dass man Schlesien auch den Reichsluftschutzkeller nannte und derart viele Kinderlandverschickungen in diese Provinz gingen!

Hier konnte man ruhig schlafen.

Bei dem Gedanken verspürte Luise einen Anflug von Neid auf die Menschen, die ihre Nächte nicht in ständiger Furcht vor

Luftangriffen verbringen mussten wie so viele in den weiter westlich gelegenen Teilen des Reiches. Ihr blieb jedoch keine Zeit, sich im Selbstmitleid zu suhlen. Der Knabe nuschelte etwas, das wie »Hier ist es, Fräulein« klang, und brachte die Droschke zum Stehen.

Das *Grandhotel Ortlieb* lag am Ring, dem rechteckigen Marktplatz, der das Zentrum jeder schlesischen Stadt bildete. Es befand sich schräg gegenüber dem Rathaus, einem mächtigen Renaissance-Bau, auf dessen Glockenturm weitherum sichtbar das Hakenkreuz wehte. Auch an der Fassade des Hotels hingen Hakenkreuzflaggen, und die glänzenden Motorkarossen, die davor parkten – »Bonzenwagen«, wie Charlotte gespottet hätte –, ließen darauf schließen, dass die Partei es gleichermaßen für sich reklamiert hatte.

Nachdem Luise ausgestiegen war und den Knaben entlohnt hatte, besah sie sich ihre Unterkunft genauer. Im Vergleich mit den Grandhotels, die sie aus Berlin oder auch aus Stuttgart kannte, war das *Ortlieb* bestenfalls ein Drei-Sterne-Haus; in diesem bescheidenen Provinzstädtchen nahm es sich nichtsdestotrotz beeindruckend aus. Es war so breit wie die beiden angrenzenden Häuser zusammengenommen und überragte alle anderen Gebäude am Ring. Über dem Eingang wölbte sich ein schwarzes Regendach, auf dem in geschwungenen weißen Lettern der Hotelname prangte; ein weinroter Teppich führte von der Türschwelle bis zur Bordsteinkante.

Als sie sich dem Eingang näherte, fiel ihr Blick auf den alternden Pagen, der neben der Türe stand. Er sah aus, als ob er einem Kostümfilm entstiegen wäre. Seine himmelblaue Livree war über und über mit bunten Kordeln behangen und mit goldenen Tressen verziert. Sobald er sie erblickte, riss er die Tür auf und hob die Rechte zum Hitler-Gruß, wobei er ein so lächerliches Bild abgab in seiner Fantasie-Uniform, dass Luise sich ein Kichern nicht verkneifen konnte.

Wenn er nicht so dünn wäre, könnte er es glatt mit Göring

aufnehmen, hörte sie Charlotte in ihrem Kopf bemerken, derweil sie fasziniert beobachtete, wie die bunten Schnüre über der schmalen Brust des Alten lustig auf und nieder wippten.

Sie hätte sich besser auf ihre müden Füße konzentriert.

Bevor sie noch recht begriff, wie ihr geschah, stolperte Luise über eine Teppichwulst, verlor das Gleichgewicht und ließ zuerst ihre Reisetasche und danach auch die Erika fallen, um den Sturz mit beiden Händen aufzufangen. Die Schreibmaschine ging krachend zu Boden, der Deckel sprang ab und fiel dem verdutzten Pagen direkt vor die Füße.

Luise stieß einen wütenden Schmerzenslaut aus und rappelte sich mühsam wieder auf, als zwei große schlanke Hände ihren Oberarm umfassten und sie eine melodiöse Frauenstimme fragen hörte: »Haben Sie sich wehgetan?«

Verdattert wandte sie sich um.

Die Frau, die ihren Arm umfasst hielt, war so schön, dass Luise sich einen Moment lang wie im Film vorkam. Sie war groß – fast so groß wie Leonhard –, trug einen kostbaren hellbraunen Pelzmantel mit einer dazu passenden Pelzmütze, unter der zwei perlenbesetzte Ohrhänger hervorlugten. Ihr Gesicht war so kunstvoll geschminkt, wie Luise es bisher nur bei Schauspielerinnen gesehen hatte, und ihre von dunklen Wimpern umrahmten Augen schauten sie mit derselben hochmütigen Gelassenheit an wie die Filmdiven, deren Autogrammkarten Luise über ihrem Bett in Stuttgart aufgehängt hatte.

Auch das mokante Lächeln, mit dem die Frau nun ihren Mantel zurückschlug und die Hände in die Hüften stemmte, um Luise von Kopf bis Fuß zu mustern, hätte jedem UFA-Star gut angestanden. Luise hätte sich auf der Stelle ein halbes Dutzend passende Szenen für sie ausdenken können.

Nur die Kulisse hätte eine andere sein müssen.

Und der Mann, der als nächstes auf der Szene erschien, wäre in Luises Film garantiert nicht vorgekommen.

Er trug die schwarze Uniform der Schutzstaffel und war so

mager, dass sie bei seinem Anblick an das Skelett denken musste, mit dem sie und ihre Mitschülerinnen im Biologieunterricht herumgealbert hatten. Die steife Schirmmütze, die er unter den Arm geklemmt hatte, wies ihn als SS-Angehörigen im Offiziersrang aus, indes der Ehrendolch an seinem Gürtel darauf schließen ließ, dass er bereits vor der Machtübernahme Mitglied von Himmlers schwarzem Korps gewesen war. Sein dunkles Haar war mit Pomade nach hinten gekämmt, was seine hohe Stirn über Gebühr betonte und ihm zusammen mit der Nickelbrille, die auf seiner schmalen Nase saß, den gelehrten Zug eines Hochschulprofessors verlieh.

Der Tonfall, in dem er sich an die Frau im Pelz wandte, klang indessen mehr nach Kasernenhof als nach Katheder. »Was geht hier vor?«, fragte er mit einer Schärfe, die Luises Puls weiter in die Höhe schnellen ließ.

Die Angesprochene lächelte unbeirrt weiter. »Nichts«, entgegnete sie so nonchalant, dass Luises Herzschlag sich sofort wieder normalisierte. »Die Frau ist gestolpert. Ich habe ihr beim Aufstehen geholfen. Das ist alles.«

Der SS-Mann richtete seinen Professorenblick auf Luise, die sich hastig den Hut zurechtrückte und den zerknitterten Rock glatt strich, und schaute sie einige Sekunden lang durchdringend an, ehe er die Augen zu der aufgesprungenen Schreibmaschine und von dieser zu dem himmelblauen Pagen wandern ließ, der noch immer leicht verwirrt auf den Deckel zu seinen Füßen starrte.

»Sehen Sie nicht, dass das Fräulein etwas fallen lassen hat?«, herrschte er den Alten an. »Heben Sie das gefälligst auf!«

Während der alte Mann sich beeilte, dem Befehl nachzukommen, beobachtete Luise, wie der SS-Mann die Uniformmütze aufsetzte und der Diva den Arm reichte, um sie zu einem der geparkten Wagen zu geleiten. Ohne Luise eines weiteren Blickes zu würdigen, stieg die Frau ein und ließ sich von ihrem Begleiter davonchauffieren.

»Bitte sehr, Ihr Gerät.«

Der Page reichte ihr die wieder zusammengesetzte Schreibmaschine. Er sprach höflich, aber seine vorwurfsvolle Miene verriet, dass er Luise für die Rüge des SS-Mannes verantwortlich machte. Er gab ihr nicht einmal Zeit, sich zu bedanken. Sobald Luise ihre Erika an sich genommen hatte, eilte der Alte auf seinen Posten zurück und winkte sie durch die Tür.

Das Foyer erstreckte sich über die gesamte Breite des Hotelgebäudes, die Decke hing jedoch so tief, dass dem Raum etwas Beengtes anhaftete. Der Eindruck wurde durch die schlechte Beleuchtung verstärkt. Die elektrischen Wandlampen brannten nicht, und das wenige Tageslicht, das durch die mit schweren Gardinen verhangenen Fenster hereinfiel, war so milchig trübe wie das Wetter draußen.

Luises Augen brauchten eine Weile, bis sie sich an das Halbdunkel gewöhnt hatten. Als sie wieder deutlich sehen konnte, erkannte sie zu ihrer Linken die Hotelbar, in deren wuchtigen Ledersesseln einige SA-Männer in weiblicher Begleitung saßen und unter lautem Gelächter Rotwein in sich hineinschütteten; zu ihrer Rechten erblickte sie eine glänzend polierte Empfangstheke, hinter der ein kostümiertes Fräulein stand und gelangweilt in Richtung Eingang blickte.

Sobald sie Luise auf sich zukommen sah, belebte sich die Miene der jungen Frau. Sie schlug das Reservationsbuch auf, das vor ihr auf der Theke lag, und erkundigte sich beflissen, ob Luise bei ihnen zu nächtigen wünsche.

»Ich glaube, man hat bereits ein Zimmer für mich reserviert«, gab Luise zur Antwort und nannte ihren Namen.

Die Hotelangestellte – das Schild über der linken Brust wies sie als *Frl. Wagner* aus – beugte sich über das Buch und begann es nach dem passenden Eintrag abzusuchen. Nach einer Minute hob sie den Kopf und fragte leicht verwirrt: »Wie, sagten Sie, war noch mal Ihr Name?«

»Littke. Luise Littke.«

Fräulein Wagner vertiefte sich erneut in die Liste. Als sie nach dreißig Sekunden immer noch nichts gefunden hatte, schob Luise etwas verärgert nach: »Die Reporterin aus Stuttgart. – Kreisleiter Exler hat mich in Ihr Hotel bestellt.«

Da endlich fiel der Rezeptionistin der Groschen. »Ach, so ist das!«, rief sie so laut, dass die Gäste an der Bar neugierig zu ihnen herüberschauten. »Wir dachten, Sie wären ein ...« Erschrocken schlug sie die Hand vor den Mund.

Luise verstand sie auch so. Man hatte in Jederstadt einen männlichen Reporter erwartet. Und warum auch nicht? Zwar gab es in Deutschland nicht wenige Frauen, die für Zeitungen oder Zeitschriften schrieben. Zumindest wenn man ihre Zahl mit der Anzahl der Frauen verglich, die vor dem Krieg als Journalistinnen tätig gewesen waren. Trotzdem dachten die meisten Leute nach wie vor zuerst an einen Mann, wenn sie sich einen Pressevertreter vorstellten. So war aus Luise Littke im Reservationsbuch wohl ganz selbstverständlich ein *Ludwig* Littke oder schlicht ein *Herr* Littke geworden.

»Sie sind also der berühmte Reporter ... Verzeihung! Ich meine natürlich: die berühmte Reporterin, die über unseren Fritz berichten soll«, sagte die Rezeptionistin. »Ich wusste gar nicht, dass auch Frauen Mitglied der Reichspressekammer werden können.«

Sie griff unter die Theke und brachte ein Formular zum Vorschein, das die Überschrift *Meldeschein* trug. Nachdem sie es Luise zugeschoben und ihr einen Bleistift gereicht hatte, erkundigte sie sich mit gedämpfter Stimme: »Sind Sie ihm denn schon einmal persönlich begegnet?«

Luise verstand nicht.

»Dem Herrn Reichsminister, meine ich«, ergänzte die Empfangsdame flüsternd.

»Wie man's nimmt«, erwiderte Luise und beugte sich über den Meldeschein.

Während sie das Formular ausfüllte, dachte sie an ihre erste und bisher einzige Begegnung mit dem Reichsminister für Volksaufklärung und Propaganda. Wobei »Begegnung« etwas viel gesagt war. Sie hatte Goebbels ein Mal aus der Nähe gesehen, im Spätherbst 1937, als Leonhard für seine Parteitagsreportage ausgezeichnet worden war. Sie stand nur wenige Meter hinter ihrem Bruder, als dieser die Gratulationen des Propagandaministers entgegennehmen durfte. Luise konnte sich noch gut erinnern, wie der schmächtige Mann mit dem übergroßen Kopf die Reihen der Preisträger – es waren ausschließlich Männer gewesen – abgeschritten war, wobei er den verkrüppelten Fuß bei jedem Schritt ein wenig nachzog. Er ließ es sich nicht nehmen, jedem einzelnen Preisträger die Hand zu schütteln und mit jedem ein paar Worte zu wechseln. Zu Leonhard sagte er: »Tolle Fotos, Littke, echt knorke. Bleiben Sie dem Führer und seiner Sache treu, dann werden Sie noch ein ganz Großer unter den deutschen Bildberichterstattern.« Leonhard hatte die Hacken zusammengeschlagen und mit heiserer Stimme »Das werde ich, Herr Minister!« ausgerufen, und damit war der Spuk auch schon vorbei gewesen.

Luise überlegte gerade, ob sie von der Preisverleihung erzählen sollte, als ein distinguierter Herr, der wie aus dem Nichts neben ihr aufgetaucht war, sie davor bewahrte, sich aus purer Eitelkeit zur Goebbels-Vertrauten zu stilisieren.

»Na, Fräulein Wagner, wie lautet die wichtigste Eigenschaft einer guten Hotelangestellten?«, fragte der Herr, wobei er der Angesprochenen über die Theke hinweg einen tadelnden Blick zuwarf.

Die junge Frau errötete bis zum Haaransatz. »Diskretion, Herr Direktor, Diskretion und nochmals Diskretion«, antwortete sie, die Augen auf den ausgefüllten Meldeschein geheftet.

Der Direktor strich sich mit der Rechten über sein gepflegtes Ziegenbärtchen und nickte gewichtig.

»Das ist korrekt, Fräulein Wagner. Und welche Eigenschaft sollte eine gute Hotelangestellte auf gar keinen Fall an den Tag legen?«

»Neugierde, Herr Direktor«, murmelte die Gemaßregelte fast unhörbar.

»So ist es, Fräulein Wagner. Ich sehe, Sie kennen die Regeln unseres Hauses, und ich gehe davon aus, dass Sie diese fürderhin auch beherzigen werden.«

Der Direktor machte eine kurze Pause, um die Zurechtweisung einwirken zu lassen, dann wies er auf das Schlüsselbrett an der Wand hinter dem Empfang und fügte in deutlich milderem Tonfall hinzu: »Und nun geben Sie mir den Zimmerschlüssel unseres verehrten Gastes, damit ich mich persönlich um die junge Dame kümmern kann.«

Fräulein Wagner, noch immer feuerrot im Gesicht, händigte ihm den Schlüssel aus.

»Herzlich willkommen im *Grandhotel Ortlieb,* Fräulein Littke«, begann der Direktor, Luise zugewandt und eine Verbeugung andeutend. »Mein Name ist Viktor Ortlieb. Ich bin der Leiter dieser bescheidenen Herberge, die seit drei Generationen im Besitz meiner Familie ist. Es ist uns eine große Ehre, Sie bei uns begrüßen zu dürfen.«

Er verbeugte sich erneut und lächelte dabei so routiniert, wie es nur Menschen konnten, deren Existenz vom Freundlichsein abhing.

»Angenehm«, entgegnete Luise und stellte zu ihrer Verwunderung fest, dass sie es tatsächlich so meinte. Normalerweise mochte sie Männer nicht, die sich Frauen gegenüber wie Figuren aus dem letzten Jahrhundert benahmen. Aber aus irgendeinem Grund gefiel ihr Viktor Ortlieb trotzdem.

Vielleicht, weil er sie an ihren Lieblingslehrer aus dem Gymnasium erinnerte, den Deutschlehrer Siegfried Lämmle.

Auch Lehrer Lämmle war Luise stets wie eine Figur aus längst vergangenen Zeiten erschienen. Mit seiner formvollendeten Höflichkeit und seinen unfehlbaren Manieren schien er so wenig noch in dieses Jahrhundert zu passen wie die altmodische Schrift, in der er seine Korrekturen an den Rand ihrer Aufsatzhefte schrieb. Im Unterschied zu den meisten Menschen dieser Art beschränkte sich Lämmles Sinn für gutes Benehmen nicht auf bloße

Formalitäten, sondern bestimmte seine ganze Haltung gegenüber dem Leben und den Menschen. Nie wäre es ihm eingefallen, seinen Schülerinnen und Schülern anders als mit Achtung zu begegnen oder seine Stimme über ein Maß zu erheben, das ihm für ein zivilisiertes Gespräch gerade noch zulässig schien. Gebärdete sich eine Schülerin gar zu aufmüpfig, versuchte er sie mit Argumenten zur Raison zur bringen; spielte ihm ein Schüler einen allzu gemeinen Streich, so beließ er es bei einer gut gemeinten Ermahnung, anstatt den Übeltäter mit dem Rohrstock zu züchtigen, wie es sein gutes Recht gewesen wäre.

So berüchtigt war Lehrer Lämmle für seine Langmut, dass Luise und ihre Klassenkameradinnen ihn stets nur »das Lämmchen« nannten, wobei die Schüler in den Bubenklassen noch weit bösartigere Spitznamen für ihn auf Lager hatten. Dennoch war es ausgerechnet das Lämmchen, der es als Einziger aus dem gesamten Lehrkörper wagte, sich der Säuberung der Schulbibliothek zu widersetzen. – Mit den zu erwartenden Folgen: Unmittelbar nach der »Aktion wider den undeutschen Geist« hatte Luise einen neuen Deutschlehrer bekommen, einen, der nach Schweiß stank und *Volk ohne Raum* für das Beste hielt, was die deutsche Literaturgeschichte hervorgebracht hatte. Siegfried Lämmle aber war auf Nimmerwiedersehen aus dem Gymnasium und aus Heilbronn verschwunden.

»Wenn ich Ihnen dann bitte Ihr Zimmer zeigen dürfte.«

Der Direktor wies zum Fahrstuhl, der in der dunkelsten Ecke des Foyers lag. Er wartete, bis Luise sich in Bewegung gesetzt hatte, ehe er unverändert freundlich hinzufügte: »Der Kreisleiter wünscht Sie zu sehen, sobald Sie Ihr Zimmer bezogen haben.«

Mit einem Mal fühlte Luise wieder, wie müde sie war. Am liebsten hätte sie Viktor Ortlieb gebeten, sie beim Kreisleiter für heute zu entschuldigen. Aber das kam nicht infrage.

Man hätte es ihr als weibliche Schwäche ausgelegt.

»Kommen Sie?« Der Direktor hielt ihr die Fahrstuhltür auf.

Luise lächelte tapfer und folgte ihm in den Aufzug.

*****

Sie hatte Hut und Mantel abgelegt und war gerade dabei, sich das Gesicht zu waschen – ihr Hotelzimmer verfügte tatsächlich über ein eigenes Bad –, als jemand an der Tür klopfte. Es war der Adjutant des Kreisleiters, ein hoch aufgeschossener, nicht mehr ganz junger Mann in zu kurz geratener Parteiuniform, der sie zu seinem Chef führen sollte. Luise zupfte den Pullunder über ihrer Bluse zurecht, steckte das ledergebundene Notizbuch ein, das sie sich für ihre erste richtige Reportage aufgespart hatte – es war ein Geschenk von Charlotte –, und folgte dem Adjutanten in den Flur.

Sie begaben sich zur Führer-Suite in den vierten Stock des Hotels, wo der Kreisleiter seine Kanzlei eingerichtet hatte. Die Suite bestand aus einem annähernd vierzig Quadratmeter großen Hauptraum, der von einem gigantischen Schreibtisch dominiert wurde, sowie einem nur unwesentlich kleineren Nebenzimmer, in dem, wie Luise durch die offene Verbindungstür sehen konnte, ein nicht minder gigantisches und obendrein ungemachtes Bett stand. Die Fensterfront hinter dem Schreibtisch bot ungehinderte Sicht auf Rathaus und Ring. An der fensterlosen Wand direkt gegenüber der Tür zum Nebenzimmer hing ein goldgerahmtes Gemälde, das den Führer in jüngeren Jahren zeigte. Darunter waren drei gepolsterte Stühle um einen Kaffeetisch gruppiert.

Hermann Exler, wie der Chef der Jederstädter NSDAP mit vollem Namen hieß, saß am Schreibtisch und studierte Baupläne, die vor ihm ausgebreitet lagen. »Ach, der Herr Journalist. Und keine Minute zu früh!«, rief er, sobald der Adjutant den »Gast aus Stuttgart« angemeldet hatte, und winkte den Besuch zu sich heran.

Erst jetzt schaute er von den Plänen auf und erkannte seinen Irrtum. Einen Moment lang schien er nicht zu wissen, wie er reagieren sollte, dann gab er ein eigenartiges Glucksen von sich und bemerkte ohne das leiseste Anzeichen von Humor in der

Stimme: »Das beste Pferd im Stall von Engelbert Schleifer ist also eine Frau. – Wer hätte das gedacht.«

Der Funktionär erhob sich. Als Luise auf der Höhe des Kaffeetisches angelangt war, löste er sich von seinem Schreibtisch und kam ihr mit breitbeinigen Schritten entgegen.

Der Anblick hätte Luise zum Lachen verführte, wenn der Anstand und die braune Uniform des Kreisleiters nicht gewesen wären.

Hermann Exler war klein für einen Mann – er war kaum größer als Luise –, aber so muskelbepackt, dass er wie aufgeblasen wirkte. Wie ein Schwergewichtsboxer, den man auf die Größe eines Fliegengewichts zusammengestaucht hatte, ein »Max Schmeling im Kompaktformat«, wie Charlotte ihn vielleicht genannt hätte, nur ohne den gutmütigen Charme, für den die Deutschen ihren Boxweltmeister so liebten.

Als er dicht vor ihr stehen blieb, stieg Luise der herbe Duft eines Rasierwassers in die Nase, der sie umso mehr irritierte, als der Kreisleiter keinen erkennbaren Bartwuchs aufwies. Seine Wangen waren so glatt und rosig wie die eines Puttenengels, und in diesem Engelsgesicht lagen zwei dunkle Schweinsäuglein, die sie kalt anblickten.

»Sie sind also die journalistische Edelfeder, die Ihr Herr Hauptschriftleiter mir versprochen hat«, meinte er, nachdem er Luise zweimal von Kopf bis Fuß gemustert hatte. »Der Mann wollte ja gar nicht mehr aufhören, mir von Ihnen vorzuschwärmen. Mir wäre beinahe das Ohr am Hörer festgewachsen, so ins Feuer geredet hat er sich.«

Er bedachte Luise mit einem Lächeln, das so eisig war wie sein Blick.

»Dumm nur, dass er mich die ganze Zeit im Glauben ließ, es mit einem *Herrn* Littke zu tun zu haben, nicht mit einem *Fräulein* … Doch sei dem, wie ihm wolle. Ich hoffe, Ihr Chef hat wenigstens in Bezug auf Ihr Talent die Wahrheit gesagt und dass es kein Fehler war, die Berichterstattung über unser Jahrhundertprojekt ausgerechnet Ihnen und dem STUTTGARTER VOLKSBLATT anzuvertrauen.«

Der Kreisleiter wandte sich wieder dem Schreibtisch zu.

»Kommen Sie, ich zeige Ihnen das Kunstwerk.«

Luise, die während Exlers Rede die Luft angehalten hatte, schöpfte erleichtert Atem und beeilte sich, der Anordnung Folge zu leisten.

Sobald sie an den Schreibtisch getreten war, schob der Kreisleiter ihr einen der Baupläne hin und fragte in einem Ton, der die Antwort schon vorwegnahm: »Na, ist das nicht gewaltig?«

Luise beugte sich vor, um die Zeichnung in Augenschein zu nehmen. Sie zeigte ein rechteckiges Gebilde aus länglichen Quadern, das auf allen vier Seiten mit breiten, von niederen Mauern gesäumten Treppen versehen war. An den oberen und unteren Enden der Treppen befanden sich Feuerschalen, die der Zeichner in seiner Fantasie mit züngelnden Flammen ausstaffiert hatte. Die Steine, aus denen das Bauwerk zusammengefügt war – schlesischer Granit, wie der Kreisleiter ungefragt mitteilte –, wiesen eine eigentümliche Schwarz-Weiß-Maserung auf, die dem Reichsadler-Relief, das in der Frontmauer prangte, eine ganz besondere Note verlieh.

Luise nahm an, dass es sich bei dem Gebilde um den Sockel des geplanten Denkmals handelte, was Exler ihr auch umgehend bestätigte. »Hierauf wird unser Fritz zu stehen kommen«, erklärte er, während er nach einem zweiten, bedeutend größeren Bauplan langte und ihn über den ersten legte.

»Und? Was sagen Sie dazu?«

Luise richtete die Augen auf den zweiten Plan und musste sich zusammenreißen, um nicht laut herauszuprusten.

Exlers Fritz ragte als steinerner Koloss auf seinem Sockel empor und blickte mit starrer Miene in die Ferne. Auf seiner Brust war ein Hakenkreuz eingemeißelt, in der Rechten hielt er eine Standarte, die im Wind zu flattern schien, in der Linken ein Gewehr, dessen Mündung gen Himmel zeigte. Der Plan enthielt keine Maßangaben, aber anhand des winzigen Schafes, das der Zeichner an den Fuß des Denkmals gestellt hatte, konnte sich Luise die Dimensionen des »Kunstwerks« ungefähr ausmalen.

Ein mulmiges Gefühl mischte sich in ihre Erheiterung.

»Das ist noch nicht alles. Das Beste kommt noch«, sagte Exler, der Luises Schweigen offenkundig für überwältigt sein hielt. Er lehnte sich über den Tisch und begann erneut in dem Zeichnungswust zu wühlen. Sekunden später breitete er einen dritten Plan vor ihr aus, tippte mit dem Zeigefinger auf das vom vielen Anfassen schon speckig gewordene Papier und verkündete mit stolz geschwellter Brust: »Das hier, das ist die Krönung. Der Einfall stammt vom Führer höchstpersönlich. – Ein Geniestreich sondergleichen. Finden Sie nicht auch?«

Luise brauchte einen Moment, bis sie begriff.

Der »Geniestreich des Führers« war eine hölzerne Aussichtsplattform, die mit langen Streben an der rechten Schulter des Kolosses befestigt war. Laut Exler würde die Plattform fast dreißig Meter über dem Boden schweben und rund zehn Personen Platz bieten. Wer es auf sich nahm, die steile Wendeltreppe im Inneren der Statue zu erklimmen, würde mit einem Ausblick belohnt, wie es ihn in der Schlesischen Tiefebene kein zweites Mal gab. An klaren Tagen werde man von der Plattform aus bis nach Breslau und vielleicht sogar bis nach Oppeln sehen können.

»Da sind Sie platt, nicht wahr?«, schloss der Kreisleiter.

Luise, die gerade dabei gewesen war, sich die Angaben zur Plattform zu notieren, schaute von ihrem Gekritzel auf und fragte, ohne Exlers letzten Satz richtig registriert zu haben: »Woher wollen Sie die Arbeiter nehmen, um ein so gewaltiges Bauwerk zu errichten, jetzt, mitten im Krieg?«

Augenblicklich verschwand der selbstgefällige Ausdruck aus dem Puttenengelsgesicht. Eine Zornesfalte erschien auf der glatten Stirn.

Luise, der sogleich bewusst wurde, wie unbedacht ihre Frage gewesen war, machte sich auf eine geharnischte Reaktion gefasst, doch Exler, des Büchleins in ihren Händen ansichtig geworden, überging den Einwurf gnädig. Er sandte ein weiteres tiefgefrorenes Lächeln und erklärte im Brustton der Überzeugung: »In ein paar Jahren wird das Denkmal für unseren Fritz eine der bedeutendsten Kultstätten des Großdeutschen Reiches sein. So berühmt wie das Tannenberg-Denkmal und mindestens so gut besucht wie das Reichsehrenmal auf dem Annaberg.«

Das Tannenberg-Denkmal in Ostpreußen, wo Reichspräsident Hindenburg begraben lag, war Luise ein Begriff wie jedem anderen Deutschen auch. Von einem Reichsehrenmal auf dem Annaberg hingegen hatte sie noch nie gehört. Die Unwissenheit musste ihr im Gesicht gestanden haben, denn der Kreisleiter schüttelte missbilligend den Kopf.

»Der Name Annaberg sagt Ihnen wohl nichts. Wie sollte er auch. Sie sind eine Frau. Und überdies aus dem Westen ... Ihr denkt ja bis heute, nur die Rheinländer hätten für ihre Zugehörigkeit zum Deutschen Reich gekämpft. Ihr habt keine Ahnung von den Volkstumskämpfen, die wir hier im Osten auszufechten hatten.«

Beim letzten Satz deutete Exler mit dem Zeigefinger auf das Notizbuch und schnauzte: »Aufschreiben. – Und zwar Wort für Wort!«

Gehorsam schlug Luise das Büchlein auf und machte sich zum Diktat bereit.

Zehn Minuten später wusste sie nicht nur, wo sich der Annaberg befand, sondern auch, was sich dort so Bedeutsames zugetragen hatte, dass es der Erinnerung durch die Volksgemeinschaft wert war. Der im oberschlesischen Leschnitz gelegene Berg war im Mai 1921 von polnischen Freischärlern besetzt worden, weil sie nicht akzeptieren wollten, dass die Oberschlesier in der kurz zuvor abgehaltenen Volksabstimmung mehrheitlich für einen Verbleib bei Deutschland gestimmt hatten. Die Männer des Schlesischen Selbstschutzes eroberten den Berg zurück und schlugen die Polen in die Flucht, wofür ihnen die Nationalsozialisten fünfzehn Jahre später eine Gedenkstätte errichteten, die inzwischen, laut Exler, mehr Besucherinnen und Besucher anzog als die Wallfahrtskirche, für die der Annaberg ursprünglich bekannt gewesen war.

Während sie seine Worte zu Protokoll nahm, steigerte der Kreisleiter sich in einen veritablen Erzählrausch hinein. Sein rosiges Gesicht nahm einen nahezu entrückten Ausdruck an, derweil seine Augen immer unkontrollierter hin und her zu zucken anfingen, als spielten sich die Kämpfe um den Annaberg in diesen Sekunden noch einmal vor ihnen ab.

Und prompt hörte Luise ihn im nächsten Augenblick ausrufen: »Ich weiß, wovon ich rede! Ich war einer von ihnen. Ich habe in Oberschlesien für die Einheit des Deutschen Reiches gefochten, während die feigen Herren in Berlin nichts Besseres zu tun hatten, als den selbsternannten Siegermächten auch noch den letzten Knochen hinzuwerfen, nach dem sie gierten.«

An dieser Stelle verlor Luise den Faden. Sie vermochte noch ein paar Stichworte festzuhalten – »von der Landkarte ausradieren«, »blutgetränkte Erde«, »verdammte Polacken«, »verhöhnte Heimatliebe« –, indes der Kreisleiter sich auf den Höhepunkt seiner Rede zubewegte. Euphorisch hob er den Arm, wies auf das Hitler-Porträt über dem Kaffeetisch und schrie mit sich überschlagender Stimme: »Zwölf Jahre hat es gedauert, bis endlich einer kam, der begriff, dass man den Volkskörper nicht ungestraft zerstückeln darf, dass Deutsche nur unter Deutschen glücklich werden können! Der Führer hat dem Reich seine Integrität wiedergegeben und dem Volk seine Würde! Er hat unser geliebtes Schlesien wiedervereint! Und dies, mein Fräulein, war jedes Opfer wert, das wir gebracht haben, damals wie heute.«

Die Stille, die auf Exlers Erguss folgte, war so absolut, dass Luise sich nicht zu rühren wagte. Für eine Minute waren in der Führer-Suite nur die gedämpften Geräusche zu vernehmen, die vom Marktplatz heraufdrangen, dann ging die Tür auf und eine dröhnende Bassstimme brüllte: »Heil Hitler, die Herrschaften!«

Der Mann, der in die Suite getrampelt kam, war so kugelrund, dass er rollend vermutlich schneller vorangekommen wäre. Er war bedeutend größer als Exler und auch um einiges älter. Luise schätzte ihn auf über sechzig, während der Kreisleiter höchstens Mitte vierzig sein konnte. Seine Glatze glänzte so unnatürlich, als habe er sie mit Möbelpolitur eingerieben, und in seinem braunen Bart saß kein einziges graues Haar, sodass er nur gefärbt sein konnte. Die Kleidung, die er trug, eine dunkelgrüne Samtjoppe, hellbraune Wollhosen und schwarze Schaftstiefel, an denen riesige goldene Schnallen hingen, kam Luise ähnlich albern vor wie die Uniform des Pagen am Hoteleingang; im Unterschied zu Letzterem trug der fette Mann seine Garderobe jedoch mit solcher Selbstüberzeugung zur Schau, dass man ihre Albernheit beinahe übersah. Er erinnerte Luise an einen sehr dicken alten Bühnenschauspieler, der das Publikum im Saal glauben machen konnte, es habe einen gertenschlanken Jüngling vor sich.

Auch die Art und Weise, wie der Mann sie begrüßte, hatte etwas Theatralisches. Sobald er ihrer ansichtig wurde, lüpfte er seinen nicht vorhandenen Hut, vollführte einen Kratzfuß und posaunte: »Eine Dame! Was für eine angenehme Überraschung! Wenn ich mich vorstellen darf: Max Grauwiedel, der Name. Ich bin der Bürgermeister dieser wunderschönen kleinen Stadt, und Sie müssen die berühmte Journalistin aus dem wunderschönen großen Stuttgart sein.«

Bevor Luise ihn darüber aufklären konnte, dass sie noch weit von jeglicher journalistischer Berühmtheit entfernt war, wandte Grauwiedel sich dem Kreisleiter zu, tat, als ob er auch vor ihm den Hut ziehen würde und dröhnte, so gut gelaunt wie zuvor: »Hermann, mein Bester. Hast du's also doch noch geschafft, eine bedeutende Feder zu finden, die über unser Projekt berichtet. – Chapeau, mein Lieber, Chapeau!«

Der Kreisleiter sagte nichts, aber sein Gesicht sprach Bände. Luise vermutete, dass ihm gerade so etwas wie »Ich dreh dir gleich den Hals um!« durch den Kopf schoss, doch er wusste sich zu beherrschen. Mit einem vernichtenden Blick an die Adresse des Bürgermeisters machte Exler auf dem Absatz kehrt, um sich wieder hinter seinem Schreibtisch zu verschanzen.

Währenddessen tönte Grauwiedels Bass weiter: »Ich sage: So ist's recht! Unser Projekt und unsere Stadt haben's verdient, dass im ganzen Land über sie geredet wird. Warum sollte die Presse auch immer bloß über Dinge berichten, die in großen Städten geschehen? Kleinstädte wie die unsrige haben ebenso gute Geschichten zu erzählen. Vielleicht sogar die besseren. – Vom volkserzieherischen Standpunkt aus gesehen, meine ich.«

Der Bürgermeister ließ sich auf einen der Stühle neben dem Kaffeetisch plumpsen und verschränkte die Hände über dem schwabbelnden Bauch. Nachdem er für ein paar Sekunden sinnierend auf seine ineinander verhakten Finger geschaut hatte, fuhr er, an Luise gerichtet, fort: »Nehmen wir unseren Fritz. Der war ein Vorbild für uns alle: aufrecht, anständig, treu. Einen strammeren Nationalsozialisten als den Freundlich werden Sie in ganz Deutschland nicht finden. Das können Sie mir glauben, Fräulein. Ich habe ihn schließlich persönlich gekannt.«

»Da bist du nicht der Einzige«, fauchte Exler.

Grauwiedel sprach ungerührt weiter. »Ich kann Ihnen alles erzählen, was Sie über unseren Sturmführer wissen müssen. Einschließlich einiger Histörchen aus seiner Kindheit und Jugend, die sich in Ihrer Reportage sicherlich gut machen würden. Die Leserschaft liest ja auch gerne das ein oder andere ... nun, sagen wir mal: Menschliche, Allzumenschliche über seine Helden, nicht wahr?« Der Bürgermeister hielt inne. Er beäugte Luise einen Moment lang, ehe er mit einem gutmütigen Wackeln seines polierten Schädels sagte: »Aber ich glaube, wir verschieben unseren Austausch auf einen anderen Tag. Wenn ich Sie mir so anschaue, fürchte ich, dass Sie uns demnächst aus Ihren Schühchen kippen. – Bomben in Berlin, nehm' ich an?«

Luise wollte die Frage verneinen, doch Grauwiedel war bereits beim nächsten Satz.

»Ich sag' Ihnen, wie wir's machen: Sie kommen zu uns zum Essen. Meine Frau kocht das beste Schlesische Himmelreich im ganzen Gau. Ist Ihnen Donnerstagabend recht?«

Auch diesmal blieb Luise keine Zeit zu antworten. Bevor sie den Mund aufmachen konnte, hielt der Bürgermeister auch schon fest: »Donnerstagabend soll's sein. Wir erwarten Sie um halb sieben bei uns.« Er rieb sich die Hände, wie wenn er soeben einen lukrativen Handel abgeschlossen hätte, und fügte dann hinzu: »Und jetzt hinaus mit Ihnen, bevor Sie uns hier im Stehen einschlafen.«

Luise blickte fragend zu Exler hinüber, dessen Gesicht krebsrot angelaufen war vor Ärger, dass Grauwiedel in seinem Revier Anweisungen erteilte.

»Sie können gehen«, bestätigte er mit kaum unterdrückter Wut. »Wir unterhalten uns ein andermal weiter.«

Luise ließ sich nicht zweimal bitten. Sie war wirklich kurz davor, im Stehen einzuschlafen, und überdies hatte sie fürchterlichen Kohldampf. Mit einem Mal knurrte ihr Magen so laut, dass sie sich erschrocken umdrehte, doch die Männer beachteten sie nicht mehr.

Luise bekam noch mit, wie der Bürgermeister »Deine Hitlerjungen haben schon wieder auf die Enten im Stadtpark geschossen« durch den Raum plärrte, dann war sie endlich über der Schwelle und aus der Tür hinaus.

4. Kapitel

Dienstag, 16. März 1943

In der Ruhe von Jederstadt schlief Luise lange und tief. Es war bereits nach neun, als sie am Dienstagmorgen erwachte. Da sie keinen Hauptschriftleiter fürchten musste, der sie für ihr Zuspätkommen zurechtweisen würde, gestattete sie sich, noch eine Viertelstunde länger in den Tag hinein zu dösen.

Danach frühstückte sie im Speisesaal im ersten Stock, wo sie tags zuvor bereits das Abendessen eingenommen und sich dabei ein wenig mit Viktor Ortlieb unterhalten hatte. Der Hoteldirektor hatte freimütig aus seinem Leben berichtet: von seinen Kindern, einem Sohn und einer Tochter, die beide in München studierten; von seiner Frau, einer leidenschaftlichen Gastgeberin, die schon vor Jahren an Schwindsucht gestorben war; von dem Hotel, das er seither allein führte in der, wie er selbst zugab, vagen Hoffnung, eines seiner Kinder würde es übernehmen, wenn er einmal alt und müde war. Während des Erzählens hatte Ortliebs professionelles Lächeln kein einziges Mal gewankt, aber der melancholische Unterton in seiner Stimme hatte in Luise nachgehallt, bis sie in ihr weiches Hotelbett gekrochen und erschöpft in den Schlaf gesunken war.

Jetzt, mehr als zwölf Stunden später, fühlte sie sich ausgeruht und bereit, sich in die Arbeit zu stürzen. Während sie das Rührei aß, das man ihr ungefragt vorgesetzt hatte, überlegte sie, wo ihre Recherche beginnen sollte. Sie brauchte nicht lange, um sich zu entscheiden: Als Erstes würde sie zu dem Ort gehen, an dem der tote Fritz aufgefunden worden war. Die meisten guten Kriminalfilme setzten schließlich mit dem Erscheinen des Kommissars am Fundort der Leiche ein.

Der Hoteldirektor lieh ihr das Fahrrad seiner Tochter, das unbenutzt im Keller stand, die Rezeptionistin beschrieb ihr den Weg aus der Stadt, der alte Page wünschte ihr einen schönen Tag, ja, selbst das Wetter war Luise gewogen: Der Himmel hatte über Nacht aufgeklart, und zum ersten Mal in diesem Jahr konnte man den Frühling in der Luft riechen. Frohgemut schwang sie sich aufs Rad und schlug die Richtung zum West-Tor ein.

Sie liebte es, so dahinzusausen. Leonhard hatte ihr das Radfahren beigebracht, als sie noch so klein gewesen war, dass sie im Stehen fahren musste, um die Pedale zu erreichen. Als sie mit dreizehn Jahren aufs Gymnasium in Heilbronn gekommen war, bekam sie von ihm ein altes Damenrad geschenkt, das er wieder fahrtüchtig gemacht hatte. Von da an wurde Radeln zu Luises Leidenschaft, um nicht zu sagen: zu ihrer Obsession. Jedes Mal, wenn sie den Weg vom Dorf in die Stadt oder umgekehrt mit dem Rad zurücklegte, was sie außer im tiefsten Winter eigentlich immer tat, versuchte sie einen neuen Rekord für die Strecke aufzustellen. Sie trainierte so verbissen, dass sie die zehn oder zwölf Kilometer am Ende ihrer Schulzeit beinahe genauso schnell zurücklegen konnte wie die Eisenbahn, die, so meinte ihre Freundin Elfriede, alle vernünftigen Leute nahmen, wenn sie in die Stadt wollten.

Am liebsten hätte Luise ein Rennrad gehabt, so eines, wie Leonhard es besaß: silbergrau, mit fünf Gängen und einem geschwungenen Lenker. Aber Mädchen fuhren keine Rennräder. Dazu hätten sie Hosen tragen müssen, und die Mädchen in Luises Dorf trugen keine Hosen. Die Leute mochten noch darüber hinwegsehen, dass eine mutterlose Acht- oder Neunjährige in den abgelegten Knickerbockern ihres älteren Bruders wilde Bubenspiele spielte; eine Dreizehn- oder Vierzehnjährige in Hosen war da schon eine ganz andere Sache. Über eine solche Erscheinung hätte das Dorf monatelang geredet, und wenn es sich dabei erst noch um die Tochter des Pfarrers handelte, wäre das Gerede vermutlich nie verstummt. Luise hatte zwanzig Jahre alt werden und nach Stuttgart ziehen müssen, bevor sie sich getraute, in Hosen vor die Tür zu gehen.

Ein Rennrad hatte sie sich allerdings bis heute nicht angeschafft.

Sie überquerte den Ring und bog in die Straße nach Breslau ein, die durch das West-Tor aus der Stadt hinausführte. Auf der schnurgeraden Strecke beschleunigte sie das Tempo. Sie trat so kräftig in die Pedale, dass die rostige Fahrradkette unter ihren Tritten bedrohlich zu ächzen anfing und Luise einige Umdrehungen lang fürchtete, die Kette würde reißen. In weniger als zehn Minuten erreichte sie das Stadttor, weitere fünf Minuten später kam sie an ihrem Zielort an. Mit quietschenden Bremsen stoppte sie, legte das Fahrrad am Straßenrand ins Gras und fuhr sich mit der Hand ein paarmal durch die vom Wind zerzausten Locken.

Dann blickte sie sich um.

Zu ihrer Linken, zwischen Eisenbahntrasse und Straße, lag der Hügel mit der alten Eiche, die sie gestern vom Zug aus gesehen hatte. Zu ihrer Rechten, zwischen der Straße und dem Flussufer, befand sich eine zweite Anhöhe, etwas niedriger als die erste und komplett baumlos. Auf der Hügelkuppe tat sich eine Herde Schafe am kümmerlichen Wintergras gütlich.

Nicht mehr lange, und der Bauer wird sie auf eine andere Weide treiben müssen, dachte Luise, während sie die rot bemalten Holzpflöcke zählte, die man rings um die Kuppe in den Boden gerammt hatte, um den Grundriss des geplanten Freundlich-Denkmals zu markieren.

Der halbe Hügel würde darunter verschwinden.

Mit einem Schaudern wandte sie sich von den Schafen ab und betrachtete die alte Eiche. Sie war noch ganz kahl. Ihre knorrigen, grau-braunen Äste hoben sich scharf gegen den stahlblauen Himmel ab und verliehen dem Anblick etwas Unheimliches, beinahe Bedrohliches, das wunderbar in den düsteren Kriminalfilm gepasst hätte, den Luise sich auf der Fahrt hierher ausgedacht hatte.

Während sie den schmalen Pfad erklomm, der quer durch die Wiese hinaufführte, musste sie an den Forst hinter dem Pfarrhaus denken, der voller knorriger alter Bäume gewesen war. In ihrer Kindheit hatte sie unzählige Stunden damit verbracht, mit Leonhard und dessen Schulkameraden in den Wäldern umherzustreifen und sich vorzustellen, was die Bäume in den Jahrhunderten ihrer Existenz schon alles erlebt haben mochten. Luise hatte sich Kobolde ausgedacht, die in ihren Ästen hockten, Waldschrate, die unter ihren Wurzeln hausten, Hexen, die um ihre Kronen flogen …

Für tote SA-Sturmführer, die unter den Bäumen lagen, war ihre Fantasie zum Glück noch zu beschränkt gewesen.

Als sie nur noch wenige Meter von der Kuppe entfernt war, blieb Luise stehen. Sie legte den Kopf in den Nacken und ließ die Augen langsam von der blätterlosen Krone zu den moosbewachsenen Wurzeln wandern, mit denen der Baum sich an die Erde klammerte.

Hier hatten sie ihn also gefunden, *ihren* Fritz, in seinem Blute liegend.

Zwei Sonntagsspaziergänger hatten ihn entdeckt, als sie auf der Bank unter der Eiche Rast machen wollten. Er war an einer Kopfverletzung gestorben, die seine Häscher ihm zugefügt hatten, mit einem Stein, wie die Kriminalpolizei bei der Untersuchung des Tatorts wenig später feststellen sollte. In einem der Zeitungsausschnitte aus Schleifers Mappe wurde einer der ermittelnden Beamten mit den Worten zitiert, das Opfer sei langsam und qualvoll verblutet. Im Übrigen äußerte der Polizist die Vermutung, dass Freundlich den Schlag überlebt hätte, wäre er rechtzeitig ins Krankenhaus gebracht worden. *Doch,* so der bündige Kommentar des Artikelschreibers, *die Mörder kannten keine Gnade.*

Luise legte die letzten Meter im Laufschritt zurück. Oben angekommen, streifte sie den Mantel ab, breitete ihn über die verwitterte Holzbank unter der Eiche und setzte sich vorsichtig darauf. Sie vergewisserte sich, dass die Lehne auch standhalten würde, ließ sich dann dagegen fallen und streckte alle Viere von sich.

Eine Minute saß sie reglos da und genoss das Bild, das sich ihr bot.

Von der Anhöhe aus hatte man einen wunderbaren Blick über die Ebene, die sich ringsum ausbreitete. Im ersten Moment schien es tatsächlich so, als seien im Südosten, weit in der Ferne, die Dächer von Oppeln zu sehen. Dann wurde Luise klar, dass es eine Sinnestäuschung war, und sie wandte sich der Stadt zu ihren Füßen zu.

Jederstadt war bedeutend größer als das Dorf, in dem sie aufgewachsen war, aber immer noch klein genug, dass man es von hier oben aus zur Gänze überblicken konnte. Das Stadtgebiet wurde von der Oder in zwei ungleiche Hälften geteilt: in die kleinere Nord- und die größere Südstadt. Eine gusseiserne Brücke, die Luise an das Blaue Wunder von Dresden erinnerte, das sie allerdings nur von Ansichtskarten her kannte, verband die beiden Ufer miteinander. Östlich der Brücke befand sich eine Grünanlage, die der Stadtpark sein musste, südlich davon lag der Ring mit dem *Grandhotel Ortlieb* und dem Rathaus, dessen flaggenbewehrter Turm über den Dächern aufragte. Die Nordstadt wurde von einer Fabrikanlage dominiert, die sich in ihrer soliden Bauweise deutlich von den umliegenden Gebäuden abhob.

Etwas weiter flussabwärts konnte Luise eine zweite Industrieanlage ausmachen, die wesentlich neuer zu sein schien und überdies von weit höheren Mauern umschlossen wurde. Von dieser neuen Anlage abgesehen, gab es rings um die Stadt nur Wälder, Wiesen und Felder. Wäre der Zug nicht gewesen, der in diesem Augenblick von Breslau herkommend in den Bahnhof einfuhr, man hätte sich einbilden können, an einem von der Außenwelt abgeschnittenen Ort gelandet zu sein.

Luise sog geräuschvoll die Luft ein, wie wenn sie die Aussicht gleich mit in sich aufnehmen wollte. Sie konnte sich gut vorstellen, wie die Leute früher bei schönem Wetter in Scharen zu dieser alten Eiche hinaufgestiegen waren, um sich am Anblick ihres schmucken Städtchens zu laben. Der Platz war wie geschaffen für einen Sonntagsausflug mit der Familie, einen Spaziergang mit einer Freundin – oder für ein romantisches Stelldichein mit dem Geliebten, wie die unzähligen Herzchen belegten, die in die alte Holzbank eingeritzt waren.

Wie man auf die Idee kommen konnte, ausgerechnet hier jemanden umzubringen, war Luise dagegen schleierhaft. Selbst im Schutz der Dunkelheit war das Risiko, entdeckt zu werden, erheblich. Was, wenn im falschen Moment ein Auto vorbeifuhr? Oder ein mondsüchtiges Liebespaar auf der Szene erschien? Man musste schon sehr dreist oder sehr dumm sein, wenn man sich eine derart exponierte Stelle zum Töten aussuchte.

Oder sehr verblendet, dachte Luise.

Vielleicht stimmte ja tatsächlich, was sie gestern in der Festschrift über den Fall Freundlich gelesen hatte: Vielleicht wollten Freundlichs Mörder, der polnisch-stämmige Gewerkschaftsführer Lech Blaszynski und der tschechische Bahnarbeiter Josef Meidlinger, ja wirklich ein Exempel an dem SA-Sturmführer statuieren, *ein bolschewistisches Menetekel für ihre nationalsozialistischen Gegner,* wie es in der Broschüre hieß. Am Ende war es ihnen zwar nicht gelungen, Fritz Freundlich an der Eiche aufzuhängen – laut Festschrift hatte er sich so vehement gegen das Erhängen gewehrt, dass seine Häscher ihn stattdessen erschlagen mussten –, aber gestorben war er allemal. Die Bolschewisten hatten ihr Exempel statuiert und die Nationalsozialisten einen gefallenen Helden mehr, den sie verehren konnten.

Während Luise sich vorzustellen versuchte, wie der gut aussehende Fritz sterbend unter der alten Eiche lag, musste sie an Onkel Walter denken, der zur Kampfzeit, wie die Nationalsozialisten die Jahre vor der Machtübernahme nannten, ein begeistertes SA-Mitglied gewesen war. Noch lieber als von seinen Fronterlebnissen erzählte Onkel Walter von den »Heldentaten«, die er und sein SA-Sturm vollbracht hatten, von Flugblatt-Verteilaktionen, die in wüste Wortgefechte mit bürgerlichen Spießern ausarteten, Wahlveranstaltungen, die in Saalschlachten mit marxistischen Störenfrieden mündeten, Protestmärschen, die in Straßenkämpfen gegen den Rotfrontkämpferbund gipfelten.

Nichts davon kam Luise heroisch vor. Aber sie war ja auch eine Frau, und Frauen verstanden bekanntlich nichts von Heldentum.

Dafür verstehe ich etwas vom Schreiben, dachte Luise in einem Anflug von Trotz.

Und aus dem Freundlich-Stoff würde sie einen packenden Krimi machen. Den Krimi würde sie mit einer detailgetreuen Beschreibung des geplanten Denkmals anreichern – vielleicht war der Kreisleiter ja sogar bereit, ihr eine Kopie der Pläne zur Illustration des Artikels mitzugeben –, und das Ganze dann mit einer farbenprächtigen Schilderung der Feierlichkeiten zur Grundsteinlegung abrunden. Es würde die beste Reportage werden, die Schleifer je gelesen hatte. Der Propagandaminister würde begeistert sein, das STUTTGARTER VOLKSBLATT auch weiterhin mit Papier beliefert werden und die Autorin dieses Reißers sich fortan vor Aufträgen nicht mehr retten können.

Luise stand auf. Sie wusste nicht, wie lange sie schon unter der Eiche saß, aber langsam war ihr kalt in ihrem dünnen Pullunder. Der Zug – ein Viehtransporter, wie Luise jetzt sah – verließ den Bahnhof im Städtchen wieder und verschwand leise ratternd in Richtung Osten.

Frierend schlüpfte Luise in ihren Mantel und wandte sich zum Gehen.

Als sie rechtsumkehrt machte, blieb ihr Blick an dem holzgefassten Messingschild hängen, das an den Baumstamm genagelt war. Der metallene Glanz war verblasst, und an den Rändern hatte das Schild Grünspan angesetzt.

Die Inschrift allerdings war noch gut zu erkennen.

Sie trat an den Stamm heran und las: *Zum Gedenken an*

Fritz Freundlich (12. Februar 1910 – 16. Juli 1932), Held der Bewegung, Sohn unserer Stadt, der hier starb, damit wir leben können. Mögen sein Opfermut und seine Treue der deutschen Jugend allezeit zum Vorbild und unserer Stadt zum Ruhm gereichen. In Dankbarkeit, die Bürgerinnen und Bürger von Jederstadt, 16. Juli 1933.

Zwei Fingerbreit unterhalb der Inschrift, ganz am Rand des Messingschildes, folgte in winzigen Kapitälchen der Zusatz: *Gestiftet von den treuen Kameraden des SA-Sturms Jederstadt.* Der Nagel, mit dem die Metallplatte befestigt war, stand ein wenig vor. Das Blech wölbte sich, als wollte es sich mit aller Macht aus seiner Verankerung lösen.

Für den Bruchteil einer Sekunde war Luise versucht, den Finger unter die Platte zu schieben, um ihr bei der Ablösung behilflich zu sein.

Dann dachte sie: Gut, dass Bäume nicht lesen können, und trabte den Hang hinunter zurück zur Straße.

*****

Die Frau begegnete ihr auf halbem Weg zwischen West-Tor und Ring. Sie stand am Straßenrand, über ein schweres Herrenfahrrad gebeugt, und starrte auf das Tretlager, mit dem etwas nicht in Ordnung zu sein schien.

Luise erkannte sie sofort wieder, obwohl sie ganz anders aussah als bei ihrer ersten Begegnung. Statt Pelzmantel und Pelzmütze trug sie Wollpullover und Wollschal, dazu grobe Leinenhosen und klobige Schnürschuhe, die ihr den Charme eines Landarbeiters verliehen. Ihre langen, schwarzen Haare, im Nacken von einem Stoffband nur lose zusammengehalten, waren vom Fahrtwind zerzaust. Ihr Gesicht – weniger ebenmäßig als in Luises Erinnerung – war ungeschminkt, die Nase vom Radfahren gerötet. Mit anderen Worten: Sie hatte rein gar nichts mehr mit einer Filmgöttin gemein. Einzig die tiefe, melodiöse Stimme, mit der sie Luises Begrüßung erwiderte, enthielt noch einen Hauch von Kino oder Bühne.

»Kann ich Ihnen helfen?«, fragte Luise, während sie vom Rad stieg.

Die Frau richtete sich auf – wie groß sie war, zu groß für eine Frau eigentlich – und musterte sie mit zusammengezogenen Brauen. Falls da ein Wiedererkennen war, ließ sie es sich nicht anmerken. Sie zuckte die Achseln und erwiderte mit derselben Nonchalance, über die Luise sich schon gestern geärgert hatte: »Wenn Sie etwas von Fahrrädern verstehen, vielleicht.«

»Und ob!«, rief Luise.

Kaum waren die Wörter aus ihrem Mund gepurzelt, spürte sie, wie sie rot wurde. Dabei hätte sie selbst nicht zu sagen vermocht, ob sie wegen der Frau errötete oder wegen ihrer Flunkerei. In Wahrheit verstand sie nicht viel von Fahrrädern. Wenn ihr Rad kaputt gewesen war, hatte Leonhard es für sie geflickt. Zwar hatte sie ihm oft dabei zugesehen, aber selbst Hand anlegen durfte sie nie. Radfahren mochte für Mädchen durchaus in Ordnung sein – Räder reparieren war und blieb Männersache.

»Na, dann«, sagte die Frau. »Tun Sie sich keinen Zwang an.«

Luise lehnte ihren eigenen Drahtesel gegen die nächstbeste Straßenlaterne, bevor sie vor dem Fahrrad der Frau in die Hocke ging, um den Schaden zu begutachten. Es war zum Glück nichts Ernstes. Die Kette war vom Kettenblatt gesprungen und hatte sich verkeilt.

»Das haben wir gleich«, meinte Luise, indem sie sich wieder erhob und die Ärmel ihres Mantels hochkrempelte, wie sie es bei Leonhard gesehen hatte.

Im nächsten Moment war ihr die Geste peinlich.

Sie benahm sich wie ein Halbstarker, der einer schönen Frau imponieren wollte.

Die schöne Frau wirkte allerdings eher belustigt als befremdet von ihrem Benehmen. Ihr Blick verweilte einige Sekunden auf Luises Händen, denen wohl anzusehen war, dass sie sich mehr mit Schreibmaschinen auskannten als mit Werkzeug, dann schaute sie ihr wieder ins Gesicht und fragte, noch immer leicht amüsiert: »Werde ich weiterfahren können?«

Luise nickte so heftig, dass ihr beinahe der Kopf abfiel. »Aber klar doch!«

Als Erstes kehrte sie das Rad um, wie sie es bei Leonhard gesehen hatte, sodass es auf Lenker und Sattel ruhte. Als nächstes löste sie die verklemmte Kette aus dem Spalt zwischen Zahnradkranz und Hinterrad, legte sie zurück aufs Blatt und drehte so lange an den Pedalen, bis die Kette straff auflag. Anschließend stellte sie das Gefährt wieder auf die Räder.

»Bitte sehr.«

»Vielen Dank. Sehr nett von Ihnen.«

Die Frau ergriff das Fahrrad am Lenker.

»Nichts zu danken. – Ich war Ihnen ja noch etwas schuldig.«

Nun lächelte die Frau zum ersten Mal, seit Luise angehalten hatte. Es war dasselbe spöttische, aber auch eine Spur selbstironische Lächeln, das sie bei ihrer gestrigen Begegnung vor dem Hotel gezeigt hatte, und Luise dachte mit einem unerwarteten Gefühl des Triumphes: Sie erinnert sich also doch an mich.

Im gleichen Atemzug kam ihr der SS-Mann wieder in den Sinn und ihr Hochgefühl verwandelte sich in Frustration. Rasch senkte sie den Kopf und trat einen Schritt zurück.

Die Frau schien das indessen gar nicht wahrzunehmen. »Für Ihre Hände«, sagte sie, indem sie ihr ein Taschentuch reichte.

Luise blickte auf ihre ölverschmierten Finger und wurde gleich noch ein bisschen verstimmter. Ohne aufzusehen, nahm sie das Taschentuch an sich.

Als sie ihre Hände notdürftig gesäubert hatte und der Frau das Tuch zurückgeben wollte, schüttelte diese den Kopf und bemerkte, immer noch lächelnd: »Behalten Sie's. Als Erinnerung an Ihre gute Tat.«

Luise murmelte ein Dankeschön und steckte das Taschentuch ein.

Die Frau stieg aufs Rad, stellte den linken Fuß auf die Pedale und fügte dann ganz beiläufig hinzu: »Ich glaube, wir müssen in dieselbe Richtung. Begleiten Sie mich ein Stück?«

Luise war so verdattert, dass sie nicht einmal ein simples »Sehr gerne« zustande brachte. Immerhin gelang es ihr, sich auf den Sattel zu schwingen und zu der Frau aufzuschließen, bevor diese es sich anders überlegen konnte.

Es war Jahre her, dass eine andere Frau oder besser: ein anderes Mädchen Luise eine Frage gestellte hatte, die ihr ähnlich bedeutsam vorgekommen war. Das Mädchen hieß Elfriede, war die Tochter des Gymnasialdirektors Professor Doktor Kloppstock und ging in Luises Parallelklasse. »Effie«, wie sie von allen außer von ihrem Vater gerufen wurde, hatte dicke blonde Zöpfe, die ihr fast bis zur Taille fielen, und eine Stupsnase, die sich beim Lachen kräuselte. Luise war von ihrem ersten Tag auf dem Gymnasium an komplett verschossen gewesen in sie und hatte sich nach Kräften bemüht, ihre Gunst zu gewinnen. Dennoch dauerte es mehr als ein halbes Jahr, bis Effie sie überhaupt wahrnahm, und fast anderthalb Jahre, bis sie Luise ohne die geringste Vorwarnung fragte, ob sie Lust habe, mit ihr ins Kino zu gehen, um sich *Die Drei von der Tankstelle* mit Willy Fritsch, ihrem absoluten Traummann, anzusehen.

Von diesem Kinobesuch an waren sie unzertrennlich gewesen. Effie war die Schwester, die Luise sich immer gewünscht hatte, die Freundin, die sie unter den Mädchen im Dorf nie hatte finden können, und noch etwas mehr, das Luise nicht benennen konnte oder nicht zu benennen wagte. Mit Effie träumte sie sich in andere Welten, plante Reisen in ferne Länder, malte sich eine Zukunft in einer Stadt aus, die groß genug war, dass die Menschen dort es schlicht nicht mehr schafften, ihre Nasen in aller anderen Leute Angelegenheiten zu stecken.

Luise hätte alles für ihre Freundschaft und für ihre Freundin getan.

Für Effie war sie sogar zum Reichsarbeitsdienst gegangen, obwohl ihr vor der vielen Handarbeit grauste. Im Sommer nach dem Abitur waren sie zusammen mit drei Dutzend anderen Arbeitsmädeln in ein Barackenlager in Pommern eingerückt, wo sie den Bauern bei der Feldarbeit und im Haushalt helfen mussten. Während die große Mehrheit der Deutschen voller Spannung auf die Olympischen Wettkämpfe in Berlin blickte, hatten Effie und Luise Unkraut gejätet und Kartoffeln geerntet, Socken gestopft und Hemden gestärkt. Die Arbeit war anstrengend gewesen, aber wenn sie ihr Tagwerk erledigt und die Gemeinschaftsrituale im Barackenlager hinter sich gebracht hatten, konnten sie mehr oder weniger tun, wonach ihnen der Sinn stand. Sie nutzten die Abende, um die Umgegend zu erkunden, und an den Sonntagen wanderten sie durch die Feldmark oder liehen sich von einem der Bauern Fahrräder.

Die Radtouren machten beiden solchen Spaß, dass sie beschlossen, zum Abschluss ihres dreimonatigen Arbeitseinsatzes eine Tour an die Ostsee zu unternehmen. So standen sie denn an ihrem letzten Sonntag in Pommern frühmorgens auf, schmierten Brote und füllten ihre Feldflaschen, bevor sie die gut zwanzig Kilometer ans Meer radelten. Dort spazierten sie barfuß über den Strand, suchten Muscheln und redeten davon, wie sie zusammen die Welt bereisen würden. Später setzten sie sich in den warmen Sand zwischen den Dünen, aßen ihre Butterstullen und ließen sich die salzige Meeresbrise um die Nasen wehen. Und noch ein wenig später, als sie satt und zufrieden nebeneinander auf ihrer Picknickdecke lagen, beugte Effie sich über Luise und küsste die Freundin auf den Mund – »zum Üben«, wie sie kichernd erklärte. Luise küsste zurück, so lange und so leidenschaftlich, bis Effie erschrocken von ihr abrückte und »Es ist spät, wir müssen zurück« murmelte.

Zwei Wochen darauf hatte Effie ihr eröffnet, dass sie sich mit einem angehenden Arzt aus Sachsen verlobt habe und mit ihrem Verlobten nach Leipzig ziehen werde. Unter Tränen hatte sie der am Boden zerstörten Luise versichert, dass sie schreiben würde, so oft es ging. Die Abstände zwischen ihren Briefen waren mit der Zeit länger, die Briefe kürzer geworden. Die letzte Post, die Luise aus Leipzig bekam, war dann eine Karte gewesen, mit der Doktor Reinhold Kessler und Gattin die Geburt ihres Sohnes Johann anzeigten. Am Rand der Karte stand in Effies kleiner, krakeliger Handschrift geschrieben: *Liebste Luise, ich wünsche dir, dass auch du bald erfahren wirst, was Mutterglück ist. Es ist das höchste Glück auf Erden. In immerwährender Liebe, Deine E.*

Luise hatte die Karte in die Schmuckschatulle gelegt, wo sie neben Effies Briefen auch die Muscheln aufbewahrte, die sie an jenem Tag an der Ostsee gesammelt hatten, und die Schatulle danach ganz zuhinterst in ihrem Schrank versorgt.

»Hier muss ich rein!«

Die Frau vor ihr bremste so abrupt, dass Luise um ein Haar ins Hinterrad gekracht wäre. Es gelang ihr gerade noch, den Lenker herumzureißen, wodurch sie einem entgegenkommenden Fuhrwerk in die Quere kam. Der Kutscher deckte sie mit einem Schwall derber Flüche ein, derweil er die scheuenden Pferde mit aller Kraft zu zügeln versuchte.

Die Frau zeigte ihm den Vogel, was Luise so komisch fand, dass sie in schallendes Gelächter ausbrach.

»Das ist nicht lustig! – Der Trottel hätte Sie beinahe überfahren!«, fuhr ihre Begleiterin sie an, doch im nächsten Moment stimmte sie in Luises Gelächter mit ein.

Lachend sahen sie einander an, und Luises Herz begann auf eine Art und Weise zu klopfen, wie es seit Effie nicht mehr geklopft hatte. In diesem Augenblick wünschte sie sich nichts sehnlicher, als zusammen weiterzuradeln, zum Stadtpark oder vielleicht sogar aus der Stadt hinaus zu einem verborgenen Ort, wo sie sich niederlassen und in aller Ruhe kennenlernen konnten. Doch ihre gemeinsame Fahrt war schon nach drei Minuten zu Ende gewesen. Das war immerhin lange genug, damit Luise der Frau ihren Namen zurufen und sie nach dem ihren fragen konnte – sie hieß Irina Stolz –, aber viel zu kurz für ein richtiges Gespräch. Zwar hatte Irina sich über die Schulter gewandt erkundigt, ob Luises Schreibmaschine noch ganz sei und woran sie denn eigentlich schreibe, doch bevor Luise mehr als »glücklicherweise, ja« sagen konnte, hatte Irina auch schon »Hier muss ich rein!« gerufen und angehalten.

Jetzt stieg sie ab und schickte sich an, ihr Rad über die Straße zu schieben.

Luise folgte ihr auf dem Fuß.

Sie steuerten auf ein großes Lebensmittelgeschäft zu, das sich in einem der alten, weiß getünchten Fachwerkhäuser am Ring befand. Hinter den blank geputzten Schaufensterscheiben luden bunt bedruckte Kartonschachteln und farbig etikettierte Konservendosen zum Kauf ein. Während sie ihre Fahrräder an den Fenstern vorbei zum Ladeneingang schoben, entdeckte Luise in der Auslage ein fröhliches afrikanisches Kind, das süße Ananasscheiben anpries – die Büchse musste noch aus jener längst vergangenen Epoche stammen, da Deutschlands Überseehandel florierte –, und eine blonde Frau, die Zähne bleckend in einem Topf mit urdeutschem Haferbrei rührte. Auf der Mauer über den Schaufenstern prangte der Schriftzug *Feinkost Grauwiedel.*

Luise brauchte einen Moment, bis sie den Namen einordnen konnte, dann platzte sie heraus: »Der Herr Bürgermeister besitzt also ein Lebensmittelgeschäft. Kein Wunder, dass er so fett ist.«

Obwohl sie mehr zu sich selbst gesprochen hatte, hörte sie Irina erwidern: »Nicht nur eins. Dem Herrn Bürgermeister gehören hier fast alle Lebensmittelläden. Und die Fleischwarenläden dazu. – Früher nannte man ihn den Wurstkönig von Jederstadt. Jetzt ist er unser Lebensmittelkaiser.«

Sie nahm den Einkaufskorb vom Gepäckträger. »Kommen Sie mit rein?«, fragte sie, während sie sich der Tür zudrehte.

Luise hörte die Frage nicht. Sie hatte ihre Aufmerksamkeit dem Schriftzug über den Schaufenstern zugewandt.

Irgendetwas daran kam ihr merkwürdig vor.

Die Farbe des Wortes *Feinkost* war verblasst, wohingegen der

Name *Grauwiedel* in so kräftigem Schwarz von der Wand strahlte, als hätte man ihn erst gestern daraufgepinselt. Und dies nicht eben sorgfältig. Die Buchstaben wirkten zu dick aufgetragen, wie wenn der Maler ein altes Wort – eher wohl einen alten Namen – hätte zum Verschwinden bringen wollen, indem er ihn einfach überstrich.

Luise legte den Kopf in den Nacken und kniff die Augen zusammen. Mit etwas Fantasie konnte sie den alten Namen vielleicht sogar entziffern.

»Goldblatt«, sagte Irina, als hätte sie Luises Gedanken gelesen, und fügte nach einer kurzen Pause hinzu: »Es ist nicht das einzige Geschäft, das er einem Juden abgeknöpft hat. – Wie man hört, hat dieser Goldblatt ihm einen besonders günstigen Preis gemacht. Und sich danach das Leben genommen vor lauter Freude über das gute Geschäft.«

Im ersten Moment glaubte Luise, sich verhört zu haben. Dann schaute sie erschrocken um sich. Irina hatte so laut und deutlich gesprochen, dass jeder im Umkreis von zehn Metern ihre Worte problemlos verstehen konnte. Augenscheinlich kümmerte es sie nicht im Geringsten, ob der halbwüchsige Knabe, der an ihnen vorbeischlenderte, oder die alte Frau, die gerade aus dem Geschäft getreten war, mitbekam, was sie über den Bürgermeister zu sagen hatte.

Wie Charlotte, schoss es Luise durch den Kopf. Die redete genauso unverfroren über Dinge, die man in Hitler-Deutschland besser für sich behielt.

Außer über die Juden.

Über die Juden redete selbst Charlotte nicht.

Nicht einmal hinter vorgehaltener Hand.

Luise richtete den Blick wieder auf den Schriftzug.

Plötzlich und unerwartet wurde sie von einer Welle heißer Scham überspült angesichts der Dreistigkeit, mit der ein deutscher Geschäftsmann den jüdischen Namen an dieser Hauswand hatte austauschen lassen.

Goldblatt.

Der Name klang, als ob man ihn einem Artikel aus dem STÜRMER oder einer Karikatur aus dem ANGRIFF entnommen hätte.

Vor Luises Augen flackerte das Bild eines hässlichen, hakennasigen Männleins auf, das mit einem prall gefüllten Geldsack auf dem Rücken hinter einem blonden Mädchen herlechzte. Es wurde von dem verzerrten, zottelbärtigen Gesicht des Schauspielers Ferdinand Marian überlagert, der in *Jud Süß* den hinterlistigen jüdischen Finanzrat spielte. Luise wusste noch gut, welche Befriedigung sie empfunden hatte, als der böse Jude Süß am Schluss des Films vor den Toren Stuttgarts seiner gerechten Strafe durch Erhängen zugeführt wurde. Auch an die wutentbrannten Juden-Raus-Rufe, die nach der Vorstellung durch den Kinosaal schallten, konnte sie sich noch sehr gut erinnern.

Noch deutlicher allerdings war ihr eine Szene im Gedächtnis geblieben, die sich ein paar Wochen nach der letzten Vorführung des *Jud-Süß*-Films vor ihrer Haustür abgespielt hatte.

Eines Abends Ende Januar oder Anfang Februar 1941 hatten die Löwensteins, zwei liebenswürdige alte Leutchen aus der Nachbarschaft, die Frau Trost seit dem Tod ihres Gatten regelmäßig besuchten, vor der Tür gestanden, einen Katzenkorb zwischen sich. »Wir ziehen morgen in ein jüdisches Altenheim auf dem Land, in dem Haustiere nicht gestattet sind«, hatte Herr Löwenstein tapfer lächelnd erklärt, während Frau Löwenstein der Katze mit Tränen in den Augen den Kopf kraulte. »Deshalb möchten wir Sie bitten, unsere Molly bei sich aufzunehmen.« Nachdem Frau Trost versprochen hatte, sich gut um das Tier zu kümmern, waren die Löwensteins mit gesenkten Häuptern davongegangen, ohne sich noch einmal umzudrehen. Kurz darauf war eine Familie mit vier wohlerzogenen Kindern ins Haus der Löwensteins eingezogen. Molly war noch eine Zeit lang bei Frau Trost geblieben, wobei sie von morgens bis abends um ihr ehemaliges Zuhause herumgeschlichen war, um dann eines Nachts so spurlos zu verschwinden wie ihre alten jüdischen Besitzer.

»Vielen Dank noch mal für Ihre Hilfe.«

Irinas schöne Stimme riss Luise aus den Gedanken. Ihr wurde bewusst, dass sie schon viel zu lange brütend auf die Hauswand gestarrt hatte, und beeilte sich, den Dank mit einem Lächeln zu quittieren.

»Es hat mich gefreut, Ihre Bekanntschaft zu machen. – Vielleicht erzählen Sie mir ja ein andermal mehr über Ihre Arbeit«, setzte Irina noch hinzu und streckte die Hand aus.

Als Luise sie ergriff, begann ihr Herz erneut wie wild zu pochen. Für einen Augenblick konzentrierte sich ihr ganzes Empfinden auf diese warmen Finger. Dann tauchte die Gestalt des SS-Mannes wieder vor ihrem geistigen Auge auf, und sie ließ Irinas Hand los, als hätte sie sich daran verbrannt.

»Es ist schon fast Mittag«, bemerkte sie und nickte mit dem Kinn in Richtung der Uhr, die am Rathausturm angebracht war. »Wenn Sie nicht reingehen, sperren die Ihnen die Tür vor der Nase zu.«

Da war es wieder, das mokante Lächeln. »In diesem Fall muss ich mich wohl oder übel von Ihnen verabschieden«, entgegnete Irina, machte auf dem Absatz kehrt und verschwand Sekunden später in Grauwiedels Geschäft.

5. Kapitel

Mittwoch, 17. März 1943

In ihrer zweiten Nacht in Jederstadt schlief Luise nicht halb so gut wie in der ersten. Sie träumte wirres Zeug, von Effie und Irina, von Frau Trost und den Löwensteins, von dunklen Wäldern und toten Männern. Als sie erwachte, war sie schweißgebadet und fühlte sich verkatert, ohne einen Tropfen Alkohol zu sich genommen zu haben.

Sie hatte den Abend bei einem Glas Milch und belegten Broten auf ihrem Zimmer verbracht, um dem Adjutanten des Kreisleiters nicht noch einmal über den Weg zu laufen. Der lange Mensch in der zu kurz geratenen Parteiuniform hatte in der Hotelbar gesessen, als Luise von ihrem Ausflug zur alten Eiche zurückgekehrt war, und es offenbar nicht erwarten können, seinem Chef das Wiederauftauchen der Journalistin zu melden. Noch bevor Luise den letzten Bissen ihres Mittagsmahls hinuntergeschluckt hatte, stand der Adjutant im Speisesaal. Kreisleiter Exler wünsche sie unverzüglich zu sprechen. Luise war nichts anderes übrig geblieben, als die Reste ihrer Kartoffelpuffer stehen zu lassen und ihm in die Führer-Suite zu folgen.

Sie hatte den Kreisleiter am Schreibtisch über den Bauplänen thronend vorgefunden wie tags zuvor, aber diesmal war er nicht allein gewesen. Neben ihm stand ein groß gewachsener Mann von ungefähr Mitte fünfzig, den Exler ihr als »Werner Krassnik, unser Stadtbauinspektor und Schöpfer unseres Fritz« vorstellte. Krassnik trug Anzug und Krawatte, wie man es von einem Beamten erwartete; seine Schaufelhände und die ungewöhnlich breiten Schultern hätten indes besser zu einem Bauarbeiter gepasst. Sein krauses Wollhaar und das stark in die Länge gezogene Gesicht verliehen ihm ein etwas belämmertes Aussehen, doch als Exler ihn aufforderte, dem Fräulein Schriftleiter die Entwürfe seiner Schöpfung doch bitte persönlich zu erläutern, begann der Baumeister mit beachtlicher Eloquenz zu referieren, bis er sich nach einer Dreiviertelstunde mit dem Hinweis auf die zahlreichen Bauvorhaben, die seiner harrten, von seinen andächtigen Zuhörern verabschiedete.

Sobald Werner Krassnik die Führer-Suite verlassen hatte, war es mit Exlers Andacht vorbei gewesen. Mit zusammengekniffenen Schweinsäuglein und einem vorwurfsvollen Unterton in der Stimme hatte er von Luise verlangt, ihn über den Verlauf ihrer morgendlichen Recherchen ins Bild zu setzen, was sie auch pflichtschuldig getan hatte, allerdings ohne die Begegnung mit Irina Stolz zu erwähnen, die ja nicht Teil ihrer Nachforschungen gewesen war. Daraufhin hatte der Kreisleiter zu einem langen Vortrag ausgeholt, über die Kunst der Propaganda, der in der Behauptung gipfelte, gefühlten Wahrheiten käme darin weitaus größere Bedeutung zu als beweisbaren Fakten, weil das Volk in seiner Gesamtheit nicht denken, sondern nur fühlen könne.

Luise hatte nicht mehr gewusst, wo ihr der Kopf stand von der ganzen Phrasendrescherei, als der kleine Mann endlich aufgestanden war mit den Worten: »Morgen reden Sie mit den Eltern. Wär' ja gelacht, wenn ich Ihnen keine handfesteren Informationen über die Kindheit und Jugend unseres Helden bieten könnte als unser Herr Bürgermeister.«

Erst als Luise nach dem Frühstück ins Foyer hinunterging, wurde ihr klar, dass der Kreisleiter sie zu den Freundlichs begleiten würde. Er erwartete sie an der Rezeption, sekundiert von seinem Adjutanten, der auch als sein Chauffeur fungierte. Sie fuhren mit Exlers Dienstwagen, einer riesigen schwarzen Mercedes-Limousine, die verdächtig dem Modell ähnelte, in dem der Führer seine Siegesparaden abgehalten hatte, als es noch Siege zu feiern gab. Ihre Fahrt durch Jederstadt fiel allerdings bedeutend kürzer aus als Hitlers Triumphzüge durch Wien, Prag oder Paris, und mit Ausnahme von ein paar am Straßenrand spielenden Knaben, die das Automobil mit offenen Mündern bestaunten, nahm auch kaum jemand Notiz von ihnen.

Die Freundlichs wohnten in einem der alten Handwerkerviertel im Norden. Abgesehen von der gusseisernen Brücke und der Fabrikanlage am Fluss, die Luise am Vortag schon aus der Ferne aufgefallen waren, hatte dieser Teil der Stadt sein vorindustrielles, noch beinahe ländliches Gepräge weitgehend beibehalten. Die Seitenstraßen, die links und rechts von der Hauptstraße abzweigten, waren ungepflastert, die Häuser, die sich in unregelmäßigen Abständen aneinanderreihten, bescheiden, um nicht zu sagen ärmlich. In den Vorgärten gackerten Hühner, und Luise wäre nicht verwundert gewesen, wenn in den Hinterhöfen auch noch die eine oder andere Kuh gegrast hätte.

Das Haus von Fritz' Eltern, ein zweistöckiges Gebäude, dessen Verputz an mehreren Stellen abblätterte, befand sich im Schreinerviertel. Wie die meisten Werkstätten schien auch die Schreinerei von Fritz' Vater den Betrieb eingestellt zu haben – eine Folge des Krieges, der jedes andere Gewerbe als die Waffenproduktion zu einem Luxus gemacht hatte, den Deutschland sich nicht mehr leisten konnte. Die Läden im Untergeschoss waren vernagelt, das Tor zur Werkstatt mit einer schweren Eisenkette verschlossen, das Schild darüber so dick mit Straßenstaub bedeckt, dass man den Schriftzug *Schreinerei Freundlich & Söhne* kaum mehr erkennen konnte. Nur die Blumenkästen vor den Fenstern im Obergeschoss und die sauber gefegten Stufen vor der Haustür wiesen darauf hin, dass hier noch Menschen lebten.

Der Kreisleiter, dem offenbar sehr daran gelegen war, dem Fräulein aus Stuttgart immer einen Schritt voraus zu sein, eilte die Stufen hinauf und blieb breitbeinig vor der Haustür stehen. Als Luise zu ihm aufgeschlossen hatte, lehnte er sich zu ihr herüber und raunte, die Stimme vor falscher Anteilnahme triefend: »Denken Sie daran, was diese armen Leute durchgemacht haben, und quälen Sie sie nicht mit unnötigen Fragen.« Dann plusterte er sich auf, soweit es die Uniformknöpfe über seinem Brustkorb erlaubten, und betätigte die Glocke am Eingang.

Allem Anschein nach wurden sie bereits erwartet. Exler hatte kaum an der Glockenschnur gezogen, als die Tür auch schon aufging und Luise eine sanfte Frauenstimme sagen hörte: »Bitte treten Sie ein.«

Die kleine, rundliche Frau, die zum Vorschein kam und sich als Fritz' Mutter, Johanna Freundlich, vorstellte, mochte Ende sechzig, vielleicht auch Anfang siebzig sein. Luise fiel es schwer, ihr Alter zu schätzen. Ihr Gesicht hatte etwas zeitlos Schönes, das weder Runzeln noch Altersflecken zu beeinträchtigen vermochten. Sie trug ein adrettes dunkelgraues Wollkostüm und eine weiße Baumwollbluse mit altmodischem Rüschenkragen, der von einer silbernen Brosche zusammengehalten wurde. Als sie zur Begrüßung lächelte, stand Luise das Bild des verstorbenen Sohnes vor Augen, und obwohl sie sich fest vorgenommen hatte, ihre Gefühle außen vor zu lassen, wie gute Reporter es laut Leonhard taten, verspürte sie Mitleid mit der Frau.

»Wenn Sie mir bitte folgen würden.«

Johanna Freundlich geleitete sie die schmale Stiege ins Obergeschoss hinauf, wo sich die Wohnräume der Familie befanden. Ihr Mann erwartete sie in der Stube, die zugleich als Esszimmer diente. Im Unterschied zu seiner Frau hatte Kaspar Freundlich sich nicht die Mühe gemacht, seinen Sonntagsstaat aus dem Schrank zu holen. Er trug eine dunkelgrüne Strickjacke, die an den Ellbogen beinahe durchgescheuert war, und ein kariertes Hemd, das seine Frau schon so oft gewaschen haben musste, dass Luise sich bei der Beschreibung auf keine Farbkombination hätte festlegen mögen. Sein wettergegerbtes, stoppelbärtiges Gesicht ließ Herrn Freundlich deutlich älter wirken als seine Frau, doch als er sich vom Stuhl erhob, um Luise und den Kreisleiter zu begrüßen, war an seinen Bewegungen noch ein Rest jener Vitalität und Kraft zu erahnen, die er seinem Sohn vererbt haben musste.

»Nehmen Sie Platz«, sagte er, nachdem er Exler die Hand

geschüttelt und Luise zugenickt hatte. »Meine Frau hat Tee gekocht.«

Er wies auf den Esstisch, auf dem eine blau bemalte Steingutkanne dampfte.

Während Frau Freundlich den Tee einschenkte und einen Teller Marmeladenbrote in der Tischmitte platzierte, blickte Luise sich im Zimmer um. Es war sehr einfach eingerichtet. Die Möbel – ein Esstisch mit sechs Stühlen, ein Geschirrschrank mit verglasten Türen, ein Schaukelstuhl und eine Kommode – waren sorgfältig gearbeitet, aber ohne jeden Schick. Auf dem Boden lag ein durchgetretener Teppich, an der Wand hing ein hölzernes Kruzifix, auf der Kommode stand eine Blumenvase mit einer gelben Strohblume neben der Fotografie eines Mannes in Wehrmachtsuniform.

Das war alles.

Mit leiser Enttäuschung zog Luise ihr Notizbüchlein aus der Manteltasche und legte es vor sich auf den Tisch. Sie wusste nicht, was sie erwartet hatte, aber diese Stube war es bestimmt nicht gewesen.

Die Schlichtheit des Raumes rührte Luise auf seltsame Weise. Falls die Freundlichs irgendeinen Trost daraus zogen, dass ihr Sohn als Held der Bewegung gefallen war, verriet ihr Wohnzimmer nichts davon. Sie sah keines der unzähligen Bilder, die Fritz' Leben in süßlichen Farben verklärten, keine der zahlreichen Broschüren, die seinen Tod für den Führer in den höchsten Tönen besangen.

Genau genommen, gab es in dem Raum überhaupt keinen Hinweis auf den Führer oder die Partei: kein Hakenkreuz, kein Hitlerbild, ja, noch nicht einmal eine Ausgabe von *Mein Kampf*, von der Luise angenommen hatte, dass sie in jedem deutschen Haushalt zu finden sei.

Sogar bei ihnen im Pfarrhaus war eine gewesen.

Der Vater hatte stets die Ansicht vertreten, dass ein Pastor sich an Matthäus 22,21 – »Gebt dem Kaiser, was des Kaisers ist, und Gott, was Gottes ist« – ein Vorbild nehmen und sich aus den Angelegenheiten der Politik heraushalten sollte. Doch einige Monate, nachdem die Nationalsozialisten an die Macht gekommen waren, hatte er das Buch des Führers gekauft und von der ersten bis zur letzten Seite studiert, nicht anders, als er einst als Student der Theologie das Buch der Bücher studiert hatte. Von da an war es gelegentlich vorgekommen, dass er in einer seinen Predigten auf eine Passage des Führer-Buches zu sprechen gekommen war, wobei Luise nie so recht gewusst hatte, ob er die jeweilige Textstelle anführte, um seine theologische Argumentation zu untermauern, oder ob er seine theologische Argumentation dazu benutzte, die Worte Hitlers zu entkräften. Da der Vater zu keiner Erklärung gewillt war, hatte Luise versucht, sie in *Mein Kampf* selbst zu finden, den Versuch nach ungefähr fünfzig Seiten jedoch entnervt aufgegeben, weil sie sich ständig in den gewundenen Sätzen verheddert hatte.

»Jetzt sind Sie dran, Fräulein Littke«, erklärte der Kreisleiter, nachdem er den Freundlichs die Gründe ihres Kommens ausführlich dargelegt hatte. »Fragen Sie, was Sie fragen müssen, aber fassen Sie sich kurz. Wir wollen die guten Leute ja nicht länger als nötig bemühen.«

Er bedachte das alte Ehepaar mit seinem kalten Lächeln, bevor er sich dem Teller in der Tischmitte zuwandte und nach einem Marmeladenbrot langte.

Währenddessen schlug Luise eine freie Seite in ihrem Notizbuch auf, räusperte sich und sagte dann so leichtherzig, wie sie es in dieser Stube überhaupt vermochte: »Erzählen Sie mir von Ihrem Sohn. Was war er für ein Mensch? Wie war er als Kind?«

Leonhard hatte ihr einmal erklärt, dass es die höchste Kunst des Journalisten sei, die Menschen mit Fragen zum Reden zu bringen, und weil die meisten Menschen am liebsten über sich selbst und ihr eigenes Leben redeten, seien die besten Fragen solche, welche die Befragten ganz persönlich beträfen. Damals war das Luise nur logisch erschienen, doch jetzt, wo sie diesen bedauernswerten Leuten gegenübersaß und darauf wartete, dass sie zu sprechen anfangen würden, fragte sie sich, ob es wirklich richtig war, fremden Menschen derart persönliche Fragen zu stellen. Nichts an ihrem Heim ließ vermuten, dass Kaspar und Johanna Freundlich die Erinnerungen an ihren Sohn gern mit anderen teilten. Mit welchem Recht maßte sie, Luise, sich an, sie dazu zu zwingen?

Tatsächlich schien es einen Augenblick so, als wollte weder die Mutter noch der Vater ihrer Aufforderung nachkommen, dann stieß die alte Frau einen leisen Seufzer aus und begann zu erzählen.

Vieles von dem, was Johanna Freundlich über die Kindheit und Jugend ihres Sohnes berichtete, hatte Luise bereits in mehr oder weniger ausgeschmückter Form in den Unterlagen aus Schleifers Mappe gelesen. Deshalb konzentrierte sie sich weniger darauf, was die Frau sagte, als auf die Art und Weise, wie sie es tat. Sprach sie anfangs noch leise und stockend, so wurde ihre Stimme mit jedem Jahr, das Fritz in ihrer Erzählung älter wurde, lauter und fester. Während der Vater unbewegt vor seiner Teetasse hockte und mit versteinerter Miene in die dampfende Flüssigkeit starrte, wurde Fritz' Mutter mit jedem Satz, den sie von sich gab, bewegter. Als sie auf die Entlassung ihres Sohnes aus der Fabrik zu sprechen kam, in der er seine Lehre absolviert hatte, war alle Verzagtheit von ihr abgefallen und ihr eben noch sanftmütiges Gesicht hatte einen Ausdruck angenommen, den man nur als anklagend bezeichnen konnte.

»Wir haben nie verstanden, weshalb es ausgerechnet ihn traf«, sagte sie mit solcher Bitterkeit, dass sich Luise der Magen zusammenzog. »Unser Fritz war ein tüchtiger Junge. Der beste Lehrling seines Jahrgangs. Jeder Betrieb hätte sich glücklich geschätzt, ihn zu seinen Arbeitern zu zählen. Nur bei Höppner konnte man ihn plötzlich nicht mehr gebrauchen.«

Sie warf ihrem Mann einen Blick zu, doch dieser zeigte keine Neigung, sich in das Gespräch einzuschalten. Einzig das Mahlen seiner kräftigen Kiefer bewies, dass der Bericht seiner Frau ihn nicht unberührt ließ.

Johanna Freundlich nestelte einen Augenblick an der Brosche an ihrem Hals herum und sprach dann in demselben bitteren Tonfall weiter: »Unser Fritz war immer ein fröhliches Kind. Aber die Arbeitslosigkeit hat ihn kaputtgemacht. – Mein Mann hätte ihn gern in der Schreinerei beschäftigt, aber dort gab's ja kaum genug zu tun für ihn und unseren Klaus. Also musste der Fritz allein sehen, wie er zurechtkam.«

Sie schluckte schwer. Tränen traten ihr in die Augen.

»Eine Weile fand er noch tageweise Arbeit an der Laderampe, unten am Fluss. Dann war's auch damit vorbei. Von da an hockte er nur noch zu Hause herum, und wenn er doch einmal ausging, dann nur, um sich im Wirtshaus zu betrinken.«

Der alten Frau versagte die Stimme.

Exler, der bis dahin schweigend an einer Brotscheibe gekaut hatte, spülte den Bissen im Mund mit einem Schluck Tee hinunter und bemerkte leicht melancholisch: »Ja, das waren schlimme Zeiten damals ... Weltwirtschaftskrise ... Da mussten viele von uns unten durch. Bei der Bahn mussten wir die Hälfte der Belegschaft entlassen, weil die Judenknechte in der Chefetage sich von Rothschild und Konsorten am Gängelband führen ließen. – So war das, als Deutschland noch unter dem Joch der jüdischen Zinsknechtschaft stöhnte. Nur gut, dass der Führer diesem Wahnsinn ein Ende bereitet hat.«

Er legte die angebissene Brotscheibe zurück auf den Teller, bevor er an Johanna Freundlich gerichtet fortfuhr: »Aber jetzt erzählen Sie dem Fräulein Schriftleiter doch mal, wie Fritz zu unserer Bewegung gekommen ist. Das ist es doch, was die Leser am meisten interessiert.«

Die alte Frau wandte sich Hilfe suchend zu ihrem Mann um, doch dieser beachtete sie weiterhin nicht. Seine tiefgründigen grauen Augen waren auf Exler gerichtet, der mit einem gespannten Lächeln auf den rosigen Lippen darauf wartete, dass Johanna

Freundlich seiner Aufforderung nachkommen würde. Da löste Kaspar Freundlich langsam, wie in Zeitlupe, die Kiefer, ballte die Hände zu Fäusten, öffnete sie wieder, ballte sie erneut, bevor er mit kratziger, aber klar verständlicher Stimme sagte: »Erzählen Sie's doch, Exler. Sie waren ja einer von denen, die unseren jungen Leuten ihren braunen Schmutz eingetrichtert haben.«

Johanna Freundlich wurde mit einem Schlag aschfahl.

Luise verschluckte sich beinahe an ihrem Tee.

Exler gefror das Lächeln. Man sah förmlich, wie es hinter der glatten Stirn des Kreisleiters zu rattern anfing, doch bevor er sich entscheiden konnte, wie er auf die Provokation reagieren sollte, hatte Johanna Freundlich sich wieder gefangen.

»Also, das war so«, begann sie hastig, wobei sie ihrem Mann beschwichtigend die Hand auf den Arm legte. »Unser Fritz war ja sehr sportlich. Leichtathletik mochte er besonders gern. Weitsprung, Hochsprung, Hundert-Meter-Lauf ... solche Sachen halt.«

Sie zwang sich zu einem Lächeln.

»Eines Tages – ich glaube, es war im September, vielleicht auch im Oktober 1930 – nahm ein junger Mann aus dem Wirtshaus ihn zu einem Sportanlass der SA in Breslau mit. ›Wehrertüchtigung‹ nannten sie das. Als er heimkam, war er wie verwandelt. Ich erinnere mich noch genau, was er sagte, als er zur Tür hereinkam. ›Mutter‹, sagte er, ›jetzt weiß ich endlich, wo ich hingehöre. Jetzt habe ich meinen Platz im Leben gefunden.‹«

Frau Freundlichs Lippen lächelten weiterhin, aber ihre Augen fingen erneut an zu weinen. Während sie nach der Hand ihres Mannes tastete, richtete der Kreisleiter seine Schweinsäuglein auf Luise und kommentierte: »Da hören Sie's. Auch das haben wir dem Führer und der Partei zu verdanken: dass unsere Jugend wieder weiß, wo sie hingehört. Merken Sie sich das für Ihre Reportage.«

»Das werde ich, Herr Kreisleiter«, sagte Luise und hätte sich im selben Moment am liebsten unter dem Tisch verkrochen.

Ihre Antwort hörte sich so verkehrt an, wie sie sich anfühlte.

Luise konnte sich nicht entsinnen, sich im nationalsozialistischen Deutschland jemals irgendwo zugehörig gefühlt zu haben, nicht einmal im Reichsarbeitsdienst, wo die Anführerinnen redlich bemüht gewesen waren, die Kameradschaft unter den Mädchen zu stärken. Allerdings war Luise sich nicht sicher, ob das in einem anderen Deutschland, beispielsweise in einem sozialdemokratischen oder auch in einem kommunistischen, sehr viel anders gewesen wäre. Manchmal schien es ihr, wie wenn das leise Gefühl des Fremdseins, das sie vom vierzehnten oder fünfzehnten Lebensjahr an begleitete, eine persönliche Eigenschaft von ihr wäre, die sich so wenig verändern ließ wie die Farbe ihrer Augen oder ihre Körpergröße. Nur in Leonhards und Charlottes Gegenwart verschwand das Gefühl gelegentlich, fühlte Luise sich zugehörig, eins mit sich und der Welt.

Und wenn sie schrieb. Wenn sie Geschichten erfand und Filmszenen entwarf, sich Figuren ausdachte oder an Sätzen feilte, dann war sie es auch.

Eins mit sich und der Welt.

Die alte Frau schnäuzte in ein Taschentuch.

Luise löste den Blick von ihrem Notizbüchlein. Sie wartete, bis die Mutter Freundlich das Tuch an den Vater zurückgegeben hatte, und sagte dann, in deutlich forscherem Ton als beabsichtigt: »Es erfüllt Sie gewiss mit Stolz, dass man Ihrem Sohn nun ein Denkmal errichten will.«

Frau Freundlich bekam sofort wieder feuchte Augen.

Herr Freundlich hob den Kopf und musterte Luise, als bemerke er ihre Gegenwart erst jetzt. Langsam, fast tastend krochen seine grauen Augen über ihr Gesicht, ihren Hals, ihre Brust, ihren Bauch, bis zu dem Notizbuch in ihren Händen. Währenddessen begannen seine Kiefer erneut zu mahlen, als müsste er das, was er zu äußern beabsichtigte, zuerst in verdaubare Portionen zerteilen.

Allein, der alte Mann kam nicht dazu, irgendetwas zu sagen. Bevor er seine Sätze zurechtgekaut hatte, klatschte Exler die

Handflächen auf die Tischplatte und erklärte das Gespräch für beendet. »Fräulein Littke. Ich denke, Sie haben jetzt lange genug in den Wunden dieser armen Leute gestochert. Den Rest der Geschichte kann ich Ihnen im Parteimuseum erzählen.«

Geräuschvoll schob er den Stuhl zurück und stand auf.

Luise tat es ihm nach. Doch anders als der Kreisleiter, der nach einem knappen Abschiedsgruß an die Adresse der Mutter schnurstracks in den Flur verschwand, zögerte Luise, den Raum zu verlassen. Sie blieb vor der Kommode neben der Tür stehen und nahm das Foto darauf in Augenschein. Der Mann auf dem Bild sah aus wie eine ältere und dunklere Ausgabe von Fritz. Sein Gesicht war etwas schmaler als dasjenige des SA-Sturmführers, doch das kräftige Kinn hatten beide eindeutig vom selben Vater geerbt.

Luise war denn auch nicht überrascht, als Johanna Freundlich neben sie trat und ungefragt erklärte: »Unser Ältester, Klaus.«

Die alte Frau nahm das Foto von der Kommode, fuhr mit dem Zeigefinger einige Male über den silbernen Rahmen und setzte dann mit brüchiger Stimme hinzu: »Er ist vergangenen Sommer an der Ostfront gefallen.«

»Das tut mir leid«, erwiderte Luise, ehrlich betroffen.

Während Johanna Freundlich fortfuhr, das Bild mit den Fingern von imaginärem Schmutz zu befreien, musste Luise an ihren jüngeren Bruder Georg denken, der kurz nach Abschluss seiner Ausbildung zum Panzerfahrer im Herbst 1941 in den Osten abkommandiert worden war. Er hatte ihr, wenn auch bloß andeutungsweise, von den schweren Gefechten berichtet, welche die Wehrmacht sich mit der Roten Armee lieferte, und von den widrigen Bedingungen, denen sie in der Sowjetunion ausgesetzt waren. Georg hatte einen eiskalten Winter und einen glühend heißen Sommer in Südrussland überstanden, ehe sein Panzer im Herbst 1942 von einer Panzerfaust getroffen worden war. Sein Kanonier verbrannte im Führerstand; Georg selbst wurde so schwer verwundet, dass er vier Monate im Lazarett liegen musste. Der Lazarettaufenthalt hatte ihn höchstwahrscheinlich vor Stalingrad bewahrt – wofür Luise dem unbekannten Rotarmisten, der den Bruder abgeschossen hatte, ewig dankbar sein würde –, aber nicht vor einer Rückkehr an die Front. Anfang Februar war Georg wieder zu seiner Truppe gestoßen. Sein letzter Brief hatte Luise Anfang März aus Weißrussland erreicht, wo die Wehrmacht allem Anschein nach ihre Kräfte sammelte, um neuerlich nach Osten vorzustoßen.

Johanna Freundlich stellte das Foto zurück und sagte mit so viel Verve, dass Luise aus ihren Gedanken hochschreckte: »Die Bolschewisten haben uns beide Söhne genommen.«

Der Satz war kaum zu Ende gesprochen, als Kaspar Freundlich von seinem Stuhl aufsprang und nicht weniger impulsiv zurückgab: »Hör auf, solchen Unsinn zu erzählen, Frau!«

Luise fuhr herum.

Der alte Mann hatte die Fäuste auf die Tischplatte gestützt, seine Augen funkelten zornerfüllt. Er schien die Journalistin vollkommen vergessen zu haben.

»Die Bolschewisten haben uns nichts zuleide getan. Aber unser großer Führer musste ja unbedingt ihr Land angreifen! Um die *historische Bestimmung der Deutschen* zu erfüllen. – Historische Bestimmung! Lebensraum! Was für ein himmelschreiender Blödsinn! – Für unsere Bestimmung ist der Herrgott zuständig, nicht der Herr Hitler. Wir brauchen kein anderes Land. Deutschland ist, verdammt nochmal, groß genug für die Deutschen!«

Gleich wird er an seiner Wut ersticken, dachte Luise.

»Unseren Klaus, den hat Hitler auf dem Gewissen, nicht die Kommunisten. Und der Fritz hat sich sein Ende selbst zuzuschreiben. Dem hat das Kommunisten-Verprügeln zu viel Spaß gemacht.« Ein heftiger Hustenanfall hinderte ihn am Weiterreden.

»Wie kannst du so etwas sagen?«, rief die Mutter aus. »Der Fritz war ein guter Junge. Er war unser Kind!«

»Er war einer von ihnen«, erwiderte der Vater, als der Anfall vorüber war, mit so viel Gram in der Stimme, dass sich Luises Magen zusammenzog. »Für seinen Führer wäre er zu jeder Schandtat bereit gewesen. – *Wir* haben ihm nicht beigebracht, dass die Linken eingekerkert gehören und die Juden vertrieben. Oder dass die Deutschen mit Feuer und Schwert ausziehen sollen, um sich die Erde untertan zu machen. Hätt' er mal besser auf uns gehört als auf dieses vermaledeite Nazi-Pack!«

Johanna Freundlich fing wieder zu weinen an. Im selben Moment wurde der alte Mann gewahr, dass Luise ihn anschaute. Rasch senkte er den Blick und ließ sich ohne ein weiteres Wort auf den Stuhl zurücksinken.

»Fräulein Littke! Wo bleiben Sie denn?«

Der Ruf des Kreisleiters, der von draußen an ihr Ohr drang, erinnerte Luise daran, dass ihre Besuchszeit abgelaufen war.

Sie wollte sich gerade zur Tür begeben, als Johanna Freundlich sie am Arm zurückhielt. »Hören Sie nicht auf meinen Mann«, sagte sie mit gesenkter Stimme. »Er hat es nie verwunden, dass unser Klaus in Russland geblieben ist. – Fritz war ein guter Junge. Der wollte doch nur, was alle Jungen in seinem Alter wollen: Einen anständigen Beruf, ein nettes Mädchen, ein bisschen Spaß im Leben. Ist das denn so schlimm?«

»Ich muss gehen«, murmelte Luise, der die alte Frau allmählich unangenehm zu werden begann.

Aber Johanna Freundlich war noch nicht bereit, sie ziehen zu lassen.

»Dem Buben ging es doch gar nicht um Politik«, fuhr sie fort, während ihre Finger sich in Luises Arm gruben. »Diese ständigen Kämpfe mit den Bolschewisten, das war es nicht, warum er bei der SA war. Fritz hat die Uniform doch bloß angezogen, weil er seinem Mädchen imponieren wollte!«

Sie hielt kurz inne und flüsterte dann so leise, dass Luise sie kaum verstehen konnte: »An dem Tag, an dem er starb, wollte er seiner Liebsten einen Antrag machen. ›Mutter, heute Nachmittag werde ich mich verloben‹, das war das Letzte, was er zu mir sagte. Das waren seine letzten Worte.«

Johanna Freundlich schaute Luise mit schmerzerfüllten Augen an. »Fritz war ein guter Junge«, wiederholte sie, und mit einem Mal war ihr altersloses Gesicht wieder sanft und schön wie ehedem.

Luise versuchte ein Lächeln, das jedoch ziemlich verquer herauskam. Abermals hörte sie Exler nach ihr rufen. Der Kreisleiter klang nicht wie ein Mann, den man ungestraft warten ließ. Mit einem Ruck löste sie ihren Arm aus Johanna Freundlichs Griff.

Sie hatte die Hand schon auf die Türklinke gelegt, als Frau Freundlichs Stimme sie noch einmal innehalten ließ.

»Sie schicken uns den Artikel doch, wenn er erschienen ist, nicht wahr?«

Die Frau sah sie flehentlich an.

»Versprechen Sie mir das?«

Luise warf einen Blick zum Esstisch hinüber, wo Kaspar Freundlich das Gesicht in den Händen barg. Er gab keinen Ton von sich, aber an seinen bebenden Schultern konnte sie erkennen, dass der alte Mann weinte.

»Ich verspreche es«, sagte sie und schlüpfte hinaus in den Flur.

*****

Auf der Fahrt zum Parteimuseum sprach Luise kein Wort. Kreisleiter Exler, entschlossen, sie für ihr Herumtrödeln abzustrafen, unterhielt sich mit dem Adjutanten am Steuer und ignorierte die Journalistin auf der Rückbank so demonstrativ, dass Luise sich darüber amüsiert hätte, wenn ihre Gedanken nicht zu viel Wichtigerem abgedriftet wären.

Sie dachte an ihren Bruder Georg, dessen Gesicht durch den Krieg für immer entstellt sein würde, an Klaus Freundlich und an all die anderen Männer, die nie mehr aus Russland zurückkehren würden. Derweil hörte sie Kaspar Freundlichs Worte in ihrem Hinterkopf – »historische Bestimmung«, »Lebensraum«, »himmelschreiender Blödsinn« – und fragte sich nicht zum ersten Mal, seit die Wehrmacht in die Sowjetunion einmarschiert war, ob dieser Krieg wirklich hatte sein müssen, ob die Bedrohung durch die Bolschewisten wirklich so groß gewesen war, dass Deutschland keine andere Wahl blieb, als Stalins Reich anzugreifen.

Luise wusste noch genau, wie Frau Trost und sie am frühen Morgen des 22. Juni 1941 vor dem Radio gesessen und einander ungläubig angeschaut hatten, während Goebbels die Proklamation des Führers zum Angriff auf die Sowjetunion verlas. An die jüdische Weltverschwörung hatte Luise nie geglaubt. Dafür hatte Großvater Dietrich gesorgt, der ihr früh beigebracht hatte, dass Jesus Jude war und dass, wer Juden mit Verachtung begegnet, folglich auch Jesus verachtet. Aber die Kommunisten waren ihr nie geheuer gewesen. Ein Blick auf die riesige Weltkarte in ihrem Schulzimmer, auf der die rot eingefärbte UdSSR wie ein Zähne fletschendes Ungeheuer auf das winzig-blaue Europa hinunter starrte, hatte Luise genügt, um sich vor den Bolschewisten zu fürchten. Dennoch – oder gerade deshalb – war es ihr kalt den Rücken hinunter gelaufen, als sie an jenem Morgen noch im Pyjama auf dem Sofa gesessen und den martialischen Worten des Führers gelauscht hatte, die aus der plärrenden Goebbels-Schnauze in Frau Trosts Wohnzimmer drangen.

Und noch an etwas Anderes erinnerte sie sich jetzt.

Als der Volksempfänger verstummt war, hatte Frau Trost leise bemerkt: »Jetzt ist er endgültig verrückt geworden.« Erst bei den nächsten Worten war Luise klar geworden, dass die Vermieterin von Hitler sprach. »Sowjetrussland. Wie kann er glauben, dass Deutschland es mit Sowjetrussland aufnehmen könnte? Weiß er denn nicht, wie groß dieses Land ist? Hat er denn noch nie von Napoleon gehört?« Händeringen, Kopfschütteln. Und dann: »Mit England wären wir vielleicht noch fertiggeworden, aber mit Russland ...«

An dieser Stelle hatte Frau Trost Luise das Gesicht zugedreht und sie einen Moment lang fassungslos angesehen. »Das war der letzte Irrsinn, den er sich geleistet hat. Die Russen werden unser Ende sein.«

Es war das einzige Mal gewesen, dass Frau Trost Hitlers Krieg im Osten kommentiert hatte. Nicht einmal die Niederlage von Stalingrad hatte sie zu einer weiteren Bemerkung über das Thema verleiten können. Sie hatte ihrem Urteil wohl schlicht und ergreifend nichts mehr hinzuzufügen.

»Nicht einschlafen, Fräulein, wir sind gleich da.«

Luise schüttelte die düsteren Gedanken ab.

Exler, der offenbar entschieden hatte, dass sie für heute genug gestraft war, klopfte mit der flachen Hand einige Male auf die Rücklehne der Vorderbank, bevor er mit dem Zeigefinger gegen das Seitenfenster tippte und mit diesem seltsamen Glucksen, das so gar nicht zu seiner Erscheinung passen wollte, bemerkte: »Das hier war meine erste Station in Jederstadt.«

Luise spähte durch die getönte Scheibe.

Die Südstadt lag bereits hinter ihnen, sie fuhren gerade am Bahnhof vorbei, wo Exler, wie er ihr im nächsten Atemzug berichtete, Stationsvorsteher gewesen war, ehe die steigende Last des Parteiamtes ihn gezwungen hatte, seinen angestammten Beruf an den Nagel zu hängen und sich fortan ausschließlich der Parteiarbeit zu widmen. Sobald sie den Bahnhof passiert hatten, bog der Wagen in eine schmale Seitengasse ein und hielt an.

»Bitte sehr, unser Parteimuseum«, verkündete der Kreisleiter und fügte mit sichtlicher Vorfreude hinzu: »Hier gibt's was Besseres als Marmeladenbrote.«

Bevor Luise sich lange mit der Frage aufhalten konnte, was es in einem Museum überhaupt zu essen geben mochte, fiel ihr Blick auf das Schild über dem Hauseingang. Darauf war ein kräftiges Rind abgebildet, unter dem in verschnörkelten goldenen Lettern *Wirtshaus zum Ochsen* stand.

Alles klar, dachte Luise und stieß die Autotür auf.

Während der Kreisleiter im Stechschritt Kurs auf den Eingang nahm, erklärte er ihr, was es mit dem Wirtshaus auf sich hatte:

Der *Ochse* hatte der Jederstädter NSDAP als Versammlungsort gedient, bis sie sich nach der Machtübernahme eine repräsentativere Lokalität zulegen mussten und das *Grandhotel Ortlieb* den Gasthof als Parteizentrale abgelöst hatte. Die alten Kämpfer kamen jedoch auch weiterhin oft und gern im *Ochsen* zusammen, weshalb sie Exlers Vorschlag, hier ein kleines Parteimuseum einzurichten, denn auch einstimmig angenommen hatten.

Der Wirt, der sie in Empfang nahm, war ein ungeschlachter Mann mit aufgedunsenem Gesicht und einer Säufernase, die so feuerrot leuchtete, dass man sie selbst in tiefster Dunkelheit aus mehreren Metern Entfernung gesehen hätte. Exler begrüßte ihn mit »Ernst, du alter Haudegen!« und einem kräftigen Schlag auf den Rücken, bevor er ihm befahl, eine Flasche seines Lieblingsroten aus dem Keller zu holen und den Braten aufzutragen. Dann lotste er Luise zu dem runden Tisch in der Ecke, der für Parteimitglieder der ersten Stunde reserviert war, und nahm auf einem der rustikalen Holzstühle Platz.

Außer ihnen beiden waren nur drei weitere Gäste in dem eng möblierten Schankraum anwesend: ein junges Paar, das sich über die Tischplatte hinweg selig anlächelte, und ein alter Mann, der dreinschaute, wie wenn man ihn gewaltsam von seiner warmen Ofenbank weggezerrt hätte. Abgesehen von dem Geflüster des verliebten Paares und dem leisen Schimpfen des verdrossenen Alten war es in der Gaststube fast unheimlich still. Nur gelegentlich hörte man ein Töpfe-Scheppern aus der Küche oder das gedämpfte Rattern eines Zuges, der durch den nahe gelegenen Bahnhof fuhr.

Luise war nicht nach essen zumute. Obwohl sie sich nicht erinnern konnte, wann sie zuletzt etwas so Schmackhaftes wie Schweinebraten und Kartoffelklöße auf dem Teller gehabt hatte, stocherte sie nur lustlos darin herum. Wann immer sie sich einen Bissen in den Mund schob, kam ihr der weinende Vater Freundlich in den Sinn, und ihr kamen beinahe selbst die Tränen. Nach fünf Minuten ließ sie das Besteck sinken, nahm die Serviette vom Schoß und schob den Teller von sich.

»Schon fertig?«, fragte der Kreisleiter.

Luise nickte.

Exler grunzte verständnislos. Im Gegensatz zu ihr verschlang er sein Essen mit solchem Heißhunger, als hätte er gerade einen Boxkampf über zwölf Runden hinter sich gebracht. Als der Wirt herbeikam, um ihr Gedeck abzuräumen, zog der Kreisleiter eilig Luises Teller zu sich heran und kläffte: »Finger weg, Wichowski. Der Braten bleibt hier!«, bevor er seine Gabel in das übrig gelassene Stück Fleisch rammte. Nachdem er die Reste von Luises Mahlzeit auf seinen eigenen Teller geschaufelt hatte, fuhr er an den Wirt gerichtet fort: »Zeig du unserem Gast doch schon mal das Museum. Ich kümmere mich unterdessen um das hier. – Wie's scheint, war dein Schweinebraten der jungen Dame nicht zart genug.«

»Na, dann kommen Sie mal mit, Fräulein«, maulte Wichowski und watschelte voraus.

Luise folgte dem Wirt durch den Schankraum, am Tresen vorbei, in einen schmalen, dunklen Flur, der zu zwei Hinterzimmern führte. An der Tür zur Rechten hing ein Schild, auf dem *Weinstube* stand, die linke war mit der Aufschrift *Parteimuseum* versehen.

»Sie wollen was wissen über die Partei?«, erkundigte sich Wichowski, während er einen Schlüsselbund aus der Tasche seiner schmutzstarrenden Schürze zog.

»Eher über eines Ihrer Parteimitglieder«, entgegnete Luise. »Ich schreibe eine Reportage über Fritz Freundlich und den Denkmalbau zu seinen Ehren.«

»Eine Rö-was?«

»Einen Zeitungsbericht«, erklärte Luise.

»Aha.«

Das Schloss öffnete sich mit einem scharfen Klack.

Wichowski stieß die Tür auf und ließ Luise vorausgehen, bevor er selbst über die Schwelle trat und den Lichtschalter betätigte. Der Raum war etwa halb so groß wie die Gaststube und verfügte über zwei Fenster Richtung Hinterhof, deren Läden zur Hälfte geschlossen waren. Die Mitte des Zimmers wurde von drei freistehenden Schaukästen eingenommen, in denen ein buntes Sammelsurium von Exponaten auf Besucher wartete. Vor der Wand, die ans Nebenhaus angrenzte, befand sich eine lange Holztafel, über der eine riesige Hakenkreuzfahne hing. Die übrigen Wände waren über und über mit gerahmten Fotografien bedeckt, die jemand fein säuberlich datiert und mit teils ausführlichen Legenden versehen hatte.

Luise brauchte einen Moment, bis sie begriff, nach welchem System die Bilder angeordnet waren: Die Galerie zu ihrer Rechten war der Geschichte der örtlichen Parteisektion gewidmet, die zu ihrer Linken dem Führer. Abgesehen von ein paar privaten Schnappschüssen, die Hitler bei Veranstaltungen in Breslau zeigten – bei der Einweihung des tausendsten Kilometers der Reichsautobahn im September 1936, beim Deutschen Sängerbundfest im August 1937 sowie beim Deutschen Turn- und Sportfest im darauffolgenden Juli –, handelte es sich um offizielle Porträts und Pressefotos des Führers in seinen üblichen Posen: Kinderwangen tätschelnd, Frauenhände küssend, Staatsmänner empfangend, Militärparaden abnehmend. Und natürlich Reden haltend: im Bürgerbräukeller in München, vor dem Reichstag in Berlin, auf dem Parteitagsgelände in Nürnberg.

Luise sah Hitler in der Menge badend, Hitler über den Massen schwebend; Hitler bei Tag, Hitler bei Nacht.

Sie wollte sich schon angeödet abwenden, als ihre Augen an einer Aufnahme hängen blieben, auf welcher der Führer – so winzig klein, dass er fast nicht mehr zu erkennen war – auf einer gigantischen Rednertribüne stand, die von Speers berühmtem Lichtdom umstrahlt wurde.

Luise trat näher an das Foto heran.

Sie hatte die Scheinwerfer-Installation mit eigenen Augen gesehen, an jenem Nürnberger Parteitag der Arbeit, über den Leonhard seine preisgekrönte Fotoreportage verfasst hatte. Luise hatte ihrem Bruder so lange in den Ohren gelegen, bis er sie schließlich mitfahren ließ.

Von all den Eindrücken, die an der mehr als einwöchigen Veranstaltung auf sie eingedrungen waren, hatte der Lichtdom am längsten in ihr nachgehallt. Sie hatte ihn beim Aufmarsch der politischen Leiter in der Luitpoldarena zu Gesicht bekommen, und er hatte seine Wirkung auf sie nicht verfehlt – so wenig wie die gesamte Inszenierung auf dem hell erleuchteten Platz. Für die Dauer des Spektakels war Luise sich wie eine Statistin in einem Riefenstahl-Film vorgekommen. Alles – das Licht, die Musik, die Menschen – war bis ins letzte Detail perfekt arrangiert. Noch heute erfasste sie ein Gefühl von Ehrfurcht, gemischt mit Abscheu, wenn sie sich die endlosen Reihen von Parteisoldaten vergegenwärtigte, die den Führer in rhythmischen Sprechchören hochleben ließen, während er zu den Klängen des Badenweiler Marsches zur Rednertribüne schritt und seine heisere Stimme gleich darauf aus unzähligen Lautsprechern über das riesige Areal schallte.

Der Suggestionskraft dieser Stimme, die wie aus dem Nichts an ihr Ohr gedrungen war, weil man den Redner auf die gewaltige Entfernung nicht mehr sehen konnte, hatte Luise sich nicht zu entziehen vermocht. Atemlos hatte sie den Worten gelauscht, bis die Stimme des Führers zeitgleich mit Speers Scheinwerfern am Firmament erlosch.

Es war das erste und einzige Mal gewesen, dass sie Hitler leibhaftig hatte reden hören. Ihr kam es so vor, als habe die Rede mindestens drei Stunden gedauert. Immer, wenn sie glaubte, der ausgepumpte Führer würde von der Bühne abgehen, versorgte der tosende Applaus ihn mit neuer Energie. Hitler sog den Beifall der Menge auf wie ein Schwamm, und jedes Mal, wenn er sich nach einer kurzen Verschnaufpause zu einem neuen rhetorischen Höhenflug aufschwang, jubelte die Menge noch frenetischer und verfestigte in Luise den Eindruck, dass der Führer halt doch irgendwie den Schlüssel zur Volksseele gefunden haben musste. Wie auch immer er das angestellt hatte.

Luise nahm den Blick vom Lichtdom und drehte sich den Fotos auf der anderen Wand zu. Bei dieser Galerie handelte es sich fast ausschließlich um Amateuraufnahmen. Sie waren, von der Tür ausgehend, mehr oder weniger chronologisch an- und übereinander gereiht. Auf dem ältesten Foto – laut Bildunterschrift stammte es vom März 1932 – waren zwei SA-Männer abgebildet, die ein Spruchband für einen Wahlkampfauftritt Hitlers in Breslau anfertigten. Das jüngste Bild – auf November 1942 datiert – zeigte eine Gruppe Parteimitglieder bei einer Luftschutzübung vor dem Rathaus. Dazwischen hingen mehrere Dutzend Bilder, die das Wirken der Jederstädter NSDAP in seiner ganzen Glorie belegten.

Luise sah SA-Männer, die Kommunisten zwangen, Wahlkampfparolen der KPD von einer Hausmauer abzuwaschen, neben SA-Männern, die ein Geschäft mit der Aufforderung *Deutsche, kauft nicht beim Juden!* versahen. Einige Schritte weiter entdeckte sie Abbildungen von Parteigenossen, die einer weinenden Frau inmitten einer johlenden Menschenmenge den Kopf kahl geschoren und ihr ein Schild mit der Aufschrift *Ich bin eine Polen-Hure* um den Hals gehängt hatten. Schräg darüber waren Parteigenossen zu bewundern, die lachend Spalier standen, während Polizeibeamte eine Handvoll Juden mit vorgehaltenen Gewehren über den Ring trieben; schräg darunter Hitlerjungen, die sich einen Spaß daraus machten, einen Mann in Frauenkleidern mit Dreck zu bewerfen.

Luises Blick glitt über Erinnerungsfotos von Parteiausflügen und Schnappschüsse von gemütlichem Beisammensein unter Parteikameraden. Sie hätte nicht zu sagen vermocht, welche Aufnahmen sie mehr abstießen: jene, auf denen die Brutalität der Nationalsozialisten ungeschminkt zum Vorschein kam, oder die, auf denen sie sich hinter der Fassade deutscher Biederkeit verbarg.

Sie war fast wieder am Anfang der Bildergalerie angelangt, als ihr ein paar Aufnahmen ins Auge fielen, die sie beim ersten

Durchgang übersehen hatte, weil sie nicht nur sehr verschwommen, sondern auch sehr dunkel waren. Wie der Legende zu entnehmen, waren die Bilder am 31. Januar 1933 aufgenommen worden, einen Tag nach der Ernennung Hitlers zum Reichskanzler. Die Jederstädter NSDAP hatte das Ereignis mit einem Fackelzug gefeiert, der Goebbels alle Ehre gemacht hätte. Eine der Fotografien zeigte Hermann Exler, umringt von einer Gruppe Hitlerjungen. Auf einer zweiten glaubte Luise Max Grauwiedel zu erkennen, der vor der alten Eiche eine Rede hielt. Auf einem dritten Foto schließlich war eine Handvoll Menschen abgebildet, die so inbrünstig sangen, dass man förmlich das Horst-Wessel-Lied hören konnte, wie es sich in den Nachthimmel erhob.

Die Fahne hoch! Die Reihen dicht geschlossen! SA marschiert mit ruhig festem Schritt. Kameraden, die Rotfront und Reaktion erschossen …

Luise fand das Lied furchtbar, trotzdem konnte sie alle seine Strophen auswendig. Sie hatte ihrem Bruder Georg geholfen, es für seine Pimpfenprobe einzustudieren. Die Melodie hatte Georg keine Probleme bereitet, aber der Text war ihm nur schwer über die Lippen gegangen. Georg stotterte, und wenn er aufgeregt war, wurde das Stottern so heftig, dass es eine Qual war, ihm zuzuhören. Die Aussicht, das Horst-Wessel-Lied vor versammeltem Jungvolk-Fähnlein vortragen zu müssen, versetzte den Zwölfjährigen dermaßen in Panik, dass Luise drei Tage brauchte, um ihn zu beruhigen. Am Ende hatte der Fähnleinführer entschieden, sich das Lied von allen Prüflingen gemeinsam vortragen zu lassen, sodass Georg sich hinter den anderen Jungen verstecken konnte. Luise aber hatte Horst Wessels holprige Verse für nichts und wieder nichts so oft mit ihrem Bruder memoriert, dass die albernen Worte sie ihr Leben lang verfolgen würden.

Der Wirt, dem ihr Schweigen offenkundig unangenehm zu werden begann, räusperte sich.

»Die Sachen vom Fritz sind alle hier drin«, sagte er und deutete auf den mittleren der drei Schaukästen, in dem eine gesichtslose Schaufensterpuppe stand, die man mit einer kompletten SA-Montur ausstaffiert hatte.

Mit Freundlichs SA-Montur.

Wie Luise im Nähergehen bemerkte, hatte die Hakenkreuz-Armbinde einen Riss, der von einem Sturz herrühren mochte, und auf Brust und Kragen des ansonsten sauberen Braunhemds prangten dunkle Flecken.

»Blut«, erklärte Wichowski überflüssigerweise, während Luise das Notizbüchlein aus ihrer Rocktasche zog.

»Sie erinnern sich noch an den Abend, an dem Fritz Freundlich getötet wurde?«

Der Wirt nickte schwerfällig.

»Wie wenn's gestern passiert wäre. – War ja auch ein denkwürdiger Abend.«

Er hob die Hand und zupfte eine Weile an den trockenen Hautschuppen auf seiner Säufernase herum, ehe er missmutig hinzufügte: »So einen Tumult hab' ich vorher und nachher nicht erlebt. – Drei Schwerverletzte und sechs Leichtverletzte haben sie mir reingetragen. Hier drinnen sah's aus wie im Lazarett.«

In den folgenden zehn Minuten verwandte Luise ihr ganzes journalistisches Können darauf, eine einigermaßen kohärente Schilderung des »denkwürdigen Abends« aus dem beschränkten Wirt herauszubekommen.

Am 16. Juli 1932, jenem Samstag, an dem Freundlich umgebracht worden war, hatte die Jederstädter SA demnach vorgehabt, eine Wahlveranstaltung der örtlichen Linken zu sprengen. Wie üblich, hatten sich die Männer im *Ochsen* versammelt, um sich auf den Kampf einzustimmen. Doch Fritz Freundlich war nicht im Parteilokal erschienen, und als er auch zum Abendessen nicht aufgetaucht war, hatten sie angefangen, sich Sorgen zu machen.

»Die Jungs kannten die hinterhältigen Bolschewiken ja zur Genüge«, bemerkte der Wirt, indem er sich weiter die Nase pulte. »Da war klar, dass sie nervös wurden.«

Luise erwartete, dass Wichowski ihr nun schildern würde, wie die SA-Männer losgestürmt waren, um ihren Anführer aus den Händen der Bolschewiken zu befreien – diese Szenen wurden in den Freundlich-Legenden immer besonders bunt ausgeschmückt –, doch stattdessen hörte sie den Wirt sagen: »Dann ist dem Max eingefallen, dass er ja weiß, wo der Fritz ist, und er hat dem Ortsgruppenleiter angeboten, ihn zu holen. Aber der wollte den Max nicht allein gehen lassen. Das war ihm zu gefährlich wegen den vielen Roten in der Stadt. Also sind sie zu dritt los, er mit dem Max und dem Hermann.«

Luise stutzte.

»Max Grauwiedel und Hermann Exler? – Der Bürgermeister und der Kreisleiter?«

Wichowski stierte sie blöde an. »Ja. – Ich meine, nein«, antwortete er schließlich und wischte sich die Hand an der fleckigen Schürze ab. »Das waren sie ja da noch nicht, Kreisleiter und Bürgermeister, meine ich. Der Hermann war Propagandawart, und Max, der war für die Parteikasse zuständig. Das mit dem Kreisleiter und dem Bürgermeister kam ja erst, nachdem der Raschler nach Berlin gegangen ist, und der alte Bürgermeister Koch …«

»Wer war der Raschler?«, fragte Luise, die Wichowskis Ausführungen mit wachsender Neugier gefolgt war. Sie konnte sich nicht erinnern, den Namen schon irgendwo gehört oder gelesen zu haben. Jetzt, wo sie daran dachte, fiel ihr auf, dass in den Berichten über Fritz Freundlich überhaupt nur sehr wenige Namen erwähnt wurden. Meistens war bloß von Funktionen die Rede oder von Gruppen, von »SA-Leuten« zum Beispiel oder von »Fritz' Männern«.

»Wer der Raschler war, wollen Sie wissen?« Die Frage schien Wichowski vollends zu verwirren. »Na, unser Ortsgruppenleiter«, erwiderte er nach einer Pause. »Von damals, meine ich.«

Er schlurfte zu dem Schaukasten nahe der Tür, in dem mehrere goldgerahmte Porträts von Männern ausgestellt waren, die in der Parteigeschichte eine tragende Rolle gespielt haben mussten. Das größte von ihnen zeigte einen dunkelhaarigen Mann mit schmaler Nase und Professorenbrille, den die Bildunterschrift als *Hans Raschler, Gründer und Leiter der Ortsgruppe Jederstadt (1929–1932)* auswies.

Luise stellte sich neben den Wirt und drückte ihre Nase an die Vitrine, um das Porträt genauer anzusehen. Irgendwie hatte sie das Gefühl, diesem Raschler schon einmal begegnet zu sein, aber sie kam nicht darauf, wo das gewesen sein könnte.

Ihre Gedanken begannen um einen von Wichowskis Sätzen zu kreisen: »Also sind sie zu dritt los, er mit dem Max und dem Hermann.«

Irgendetwas kam ihr daran seltsam vor.

In sämtlichen Berichten war von mindestens einem Dutzend Männern die Rede gewesen, die sich aufgemacht hätten, Fritz Freundlich zu suchen. Von einem Suchtrupp, bestehend aus Ortsgruppenleiter, Kassenwart und Propagandawart, hatte nirgends ein Wort gestanden. Vielleicht hatten die drei den SA-Führer nicht gefunden und waren in den *Ochsen* zurückgekehrt, um Verstärkung zu holen? Oder die SA-Männer waren auf eigene Faust zu ihrer Rettungsmission aufgebrochen?

Oder die Erinnerungen spielten dem dummen Wirt auch einfach einen Streich.

Luise wollte sich gerade wieder an Wichowski wenden, um sich nach dem weiteren Verlauf des Tatabends zu erkundigen, als sie Exlers herrische Stimme sagen hörte: »Genug gequatscht, Ernst, du wirst in der Küche gebraucht.«

Der Kreisleiter war unbemerkt ins Zimmer getreten. Als Luise das kalte Lächeln sah, mit dem er Wichowski aus dem Raum komplimentierte, bekam sie beinahe Angst um den Wirt.

Sobald die Tür hinter diesem ins Schloss gefallen war, bemerkte Exler mit einem Blick auf das Notizbüchlein in Luises Hand: »Eigentlich wollte ich Ihnen persönlich erzählen, was damals passiert ist, aber wie es scheint, hat der gute Ernst schon aus dem Nähkästchen geplaudert.«

Luise öffnete den Mund, um etwas zu ihrer Verteidigung vorzubringen, aber der Kreisleiter winkte ab. »Sie brauchen mir nichts zu erklären. Ich weiß, dass Neugierde quasi zum Berufsbild des Journalisten gehört. Und zu dem der Journalist*in* sowieso.«

Mit dieser Bemerkung begab Exler sich an Luise vorbei zu der Vitrine, die dem Versammlungstisch am nächsten stand. Dort verschränkte er die Hände hinter dem Rücken und erklärte mit Stolz in der Stimme: »Dies hier sind meine liebsten Ausstellungsobjekte. – Es war ja auch meine Idee, der Parteipropaganda einen eigenen Schaukasten zu widmen.«

Er trat so nahe an die Vitrine heran, dass sein aufgeblasener Brustkorb beinahe die Scheibe berührte, dann neigte er den Kopf leicht zur Seite und begann die ausgestellten Gegenstände ausführlich zu kommentieren. Als er beim erklärten Herzstück der Sammlung angelangt war – einem schreiend roten Plakat, dessen Text Luise auf die Distanz nicht lesen konnte –, hielt er inne und verfiel in kontemplatives Schweigen. Luise glaubte schon, er habe sie vergessen, als er erneut zum Sprechen ansetzte. »Wissen Sie, Fräulein Littke, wen von unseren Gegnern ich stets am meisten verachtet habe?«

Luise, überrascht von dem abrupten Themenwechsel und der unerwarteten Frage, zögerte mit der Antwort.

»Die Bolschewisten?«, entgegnete sie schließlich ohne große Überzeugung.

Der Kreisleiter schüttelte den Kopf.

»Nein, nicht die Bolschewisten. Die haben uns immerhin den einen oder anderen Straßenkampf geliefert. Die KPD stand uns in ihrem Fanatismus nur wenig nach. Und Stalin ... der Mann hat mehr Format als Churchill, Roosevelt und alle ihre Ministerlinge zusammengenommen. Sein Verzicht auf Humanitätsduselei sollte uns Vorbild sein.«

Mit noch weniger Überzeugung sagte Luise: »Die Juden?«

»Auch das ist falsch, Fräulein Littke, sehr falsch sogar. Die

Juden sind der gefährlichste Gegner, den wir Nationalsozialisten hatten – und haben. Die Juden liefern uns gerade den blutigsten Krieg der Weltgeschichte, falls Ihnen das entgangen sein sollte.«

Der Kreisleiter drehte sich zu ihr um.

Eine Minute lang betrachtete er sie mit derselben Selbstvergessenheit, mit der er zuvor die Ausstellungsgegenstände betrachtet hatte, dann sagte er mit einem Seufzer, der Luise unangenehm an Schleifer erinnerte: »Ich sage es Ihnen, Sie kommen ja selbst nicht drauf: Die Gegner, die ich immer am meisten verachtet habe, waren die Angehörigen der sogenannten liberalen Presse. Diese weltfremden Schreiberlinge, die in ihren verqualmten Redaktionsstuben saßen und dachten, man könne uns mit klugen Worten beikommen, mit *vernünftigen* Argumenten. – Als ob das deutsche Volk sich je für Vernunftgründe interessiert hätte. Das Organ des Deutschen ist der Bauch, nicht das Gehirn. Und sein starker Arm.«

Exler machte eine kurze Pause, um sich die Lippen mit der Zungenspitze zu befeuchten, bevor er den Faden weiterspann: »Diese Stümper hätten mehr erreicht, wenn sie uns die Scheiben eingeschlagen oder unsere Druckereien abgefackelt hätten. Oder noch besser: wenn sie einfach den Mund gehalten hätten. – Stattdessen sind sie auf jede Provokation eingestiegen, haben sich die Finger wund geschrieben, um der deutschen Öffentlichkeit zu beweisen, dass wir falsch lagen. – Als ob die Deutschen sich je von Besserwissern hätten belehren lassen.«

Erneut hielt der Kreisleiter inne. Als er weiterredete, hatte sich der hochmütige Ausdruck auf seinem Puttenengelsgesicht in tiefste Gekränktheit verwandelt: »Und dann diese ganzen Schmähungen, diese ständige Häme, die wir uns von diesen Schmierfinken gefallen lassen mussten. Der ganzen Schmutz, mit dem sie uns und den Führer bewarfen ... All ihre schönen Worte von zivilisierter Debatte und freier Meinungsäußerung: Wenn es um uns und unsere Ideen ging, war davon plötzlich nichts mehr zu spüren! Über unsere Bewegung konnte man ungestraft vom Leder ziehen. Doch wehe, wenn wir mit gleicher Münze heimzahlen! Dann heulen die Memmen in ihren Redaktionsstuben wie die Weiber und rufen die Gerichte zu Hilfe ...«

Exler brach ab.

Eine Weile starrte er grollend auf die Wand hinter Luise, dann verzog er den Mund, wie wenn er ausspucken wollte, und setzte lakonisch hinzu: »Aber was will man anderes erwarten von einem Haufen Juden und 175ern.«

Beim letzten Wort kehrte das kalte Lächeln auf die Lippen des Kreisleiters zurück. »Nun, damit ist ja jetzt Schluss«, gluckste er, während er sich der Tür zuwandte. »Die Juden und die 175er haben wir erfolgreich aus dem Volkskörper entfernt. – Und was von der liberalen Presse übrig geblieben ist, das haben wir uns einverleibt. Das schreibt jetzt für uns.«

Ein weiteres Glucksen entwand sich Exlers Kehle, bevor er die Tür öffnete und mit der Bemerkung »Mir scheint, ich rieche frischen Bohnenkaffee« Kurs auf die Gaststube nahm.

Luise brauchte einen Moment, um die Starre abzuschütteln, die ihren Körper ergriffen hatte. Sie warf einen letzten Blick auf die blutbefleckte Uniform in der Vitrine, wobei sie Johanna Freundlichs sanfte Stimme in ihrem Hinterkopf »Fritz war ein guter Junge« sagen hörte, dann löschte sie das Licht und folgte Exler.

Der Zeuge: Kampfzeit

Juli 1932

»Soll ich mit ihm reden?«, fragt der blonde junge Mann, der auf der Bank im Schatten meiner Blätter sitzt, den Arm um sein blondes Mädchen gelegt.

»Mit wem?«, fragt es, während es hingebungsvoll mit seinen Fingern spielt.

»Na, mit dem Ortsgruppenleiter.«

Seine Stimme klingt plötzlich verunsichert. Vielleicht bereut er die Frage ja schon, die er dem Mädchen gestellt hat. Nicht die mit dem Ortsgruppenleiter, sondern die ungleich wichtigere davor.

Das Mädchen verzieht das Gesicht und sagt mit einem Schaudern: »Bist du noch bei Trost? – Hans reißt dir den Kopf ab!«

Fritz ist keiner, der sich von irgendwem den Kopf abreißen lässt, auch nicht vom Ortsgruppenleiter. Doch statt etwas zu sagen, küsst er das Mädchen nur mitten auf den Mund. Der Kuss ist unbeholfen, aber deshalb nicht weniger stürmisch. Er begehrt die junge Frau, wie nur je ein Mann eine Frau begehrte.

»Weißt du, dass du mir sogar mit dieser Grimasse gefällst?«, neckt er, nachdem er die Lippen wieder von den ihren gelöst hat.

»Blödmann«, sagt die Geküsste, aber sie lächelt dazu. Sie weiß, dass sie Fritz gefällt. Sie gilt nicht umsonst als das schönste Mädchen der Stadt. Ich habe schon unzählige Männer von ihr schwärmen gehört, junge und weniger junge, Junggesellen und Ehegatten. Jeder von ihnen würde viel darum geben, jetzt an Fritz' Stelle zu sein.

Er kann sich glücklich schätzen, dass die Schöne ihr Herz schon in Kindertagen an ihn verloren hat. Nur ihre Hand, die hat sie ihm bis heute nicht gegeben.

Er hat sich bisher auch nicht getraut, sie darum zu bitten.

Aber heute will er es wissen.

»Dann sprich du mit ihm«, meint er nach einem weiteren Kuss. »Oder mit deinem Vater. – Ich glaube, dein Vater mag mich ganz gern. Und jetzt, wo ich Sturmführer bin, kann er doch nichts mehr dagegen haben, dass wir uns verloben.«

»Bloß, dass ich schon verlobt bin«, erinnert ihn das Mädchen, wobei es das Gesicht erneut verzieht.

»Ach, komm, du wärst nicht die Erste, die sich anders entscheidet«, sagt er und zieht sie besitzergreifend an sich.

Das Mädchen lässt es sich nur allzu gern gefallen. Fritz ist ja auch einer der feschesten Burschen der Stadt; obendrein als braver Handwerkersohn gar keine so schlechte Partie. – Wenn man die letzten zwei Jahre ausklammert, in denen er wie so mancher vom rechten Weg abkam. Ich könnte von mehr als einem trüben Abend berichten, an dem er lallend und heulend auf der Bank saß und sein Leid in billigem Fusel ertränkte. Am tiefsten Punkt seines Elends lag er einmal für Stunden wie tot in seinem eigenen Erbrochenen.

Die Braunhemden waren seine Rettung. Seit er die braune Uniform trägt, sitzt ihm der Kopf wieder gerade auf den Schultern. Und jetzt, wo man ihn zum SA-Sturmführer befördert hat, strotzt er geradezu vor Selbstbewusstsein.

»Ich will dich, seit ich denken kann«, raunt er seiner Liebsten ins Ohr und beginnt, sanft an ihrem Ohrläppchen zu knabbern.

»Lass das, das kitzelt!«

Kichernd stößt das Mädchen ihn weg.

In diesem Moment radelt auf der Straße neben mir eine Frau mit buntem Kopftuch vorbei. Sie winkt und ruft frischfröhlich: »Hallo, ihr Turteltäubchen!«, bevor sie mit wehenden Röcken den Hang hinunterrauscht.

Das Gesicht des Mädchens wird blass. »Das war die Krause. – Die hat mich todsicher erkannt … und fährt jetzt schnurstracks zu der Mama, um ihr zu erzählen, dass sie mich hier mit dir zusammen gesehen hat.«

»Umso besser. Dann ist die Katze endlich aus dem Sack!«

Dem Mädchen ist mit einem Mal nicht mehr zum Lachen zumute. »Lass uns gehen«, drängt es. »Was ist, wenn man uns hier findet?«

»Ach, Süße, jetzt beruhig' dich mal. Wer soll uns denn suchen? Die sitzen doch schon alle im Ochsen und bereiten sich auf den Kampf vor.«

Beim Wort »Kampf« schwillt Fritz ganz unvermittelt die Brust. Er ballt die Rechte zur Faust und fügt triumphierend hinzu: »Heute Abend machen wir diesem verdammten Bolschewistenpack ein für alle Mal den Garaus! – Dann ist Jederstadt unser. Und Deutschland ganz bald auch.«

Die Geliebte nimmt keine Notiz von seiner Angeberei. Sie starrt der Frau auf dem Fahrrad nach, bis diese durchs West-Tor verschwindet. Dann sagt sie mit tonloser Stimme: »Die Krause ist eine furchtbare Tratschtante. Die erzählt das der ganzen Stadt.«

»Soll sie doch. Dann wissen endlich alle, dass das schönste Mädchen dem starken Fritz gehört. – Ihm ganz allein.«

Ehe die Schöne sich's versieht, hat der starke Fritz sie auf seinen Schoß gehoben und ihr Gesicht dem seinen zugedreht. »Oder liegt dir doch mehr an dem Andern, als du zugeben willst?«

Da schüttelt sie entschieden den Kopf und flüstert: »Natürlich nicht. Du weißt doch, dass ich mich nur den Eltern zuliebe auf ihn eingelassen habe. – Du bist mein Auserwählter. Immer schon gewesen.«

»Also wirst du meine Frau?«, flüstert er zurück.

Statt einer Antwort spitzt das Mädchen die Lippen zum Kuss.

»Wenn ich heute Abend falle, dann sterbe ich glücklich«, erklärt der blonde starke Fritz, bevor er für die nächsten Stunden Welt – und Zeit – vergisst.

6. Kapitel

Donnerstag, 18. März 1943

Luise war es nie schwergefallen, ihre Gedanken in Worte zu fassen. Besonders gut verstand sie sich auf Anfangssätze. Hätten Reportagen bloß aus ersten Sätzen bestanden, hätte sie bereits unzählige davon geschrieben, gute noch dazu. Erste Sätze waren gewissermaßen ihre Spezialität. Doch als sie sich an ihrem dritten Morgen in Jederstadt gleich nach dem Frühstück an den Schreibtisch setzte, um mit dem Entwurf ihres Artikels zu beginnen, wollte ihr partout keiner einfallen.

Stattdessen dachte sie darüber nach, was der Kreisleiter gesagt hatte: »Was von der liberalen Presse übrig geblieben ist, das haben wir uns einverleibt. Das schreibt jetzt für uns.«

Luise hatte sich angesprochen gefühlt, obwohl Exler sie damit gar nicht gemeint haben konnte. Als sie ihre ersten journalistischen Gehversuche unternommen hatte, gab es etwas, was den Namen »freie Presse« verdient hätte, mit Sicherheit nicht mehr. Bestenfalls konnte man noch die immer schon nationalsozialistisch orientierten Blätter von den neuerdings ebenfalls nationalsozialistisch gefärbten unterscheiden. Es gab Schriftleiter, die ihre Zustimmung zur Herrschaft der NSDAP in fetten Schlagzeilen verkündeten, neben solchen, die zwischen den Zeilen noch leise Kritik durchschimmern ließen, aber am Ende waren sie alle doch nur Sprachrohre der Nazis.

Sie selbst war da keine Ausnahme. Auch sie schrieb für die Nazis, obwohl sie deren Weltanschauung ablehnte. Sie mochte sich damit beruhigen, dass ohnehin kaum jemand ihre bescheidenen Beiträge las, aber das änderte nichts an der Tatsache, dass sie sich peinlich genau an die Vorgaben des Propagandaministeriums hielt.

Mit einem frustrierten Seufzen griff Luise nach dem Notizbüchlein, das aufgeschlagen neben der Schreibmaschine lag, und begann ziellos durch die Seiten zu blättern. Sie war ihre Einträge tags zuvor bereits mehrmals durchgegangen, doch ein stimmiges Gesamtbild hatte sich nicht zusammenfügen wollen, und auch jetzt fand sie auf den über zwanzig eng beschriebenen Seiten nichts, was ihr als roter Faden durch ihre Freundlich-Geschichte hätte dienen können.

Dafür drängte sich ein anderer von Exlers Sätzen in ihren Kopf: »Aber was will man auch anderes erwarten von einem Haufen Juden und 175ern.«

Luise war wohl bekannt, dass in Deutschland zahlreiche Juden im Verlags- und Pressewesen tätig gewesen waren, ehe die Hitler-Regierung ihnen verboten hatte, als Schriftleiter, Verleger oder Ähnliches aktiv zu sein. Wie viele Journalisten 175er waren und ob es unter ihren Redaktionskollegen welche gab, hätte sie dagegen nicht zu sagen gewusst. Leonhard hatte einmal halb ernst, halb im Scherz behauptet, dass Schleifer ein warmer Bruder sei, aber Luise glaubte das nicht. Erstens war Schleifer verheiratet und zweitens passte er überhaupt nicht in das Bild, das sie sich von einem Homosexuellen machte. Dafür war er weder gut angezogen, noch gutaussehend genug. Und überdies zu wenig nett. 175er, das waren Männer wie der schicke Freddy, dem die Herrenschneiderei neben Charlottes Boutique gehörte, oder Freddys Sekretär, der schöne Bernd, dessen einzige Aufgabe darin zu bestehen schien, Freddys Dackel spazieren zu führen. Oder wie Leonhards Fotografen-Kumpel, der fidele Ole, der zwar jede Menge hübscher Mädchen kannte, aber so wenig Interesse an ihnen zeigte, dass er höchstwahrscheinlich vom anderen Ufer war.

Luise hatte die Augen nicht von den Frauen nehmen können, mit denen Ole in der Stammkneipe ihres Bruders aufzuschlagen pflegte. Eine war ein Mannequin, das Ole für die *Elegante Welt* abgelichtet hatte, eine andere eine Schauspielerin, die er für irgendeine Filmpostille hatte porträtieren dürfen, keine berühmte zwar, aber »eine mit Potenzial«, wie Ole meinte. Und dann gab es da noch die »kesse Minna«, von der er behauptete, sie würde sich ihr Geld mit der Entjungferung reicher junger Männer verdienen, und von der Luise einmal etwas so Unanständiges geträumt hatte, dass sie ihr danach am liebsten nie mehr über den Weg gelaufen wäre.

Langsam ließ Luise die Hände mit dem Notizbuch in den Schoß sinken. Mit einem Mal stellte sie sich Fragen, die sie bisher erfolgreich verdrängt hatte. Ob Frauen, die andere Frauen begehrten, auch unter den 175er-Paragrafen fielen, zum Beispiel. Und – falls die Antwort auf diese Frage »Ja« lautete – was mit ihnen geschah, wenn man ihre Neigung erkannte.

Die wichtigste Frage, die Luise sich stellte, war jedoch, ob sie selbst eine 175erin war.

Nach Effie hatte sie keine andere Frau mehr geküsst. Allerdings konnte man auch ihre Versuche, Männer zu küssen oder vielmehr: sich von Männern küssen zu lassen, an einer Hand abzählen. Jeder einzelne dieser Küsse hatte sie große Überwindung gekostet, und nach dem vierten oder fünften Versuch war Luise zum Schluss gekommen, dass die Mühe nicht lohnte. Sie wollte einfach keine Männer küssen. Nicht einmal die Schauspieler, für die ihre Schulkameradinnen schwärmten – Willy Fritsch, Heinz Rühmann, Jopi Heesters und wie sie alle hießen –, weckten ein solches Bedürfnis in ihr.

Wie es mit Magda Schneider, Luise Ullrich oder Marlene Dietrich stand, wagte sie sich gar nicht erst zu fragen. Aber wenn sie ehrlich war, kannte sie die Antwort auch so.

Luise warf das Notizbuch auf den Tisch und schob den Stuhl zurück. Während sie den verbeulten Schreibmaschinendeckel mit Ach und Krach über Erika stülpte, beschloss sie, das zu tun, was sie bei einer Schreibblockade am liebsten tat: eine Runde spazieren gehen. Der Stadtpark musste in ein paar Minuten erreichbar sein. Mit einem Blick durchs Fenster vergewisserte sie sich, dass es trocken war – die Wolkendecke zeigte da und dort sogar schon erste Löcher –, und schlüpfte in den Mantel, den sie achtlos über das Bettgestell geworfen hatte.

Als sie wenig später an der Rezeption vorbeiging, fiel ihr Blick auf eine Frau, die gerade durch den Hoteleingang trat und sich suchend umsah.

Luise blieb wie angewurzelt stehen.

Heute glich Irina Stolz wieder einer Filmdiva. Trotz des frühlingshaften Wetters hatte sie sich einen Schal umgebunden und den Pelzmantel um die Schultern gelegt. Sie trug ein eng anliegendes dunkelbraunes Kleid, dazu Schuhe mit hohen Absätzen. An ihren Ohrläppchen saßen die perlenbesetzten Ohrhänger, zu denen es, wie Luise jetzt sah, auch eine passende Halskette gab. In der linken Hand hielt sie eine elegante Lederhandtasche, während sie mit der rechten den Pelzmantel fixierte. Ihre Miene war ernst, und die nervöse, fast gehetzte Art, in der sie die Augen durch den Raum schweifen ließ, verriet innere Getriebenheit.

Als ihr Blick an Luise hängen blieb, zog Irina die Brauen zusammen und starrte sie einen Moment lang finster an, bevor sich ihre Lippen fast wie von selbst zu einem Lächeln kräuselten.

Luise wurde flau im Magen.

Sie hatte sich allergrößte Mühe gegeben, nicht an Irina Stolz zu denken. Doch wie sie nun mit einer Mischung aus Glücksgefühl und Grauen feststellte, hatte dies Irinas Wirkung auf sie in keiner Weise vermindert. Eher schon war das Gegenteil der Fall.

Sobald Luise begriff, dass Irina direkt auf sie zukam, fing ihr Herz dermaßen an zu rasen, dass sie am liebsten Reißaus genommen hätte.

Irina schien von ihrem Zusammentreffen indessen bedeutend weniger aufgewühlt. »Fräulein Littke, wie schön, Sie zu sehen. Ich hatte gehofft, Ihnen noch einmal zu begegnen. – Sie wollten mir ja noch erzählen, worüber Sie eigentlich schreiben. Trinken Sie eine Tasse Tee mit mir?«

Zum ersten Mal fiel Luise der Dialekteinschlag auf, mit dem Irina sprach, aber sie hatte keine Zeit, darüber nachzugrübeln, woher er stammte, denn Irinas erwartungsvoller Ton forderte eine Antwort. Wäre Luise ein Mann gewesen – einer von der selbstbewussten, charmanten Sorte, wie Leonhard einer war –, hätte sie jetzt etwas wie »Nichts lieber als das, Fräulein Stolz«, gesagt und Irina den Arm gereicht, um sie zur Hotelbar zu geleiten. Wie die Dinge lagen, nickte sie nur stumm und lächelte schüchtern.

Sobald sie an einem der Tische in der Hotelbar Platz genommen und ihre Bestellungen aufgegeben hatten, lehnte Irina sich im Sessel zurück und blickte Luise direkt in die Augen. »Nun?«, fragte sie, während sie ihre langen Beine übereinanderschlug. »Was bringt eine Journalistin aus Stuttgart nach Schlesien, noch dazu ins beschauliche Jederstadt?«

Die Bedienung brachte den Tee, und Luise begann zu berichten. Zwar hätte sie sich tausend Themen vorstellen können, über die sie lieber mit dieser faszinierenden Frau gesprochen hätte als über den Fall Freundlich, aber da sie nun einmal darüber und über nichts anderes schrieb, verwandte sie ihre ganze Erzählkunst darauf, den Auftrag wie die spannendste Sache der Welt aussehen zu lassen.

Irina hörte aufmerksam zu. Weder stellte sie Fragen, noch kommentierte sie Luises Ausführungen mit mehr als einem gelegentlichen »So, so« oder »Aha«, was Luise befürchten ließ, dass ihrem Gegenüber die Geschichte des Helden von Jederstadt entweder herzlich egal oder bereits bestens bekannt war.

Als sie ihren Bericht beendet hatte, schaute Irina sie einige Sekunden lang schweigend an und fragte dann unvermittelt: »Wollten Sie schon immer Journalistin werden?«

Luise nippte an ihrem Tee und dachte über die Frage nach.

Die kurze Antwort hätte »Nein« gelautet, doch Luise entschied sich für die ausführlichere Version. Sie erzählte Irina, wie sie mit vierzehn oder fünfzehn davon geträumt hatte, Reiseschriftstellerin zu werden, weil ihr aus der Enge ihres Unterländer Dorfes heraus nichts reizvoller erschienen war, als ferne Länder zu bereisen und den Daheimgebliebenen von fremden Sitten und Bräuchen zu berichten. Sie schilderte ihr, wie sie mit sechzehn oder siebzehn, nachdem sie das Kino für sich entdeckt hatte, auf den Gedanken verfallen war, Drehbuchautorin zu werden oder Romane zu schreiben, aus denen sich großes Kino machen ließ, und wie sie sich am Ende, allen Träumereien zum Trotz, für den Journalismus entschieden hatte, weil dieses Berufsfeld die beste Möglichkeit zu sein schien, sich mit Schreiben ihren Lebensunterhalt zu verdienen.

Wieder schwieg Irina eine Weile, nachdem Luise zu reden aufgehört hatte, und rührte mit undurchdringlicher Miene in ihrer Teetasse. Schließlich fragte sie: »Haben Sie nie daran gedacht, einen Mann zu heiraten, der für Ihren Lebensunterhalt sorgt?«

Im ersten Moment war Luise überzeugt, dass Irina sich über sie lustig machte, dann sah sie das ehrliche Interesse in deren Blick. Sie schüttelte den Kopf und antwortete: »Mein Bruder hat mich schon früh zur Selbstständigkeit erzogen, und ich gedenke selbstständig zu bleiben, unabhängig davon, ob ich einmal heirate oder nicht.«

Beim letzten Satz errötete sie, ohne recht zu wissen, weshalb.

Eine Zeit lang nippten die Frauen an ihren Tassen. Luise versuchte sich innerlich auf das spöttische Lächeln vorzubereiten, das sie unweigerlich erwarten würde, sobald sie wieder aufschaute, doch als sie es schließlich tat, war es nicht Spott, sondern Anerkennung, was sie in Irinas Miene las.

»Ich finde es sehr mutig, dass Sie sich entschieden haben, beruflich Karriere zu machen und sich Ihre Brötchen selbst zu verdienen«, sagte sie. »Ich bin der Meinung, dass viel mehr Frauen den Mut haben sollten, selbstständig zu sein. Unabhängig davon, ob sie verheiratet sind oder nicht.«

Bei diesen Worten lehnte Irina sich im Sessel vor und legte ihr die Hand auf den Arm. Die Berührung ließ Luises Puls so heftig in die Höhe schnellen, dass sie sich nicht gewundert hätte, wenn ihr Herzschlag bis an die Hotelbar zu hören gewesen wäre.

Um sich von der Berührung abzulenken, sagte sie das Erstbeste, was ihr einfiel: »Und was sind Sie von Beruf, wenn ich fragen darf?«

Sie bereute die Frage augenblicklich, denn Irina zog ihre Hand so unvermittelt zurück, wie sie sie ausgestreckt hatte. Ihr Gesicht nahm einen verschlossenen, beinahe abweisenden Ausdruck an. Als sie zu einer Antwort ansetzte, klang ihre schöne Stimme eigentümlich flach und ihre Augen schienen in eine unbekannte Ferne zu sehen.

»Ich war Lehrerin. Aber das ist lange her. Jetzt bin ich so eine Art …«

Sie sprach den Satz nicht zu Ende. Ihr Blick war auf etwas oder wohl eher: auf jemanden in Luises Rücken gefallen. Als Luise sich umwandte, erblickte sie den SS-Offizier, in dessen Begleitung Irina sich bei ihrer ersten Begegnung befunden hatte. Er war soeben aus dem Fahrstuhl getreten und kam nun mit schnellen Schritten auf sie zu, gefolgt von Kreisleiter Exler, der sich gehörig anstrengen musste, den Anschluss nicht zu verlieren.

Aus den Augenwinkeln meinte Luise zu erkennen, wie ein Schatten über Irinas Gesicht glitt, doch als sie sich erhob, um den SS-Mann zu begrüßen, hatten sich ihre Züge schon wieder aufgehellt und auf ihren Lippen lag das mokante Lächeln, von dem Luise noch immer nicht wusste, was sie davon halten sollte.

»Hans, darf ich dir Fräulein Littke vorstellen?« Irina deutete auf Luise, die ebenfalls aufgestanden war. »Sie ist Journalistin und schreibt eine Reportage über das Denkmalprojekt.«

Der hagere Mann studierte Luise durch seine kreisrunden Brillengläser wie durch ein Mikroskop und konstatierte dann nüchtern: »Das Fräulein mit der Schreibmaschine. Sehr erfreut.« Er streckte ihr die mit dem Totenkopf-Ring geschmückte Rechte hin. »Hauptsturmführer Raschler.«

Noch ehe er seinen Namen ausgesprochen hatte, begriff Luise, wer der Mann war. Er hatte sich nur wenig verändert. Sein Gesicht war noch schmaler als vor zehn Jahren, sein Haar deutlich schütterer. Davon abgesehen, sah der ehemalige Ortsgruppenleiter von Jederstadt noch genau so aus wie auf dem Foto im Parteimuseum: wie ein Hochschulprofessor in Uniform.

Sie ergriff die dargebotene Hand, die sich trocken und knochig anfühlte.

»Sind Sie zufälligerweise mit Leonhard Littke verwandt?«, fragte Raschler.

Luise nickte überrascht. »Sie kennen meinen Bruder?«

»Kennen wäre zu viel gesagt«, antwortete Raschler, während er Irinas Pelzmantel von der Sessellehne nahm. »Wir sind uns einmal begegnet, im Winter neununddreißig, in Polen. – Nach allem, was ich höre, scheint er einer der besten Bildberichterstatter zu sein, über die die Wehrmacht verfügt.«

Er richtete den Blick wieder auf Luise.

»Und Sie haben also beschlossen, in die großen Fußstapfen Ihres Bruders zu treten. – Respekt.«

»Wie sagst du immer, Hans: Das Deutsche Reich kann jeden fähigen Kopf im Kampf gegen das Weltjudentum gebrauchen«, bemerkte Exler, der inzwischen ebenfalls bei ihnen angelangt war. »Wenn Fräulein Littke sich zutraut, so gut wie ein Mann zu schreiben, geben wir ihr die Chance, den Beweis anzutreten. Dabei muss ich ehrlich gestehen, dass mir Frauen mit anderen Talenten lieber sind.«

Der letzte Satz war offenkundig an Irina Stolz gerichtet, wobei Luise der zweideutige Unterton in Exlers Stimme nicht entging. Auch der Blick, mit dem der Mann mit dem Puttenengelsgesicht Irina anschaute, hatte etwas unverhohlen Lüsternes.

»Fräulein Stolz, Sie kommen zur Probe, wie Hans mir eben sagte. Sehr schön. Ich freue mich schon auf Ihre Darbietung. Was werden Sie uns denn diesmal präsentieren? Schubert, Schumann oder etwas Moderneres? Strauß vielleicht?«

»Ein wenig von allem«, entgegnete Irina, ohne den Kreisleiter anzusehen.

Raschler hielt ihr den Mantel auf. »Wir müssen«, sagte er zu Exler.

»Dann wünsche ich gutes Probieren.«

Exler streckte seine Rechte aus, doch Irina übersah sie geflissentlich. Die Geste hätte Luise wohlgetan, wenn der Tonfall, in dem Irina sich gleich darauf von ihr verabschiedete, etwas weniger nach Abfertigung geklungen hätte.

»Fräulein Littke, es hat mich gefreut, mit Ihnen zu plaudern«, sagte Irina mit einem Kopfnicken, das mit dem Adjektiv sparsam noch großzügig beschrieben war, dann hatte sie sich auch schon abgewandt und war auf dem Weg zum Ausgang.

Während Luise mit sinkendem Herzen verfolgte, wie Irina an Raschlers Seite das Hotel verließ, hörte sie den Kreisleiter neben sich sagen: »Ich sehe, Sie haben die Bekanntschaft unserer Jederstädter Nachtigall gemacht. Eine faszinierende Person, nicht wahr?«

Luise wurde wieder rot, ohne zu wissen, weshalb.

»Das Auftreten einer Diva. Und das ganz zu Recht, wenn man sie singen hört ... Allerdings scheint mit der künstlerischen Veranlagung ja unweigerlich ein gewisser Hang zur Liederlichkeit einherzugehen, vor allem beim weiblichen Geschlecht.« Der Kreisleiter gluckste. »Tja, der Herr Hauptsturmführer hatte noch nie ein gutes Händchen bei der Wahl seiner Frauen ...«

Luise, die noch immer auf den Ausgang starrte, obwohl das Paar längst aus dem *Ortlieb* verschwunden war, wandte sich dem Kreisleiter zu. »Fräulein Stolz ist mit dem Hauptsturmführer verheiratet?«, fragte sie und stockte, als sie den Widerspruch in ihrer Frage bemerkte.

»Verheiratet? Wie kommen Sie denn darauf?«, erwiderte Exler, sichtlich erheitert von Luises Fauxpas. »Das *Fräulein* Stolz führt dem Hauptsturmführer den Haushalt. Einer Ehe zwischen den beiden würde der Reichsführer SS niemals zustimmen. Sie wissen ja, was der Volksmund sagt: Ehen werden jetzt nicht mehr im Himmel, sondern bei Himmler geschlossen.« Er gluckste erneut. »Fräulein Stolz ist eine Volksdeutsche. Aus Russland, wenn Sie's genau wissen wollen, und da weiß man ja nie so genau, was sich über die Jahrhunderte ins gute deutsche Blut gemischt hat.«

Daher der Akzent, dachte Luise, während sie Exlers Mitteilung verdaute.

Der Kreisleiter ließ sich in den Sessel fallen, in dem Irina zuvor gesessen hatte, und rief nach der Bedienung.

Er bestellte ein Bier und kniff die Serviertochter ungeniert in den Hintern, dann fuhr er fort: »Der Hauptsturmführer hat Fräulein Stolz aus der Ukraine mitgebracht. Oder war es Weißrussland? Egal. Ursprünglich soll sie aus der Wolgaregion stammen. Ohne unsere deutschen Vorfahren wäre das bis heute Brachland. Der Führer hat vollkommen recht: Land wie dieses muss mit einer Menschenrasse besiedelt werden, die das Zeug hat, etwas aus dem Schatz zu machen.«

Die Bedienung brachte das Bier. Exler nahm einen Schluck aus dem randvollen Glas und sagte dann mit einem Seufzer: »Ja, die Frauen … Mit ihnen geht's nicht, aber ohne sie auch nicht. – Ich für meinen Teil halte mich ja an die Mädchen aus dem Reich. Alles, was nicht durch und durch arisch ist, macht einen Mann auf Dauer unglücklich.«

Beim letzten Satz waren seine Augen über Luises ganze Gestalt bis hinab zu ihren Händen gewandert. Nun neigte er den Kopf zur Seite und fragte, ein schmieriges Lächeln auf dem rosigen Gesicht: »Und wie steht's mit Ihnen, Fräulein Littke? Noch nicht unter der Haube? In Ihrem Alter?«

»Ich bin verlobt«, antwortete Luise schnell und schämte sich prompt für die Lüge.

Sie hätte tatsächlich verlobt oder auch schon verheiratet sein können, wenn sie es denn gewollt hätte. Mit Otto Drechsler, dessen Vater der größte Hof im Ort gehörte. Drei Mal hatte er sie gefragt, ob sie seine Frau werden wolle, jedes Mal hatte sie abgelehnt. Dabei war Otto keine schlechte Partie. Als ältester Sohn würde er am Hof die Nachfolge antreten. Und Otto nahm seine Bestimmung ernst. Nach einem Studium der Agrarwissenschaften in Stuttgart war er entschlossen, nicht nur der größte, sondern auch der modernste Bauer im Dorf, wenn nicht im ganzen Heilbronner Unterland zu werden. Das Problem war bloß, dass Luise keine Bäuerin werden wollte – und noch weniger Ottos Frau. Jetzt war Otto mit einer feschen Bauerntochter aus dem bayerischen Rosenheim verlobt und glücklich, wie es Luise schien. Zumindest hatte er seit seiner Verlobung nie mehr betrunken auf ihrer Türschwelle gestanden, um ihr seine Liebe zu gestehen.

»Soso. Verlobt. – Da gratuliere ich dem Zukünftigen zur guten Wahl«, bemerkte der Kreisleiter, bevor er das Bier in einem Zug hinunterstürzte und die Serviertochter mit erhobenem Glas anwies, ihm ein neues zu bringen. Unterdessen richtete er seine Schweinsäuglein wieder auf Luise.

»Sie denken, ich hätte etwas gegen Sie, nicht wahr? Aber da irren Sie sich, Fräulein Littke. Ich mag Sie. Ich glaube, Sie sind eine Frau, mit der man Pferde stehlen kann. Nicht dieser langweilige Hausmütterchen-Typ, der uns Männern allenthalben als Ideal verkauft wird.«

Er schwieg einen Augenblick. »Grauwiedels Magda, die war auch so ein Typ«, fuhr er dann in demselben vertraulichen Tonfall fort. »Die hätte Ihnen gefallen. Eine echte deutsche Frau, das war die Magda. Die hatte Rasse und Klasse. – Und schön war sie ... wie eine Göttin! Keiner hätte gedacht, dass bei der im Oberstübchen etwas nicht stimmt.« Er schüttelte bedauernd den Kopf. »Zwei Selbstmordversuche. Zwei. – Das muss man sich mal vorstellen. Die armen Eltern. Ich meine, so etwas färbt ja unweigerlich auf die Familie ab.«

Die Bedienung stellte das zweite Bier auf den Tisch. Der Kreisleiter schlürfte den Schaum ab, ehe er eisig lächelnd hinzusetzte: »Aber wem erzähl' ich das? – Sie kennen sich mit sowas ja aus, nicht wahr? Wie alt waren Sie, als Ihre Mutter ins Wasser ging? Fünf? Sechs?«

Er gluckste. »Ein mutterloses Mädchen ... Ich hoffe, Ihr Verlobter weiß Sie zu trösten.«

Luise starrte auf das goldene Parteiabzeichen, das heute an Exlers Uniform prangte, während sich die Worte des Kreisleiters einen Weg durch ihren Verstand bahnten. Sie versuchte krampfhaft, sich nicht anmerken zu lassen, wie sehr die Worte sie getroffen hatten, doch es gelang ihr nicht, irgendetwas Schlagfertiges zu erwidern. Ihre Kehle war wie zugeschnürt, sie kämpfte mit den Tränen.

Exler registrierte es mit sichtlicher Befriedigung. Er trank zwei große Schlucke, bevor er, immer noch lächelnd, erklärte: »Ich habe mich in Berlin nach Ihrer Familie erkundigt. Musste ja wissen, mit wem ich es zu tun habe. In meiner Position kann man nicht vorsichtig genug sein, wen man sich ins Haus holt. Deutschland ist randvoll mit Volksverrätern.«

Er fuhr sich mit dem Handrücken über die Oberlippe, um den Bierschaum abzuwischen, und winkte dann neuerdings nach der Bedienung. Die Serviertochter kam herbeigeeilt.

»Aber so setzen Sie sich doch«, wandte Exler sich an Luise. »Was darf ich Ihnen bestellen? Tee? Bier? Oder vielleicht sogar einen Schnaps?«

Das Lächeln des Kreisleiters wurde Luise unerträglich.

»Ich brauche frische Luft«, war alles, was sie herausbrachte, bevor sie mit Tränen in den Augen davonstürzte.

*****

Es war früher Nachmittag, als sich Luise nach einem ausgedehnten Spaziergang in der warmen Frühlingssonne und einem Teller fader Suppe auf der Terrasse des *Café am Stadtpark* wieder an den Schreibtisch setzte, um einen neuen Anlauf für ihren Reportage-Entwurf zu nehmen. Der zweite Versuch scheiterte so kläglich wie der erste. Zwei Stunden, nachdem sie den Deckel von ihrer Erika abgenommen und das Blatt auf der Rolle in Position gebracht hatte, war ihr noch immer nur eine Handvoll langweiliger Sätze eingefallen, die sich so oder so ähnlich in jedem Text über den Helden von Jederstadt fanden.

Als die Uhr am Rathaus Viertel nach vier schlug, gab Luise auf. Sie warf sich aufs Bett, schloss die Augen und überließ sich den Gedanken an ihre Mutter, die sie seit dem Zusammenstoß mit Exler beschäftigten.

Früher hatte sie sich regelmäßig den Kopf darüber zerbrochen, was Leonore Littke bewogen haben mochte, an jenem kalten Novembermorgen 1922 in den Teich im Wald hinter dem Pfarrhaus zu steigen, um ihrem Dasein ein Ende zu setzen. In Leonhards Erzählungen erschien die Mutter stets als eine lebensfrohe Frau, die sich liebevoll um Mann und Kinder kümmerte, aber Luise wusste, dass dies nur ein Teil der Wahrheit war. Eines der wenigen Bilder von ihrer Mutter, das ihr noch im Gedächtnis haftete, war das einer Frau, die mit ausdrucksloser Miene im Lehnstuhl saß und ins Nichts starrte. Diese Frau wirkte sehr viel älter, als Leonore bei ihrem Tod gewesen war, und unendlich viel trauriger als die Mutter, an die Leonhard sich so gerne erinnerte. Irgendwann in Luises früher Kindheit musste etwas geschehen sein, was diese Veränderung ausgelöst hatte.

In der Familie hatte jeder eine andere Erklärung für den Selbstmord der Mutter parat gehabt. Großmutter Elisabeth hielt ihre Tochter für »gemütskrank«, wie sie es nannte. Großvater Dietrich hatte Leonores Entschluss, sich das Leben zu nehmen, der Enge der Württemberger Provinz und der Borniertheit seines Schwiegersohnes angelastet. Luises Vater schließlich sah im Tod seiner Frau eine Strafe Gottes und verschrieb sein verbleibendes Leben der Erforschung der Frage, wofür Gott ihn eigentlich hatte bestrafen wollen.

Die Erklärungen hatten Luise alle nicht überzeugt, aber eine bessere konnte sie auch nicht finden, sodass sie es schließlich aufgegeben hatte, überhaupt danach zu suchen. Stattdessen hatte sie nach Wegen gesucht, der Tristesse des mutterlosen Pfarrhauses zu entkommen – wenigstens in Gedanken. Während Leonhard in seiner Rolle als Mutterersatz aufgegangen war und Georg sich weigerte, sprechen zu lernen, damit er sich nicht mit seiner trauernden Umwelt auseinandersetzen musste, hatte Luise sich in ihre Fantasiewelt geflüchtet, Gedichte auf liebende Mütter verfasst und Geschichten über glückliche Familien geschrieben. Als sie älter wurde, hatte sie zwar begriffen, dass es mit dem Glück in den meisten Familien nicht sehr weiter her war, aber der Wunsch danach blieb trotzdem. Bei Ottos zweitem Antrag war er sogar so stark gewesen, dass sie um ein Haar ja gesagt hätte.

Luise schlug die Augen auf und starrte an die Zimmerdecke, über die bereits der Abendschatten kroch. Es dauerte einen Moment, bis ihr bewusst wurde, dass sie nicht in ihrem alten Zimmer im Württemberger Pfarrhaus lag, sondern in einem Hotel im schlesischen Jederstadt, und noch einen Moment länger, bis ihr einfiel, dass es Donnerstag und sie zum Abendessen bei Bürgermeister Grauwiedel eingeladen war. Pflichtschuldig stand sie auf und ging ins Bad, um sich für den Abend frisch zu machen.

Ihr Ziel lag nur einen Katzensprung vom *Ortlieb* entfernt, wie Fräulein Wagner sich ausdrückte, als sie Luise den Weg zu den Grauwiedels beschrieb. Daher ließ Luise das Fahrrad stehen und ging zu Fuß. Zu ihrer Überraschung waren die Gassen von Jederstadt hell erleuchtet. Anders als in Stuttgart nahm man es hier offenbar nicht so genau mit den Verdunkelungsvorschriften, was sich nicht nur an brennenden Straßenlaternen, sondern auch an den offenen Fensterläden zeigte, die Luise schmerzlich daran erinnerten, dass es auch für sie einmal eine Zeit ohne nächtliche Bombenangriffe gegeben hatte.

Die Villa, in der die Grauwiedels residierten, war ein hochherrschaftliches Gebäude. Es lag direkt am Flussufer und verfügte über eine ausgedehnte Gartenanlage mit Badehaus und Holzsteg, von dem aus man bequem in die Fluten der Oder tauchen konnte. Der Zahl der Fenster nach zu urteilen, die sich über drei Stockwerke verteilten, hätte man in dem Anwesen gut und gern drei Familien unterbringen können, Personal inklusive. In der Auffahrt, die zu dem säulengeschmückten Eingangsportal führte, standen zwei Automobile, ein schnittiger Sportwagen, der ein wenig wie das Auto von Charlotte aussah, in dem Leonhard Luise das Fahren beigebracht hatte, und ein zweites, sehr viel rustikaleres Modell, das eher für Familienausflüge denn für Rennfahrten geeignet schien, aber auch nicht billig gewesen sein konnte.

Während sie die Hausglocke betätigte, fragte sich Luise mit einem Anflug von Panik, ob das brave Kostüm, das sie kurz vor ihrer Abreise aus Stuttgart noch rasch in die Reisetasche gepackt hatte, nicht vielleicht zu gewöhnlich war. Sie wusste nicht, was sie bei den Grauwiedels erwartete oder wie viele Gäste außer ihr noch eingeladen waren.

Was, wenn der Bürgermeister eine große Gesellschaft gab und alle anderen Damen im Abendkleid erschienen?

Luise war kurz davor, auf dem Absatz kehrtzumachen und sich wieder ins Hotel zu flüchten, als das Hausmädchen ihr die Tür öffnete und sie in einem Deutsch, das eher wie Polnisch oder vielleicht auch wie Ukrainisch klang, hereinbat. Das Mädchen nahm ihr Hut und Mantel ab und hängte beides an die Garderobe, ehe es Luise durch die marmorverkleidete Eingangshalle ins Wohnzimmer führte, wo der Hausherr sie mit einem dröhnenden »Fräulein Littke, wie schön, dass Sie es einrichten konnten! Nur herein in die gute Stube!« in Empfang nahm.

Luise ließ den Blick durch das Wohnzimmer schweifen, an dessen Wänden auffällig viele Urlaubsfotos hingen. Eines zeigte die Eheleute Grauwiedel an Deck eines Kreuzfahrtschiffes – »auf Bonzenfahrt nach Madeira«, wie Charlotte kommentiert hätte –, auf einem anderen saß das Paar in einem Strandkorb an der Nord- oder Ostsee und aß Eis aus kleinen Pappbechern. Auf einem dritten schließlich stand es, flankiert von zwei jungen Mädchen – vermutlich den Töchtern – vor einer Hütte in den Alpen. Die Bilder erinnerten Luise an die Ansichtskarten, die sie manchmal von ihrer ehemaligen Schulkameradin Gudrun erhielt, deren Mann vor dem Krieg bei der Organisation *Kraft durch Freude* tätig gewesen war. Gudrun verwendete die Karten immer noch, obwohl sie mit Sicherheit längst nicht mehr mit ihrem Mann durchs Großdeutsche Reich fuhr, um KdF-Einrichtungen zu inspizieren. Inzwischen hatte Luise eine so stattliche Kartensammlung beisammen, dass sie einen Bildband über die liebsten Reiseziele ihrer deutschen Volksgenossinnen und Volksgenossen damit hätte gestalten können.

Das zweite, was sie am Wohnzimmer der Grauwiedels bemerkenswert fand, war die bronzene Hitler-Büste, die auf einem Marmorsockel neben dem Sofa thronte und irgendwie fehl am Platz wirkte. Von der Büste abgesehen, hätte Luise die Zimmerausstattung eher dem Biedermeier zugeordnet. Die Wände waren mit pastellfarbenen Tapeten verkleidet, die polierten Holzmöbel mit geblümten Polstern überzogen. Im Übrigen schien das ganze Mobiliar viel zu filigran, um der Wucht des Bürgermeisters standzuhalten.

Luise fragte sich gerade, ob die Villa wohl ebenfalls Teil von Grauwiedels höchstpersönlichen Arisierungsbestrebungen gewesen war, als der Hausherr sie mit beiden Händen an den Schultern fasste, um neunzig Grad drehte und in seinem abgrundtiefen Bass verlauten ließ: »Wenn ich Sie mit meiner Frau Gerda und meinen Töchtern bekanntmachen dürfte.«

Luise wandte ihre Aufmerksamkeit den Frauen zu. Die Gattin war beinahe so beleibt wie der Bürgermeister, reichte ihm jedoch nur knapp bis zur Brust, was sie auf den ersten Blick wie dessen Kind erscheinen ließ. Die jüngere Tochter war auf dem besten Weg, es den Eltern in Sachen Körperfülle gleichzutun, mit dem Unterschied, dass ihre Rundungen dank ihrer Jugendlichkeit noch durchaus anziehend wirkten. Luise hätte sie als hübsch bezeichnet, wenn Traudl sie nicht gar so stark an die BDM-Mädchen erinnert hätte, die auf ihrem Gymnasium den Ton angegeben hatten. Traudl trug ihre braunen Zöpfe zu Schnecken aufgesteckt, was Luise schon immer lächerlich gefunden hatte, und ihren Busen umspannte eine Art Mieder, das sie aussehen ließ wie die Hauptfigur in einem Heimatfilm.

Überhaupt hätte die Familie Grauwiedel in all ihrer Frische und Fülle wunderbar in einen solchen Film gepasst.

Mit Ausnahme der älteren Tochter.

Magda Grauwiedel hätte kein Regisseur dieser Welt in seinem Film haben wollen.

Luise hielt sich selbst nicht für besonders attraktiv. Ihre dunkelblonden Locken fand sie durchaus hübsch, und sie mochte auch ihre braunen Augen, die Effie immer als das Schönste an ihr bezeichnet hatte. Insgesamt jedoch hätte sie sich auf der Skala von eins bis zehn, die Leonhard und seine Freunde benutzten, um Mädchen zu taxieren, bestenfalls eine Sechs gegeben. Verglichen mit Oles Mannequins allerhöchstens eine Vier.

Verglichen mit Magda Grauwiedel kam Luise sich wie eine Neun vor.

Falls die ältere Tochter des Bürgermeisters tatsächlich einmal so bildschön gewesen war, wie Exler behauptet hatte, war das lange her. In dem abgetragenen schwarzen Kleid, das an ihrem mageren Körper schlotterte wie an einer Vogelscheuche, sah sie fast so alt aus wie ihre Mutter. Ihre Wangen waren eingefallen, ihre Haut glanzlos, ihr Haar matt.

Was Luise vollends erschütterte, war der Blick, mit dem »unsere liebe Magda« sie bei der Begrüßung ansah.

Der Blick war so leer wie der von Leonore.

Luise war ausgesprochen erleichtert, als Grauwiedel ihre Aufmerksamkeit von Magda weg auf den zweiten Gast lenkte, der an diesem Abend mit ihnen speisen würde. Es handelte sich um einen mittelgroßen Mann in den Vierzigern, der seine zarten, beinahe femininen Gesichtszüge mit einem fachmännisch gezwirbelten Kaiser-Wilhelm-Bart zu kaschieren versuchte. Er stand neben Traudl, die sich wie ein Kätzchen an ihn schmiegte, während er sich ungeniert an ihrem Ausschnitt ergötzte. Nur widerwillig riss er sich vom Anblick der prallen Brüste im eng geschnürten Mieder los, als Grauwiedel ihm die Hand auf den Arm legte und an Luise gerichtet sagte: »Die Höppner-Werke sind Ihnen ja gewiss ein Begriff. Aber vielleicht war Ihnen noch nicht bekannt, dass die Gründerfamilie aus unserer schönen kleinen Stadt stammt.«

Luise lächelte vage. Johanna Freundlich hatte erwähnt, dass Fritz seine Lehre bei Höppner gemacht hatte, mehr kam ihr zu dem Namen nicht in den Sinn. Wirtschaftsthemen überließ Hauptschriftleiter Schleifer stets ihren männlichen Kollegen, worüber Luise in diesen Fällen auch gar nicht traurig war.

Wie wenn er ihr auf die Sprünge helfen wollte, erklärte Grauwiedel: »Der Reichsmarschall hat unserem lieben Theodor kürzlich den Ehrentitel eines Wehrwirtschaftsführers verliehen, weil die Höppner AG so viel für die Wiederaufrüstung getan hat. – Ich bin sicher, diese Nachricht hat sich bis nach Stuttgart herumgesprochen, oder was denkst du, Theodor?«

Der Wehrwirtschaftsführer, dessen Augen zwischenzeitlich von Luises Gesicht zu ihren nicht sonderlich aufsehenerregenden Brüsten und wieder zurückgewandert waren, winkte mit demonstrativer Bescheidenheit ab: »Wir leisten alle unseren Beitrag, ein jeder nach seiner Fasson.«

Seine Stimme war dünn, fast fistelnd, sodass Luise sich unweigerlich fragte, wie der Mann mit dieser Stimme eine Versammlung von Aktionären leiten, geschweige denn eine Fabrikhalle voller Arbeiterinnen und Arbeiter ansprechen konnte. Einen Wirtschaftskapitän hatte sie sich anders vorgestellt. Eher so wie Bauer Drechsler, Ottos Vater, dessen Gebrüll bisweilen bis zu ihnen ins Pfarrhaus drang, obwohl sein Hof einen Kilometer von der Kirche entfernt lag. Oder wie Bürgermeister Grauwiedel, dessen Bass man vermutlich in der ganzen Stadt hören konnte, wenn er es darauf anlegte.

Nun brummte der Bürgermeister in Wohnzimmerlautstärke: »Wenn ich zu Tisch bitten dürfte«, wobei er mit einer einladenden Handbewegung auf die festlich gedeckte Tafel im angrenzenden Speisezimmer deutete.

Gerda Grauwiedel wies ihnen die Plätze an. Höppner und Traudl saßen auf der einen, Luise und Magda auf der anderen

Längsseite, für Herrn und Frau Bürgermeister waren die Plätze am oberen und unteren Ende des Tisches reserviert.

Wie Luise sogleich erleichtert feststellte, würde sie keine Konversation mit ihrer Sitznachbarin machen müssen. Um die Unterhaltung bei Tisch waren andere besorgt. Während das Hausmädchen die Vorspeise servierte, erkundigte sich Grauwiedel nach den neuesten Aktivitäten des Freundeskreises Himmler, dem der Wehrwirtschaftsführer allem Anschein nach angehörte. Die Frage veranlasste Höppner zu einem Vortrag über die Vorzüge der nationalsozialistischen Wirtschaftsordnung gegenüber dem jüdisch-marxistischen Wirtschaftsmodell, dem Luise schon nach wenigen Sätzen nicht mehr folgen konnte und wollte.

Während Traudl Höppner an den Lippen hing wie ein verliebter Backfisch, drifteten Luises Gedanken zu ihrer morgendlichen Begegnung mit Irina Stolz ab. Sie hätte nur zu gern gewusst, wie Irina nach Deutschland gelangt war und was sie mit Raschler verband. Führte sie ihm wirklich nur den Haushalt? Oder war da mehr zwischen den beiden? – Es fiel Luise schwer, sich Irina in irgendeiner Verbindung mit dem Hauptsturmführer vorzustellen, am wenigsten in einer, die über das rein Geschäftliche hinausging.

Ihre Gedanken kreisten noch um die Frage, was Exler wohl mit der Bemerkung über das schlechte Händchen des Hauptsturmführers bei der Wahl seiner Frauen gemeint haben könnte, als das Hausmädchen den Hauptgang, das von Grauwiedel hochgelobte Schlesische Himmelreich seiner Frau, auftrug.

Der Wehrwirtschaftsführer nutzte die Unterbrechung, um seiner Fistelstimme eine Pause zu gönnen. Für ihn sprang Traudl in die Bresche. Mit vollem Mund begann sie von der Italienreise zu schwärmen, die sie im vergangenen Sommer mit ein paar ehemaligen BDM-Kameradinnen unternommen hatte, und bald schon schwelgten auch Vater und Mutter Grauwiedel in Erinnerungen an ihre diversen Urlaubsreisen ins Belpaese.

Die Teller waren leer und Luises Gedanken wieder zu Irina

abgewandert, als die Tischgesellschaft auf dem Umweg über die Uffizien in Florenz und das Forum Romanum auf Fritz Freundlich und den Denkmalbau zu sprechen kam.

»Wie gefallen Ihnen denn die Entwürfe?«, wollte Gerda Grauwiedel wissen, derweil sie dem Hausmädchen das Zeichen zum Abräumen gab.

Luise benötigte ein paar Sekunden, bis ihr klar wurde, dass die Frage an sie gerichtet war. Der Wehrwirtschaftsführer bewahrte sie zum Glück davor, eine Antwort geben zu müssen, indem er Luises Zögern nutzte, um seine Meinung kundzutun.

»Wenn Sie mich fragen, sind die Entwürfe nachgerade visionär«, begann er, wobei sein Stimmchen vor Pathos bebte. »Mit ihnen ist unserem Krassnik ein Jahrhundertwurf gelungen, eine künstlerische Großtat im wahrsten Sinne des Wortes. Man kann sagen: In unserem Fritz vereinigt sich die urtümliche Schaffenskraft des germanischen Menschen mit der gestalterischen Reife der abendländischen Kultur.«

Die Sätze waren der Auftakt zu einer Ode an das geplante Denkmal und dessen Schöpfer, die sich anhörte, als hätte Höppner sie der Vorlesungsschrift eines Kunstprofessors entnommen. Er redete so geschraubt daher, dass selbst Traudls verzücktes Antlitz bald Anzeichen von Überdruss zeigte.

Als der Wehrwirtschaftsführer zu einer langatmigen Ausführung über die Ornamente an den Feuerschalen auf dem Denkmalsockel ausholen wollte, fiel ihm der Bürgermeister freundlich, aber bestimmt ins Wort: »Wie wahr, wie wahr, lieber Theodor. Darum heben wir jetzt die Gläser auf Werner Krassnik. Und auf die Höppner AG, die den Bau unseres Denkmals so großzügig unterstützt.«

Während ihr Gatte eine neue Flasche Wein entkorkte, richtete Gerda Grauwiedel das Wort an Luise und fragte mit verzücktem Gesicht: »Wussten Sie, dass Herr Krassnik sich sein ganzes Wissen selbst angeeignet hat? Er ist ein richtiger …«, sie musste sich augenscheinlich sehr konzentrieren, damit ihr das nächste Wort korrekt über die Lippen kam, »Autodidakt. – Wie der Führer.« Die Bürgermeistersgattin sann einen Augenblick darüber nach, als wäre sie selbst erstaunt, dass ihr ein so scharfsinniger Gedanke gekommen war, dann ergänzte sie eifrig: »Der Führer hat sich ja auch alles selbst beigebracht. Wie wahre Genies das eben so machen.«

Sie wandte sich Beifall heischend ihrem Mann zu.

»Sehr richtig, Gerda«, lobte der Bürgermeister, indem er ihr über den Tisch hinweg einen freundlichen Blick zuwarf, nur um reichlich barsch hinzuzufügen: »Vielleicht siehst du mal nach dem Dessert? Das dauert nun doch etwas lang.«

Während die Dame des Hauses sich mit dem Ausspruch »Immer muss man dieser Polin Beine machen« in die Küche begab, fragte Luise: »Gab es eigentlich keine Frau in Fritz Freundlichs Leben?«

Sie wusste selbst nicht so genau, wie sie auf die Frage gekommen war. Vielleicht hatte sie Traudls verliebter Gesichtsausdruck darauf gebracht; vielleicht waren es auch die Gedanken an Irina gewesen, die ihr nicht aus dem Kopf gehen wollten. Jedenfalls waren Luise urplötzlich Fritz Freundlichs letzte Worte eingefallen, die seine Mutter ihr anvertraut hatte, und mit einem Mal fand sie es sehr verwunderlich, dass kein einziger Bericht über den Helden von Jederstadt eine Freundin oder eine Verlobte erwähnte.

Luise hatte die Frage für harmlos gehalten, aber die Reaktionen der Anwesenden belehrten sie eines Besseren.

Grauwiedel schaute aus, als hätte ihm gerade jemand in den Teller gespuckt. Traudl verzog das Gesicht wie nach einer Ohrfeige, indessen Höppner rasch nach der Serviette griff, um sich dahinter zu verstecken.

Nur Magda hob den Kopf und sah Luise zum ersten Mal an diesem Abend richtig an, die Augen schmerzerfüllt.

Für den Bruchteil einer Sekunde konnte Luise sich vorstellen, dass sie tatsächlich einmal sehr schön gewesen war. Blond und blauäugig, liebeshungrig und lebensfroh. Die Dorfschönheit und der SA-Sturmführer, schoss es ihr durch den Kopf, dann hatte der Bürgermeister sich wieder gefangen.

»Nach allem, was ich weiß, war der Fritz noch Junggeselle. Konnte sich wohl nicht entscheiden vor lauter Auswahl«, sagte er und ließ sein dröhnendes Lachen ertönen.

»Ich glaube ja eher, dass er dem Führer nacheifern wollte«, bemerkte seine Frau, die bei den Sätzen des Bürgermeisters ins Zimmer zurückgekommen war, gefolgt von der Polin, die eine imposante Schokoladentorte vor sich hertrug. »Der Führer sagt ja auch immer, dass eine Frau in seinem Leben keinen Platz hat, weil er mit dem Deutschen Reich und dem deutschen Volk verheiratet ist.«

Gerda Grauwiedel wies das Mädchen an, die Torte vor dem Hausherrn zu platzieren.

Während der Bürgermeister nach dem Kuchenmesser griff, um die Torte anzuschneiden, quietschte Traudl: »Die Männer sind alle gleich! Theodor behauptet auch ständig, dass er mit seiner Fabrik verheiratet sei!«

»Wenn's nur eine wäre«, erwiderte Höppner mit einem lustigen Wippen seiner Schnurrbartspitzen, worauf Traudl ihn kichernd auf die Wange küsste.

Damit war der Bann gebrochen. Die Tischrunde entspannte sich.

»Ich habe Ihnen ja noch ein paar Anekdoten aus Fritz' Leben versprochen«, sagte Grauwiedel an Luise gerichtet, während seine Frau Kuchenstücke auf die Teller der Gäste verteilte.

Luise warf einen Seitenblick auf ihre Tischnachbarin, doch Magda hielt den Kopf wieder gesenkt und schien ihren Vater gar nicht gehört zu haben.

Das Hausmädchen schenkte Wein nach.

»Ich bin ganz Ohr«, entgegnete Luise, bevor sie sich daran machte, den Schokoladenkuchen mit schlechtem Gewissen zu verspeisen.

7. Kapitel

Freitag, 19. März 1943

An ihrem vierten Morgen in Jederstadt erwachte Luise tatsächlich verkatert. Der Abend bei den Grauwiedels hatte in einer feucht-fröhlichen Runde geendet, an der neben ihr und dem Bürgermeister auch der Wehrwirtschaftsführer und Traudl beteiligt gewesen waren. Gerda und Magda hatten sich zum Schlafen ins Obergeschoss zurückgezogen, bevor der Hausherr die vierte, fünfte und schließlich noch eine sechste Flasche Rotwein entkorkt hatte.

Luise erinnerte sich nicht mehr, ob sie wirklich alle sechs Flaschen geleert hatten, aber auf jeden Fall musste sie an diesem einen Abend mehr getrunken haben als an allen Abenden der letzten zwölf Monate zusammengenommen. Sie trank nur selten Alkoholisches. Es schmeckte ihr nicht besonders, und seit Leonhard und seine Freunde im Krieg waren, gab es auch kaum mehr Anlass, aus Gründen der Geselligkeit zu trinken. Sie hatte in Stuttgart keine Freundinnen, mit denen sie hätte ausgehen können, und Frau Trost öffnete allenfalls an hohen kirchlichen Feiertagen einmal eine Flasche Wein, von dem sie sich und Luise dann allerhöchstens ein Glas genehmigte.

Ganz anders Max Grauwiedel: Ständig hatte er sie aufgefordert, ihr Glas zu leeren, damit er nachschenken konnte, und Luise war der Aufforderung jedes Mal ohne zu zögern nachgekommen. Wohlerzogen wie sie war, wollte sie den Gastgeber nicht brüskieren. Außerdem hatte sie sich gesagt, dass sie ja gewissermaßen von Berufs wegen trinke, schließlich hatte man ihr interessantes Material über Fritz Freundlich versprochen. Und war nicht auch Leonhardt davon überzeugt, dass ein Reporter für gutes Material bereit sein müsse, Dinge zu tun, die er unter normalen Umständen nie tun würde?

Als sie wenig später mit brummendem Schädel beim Frühstück saß und durch die Notizen des vergangenen Abends blätterte, kam sie zum Schluss, dass sie sich den Kater hätte sparen können. Auch Grauwiedels Anekdoten waren nicht dazu angetan, ihre Schreibblockade zu lösen. Zwar hatte sie sich jede Menge aufgeschrieben, doch als sie die gewichtig vorgetragenen Histörchen nun mit halbwegs klarem Kopf wieder las, erschienen sie ihr so langweilig und provinziell wie das Städtchen, in dem sie sich abgespielt hatten.

Glücklicherweise waren die Anekdoten und der Kater nicht das Einzige, was sie von ihrem Besuch bei den Grauwiedels mitgebracht hatte. Beim Abschied – es war schon nach Mitternacht gewesen – hatte Theodor Höppner sie eingeladen, das alte Metallwerk neben der Brücke zu besichtigen, und Luise – so betrunken, dass sie vermutlich zu fast allem ja und Amen gesagt hätte – hatte die Einladung dankend angenommen. »Da hat unser Fritz seine Lehre gemacht. Ich verspreche Ihnen, Sie werden es nicht bereuen«, hatte der Wehrwirtschaftsführer mit schwerer Zunge erklärt, bevor er seinen Fahrer, einen klapprigen alten Mann, dessen verschrumpelter Schädel beinahe unter der riesigen Chauffeurmütze verschwand, angewies, das Fräulein Schriftleiter ins *Ortlieb* zu chauffieren und am kommenden Morgen Punkt zehn Uhr wieder daselbst abzuholen.

Der Chauffeur war pünktlich. Luise nippte noch an ihrem Ersatzkaffee – das Rührei hatte sie nicht angetastet –, als Viktor Ortlieb ihr mitteilte, dass ein Wagen für sie eingetroffen sei, wobei er mit wissendem Lächeln hinzufügte, der Fahrer werde gewiss warten, bis sie ihren Kaffee ausgetrunken habe.

Die Fahrt dauerte nur wenige Minuten, zu kurz, um Luise richtig wach werden zu lassen. Als der silbergraue Sportwagen in die asphaltierte Zufahrt zum Werk einbog, die unmittelbar nach der Brücke links abzweigte, fühlte sich ihr Kopf noch immer wie in Watte gepackt an. Den grimmigen Wachmann, der das Fabriktor hütete, registrierte sie kaum, und selbst seinen zähnefletschenden Köter nahm sie erst wahr, als der Chauffeur auf die Hupe drückte und das Vieh wie wild zu kläffen anfing.

Der Wachmann brachte das Tier mit einem gellenden Pfiff zum Schweigen. Dann entriegelte er das Tor und stieß die Flügel auf, damit sie passieren konnten. Mit einem leisen Schnurren glitt der Wagen über den Hof zum Eingang der Fertigungshalle, die den größten Teil des Fabrikareals einnahm. Dort brachte der Fahrer ihn mit einem eilfertigen »Da wären wir, Fräulein« zum Stehen, ehe er ausstieg, um Luise die Tür zu öffnen.

Theodor Höppner erwartete sie bereits. Der Wehrwirtschaftsführer hatte die gezwirbelten Schnurrbartspitzen energisch gen Himmel gereckt und blickte ihr forsch entgegen, doch wie Luise mit einer gewissen Genugtuung feststellte, war ihm der gestrige Abend kaum besser bekommen als ihr. Dunkle Schatten lagen unter seinen Augen und ungesund blass war er auch.

Seine Fistelstimme schien den vielen Wein indes erstaunlich gut verkraftet zu haben. Umgehend stürzte er sich in eine weitschweifige Wiedergabe der Unternehmensgeschichte, der Luise mehr schlecht als recht zu folgen vermochte. Sie begann mit Höppners Vater Emil, einem armen Webersohn aus dem Eulengebirge, der sich mit Klugheit und Fleiß zum angesehenen Patron einer florierenden Metallfabrik hocharbeitete. Sie führte von der Gründung des ersten Höppner-Werks in den 1880er-Jahren über den Ersten Weltkrieg – an dem Emil Höppner so gut verdiente, dass er sein Unternehmen in der Nachkriegszeit allen Widrigkeiten zum Trotz langsam aber stetig ausbauen konnte – in schnurgerader Linie zum Machtantritt der Nationalsozialisten, dank dessen die Höppner AG das bisher erfolgreichste Kapitel ihrer Geschichte aufzuschlagen vermochte. Wenn man den Ausführungen von Höppner junior Glauben schenken konnte, hatte das Unternehmen beinahe so stark von Hitlers Wiederaufrüstungsprogramm profitiert wie die Konkurrenz aus dem

Ruhrpott. Höppner senior jedoch verstarb, bevor das Programm richtig Fahrt aufnahm, sodass es seinem Sohn und Nachfolger zugefallen war, den Wandel des niederschlesischen Familienunternehmens zum großdeutschen Firmenimperium erfolgreich abzuschließen, wobei man, wie der Wehrwirtschaftsführer feierlich bilanzierte, seine Jederstädter Wurzeln natürlich nie vergessen habe.

»Na, dann wollen wir uns unser Stammhaus doch mal von innen anschauen«, sagte er und wies auf den Eingang zur Fertigungshalle.

Als sie über die Schwelle traten, schlug ihnen ohrenbetäubender Lärm entgegen. Die Halle war in etwa so groß wie ein halbes Fußballfeld und so hoch, dass man darin bequem ein mehrstöckiges Haus hätte errichten können. In dem Raum befanden sich über die gesamte Bodenfläche verteilt rund ein Dutzend Fertigungsstationen, an denen die unterschiedlichen Verarbeitungsstufen von etwas Metallenem hergestellt wurden. Entlang der rechten Wand, ungefähr auf halber Höhe, war eine Galerie eingebaut worden, auf der sich die Büroräumlichkeiten befinden mussten. Darunter hing ein riesiges Transparent mit der Aufschrift *Deutsche Produkte für das Deutsche Reich.*

Höppner, der Luises Blick gefolgt war, wies auf das Spruchband und schrie ihr ins Ohr: »Dieses Werk wurde vor kurzem als Kriegsmusterbetrieb ausgezeichnet! Was Sie hier sehen, ist allerhöchstes Effizienz-Niveau. Maximale Produktion unter Einsatz minimalster Mittel! Wir stellen heute mit halb so viel Mann dreimal so viele Konservendosen her wie vor dem Krieg.«

Luise wollte sich erkundigen, was denn in die Dosen käme, als Höppner auch schon fortfuhr: »Kein Krieg wird ohne Konserven gewonnen. Das waren die prophetischen Worte meines Vaters. – Wussten Sie, dass Napoleon einen Preis ausgesetzt hat für den, der ein Verfahren zur Haltbarmachung von Lebensmitteln entwickeln würde? Leider waren die Engländer schneller. Hätten die Franzosen die Konservendose erfunden, hätte Napoleon Russland mit Sicherheit erobert. – Kommen Sie.«

Der Firmenchef setzte sich in Bewegung.

Während sie von einer Station zur nächsten schritten und Höppner ihr mit stummen Gebärden die einzelnen Fertigungsschritte erläuterte, musterte Luise die Männer und Frauen – es waren mehrheitlich Frauen –, die an den Werkbänken arbeiteten. Sie trugen billige graue Kittel, auf denen der Aufdruck *Höppner-Werke* prangte. Einige der Leute hatten Abzeichen mit den Buchstaben OST oder P auf ihren Brusttaschen. An einer Station, wo irgendein Zuschneidevorgang stattfand, sah Luise zwei Männer mit Baskenmützen, vermutlich Franzosen, und einen mit einem blonden Bart, den sie für einen Niederländer oder einen Norweger hielt.

Sie rätselte gerade, wie viele Nationen wohl in der Halle vertreten waren, als sie Höppner krähen hörte: »Die Belegschaft besteht vor allem aus Ostarbeitern – Russen, Weißrussen, Ukrainern – und natürlich Polen. Außerdem haben wir in diesem Werk auch ein paar Zivilarbeiter aus den besetzten Westgebieten: Holländer, Belgier, Franzosen. Alles freie Leute. Häftlinge werden hier im alten Werk nur eingesetzt, wenn Not am Mann ist.«

Er deutete auf den Wachposten an der Tür. »Wie Sie unschwer feststellen können, fehlt uns hier das Personal, um Gefangene zu beaufsichtigen. Unsere paar Wachmänner reichen gerade aus, um die Ostarbeiter und die Polen auf Spur zu halten.«

Höppner blieb stehen und beugte sich zu Luise hinüber, ehe er dicht an ihrem Ohr weiterredete: »Ich will ganz offen sein, Fräulein Littke. Am liebsten würde ich nur mit deutschen Facharbeitern produzieren. Oder mit Westarbeitern. Die Ostler sind zu unproduktiv. Und die Polen können ihre Finger einfach nicht von den deutschen Frauen lassen, obwohl sie neuerdings sogar jeden Monat ins Fremdarbeiter-Bordell in Breslau dürfen. Kürzlich erst …«

Der Lärm brachte seine Stimme ins Kippen. Er bedeutete Luise weiterzugehen, bis sie einen Teil der Halle erreicht hatten, in dem es etwas weniger laut war. Dort nahm er den Faden wieder auf: »Man mag persönlich davon halten, was man will, aber die Gesetzeslage ist eindeutig: So etwas ist Rassenschande und darf in unserem Land nicht geduldet werden. – Was natürlich nicht heißt, dass jedes Vorgehen gegen die Frauen, die sich solches zuschulden kommen lassen, erlaubt sein soll. Ich für meinen Teil bin jedenfalls froh, dass der Führer das Kahlscheren inzwischen untersagt sagt. Arische Frauen gehören nicht an den Pranger, sondern vor ein ordentliches Gericht. Deutschland ist immer noch ein Rechtsstaat, oder etwa nicht?«

Luise gab keine Antwort. Ihr Blick war an einer jungen Polin hängen geblieben, die mit gezieltem Griff fehlerhafte Dosen aussortierte. Das Mädchen konnte nicht älter als fünfzehn sein. Der Anblick löste ein Gefühl der Beklemmung in Luise aus.

Sie war nicht naiv. Ihr war klar, dass die deutsche Kriegswirtschaft dringend auf Arbeitskräfte angewiesen war. Sie kannte die Baracken neben dem Daimler-Benz-Werk in Untertürkheim, die man für Fremdarbeiter aus Frankreich errichtet hatte, und sie hatte die Filme gesehen, mit denen im besetzten Polen und in der Ukraine Arbeitskräfte für einen Einsatz im Altreich angeworben wurden. Natürlich hatte sie sich gefragt, ob die Polen und die Ukrainerinnen in den Schlangen vor den Arbeitsämtern wirklich so erpicht auf Arbeit im Deutschen Reich waren, wie der Film die Zuschauer glauben machen wollte, aber so eindeutig wie jetzt war ihr die Antwort damals nicht erschienen.

Höppner strich sich mit dem Zeigefinger einige Male über den gewichsten Schnurrbart und bemerkte dann, als hätte er Luises Gedanken gelesen: »Ich will ehrlich zu Ihnen sein, Fräulein Littke. Wir Unternehmer sehen uns durch die Umstände leider zu so manchem gezwungen, was wir in Friedenszeiten dankend ablehnen würden. Mein Vater hätte sich gewiss nie träumen lassen, eines Tages auf Fremdarbeiter angewiesen zu sein. Ganz zu schweigen von Häftlingen. Aber die Konkurrenz schläft nicht. Wenn *wir* die Aufträge nicht ausführen, dann tun es andere. Und wer weiß, mit welchen Methoden?«

Er deutete auf eine Werkbank, an der eine deutsche Vorarbeiterin zwei Ostfrauen gerade bei irgendeinem Arbeitsschritt anleitete, bevor er mit seiner Fistelstimme, der die Überanstrengung nun deutlich anzuhören war, fortfuhr: »Ich kann Ihnen garantieren, dass wir bei den Höppner-Werken auf menschliche Arbeitsbedingungen achten. Das gilt für dieses Werk wie für alle anderen auch. Für die freien Arbeiter genauso wie für die Häftlinge. Wer seine Quote erfüllt, hat nichts zu befürchten. Dem ist anständiger Lohn und gute Kost sicher. In manchen Fällen erhalten unsere Arbeiter sogar mehr Kalorien pro Tag als ein deutscher Soldat.«

Beim letzten Wort versagten Höppners Stimmbänder ihm endgültig den Dienst. Er formte mit den Lippen stumm das Wort »Büro« und gestikulierte zur Galerie. Sie erklommen die schmale Stiege, die auf den Zwischenboden hinaufführte, und gingen an zwei Arbeitsräumen vorbei bis zur letzten Tür, an der ein Schild mit der Aufschrift *Direktor* hing. Höppner stieß die Tür auf und bat Luise mit einer Handbewegung einzutreten.

Der zweckdienlich eingerichtete Raum war offensichtlich schon eine geraume Weile nicht mehr benutzt worden, die Fensterscheibe starrte vor Schmutz und auf dem Aktenschrank lag eine fingerdicke Staubschicht. Den Schreibtisch hatte jemand notdürftig abgewischt, dennoch stach der Kontrast zwischen dem matten alten Möbelstück und der glänzenden neuen Aktentasche, die darauf abgestellt war, ins Auge.

»Dies war meines Vaters Reich. Hier hat er anno 1890 seinen ersten Großauftrag von der Preußischen Regierung angenommen«, fistelte der Höppner junior, nachdem er die Tür geschlossen und sich mehrmals mit der rechten Hand den Kehlkopf gerieben hatte. »Ich selbst bin ja leider nur noch selten in Jederstadt. Die AG besitzt Niederlassungen im ganzen Deutschen Reich, weshalb ich mich entschieden habe, mein Hauptquartier in Berlin aufzuschlagen. Mein Vater hat die Firma bis zum Schluss von hier aus geleitet. Darum haben wir den Raum ganz so belassen, wie er zu seiner Zeit war.«

Luise blickte sich im Büro um. An den Wänden hingen gerahmte Fotografien, die noch aus der Zeit vor der Machtübernahme stammen mussten. Auf den Bildern war kein einziges Hakenkreuz zu sehen und die vereinzelt zu entdeckenden Uniformen stammten noch aus den Zeughäusern der Reichswehr.

Luises Augen blieben am Porträt eines älteren Herrn hängen, der Theodor Höppner so stark ähnelte, dass es sich nur um dessen Vater handeln konnte. Beide Männer hatten die gleichen weichen, fast weiblichen Gesichtszüge, doch der Senior trug keinen Kaiser-Wilhelm-Bart, um männlicher auszusehen, sondern rauchte eine dicke Zigarre, was Luise entschieden sympathischer fand.

Ihr Blick wanderte weiter zu dem Foto, das schräg unter dem Porträt des Gründers hing. Darauf wurde er von einem Mann und einer Frau flankiert, die beide Arbeitskleidung trugen. Der Mann war groß und kräftig. Er hatte ein kantiges Gesicht, dem trotz seiner Herbheit ein grundgütiger Ausdruck innewohnte, und stand ein wenig zur Seite geneigt, wie wenn er auf dem einen Bein besser stünde als auf dem andern. Die Frau – Luise bemerkte erst jetzt, dass Höppner senior ihr den Arm um die Hüften gelegt hatte – war fast so groß wie der Firmenchef und hatte breite Schultern und kurz geschnittene Haare, sodass man sie bei oberflächlicher Betrachtung ebenfalls für einen Mann hätte halten können.

»Mein Vater und sein Vorarbeiter, Lech Blaszynski«, wisperte Höppner, der unbemerkt neben Luise getreten war.

Der Name ließ Luise aufhorchen. »Blaszynski?«, wiederholte sie verwundert. »Der Gewerkschaftsführer, der Fritz Freundlich ermordet hat?«

Höppner, dem wohl erst jetzt bewusst wurde, welches Licht das Foto auf ihn und sein Unternehmen werfen musste, bekam einen Hustenanfall.

Als er sich davon erholt hatte, erklärte er: »Ob Sie's glauben oder nicht, der Lech war ein vernünftiger Mann. Gar nicht dumm.

Und ganz gewiss nicht gewalttätig. Einen SA-Mann zu entführen und dann auch noch tot zu prügeln, auf so eine Idee wäre der nie gekommen. Wenn dieser Meidlinger nicht gewesen wäre. Das war einer von der Sorte, vor denen uns der Führer schon in den Zwanzigerjahren gewarnt hat: ein Bolschewik, wie er im Buche steht. Der kam nur nach Jederstadt, um hier den Klassenkampf auszurufen. Wenn's nach dem Meidlinger gegangen wäre, hätten die Arbeiter die Leitung sämtlicher Betriebe der Stadt übernommen. Arbeiter-Selbstverwaltung, das war nur eine seiner Flausen ... Mit Männern wie dem war nicht zu spaßen. Bevor der hier aufgetaucht ist, konnten wir uns mit den Gewerkschaftern stets arrangieren. Die waren im Grunde alle ganz vernünftig und loyal gegenüber meinem Vater und dem Unternehmen. Aber dann, als es mit der Wirtschaft abwärts ging und Figuren wie der Meidlinger im Gewerkschaftsbund zu wühlen anfingen, da war's mit dem Frieden vorbei. Vor 1930 gab's in Jederstadt keinen einzigen Streik, danach benahmen sich die Leute plötzlich wie wild gewordene Affen.«

Höppner wandte sich dem Tisch zu.

»Wer ist die Frau?«, wollte Luise wissen, während sie sich mit den Zeigefingern die Schläfen zu massieren begann. Das Pochen unter ihrer Schädeldecke hatte wieder eingesetzt.

»Die Frau?«

Der Wehrwirtschaftsführer warf ihr über die Schulter einen fragenden Blick zu.

»Auf dem Foto.«

»Ach, so. Das ist Maria, die Schwester von Lech. Sie hat im Ersten Weltkrieg bei uns angefangen, als die Männer an die Front mussten und Vater händeringend Leute suchte. Aus irgendeinem Grund ist sie geblieben. – Fand wohl keinen, der sie heiraten wollte. Etwas sonderbare Person, wenn Sie mich fragen, aber tüchtig. Hat es bis zur Vorarbeiterin gebracht. War auch in der Gewerkschaft aktiv. Frauenvertreterin nannte sie sich.«

Höppner legte die Stirn in Falten und dachte kurz nach, ehe

er hinzufügte: »Wenn mich nicht alles täuscht, arbeitet sie immer noch bei uns. Vater hat es nicht übers Herz gebracht, sie zu entlassen. Trotz der Sache mit Lech. Sogar das Häuschen, in dem sie mit ihrem Bruder wohnte, hat er ihr gelassen ... Aber wegen dieser leidigen Geschichte sind Sie ja nicht hier.« Er wandte sich um und nahm etwas vom Schreibtisch, das er allem Anschein nach dort bereitgelegt hatte. »Hier, das wird Sie interessieren.«

Es war eine ebenfalls gerahmte Fotografie, ein Gruppenbild, auf dem die Lehrlinge von 1928 vor dem Fabriktor posierten. Fritz Freundlich war gut zu erkennen. Er stand in der Mitte der hinteren Reihe und grinste selbstsicher in die Kamera. Ebenfalls gut zu erkennen war die Aufschrift *Höppner-Werke,* die in frischer Farbe von dem Schild über dem Fabriktor leuchtete.

»Wenn Sie das für Ihren Artikel verwenden wollen, können Sie es gerne mitnehmen«, sagte Höppner. »Die Höppner AG ist sehr stolz darauf, Fritz Freundlich ausgebildet zu haben. Ich habe ihn persönlich nicht gekannt, aber Vater sprach sehr gut von ihm. Es hat ihn sehr geschmerzt, dass er ihn entlassen musste. Die Wirtschaftskrise ließ ihm keine Wahl. Dass er die jungen, ungebundenen Burschen entließ und nicht die Familienväter, kann man ihm schwerlich zum Vorwurf machen. Auch wenn da gute Arbeiter drunter waren wie der Fritz.«

Der Wehrwirtschaftsführer hielt inne und machte ein Gesicht, als hielte er mit sich selbst eine Schweigeminute ab, ehe er bündig schloss: »Umso mehr war es uns ein Anliegen, den Bau des Freundlich-Denkmals nach Kräften zu unterstützen. Und damit natürlich auch Ihre Reportage.«

Luise bedankte sich und klemmte das Bild unter den Arm. Nach kurzem Zögern trat sie noch einmal vor das Foto mit den Blaszynski-Geschwistern und überlegte, ob sie Höppner auch um dieses Bild bitten sollte.

»Kommen Sie?« Der Wehrwirtschaftsführer war bereits an der Tür. »Meine Zeit ist leider um. Ich muss heute noch in unser Werk nach Oppeln, ein paar dringende Angelegenheiten mit der

Betriebsleitung besprechen. Und am Abend erwartet man mich in der Gauleiterzentrale in Breslau.«

Auf dem Rückweg durch die Fertigungshalle hatte Höppner es mit einem Mal sehr eilig. Er ging so schnell, dass Luise keine Zeit blieb, die Halle nach Maria Blaszynska abzusuchen.

Als sie auf den Werkshof hinaustraten, lachte die Frühlingssonne ihnen direkt ins Gesicht. Luise kniff die Augen zusammen und verwünschte sich dafür, dass sie ihren Hut vergessen hatte.

»Würde es Ihnen etwas ausmachen, zu Fuß zum Hotel zurückzugehen?«, fragte Höppner, während er einen Blick auf seine goldene Frackuhr warf. »Ich müsste, wie gesagt, zügig los, und der Umweg über den Ring …«

»Natürlich nicht«, erwiderte Luise, obwohl ihr Kopf etwas ganz Anderes sagte.

Der Chauffeur öffnete seinem Herrn die Beifahrertür.

»Fräulein Littke.« Höppner streckte ihr die Hand entgegen. »Die Höppner AG dankt für Ihren Besuch. Ich hoffe doch sehr, dass der traditionsreiche Name unseres Unternehmens in Ihrem Artikel Erwähnung finden wird.«

»Selbstverständlich«, erwiderte Luise, ergriff Höppners Hand und kam sich zum ersten Mal, seit sie ausgezogen war, ihre erste richtige Reportage zu schreiben, durch und durch schäbig vor.

*****

Auf dem Rückweg zum Hotel wurden die Kopfschmerzen so heftig, dass Luise kaum geradeaus gehen, geschweige denn einen klaren Gedanken fassen konnte. Erst als sie sich im Zimmer hingelegt hatte und das Hämmern unter ihrer Schädeldecke weniger geworden war, gelang es ihr zu rekapitulieren, was sie von Theodor Höppner erfahren hatte. Am interessantesten fand sie die Informationen, die der Wehrwirtschaftsführer ihr *nolens volens* über Lech Blaszynski und dessen Schwester gegeben hatte. Die

Geschwister hatten also beide im Werk gearbeitet und zusammen in einem der werkseigenen Häuser gewohnt.

Was die Schwester heute noch tat ...

Luise konnte sich erinnern, von der alten Eiche aus ein paar einfache Holzbauten gesehen zu haben – strenggenommen waren es eher Baracken als richtige Häuser –, die unmittelbar neben dem Fabrikgelände lagen. Das mussten die Arbeiterunterkünfte sein, in denen Maria Blaszynska wohnte. Wenn Luise sie besuchen wollte, brauchte sie sich also bloß aufs Fahrrad zu schwingen und in die Nordstadt zu radeln. In weniger als zehn Minuten würde sie dort hinkommen können.

Luise spürte, wie ihre Finger bei dem Gedanken vor Aufregung zu kribbeln anfingen. Sie wusste nicht genau, was sie sich von einem Besuch bei Maria Blaszynska versprach. Es war alles andere als sicher, dass die Frau ihr Näheres über den Mord am Helden von Jederstadt erzählen konnte. Falls sie, die Schwester eines Nazi-Mörders, denn überhaupt bereit war, mit ihr, einer Vertreterin der Nazi-Presse, zu sprechen. Dennoch erschien Luise die Aussicht verlockend, mit jemandem reden zu können, der im Fall Freundlich auf der anderen Seite gestanden hatte.

Hatte Leonhard nicht immer gesagt, es müsse das Bestreben jedes guten Reporters sein, alle Parteien zu Wort kommen zu lassen? Oder sie wenigstens anzuhören?

Luise setzte sich im Bett auf. Mit jeder Sekunde, die sie länger über die Möglichkeit nachdachte, dieser Maria einen Besuch abzustatten, wuchs ihre Aufregung. Doch während sie die Angelegenheit in ihrem schmerzenden Kopf hin und her drehte, gesellte sich ein anderes Gefühl dazu.

Furcht.

Was, wenn Maria Blaszynska dem Werksleiter, dem Blockwart oder sonst irgendjemandem von dem Besuch berichtete? Was, wenn am Ende sogar der Kreisleiter Wind davon bekam?

Luises Besuch im alten Werk war Exler jedenfalls nicht verborgen geblieben. Kurz nach ihrer Rückkehr hatte sein Adjutant an die Zimmertür geklopft, um ihr mitzuteilen, dass der Kreisleiter künftig im Voraus über jeden ihrer Schritte informiert zu werden wünsche, ansonsten er sich gezwungen sehen könne, ihr das Recherchieren in seiner Stadt gänzlich zu verbieten. Luise hatte den langen Menschen in der zu kurz geratenen Parteiuniform nur verschwommen wahrgenommen, aber die Drohung, die in seinem Ton mitschwang, registrierte sie sehr wohl.

Mit einem Seufzer legte sie sich wieder hin.

Vielleicht sollte sie den Kreisleiter einfach von ihrer Entdeckung in Kenntnis setzen und ihn um die Zustimmung zu einem Gespräch mit Maria Blaszynska bitten? Mehr denn je wünschte sie sich, ihren großen Bruder um Rat fragen zu können. Leonhard hätte gewusst, wie man mit einem wie Exler umgehen musste.

Ihr Bruder war mit Sicherheit kein Nazi. Im Grunde konnte er mit Politik noch weniger anfangen als sie selbst. Aber er hatte es von Anfang an verstanden, sich mit den Nazis gutzustellen. Als Charlotte ihm einmal vorgeworfen hatte, sich an die braunen Horden verkauft zu haben, vertrat Leonhard den Standpunkt, Hitler und seine Bewegung seien nun mal die Herren, die das Volk sich ausgesucht hätte. Immerhin habe eine Mehrheit die NSDAP aus freien Stücken gewählt, und wenn man ehrlich sei, müsse man zugeben, dass die NSDAP den Deutschen gegeben habe, was sie ihnen versprochen hatte: Arbeit und Brot. Dass in der Hitler-Bewegung auch Figuren mitschwammen, auf die man lieber verzichtet hätte – an dieser Stelle hatte Leonhard Julius Streicher, den Herausgeber des STÜRMER, erwähnt, den er stets nur den »korrupten Metzger« nannte –, sei nur normal bei einer Volkspartei. Man müsse die Leute halt zu nehmen wissen, dann käme man gut mit ihnen zurecht.

Wie hätte Leonhard einen wie Exler genommen? Luises Bauchgefühl sagte ihr, dass es keine gute Idee war, den Kreisleiter ins Vertrauen zu ziehen. Es blieben wohl nur zwei Möglichkeiten: Entweder sie suchte diese Maria auf, ohne Exler einzuweihen, oder sie ließ den Besuch bleiben.

Luise war nahe daran, sich für die zweite Variante zu entscheiden, als Exlers rosiges Gesicht vor ihrem geistigen Auge auftauchte und sie ihn mit diesem ekelerregenden Glucksen sagen hörte: »Wie alt waren Sie, als Ihre Mutter ins Wasser ging? Fünf oder sechs?«

Ich tu's, beschloss Luise.

Sie wartete, bis es ganz dunkel geworden war, bevor sie das *Ortlieb* verließ. Um sicherzugehen, dass weder Fräulein Wagner noch der Adjutant des Kreisleiters sie sahen, nahm sie den Hinterausgang, der in einen engen, nach Küchenabfällen stinkenden Innenhof führte. Zu ihrer Erleichterung lehnte das Rad von Ortliebs Tochter noch an der Wand neben der Kellertreppe, wo sie es am Dienstag abgestellt hatte. Eilig schwang Luise sich in den Sattel und radelte los.

Unterwegs ertappte sie sich mehrmals dabei, wie sie einen Blick über die Schulter warf. Sie hielt es für unwahrscheinlich, dass es in Jederstadt eine Gestapostelle gab, aber das war auch nicht nötig, denn es gab die Partei, und wo die Partei war, waren die Augen und Ohren der Geheimen Staatspolizei.

Es war das erste Mal, dass Luise sich ernsthaft vor der Gestapo fürchtete. Allerdings war es auch das erste Mal, dass sie etwas tat, was die Gestapo ernsthaft hätte interessieren können. Abgesehen davon, dass sie einmal – ein einziges Mal und noch in den Anfängen der Hitler-Regierung – trotz Boykottaufruf in einem jüdischen Geschäft eingekauft hatte, hatten sich ihre Verstöße gegen Recht und Ordnung des Dritten Reiches bisher darauf beschränkt, Leonhard dabei zu helfen, sich vor dem Wahlschleppdienst zu drücken, und über Charlottes Witze zu lachen. So etwas war nicht der Rede wert, solange man es nicht an die große Glocke hängte. Andernfalls konnte es einem ergehen wie der Haushälterin des Vaters, die abgeholt worden war, weil sie vor der Reichstagswahl im März 1936 in aller Öffentlichkeit hatte verlauten lassen, eine Wahl ohne Auswahl sei ja eigentlich eine Unwahl; oder wie Leonhards Kumpel Ole, der es mit der Gestapo zu tun bekam, weil er in einem vollbesetzten Kinosaal anlässlich eines Wochenschauberichts, in dem Göring die Deutschen aufforderte, den Gürtel noch enger zu schnallen, laut ausgerufen hatte: »Na, fang du mal damit an, du elender Fettwanst!«

Beide waren nach einem Tag Haft und einer saftigen Geldbuße wieder auf freien Fuß gesetzt worden, scheinbar ohne dass man ihnen ein Haar gekrümmt hatte. Nichtsdestotrotz hatten beide von da an ständig diesen gehetzten Blick gehabt, mit dem nun auch sie selbst, unterwegs zur Schwester eines Nazi-Mörders, um sich sehen musste.

Wenigstens begegnete ihr auf dem Weg in die Nordstadt keine Menschenseele. Die Straßen waren wie ausgestorben, was die brennenden Laternen noch unwirklicher erscheinen ließ.

Nach ein paar Minuten erreichte Luise die Zufahrt zum alten Werk, doch diesmal fuhr sie weiter stadtauswärts. Erst einige Radumdrehungen später bog sie nach links ab zur Arbeitersiedlung, die sich im Nordosten direkt an das Fabrikgelände anschloss. Während sie über die staubige, nur mehr schlecht beleuchtete Seitenstraße holperte, wurde ihr bewusst, dass sie keine Ahnung hatte, in welchem der zehn oder zwölf einfachen Holzhäuser, die sie von der Eiche aus gezählt hatte, Maria Blaszynska wohnte.

Sie sah sich schon an eine Barackentür nach der anderen klopfen, als ihre Fahrt jäh gestoppt wurde. Vor ihr ragte ein mannshoher Gitterzaun auf, der die Zufahrt zur Siedlung versperrte. Ein großes Schild daran verkündete: *Fremdarbeiter-Unterkunft. Zutritt streng verboten!*

»Scheiße«, murmelte Luise, die sich plötzlich sehr dumm vorkam. Wie hatte sie den Zaun heute Morgen bloß übersehen können? Er musste um die gesamte Siedlung herumreichen und damit auch bis zum Vorplatz der Fabrik. War sie wirklich so benebelt gewesen, dass sie das Gitter nicht bemerkt hatte?

Sie überlegte, ob sie versuchen sollte, über den Zaun zu klettern, als in der Ferne ein Hund anschlug und sie zur Raison brachte. Es war zu gefährlich. Davon abgesehen, war es auch eher unwahrscheinlich, dass eine Frau, die mindestens seit dem Ersten Weltkrieg im Höppner-Werk tätig war, in einer Fremdarbeiter-Unterkunft wohnte.

Theodor Höppner musste sich getäuscht haben. Wahrscheinlich war die Balszynska längst umgezogen, oder sie war zum Auszug aus den Baracken gedrängt worden, als man die Fremdarbeiter darin einquartierte.

Luise verharrte noch ein paar Sekunden vor dem Zaun, bevor sie das Rad entschlossen wendete und die Rückfahrt antrat.

Sie war schon fast wieder über der Brücke, als ihr die beiden Häuser am Flussufer einfielen, die sie am Morgen aus dem Wagenfenster gesehen hatte.

Luise machte eine Vollbremsung.

Sie ließ sich vom Sattel gleiten, lehnte das Fahrrad ans Brückengeländer und spähte durch die Dunkelheit zur Fabrik hinüber.

Auf dem schmalen Streifen Land zwischen der Zufahrtsstraße zum Werk und dem Oder-Ufer konnte sie zwei schemenhafte Gebäude ausmachen, die mit den Bäumen ringsum zu schattenhaften Fantasiegebilden verschmolzen.

Das mussten die werkseigenen Häuser sein, die Höppner gemeint hatte.

In einem von den beiden musste Maria Blaszynska wohnen.

Erneut erklang entferntes Hundegebell. Ungewollt stellte Luise sich vor, wie der Wachmann seinen Köter von der Leine ließ, um ihn auf sie zu hetzen, und ihr Magen verknotete sich. Für zwei oder drei Minuten stand sie unschlüssig gegen das Brückengeländer gelehnt. Dann kam ihr Exlers gemeine Bemerkung über den Selbstmord ihrer Mutter wieder in den Sinn, und sie setzte sich in Bewegung.

Sie würde es auf einen Versuch ankommen lassen. Die Chancen standen immerhin fünfzig zu fünfzig, dass sie das richtige Haus wählte.

Geduckt huschte Luise zurück zur Brückenauffahrt, von wo aus sie quer über die Wiese auf die Häuser zu rannte. Sie entschied sich für das näher gelegene. Glücklicherweise befand sich der Eingang auf der vom Fabriktor abgewandten Seite, die in Richtung Brücke zeigte. Der niedere Zaun, der den Garten umgab, stellte kein großes Hindernis dar. Flink kletterte sie darüber und stand Sekunden später vor der Haustür.

Sie machte sich nicht die Mühe, nach einem Namensschild zu suchen, sondern betätigte aufs Geratewohl die Klingel. Ein Mal, dann, als sich drinnen nichts rührte, ein zweites Mal.

Luise spielte schon mit dem Gedanken an Rückzug, als sie schlurfende Schritte im Hausflur vernahm und darauffolgend ein Klicken, mit dem der Schlüssel im Schloss umgedreht wurde. Im nächsten Augenblick wurde die Tür aufgezogen, und vor ihr stand eine gedrungene Person mit einem Feuerhaken in der Hand.

Luise musste genau hinsehen, um zu erkennen, dass es sich um eine Frau handelte, und noch genauer, um sicher zu sein, dass die Frau Maria Blaszynska war. Ihr Haar war noch kürzer als auf Höppners Foto – sie trug einen regelrechten Bürstenschnitt –, und ihre Statur wirkte bedeutend massiger. Außerdem war sie stark gealtert. Im matten Schein der einsamen Glühbirne, die in der Diele hinter ihr brannte, sah sie aus wie ein Greis, dem die Jahre schwer auf den Schultern lasteten.

»Guten Abend, Frau Blaszynska«, grüßte Luise freundlich.

»Wer sind Sie? Und was wollen Sie?«, fragte die Frau barsch. Ihre Stimme klang wie eingerostet.

Luise versuchte ein Lächeln und erklärte so selbstüberzeugt wie möglich: »Ich bin Journalistin und würde gern mit Ihnen reden.«

»Worüber?«

»Über Ihren Bruder.«

Ein Ausdruck des Erschreckens huschte über das Gesicht der Frau. »Mein Bruder ist ein Mörder, und über Mörder rede ich nicht. Also, verschwinden Sie!«

Sie machte Anstalten, die Tür zuzuschlagen, doch Luise hinderte sie daran, indem sie sich mit ihrem ganzen Körpergewicht gegen das Holz stemmte. Gleichzeitig hörte sie sich zu ihrer eigenen Verwunderung sagen: »Ich glaube nicht, dass Ihr Bruder Fritz Freundlich umgebracht hat.«

Die Tür gab so plötzlich unter ihr nach, dass Luise kopfüber in den Hausflur stürzte.

Sie rappelte sich wieder auf, während Maria Blaszynska hinter ihr abriegelte und sich breitbeinig vor den Ausgang gestellte. »Was wollen Sie?«, wiederholte sie und fuchtelte drohend mit dem Feuerhaken vor Luises Gesicht herum.

»Ich will herausfinden, was damals wirklich geschah.«

So viel wenigstens stimmte.

»Es stand alles in der Zeitung.« Die Frau brachte den Feuerhaken gefährlich nahe.

»Ich kenne die Berichte. Sehr gut sogar.«

Tatsächlich war Luise die Zeitungsartikel in Schleifers Mappe an diesem Nachmittag noch einmal durchgegangen. Dabei war ihr aufgefallen, dass auffällig wenige unmittelbar nach Freundlichs Tod erschienen waren. Sie enthielten bloß vage Vermutungen über einen Zusammenhang zwischen dem Leichenfund und den Kämpfen zwischen Rechten und Linken in der Stadt. Von einem Verdacht gegen den Jederstädter Gewerkschaftsführer hatte kein Wort in diesen Artikeln gestanden. Lech Blaszynskis Name – wie im Übrigen auch der seines Genossen Josef Meidlinger – tauchte erst in den späteren Berichten auf, als die Schuld der beiden Männer längst feststand, weil Blaszynski ein umfassendes Geständnis abgelegt hatte.

Luise trat einen Schritt zurück, bevor sie mit Nachdruck hinzusetzte: »Ich glaube längst nicht alles, was in der Zeitung steht.«

Langsam ließ Maria Blaszynska den Schürhaken sinken.

»Weshalb interessiert es Sie, ob mein Bruder ein Mörder war oder nicht?«

Luise wünschte sich, sie hätte eine bessere Antwort auf die

Frage parat als die, die sie der Frau mit dem Bürstenschnitt ehrlicherweise hätte geben müssen. Die Wahrheit war, dass sie Maria Blaszynska in erster Linie aus Neugier aufgesucht hatte und in zweiter Linie aus Wut über den großkotzigen Kreisleiter, der ihr vorschreiben wollte, wie sie ihre Recherchen zu führen hatte. Doch die Art und Weise, wie die Frau sie ansah, gab Luise das Gefühl, dass sie mehr von ihr erwartete.

Irgendeine bedeutungsvolle Geste.

Irgendein … Bekenntnis.

Also holte Luise tief Luft und erklärte im Brustton der Überzeugung: »Ich will der Wahrheit zu ihrem Recht verhelfen.«

Es war ein großer Satz. Noch während sie ihn aussprach, kam er ihr viel zu groß vor, viel zu sperrig für den engen Flur, in dem sie mit dieser fremden Frau stand.

Überheblich und anmaßend.

Wäre sie Maria Blaszynska gewesen, Luise hätte gelacht.

Oder sie mit dem Feuerhaken zum Teufel gejagt.

Die Blaszynska jedoch tat nichts dergleichen. Sie schwieg unergründlich. Dann sagte sie in einem Tonfall, der deutlich weniger barsch klang als zuvor: »Mein Bruder war kein Mörder. Lech verabscheute Gewalt. ›Ich habe im Weltkrieg so viel Blut gesehen, dass es mir für drei Leben reicht.‹ Das war es, was er immer sagte, wenn jemand Gewalt verteidigt hat. Für ihn war das kein Mittel der Politik. Meinem Bruder wäre es nie eingefallen, sich mit Gegnern zu schlagen. Nicht einmal mit den Nazis. – Josef war da anders. Der hat sich öfter mit den Braunhemden geprügelt. Er war überzeugt, dass sie nur diese Sprache verstanden. Aber Josef war ja auch klug genug, sich rechtzeitig aus dem Staub zu machen …«

Die Stimme der Frau verebbte. Sie hatte die Augen auf einen Punkt im Flur hinter Luise gerichtet, und ihr Gesicht hatte einen Zug angenommen, den diese am ehesten als wehmütig bezeichnet hätte.

Unvermittelt musste Luise an die Fotografie von Josef Meidlinger denken, die sie in irgendeiner Broschüre gesehen hatte. Darauf war ein gutaussehender junger Mann mit wilden Locken abgebildet gewesen, der zu einer Versammlung von Bahnarbeitern sprach. Luise konnte sich vorstellen, dass der feurige Genosse den Frauen im Gewerkschaftsbund gefallen hatte, und sie fragte sich, ob da wohl mehr zwischen ihm und Maria gewesen war.

Derweil setzte Maria wieder zum Sprechen an. »Ich wünschte, Lech hätte es ihm gleichgetan ... Aber ich glaube, ich sollte Ihnen die Geschichte von Anfang an erzählen.«

Marias Erzählung begann mit der Nacht, in der Fritz Freundlich zu Tode gekommen war. Im Gewerkschaftsheim stand an jenem Abend eine Wahlveranstaltung der Jederstädter Linken auf dem Programm, an der neben dem SPD-Vorsitzenden und amtierenden Bürgermeister Friedel Koch auch der Gewerkschaftsführer Lech Blaszynski als Redner vorgesehen war.

Im Versammlungssaal war schon alles für die erste Rede vorbereitet gewesen, als die Jederstädter SA vor dem Gewerkschaftsheim aufmarschiert war.

»Sie mussten Verstärkung aus Breslau oder Oppeln herbeigerufen haben, es waren so viele«, berichtete Maria, während Luise ihr gespannt lauschte. »Sie grölten und brüllten und schrien immer wieder, wir sollten ihnen den Fritz herausgeben, sonst stürmen sie das Heim. – Wir hatten keine Ahnung, wovon sie sprachen ... Lech und Friedel beschworen die anderen Männer, still zu bleiben, aber Josef wollte unbedingt hinaus. Er war überzeugt, dass die Braunhemden ihre Drohung wahrmachen würden, wenn die Genossen sich ihnen nicht zum Kampf stellten. Und er gewann das Argument.«

Maria hielt kurz inne, um sich die spröden Lippen mit der Zungenspitze zu benetzen.

»Tags darauf fand man Fritz Freundlich erschlagen unter der Eiche. – Für die Nazis war natürlich klar, dass einer von uns ihn auf dem Gewissen hatte. Sie beschuldigten alle und jeden. Irgendwann schossen sie sich auf Lech und Josef ein. – Beweise hatten sie nicht. Wie auch? Wo wir doch an jenem Abend alle zusammen gewesen sind. Es gab mehr als ein Dutzend Leute, die bezeugen konnten, dass Lech im Gewerkschaftsheim gesessen hat, bis der Kampf zu Ende war. – Und Josef? Der zog sich gleich beim ersten Zusammenstoß eine Platzwunde unter dem Auge zu, die so heftig blutete, dass sie genäht werden musste. Der lag die ganze Nacht bei uns Frauen im Lazarett ...«

Beim Wort »Lazarett« zeichnete Maria Blaszynska mit den Fingern Gänsefüßchen in die Luft, derweil sie ohne innezuhalten weitersprach: »Die Polizei stellte die Ermittlungen gegen uns denn auch nach wenigen Tagen ein. *Wir* vergaßen die Sache. Aber *sie* vergaßen nicht. – Ein paar Wochen nach Erlass des Ermächtigungsgesetzes schickten sie ein SA-Rollkommando, das die Gewerkschaftszentrale auseinandernahm. Zwei Tage später holten die Braunhemden uns alle miteinander ab. Binnen zwölf Stunden hatten sie die gesamte Gewerkschaftsführung verhaftet und die Anführer der SPD noch dazu. Sogar den alten Friedel nahmen sie mit, obwohl der sein Bürgermeisteramt kurz nach der Machtergreifung niedergelegt hatte. Nur Josef bekamen sie nicht zu fassen, weil der sich rechtzeitig in seine tschechische Heimat abgesetzt hatte.«

Maria fuhr sich mit der Hand über die Augen und verfiel in Schweigen. Einen Moment hatte es den Anschein, als ob sie nicht gewillt war, noch mehr zu erzählen, dann hörte Luise sie mit leiser Stimme sagen: »Drei Tage war ich in ihrem Verlies. Es kam mir wie eine Ewigkeit vor. In so einem Keller kommt einem jedes Zeitgefühl abhanden. Wenn Tag und Nacht plötzlich gleich sind, verliert der Mensch schnell die Orientierung ...«

Der Feuerhaken, mit dem sie Muster auf die Dielen malte, erzeugte ein unangenehmes Kratzgeräusch.

»Die Männer behielten sie eine Woche. Lech und den alten Friedel sogar zwei. Danach war Lech ein geständiger Mörder und Friedel ein vom Tod gezeichneter Mann. Er starb, noch bevor Lechs Prozess begann.«

Maria Blaszynska hob den Kopf und sah Luise an. Ihre Augen waren trocken, aber ihre Stimme klang stark belegt.

»Der Rest dürfte Ihnen bekannt sein. Das Verfahren gegen meinen Bruder wurde in der Presse ja weidlich ausgeschlachtet. Ich weiß nicht mehr, wie oft sie sein Geständnis im Gerichtssaal verlesen haben …«

Sie schnaubte.

»Lech hat noch versucht, es zu widerrufen. Aber es war zu spät. Mit einem Mal gab es niemand mehr, der zu seinen Gunsten sprechen wollte. Dafür jede Menge Genossen, die sich nicht mehr erinnern konnten, ob sie ihn in jener Nacht im Heim gesehen hatten. Genosse Krassnik aus dem Steinbruch, zum Beispiel. Der hatte den ganzen Abend nicht mehr als drei Schritte von meinem Bruder entfernt gesessen und behauptete nun plötzlich, Lech sei mitten in der Nacht verschwunden … Zu allem Überfluss wollte er auch noch Schreie aus dem Keller des Heims gehört haben, obwohl es da gar keinen Keller gab …«

Maria Blaszynska brach ab und schlurfte zur Tür.

»Bitte, gehen Sie jetzt.«

Sie wirkte erschöpft, aber Luise konnte spüren, dass sie nicht alles erzählt hatte.

»Eine letzte Frage noch«, sagte Luise, während sie an Maria vorbeiging. »Wenn Ihr Bruder und Meidlinger es nicht waren: Wer war es dann? – Wissen Sie, wer Fritz Freundlich umgebracht hat?«

Die Blaszynska schüttelte den Kopf.

»Nein. Und es kümmert mich auch nicht. Wer auch immer ihn auf dem Gewissen hat, der hat ein gutes Werk vollbracht. Der Freundlich war ein Schwein. Ein Nazi-Schwein. Wenn man ihn nicht umgebracht hätte, wäre er einer von den SA-Männern gewesen, die uns quälten. Wissen Sie: Das waren alles blutjunge Burschen. Wie der Freundlich. Aber führten sich auf, als hätten sie ihr Leben lang nichts anderes getan, als Menschen zu foltern.«

Die Vorstellung ließ Luise schaudern. Umso mehr bemühte sie sich um ein Lächeln, als sie von Maria Blaszynska Abschied nahm. »Danke, dass Sie mir die Geschichte erzählt haben. Dass Sie mir die Wahrheit erzählt haben.«

Die Frau starrte an Luise vorbei in die Dunkelheit und entgegnete bitter: »Die Wahrheit ... Die Wahrheit nützt niemandem mehr. Ich hätte damals reden sollen, anstatt feige den Mund zu halten wie alle andern. Wenn ich vor Gericht für ihn ausgesagt hätte, hätten sie es nicht gewagt, Lech zu verurteilen. Sicher nicht zum Tode. So kaltschnäuzig wären sie nicht gewesen. Damals noch nicht ...«

Sie richtete den Blick wieder auf Luise.

»Jetzt ist es zu spät. Jetzt würden die Herren Richter und Staatsanwälte Sie nur auslachen und im nächsten Lager verschwinden lassen, falls Sie versuchen, die Wahrheit zu schreiben. Die Wahrheit ist in Hitler-Deutschland keinen Pfifferling mehr wert.«

Luise war bewusst, dass Maria recht hatte. Trotzdem erwiderte sie: »Vielleicht wird Ihre Aussage eines Tages doch noch zu etwas nütze sein.« Dann wandte sie sich ab und machte sich auf den Weg zurück zu ihrem Fahrrad.

Sie hatte die Brücke beinahe erreicht, als die Hunde auf dem Fabrikareal wieder zu kläffen anfingen, noch wilder als zuvor, wie es Luise schien. Die Tiere mussten Witterung aufgenommen haben. So schnell sie konnte, rannte Luise über die Brücke, schwang sich aufs Rad und preschte los.

Sie zwang sich, nicht nach hinten zu schauen, und raste mit gesenktem Kopf in Richtung Marktplatz. Die Uhr am Rathaus schlug Viertel vor neun, als sie auf den Innenhof des *Ortlieb* einbog. Dort lehnte sie den Drahtesel gegen die Wand – genauso, wie sie ihn vorgefunden hatte –, schlüpfte durch den Hintereingang ins Hotel und huschte zur Treppe.

»Da sind Sie ja, Fräulein Littke«, sagte Hoteldirektor Ortlieb, während er ihr aus dem Halbdunkeln entgegentrat. »Der Kreisleiter hat beim Abendessen nach Ihnen verlangt.«

Luise wurde heiß und kalt zugleich. »Ich … ich war …«, stotterte sie, aber Ortlieb brachte sie mit einem Wink seiner eleganten Hand zum Schweigen.

»Gemach, gemach. Ich habe Herrn Exler mitgeteilt, dass Sie am Nachmittag über Kopfschmerzen geklagt hätten und früh zu Bett gegangen seien«, erklärte er lächelnd. »Ich wäre Ihnen sehr verbunden, wenn Sie dem Kreisleiter auf allfällige Nachfragen hin dasselbe sagen würden. – Und jetzt: Gute Nacht, Fräulein Littke, erholen Sie sich gut.«

Luise hätte dem Direktor vor Erleichterung um den Hals fallen mögen. »Ob Sie's glauben oder nicht«, sagte sie mit dem schönsten Lächeln, das sie zustande brachte. »Ich hatte tatsächlich noch nie so rasende Kopfschmerzen wie heute.«

Der Zeuge: Bolschewistenschweine

August 1932

»Hast du das gelesen? – Diese Arschlöcher blasen sich auf, wie wenn sie schon an der Regierung wären!«

Der hübsche Bursche mit den wilden Locken reicht der Frau neben sich die Zeitung. Ein, zwei Minuten hat er darin geblättert, als er wutentbrannt auf den Boden stampft. Er weiß sein Temperament so wenig zu bändigen wie seinen Haarschopf.

Die Frau nimmt ihm das Blatt aus der Hand und liest mit versteinerter Miene. Ihr Haar ist kurzgeschnitten und straff nach hinten gekämmt; sie trägt ein Hemd und Hosen wie der Mann neben ihr.

»Vielleicht sollten wir uns fragen, wie es kommt, dass so viele Leute diese Arschlöcher wählen«, meint sie, als sie dem Burschen die Zeitung zurückgibt.

»Weil Hitler ein verdammter Rattenfänger ist! Der pfeift dem einfachen Mann das Lied von der Volksgemeinschaft und steckt dabei die ganze Zeit mit den Bonzen unter einer Decke! Wenn die Nazis an die Macht kommen, wird die Ausbeutung der Arbeiterklasse keine Grenzen mehr kennen. Alle Macht dem Kapital! Das ist es doch, was der ›Führer‹ will! Der National-›Sozialismus‹ ist der größte Etikettenschwindel aller Zeiten!«

Während der Bursche die Zeitung in den Händen zerknüllt, blickt die Frau in den Himmel, der blassblau über uns liegt. Versunken sieht sie den Schäfchenwolken nach, die im warmen Sommerwind träge nach Westen ziehen.

»Wir müssen diesen Schweinen Einhalt gebieten. Noch einmal darf uns das nicht passieren, dass die Braunhemden uns dermaßen zusammenstauchen können!«

Beim Wort »zusammenstauchen« tastet er nach dem Bluterguss, der sein Gesicht entstellt, obwohl die Schlägerei, aus der die Verletzung stammt, schon mehrere Wochen her ist.

Sie war bis vor kurzem das große Thema im Ort.

Die Schlägerei und der Mord, der in derselben Nacht geschah.

»Sprich mit deinem Bruder«, sagt der Bursche nach einer kurzen Pause, noch immer sehr erregt. »Lech muss endlich über seinen Schatten springen und auf die Leute vom Reichsbanner zugehen. Wir müssen uns wehren! Wenn's sein muss, mit Waffengewalt. Wir haben es lange genug mit Wange-Hinhalten versucht.«

Als er mit dem Zeigefinger auf eine besonders empfindliche Stelle unter dem linken Auge trifft, jault er auf.

»Finger weg«, schilt die Frau und zieht ihm die Hand vom Gesicht.

Für einen Moment hält sie seine Rechte fest. Ihre Hände sind schwielig und ebenso rau wie die seinen. Es sind die Hände von Menschen, die seit frühester Jugend harte Arbeit geleistet haben.

Auch ihre Stimme klingt rau, als sie dem Burschen entgegnet: »Lech ist Pazifist. Er wird niemals zulassen, dass unsere Gewerkschaft mit bewaffneten Verbänden paktiert. Auch nicht mit dem Reichsbanner. Wenn du das willst, musst du ihm den Vorsitz streitig machen.«

»Dein Bruder ist ein solcher Sturkopf!«, ruft der Lockenkopf aus, ehe sein Zorn so unvermittelt verpufft, wie er aufgeflammt ist. Der Bursche weiß so gut wie die Frau, dass er in dieser Sache auf verlorenem Posten steht.

»Ich muss hier weg. In diesem Nest werd' ich noch verrückt«, sagt er, nachdem er eine Weile brütend vor sich hingestarrt hat. »Ich glaube, ich geh' nach Berlin und schließ' mich der Eisernen Front an. Oder, wer weiß, vielleicht gründ' ich auch eine eigene Front, zusammen mit den Kommunisten. Wenn mir das gelingt, können die Nazis einpacken.«

Sein jugendlicher Übermut entlockt der Frau ein Lächeln. Das allerdings sofort erlischt, als der Bursche hinzufügt: »Warum kommst du nicht mit? – Wenn du willst, heirate ich dich auch.«

Es hört sich an, als wäre ihm der Gedanke eben erst gekommen.

»Wie kommst du denn auf diese Schnapsidee?«

Dem Burschen scheint die Idee nicht übel zu gefallen. »Aber warum denn nicht?«, meint er mit einem schiefen Grinsen. »Wir wären das neue Traumpaar des Sozialismus. Wie Lenin und die Krupskaja. Oder Rosa Luxemburg und Karl Liebknecht.«

»Die waren nicht verheiratet«, sagt die Frau noch missgelaunter als vorher.

Der Bursche hört ihr nicht zu. »Im Ernst, Maria«, sagt er, indem er ihr die Hand auf den Unterarm legt. »Du verkümmerst hier doch auch. Lass uns heiraten und zusammen fortgehen. Es wär' mir auch ganz gleich, mit wem du das Bett teilst, ehrlich.«

Den letzten Satz hätte er lieber nicht gesagt. Die Frau entzieht ihm den Arm und fährt ihn wütend an: »Hör auf, solchen Unsinn zu reden, Josef! Ich will nicht mit dir fortgehen. Und heiraten will ich dich schon gar nicht!«

»Ist ja gut.« Der Lockenkopf hebt geschlagen die Hände.

Eine Weile sitzt das ungleiche Paar in Schweigen vereint unter mir. Stille legt sich über das Land, derweil die sengende Sonne unbarmherzig niederbrennt. Kein Lüftchen verschafft Kühlung. Kein Wölkchen spendet Schatten.

Ich bin von der Hitze des Sommernachmittags schon beinahe eingenickt, als die raue Stimme der Frau mich wieder zu mir bringt. »Selbst wenn ich fortgehen wollte. Du weißt genau, dass ich Lech nie allein lassen könnte«, sagt sie so leise, dass ich die Worte nur mit Mühe verstehe.

Dem Burschen fällt nichts ein, was er darauf erwidern könnte.

Es scheint, als ob die Frau noch etwas sagen wollte, doch wildes Männergebrüll hindert sie daran.

»SA«, stellt der Lockenkopf fest, als er drei Männer im Braunhemd erblickt, die mit erhobenen Fäusten den Hügel erstürmen.

»Lass uns gehen«, drängt die Frau. Doch der Lockenkopf bleibt sitzen.

Bald sind die Männer so nah, dass ich ihre Worte ohne Probleme verstehen kann.

»Verschwindet von unserem Hügel!«, brüllt der erste der drei. »Mörderbande!«, der zweite, während der dritte im Bunde »Haut ab, Ihr marxistischen Dreckschweine!« ruft.

»Josef, jetzt komm!«

In der Stimme der Frau schwingt mit einem Mal Angst mit.

Endlich springt auch der Lockenkopf auf, beide beginnen zu rennen. Sie laufen in weitem Bogen um die SA-ler herum, quer über die trockene Wiese der Straße nach Jederstadt zu.

Die SA-ler unternehmen keinen Versuch, den Flüchtigen nachzusetzen. Sie sind vom Aufstieg so außer Atem, dass ihnen selbst das Nachbrüllen schwerfällt.

»Rennt, solange ihr's noch könnt!«, keucht der eine mit hochrotem Kopf. »Wenn wir an der Macht sind, machen wir euch kalt!«, japst der andere mit bebender Brust. Und der Dritte schreit mit sich überschlagender Stimme: »Rache für unseren Fritz!«

Am Ende ist es der Lockenkopf, der das letzte Wort hat. Sobald er außer Reichweite ist, formt er die Hände zum Trichter und ruft den Braunhemden zu: »Freut euch nicht zu früh, ihr Dumpfbacken! Eine gewonnene Wahl macht noch keine Revolution!«

Dann stimmt er die Internationale an und zieht singend von dannen.

8. Kapitel

Sonntag, 21. März 1943

Am dritten Sonntag im März, der im Kalender von 1943 als Heldengedenktag markiert war, goss es wie aus Kübeln. Die Temperaturen, die tags zuvor noch frühlingshafte zehn oder gar fünfzehn Grad erreicht hatten, waren auf einen Wert nahe dem Nullpunkt gesunken, und das laue Lüftchen von gestern hatte sich in einen eisigen Luftzug verwandelt, wie wenn der Winter es sich noch einmal anders überlegt und im Weggehen kehrtgemacht hätte, um noch zu verweilen.

Trotz des trüben Wetters war es Luise leicht, ja, beinahe heiter zumute, als sie am frühen Nachmittag in Exlers Dienstwagen stieg, um mit dem Kreisleiter und Baumeister Krassnik zur Grundsteinlegung für das Freundlich-Denkmal zu fahren. Ihre Kopfschmerzen waren verflogen, die Gestapo hatte sich nicht bei ihr gemeldet, und – was beinahe ebenso gut war – ihre Abreise aus Jederstadt rückte heran. Morgen früh würde sie im Zug nach Berlin sitzen und sich auf ein weiteres Treffen mit Charlotte freuen können. Charlotte würde ihr klarmachen, dass sie diesen Fall Freundlich viel zu ernst nahm. Sie würde so etwas sagen wie »Der Mann ist seit zehn Jahren tot. Wen kümmert es noch, wer ihn auf dem Gewissen hat?« und Luise dafür schelten, dass diese sich – wieder einmal – viel zu viele Gedanken machte. Charlotte, die sich aus Prinzip nie zu viele Gedanken machte, würde ihr raten, den Artikel genau so zu schreiben, wie der Hauptschriftleiter ihn haben wollte, und sich danach wieder auf ihre Sparte zu konzentrieren. »Ist doch völlig wurst, ob du große Reportagen schreibst oder deine kleine Kolumne«, würde sie achselzuckend bemerken. »Wenn die Nazis weg sind, landet das Zeug ja sowieso im nächsten Kamin.« Mit Charlotte in der Nähe würde sich Luises Schreibblockade im Nu lösen.

Ein Kind lief direkt vor ihrem Wagen über die Straße. Der Adjutant am Steuer vollführte ein waghalsiges Ausweichmanöver, wodurch Luise gegen Krassnik und Krassnik gegen die Wagentür geschleudert wurde. Luise murmelte »Verzeihung«, Krassnik brummte »Sapperlot«, ehe sich beide wieder gerade hinsetzten und fortfuhren, einander anzuschweigen.

Krassnik war ein ziemlich verschlossener Zeitgenosse. Als sie beim gemeinsamen Frühstück versucht hatte, dem Denkmal-Schöpfer etwas über seinen Lebenslauf zu entlocken, hatte sie wenig mehr als dumpfes Schweigen geerntet. Wenn man ihn nicht gerade bat, über seinen Denkmalentwurf zu referieren, war es schwierig, irgendetwas Brauchbares aus dem Mann herauszubekommen. Er hatte es dem Kreisleiter überlassen, dem Fräulein Schriftleiter die wichtigsten Stationen seiner beeindruckenden Karriere vom einfachen Steinbrucharbeiter zum Stadtbauinspektor zu schildern. Anders als Exler oder Grauwiedel schien ihm die Aussicht darauf, seinen Namen in der Zeitung zu lesen, sogar eher unangenehm zu sein. Lieber genoss er seine Vorfreude auf die Grundsteinlegung im Stillen. Dass er dies genoss, daran konnte indes kein Zweifel bestehen. Auf seinem Schafsgesicht lag ein Leuchten, wie Luise es sonst nur von Kindern kannte, denen gerade ein Herzenswunsch erfüllt worden war. Sie konnte es dem Baumeister trotz allem nicht verdenken.

Wahrscheinlich würde sie nicht anders dreinblicken, wenn endlich ihre erste richtige Reportage erschien.

Die Limousine passierte das West-Tor und nahm Kurs auf die beiden Hügel vor der Stadt. Auf dem freien Feld blies der Wind noch stärker als zwischen den Häusern und trieb ihnen den Regen in Wellen entgegen. Die Straße, die sich vor ihnen in Richtung Breslau schlängelte, wirkte aus der Ferne wie ein rauschender Bach. Die Wolken hingen so tief über der Landschaft, dass die alte Eiche sie mit ihren knospenden Ästen zu berühren schien.

»Man hätte sich den einen oder anderen Sonnenstrahl gewünscht«, knurrte Kreisleiter Exler. Er warf Luise über den Beifahrersitz hinweg einen Zustimmung heischenden Blick zu, doch sie tat, als ob sie es nicht bemerken würde. Sie gönnte dem Mann das schlechte Wetter von ganzem Herzen. Er war ihr inzwischen derart zuwider, dass sie ihn kaum anschauen konnte.

Exler hatte sie am Vorabend noch zu einem »Tête-à-tête« in seine Suite eingeladen und den ganzen Abend mit Fragen über ihre Familie gelöchert. Luise hatte sich seiner Neugier nur erwehren können, indem sie ihm ihrerseits Fragen zu stellen begann, was den Kreisleiter dazu veranlasste, ihr Einblicke in seine amourösen Abenteuer zu gewähren, auf die sie liebend gern verzichtet hätte. Sie konnte von Glück sagen, dass Exlers Adjutant um halb zehn mit dringenden Meldungen aus der Münchner Partei-Kanzlei in der Suite aufgekreuzt war, um seinen Chef abzuholen. Nicht auszudenken, was der kleine Mann ihr nach einer weiteren Flasche Rotwein noch so alles anvertraut hätte.

Morgen früh bin ich hier weg, dachte Luise, während der Wagen an einer Kolonne Hitlerjungen vorbeifuhr, die im Laufschritt auf den Ort des Geschehens zustrebten. Sie boten einen so kläglichen Anblick, dass sie gegen ihren Willen Mitleid mit ihnen verspürte.

Die Feierlichkeiten zum Heldengedenktag hatten um neun Uhr morgens mit einer Weihestunde für die Gefallenen der beiden Weltkriege auf dem Ring begonnen. Danach hatten sich die Parteiführung und ihre Gäste zu einem späten Frühstück ins *Ortlieb* zurückgezogen und die Jederstädterinnen und Jederstädter waren nach Hause gegangen. Nur die armen Hitlerjungen mussten im strömenden Regen vor dem Rathaus neben dem Reiterstandbild des Alten Fritz Mahnwache halten, bis man zur Grundsteinlegung aufbrach. Mit dem Ergebnis, dass sie nun förmlich in ihren Uniformen schwammen und ihre Hakenkreuzbanner wie triefende Lappen an den Stangen hingen.

Während Luise die ernsten, regennassen Gesichter der uniformierten Knaben betrachtete, fragte sie sich, was ihnen wohl durch den Kopf ging. Waren sie stolz, dass man sie dazu auserkoren hatte, für Freundlich die Standarte hochzuhalten? Glaubten sie an das, was ihre Anführer ihnen über den Helden von Jederstadt und Seinesgleichen eingetrichtert hatten?

Oder taten sie einfach, was man ihnen befahl?

Luise wusste es nicht. Sie war nie beim BDM gewesen. Ihr Bruder Georg dagegen war nicht nur mit zwölf ins Deutsche Jungvolk eingetreten, sondern mit vierzehn auch zur HJ gegangen wie alle Knaben aus ihrem Dorf.

Er hatte unbedingt hingewollt.

Georg hatte die großen starken Jungen bewundert, die in seiner Rotte den Ton angaben, in den Kolonnen zuvorderst marschierten und bei den Überlebensübungen immer besonders viel Mut bewiesen. Bis sie anfingen, ihn wegen seines Stotterns zu triezen. Zu Beginn hänselten sie ihn bloß, wenn er ein Wort nicht sofort aussprechen konnte; dann kniffen oder schubsten sie ihn. Am Ende setzte es für jedes Stottern eine Tracht Prügel. Nachdem Georg das dritte oder vierte Mal grün und blau geschlagen nach Hause gekommen war, hatte Leonhard sich beim Rottenführer beschwert, doch der Bursche hatte ihm nur seelenruhig erklärt, dass Hitlerjungen halt lernen müssten, sich selbst zur Wehr zu setzen – andernfalls müsse Georg eben einstecken. »Natürliche Auslese« hatte er das genannt.

Der Wagen hielt.

»Wir sind da«, meldete der Adjutant überflüssigerweise.

Luise setzte den Hut auf und griff nach dem Regenschirm, den Direktor Ortlieb ihr in seiner zuvorkommenden Art ausgeborgt hatte, dann stieg sie aus und nahm den Denkmalhügel in Augenschein.

Dort oben waren in den vergangenen Tagen große Veränderungen vor sich gegangen. Die Kuppe, auf der am Dienstag noch Schafe gegrast hatten, war auf einer Fläche von vielleicht hundert mal hundert Metern platt gewalzt worden. Auf der einen Seite des dadurch entstandenen Platzes konnte Luise die Umrisse einer hölzernen Zuschauertribüne erkennen, die sie an die Radrennbahn in Stuttgart denken ließ, zu der Leonhard sie manchmal mitgenommen hatte; auf der anderen war ein überdachtes Podest aufgestellt, das wohl der Blaskapelle als Bühne dienen sollte. Der Pfad, der auf den Hügel führte, war mit Brettern ausgelegt, damit die Zuschauer möglichst trockenen Fußes hinaufgelangen konnten.

Die Planken gaben ein schmatzendes Geräusch von sich, als Exler, beschirmt von seinem Adjutanten, den Stiefel daraufsetzte, um den Aufstieg in Angriff zu nehmen. Die Delegation aus der Gauleiterzentrale, die dem Wagen vor ihnen entstiegen war, tat es dem Kreisleiter nach. Zu Exlers Leidwesen hatte Gauleiter Hanke seine Teilnahme an der Grundsteinlegung kurzfristig abgesagt, weil er von wichtigeren Dingen abgehalten wurde. An seiner statt war der farblose Gauorganisationsleiter mit Sekretär aus Breslau angereist, an ihrer Seite die Gaufrauenschaftsleiterin, die in ihrem strengen, dunkelblauen Kostüm einen unangenehm resoluten Eindruck auf Luise machte.

Nach Krassnik setzte sich auch Luise in Bewegung. Während sie vorsichtig über die glitschigen Planken ging, zwischen denen bei jedem Schritt braunes Wasser emporquoll, kreisten ihre Gedanken um die Frage, die ihr einfach keine Ruhe ließ. Seit dem Gespräch mit Maria Blaszynska war sie davon überzeugt, dass Lech Blaszynski und Josef Meidlinger nicht für Freundlichs Tod verantwortlich waren. Doch wer hatte den SA-Sturmführer dann getötet?

Leonhard, der ihre Liebe zu Kriminalfilmen teilte, hatte stets behauptet, es gäbe nur vier Motive, die Menschen zu Mördern machten: Gier, Neid, Hass und Eifersucht. Dass jemand Fritz Freundlich aus Gier ermordet haben könnte, schied aus. Der junge Mann hatte nichts von Wert besessen. Auch Hass war jetzt, da sie seine politischen Gegner als Mörder ausschließen konnte, wohl von der Liste der Mordmotive zu streichen. Neid kam schon eher infrage – immerhin hatte Freundlich als SA-Sturmführer ein Amt bekleidet, das zweifellos auch andere gern ausgeübt hätten –, doch auch das überzeugte Luise nicht als Motiv.

Ihr Favorit war die Eifersucht.

Luise warf über die Schulter einen Blick zur alten Eiche hinüber, die auf dem Hügel nebenan einsam und verlassen im Regen stand. Sie war gestern Nachmittag noch einmal dort gewesen, um nach Beweisen für ihre Mordtheorie zu suchen. Es hatte eine Weile gedauert, aber schließlich hatte sie entdeckt, wonach sie gesucht hatte: In die Hinterseite der verwitterten Bank war ein großes rundes Herz eingeritzt, das die Namen Fritz und Magda umschloss. Der fesche SA-Sturmführer und das begehrenswerteste Mädchen der Stadt waren ein Liebespaar gewesen. Was lag da näher, als anzunehmen, dass Fritz von einem Nebenbuhler erschlagen worden war?

Bloß von welchem, der mutmaßlich vielen?

»Oh, Verzeihung!«

Luise war mit dem Baumeister zusammengestoßen, der unvermittelt stehengeblieben war. Sie hatten das Ende des Bretterpfades erreicht. Vor ihnen ragte die Holztribüne auf, die aus der Nähe noch imposanter wirkte als von der Straße aus. Neben den Stufen, die zu den Rängen hinaufführten, stand der Adjutant des Kreisleiters und wies den Gästen ihre Plätze an. »Sie sitzen dort oben«, erklärte er Luise und deutete auf einen der letzten freien Plätze in der dritten Reihe.

Man hatte die Pressevertreter dort als Gruppe versammelt. Zu Luises Rechten saßen der alte Schriftleiter und die junge Fotografin von den BRESLAUER NEUESTEN NACHRICHTEN, mit denen Luise sich nach dem Frühstück kurz unterhalten hatte, zu ihrer Linken der Volontär der Gauzeitung und eine Redakteurin vom JEDERSTÄDTER LOKALANZEIGER.

Der Volontär, ein junger Bursche mit Flaum auf den Backen, lächelte schüchtern, als sie sich neben ihn setzte, derweil die Lokalredakteurin, die Luise in ihrer altjüngferlichen Beflissenheit ein wenig an Fräulein Haller erinnerte, sie keines Blickes würdigte.

Die Tribüne war glücklicherweise überdacht, sodass Luise von Regenschirmen unbehindert beobachten konnte, wie sich die Ränge füllten.

Die erste Reihe war den Ehrengästen vorbehalten. Zuvorderst in der Mitte saß Fritz Freundlichs Mutter, ganz in Schwarz gekleidet, das Haupt mit einem Spitzenkopftuch bedeckt. Der Platz rechts von ihr, wo wohl der Vater hätte sitzen sollen, war leer. Direkt daneben hatte der Kreisleiter mit der Abordnung aus der Gauleiterzentrale Platz genommen. Auf der linken Seite der alten Frau saß Bürgermeister Grauwiedel mit seiner Familie inklusive Wehrwirtschaftsführer Höppner, der sich in regelmäßigen Abständen über Traudl beugte, um deren Ausschnitt etwas zuzufisteln.

Die zweitvorderste Reihe setzte sich aus den Würdenträgern der örtlichen Parteisektion und des Jederstädter SA-Sturms zusammen, ergänzt durch eine Gruppe SS-Männer, die im Kielwasser von Hauptsturmführer Raschler aufmarschiert waren. Letzterer hatte sich den Sitzplatz schräg hinter Magda Grauwiedel ausgesucht, die ihn so wenig wahrzunehmen schien wie alles andere um sie herum. Zur Feier des Tages war er in seiner eleganten weißen Galauniform erschienen, hatte aber darauf verzichtet, sich mit seiner noch viel eleganteren Haushälterin zu schmücken.

Luise fühlte, wie ihre Stimmung sank. Zerknirscht musste sie sich eingestehen, dass sie gehofft hatte, Irina Stolz vor ihrer Abreise noch einmal zu sehen, doch wie es schien, war Irina dem Herrn Hauptsturmführer für den Anlass nicht gut genug.

Ein Trommelwirbel, gefolgt von einer Fanfare, hinderte Luise daran, sich lange über Raschler zu ärgern. Der Kreisleiter und der Gauorganisationsleiter erhoben sich von ihren Plätzen und begaben sich gemessenen Schrittes zum Rednerpult, das zwei oder drei Meter hinter der Platzmitte aufgestellt worden war. In der Mitte selbst hatte man ein kreisrundes Loch ausgehoben. Neben dem Loch lag ein mächtiger Granitblock.

Die Lautsprecher gaben ein gehorsames Knistern und Knacken von sich, als der lange Mensch in der zu kurz geratenen Parteiuniform mit dem Zeigefinger einige Male auf das Mikrofon tippte und »Ruhe, bitte« hinein nuschelte.

Auf der Tribüne wurde es still. Der Adjutant gab das Mikrofon frei.

Der Gauorganisationsleiter sprach als Erster. Oder genauer: Er las die Grußadresse des Gauleiters vom Blatt ab, die man ihm in der Breslauer Zentrale mitgegeben hatte. Die Rede war so farblos wie der Mann, der sie verlas. Das einzig Unterhaltsame war die Art und Weise, wie er sie hielt. Er hatte seinen Redestil ganz offenkundig an demjenigen des Führers geschult. Nicht nur seine Gestik, auch die Modulation seiner Stimme erinnerte an Hitler. Gelegentlich schleuderte er ein Wort lautstark heraus, dann wieder sprach er so leise, dass man ihn kaum verstehen konnte. Zu allem Überfluss rollte er das R mit so viel Gusto, dass Luise sich jedes Mal zusammenreißen musste, um nicht laut loszulachen.

Sie atmete erleichtert auf, als der Gauorganisationsleiter den Zettel zusammenfaltete und seinen Platz räumte, damit Kreisleiter Exler fortfahren konnte. Exler war entschieden der bessere Redner, so viel musste sie ihm lassen. Er wusste, wie man Aufmerksamkeit fesselte. Fasziniert beobachtete sie, wie das Publikum, das während der Grußadresse des Gauleiters zu tuscheln begonnen hatte, nach und nach wieder verstummte. Als die ersten zehn Minuten von Exlers Ansprache um waren – im Wesentlichen eine Zusammenfassung der Lebensgeschichte Fritz Freundlichs, garniert mit einigen weltanschaulichen Betrachtungen, die vermutlich eins zu eins aus dem Parteihandbuch zur Gestaltung von Festtagsreden abgeschrieben waren –, hätte man auf der Tribüne eine Stecknadel fallen hören können, so gebannt lauschten die Zuhörer und Zuhörerinnen seinen Worten.

Die Menschen wagten erst wieder sich zu regen, als der Kreisleiter den Höhepunkt des Festaktes ankündigte: die Grundsteinlegung, für die man sich allem Anschein nach etwas ganz Besonderes hatte einfallen lassen.

Mit wachsendem Unbehagen verfolgte Luise, wie der Kreisleiter einem SA-Führer ein Zeichen gab, worauf dieser sich erhob und Johanna Freundlich den Arm reichte. Unter den Klängen eines Trauermarsches führte der SA-Mann die alte Frau über den Platz in Richtung Rednertribüne, von wo ihnen zwei Hitlerjungen entgegenkamen. Die Jungen balancierten eine Trage zwischen sich, auf der ein mit einem schwarzen Tuch bedeckter Gegenstand lag. Um was es sich dabei handelte, begriff Luise erst, als sie die Trage neben Johanna Freundlich auf den Boden stellten und der Kreisleiter ins Mikrofon raunte: »Heute betten wir dich, Held der Bewegung, Sohn unserer Stadt, an dieser Stelle zur ewigen Ruhe, wo wir dir ein ewiges Denkmal setzen wollen.«

Trommelwirbel ertönten. Der SA-Führer zog das Tuch fort und reichte der Mutter Freundlich die zum Vorschein gekommene Urne. Die alte Frau nahm sie mit zitternden Händen entgegen und wandte sich der Grube zu. Exler begann von Neuem zu raunen, doch Luise registrierte seine Worte nicht mehr. Sie nahm nur noch Johanna Freundlich wahr, die sich nun, von ihrem Begleiter gestützt, auf die Erde kniete, um das Behältnis mit den sterblichen Überresten ihre Sohnes in dessen neues Grab zu legen.

Zum Glück war das makabre Schauspiel danach schnell zu Ende. Sobald die Hitlerjungen das Loch zugeschaufelt und den Granitblock darauf platziert hatten, stimmte die Kapelle das Deutschlandlied an, und die Zuschauer standen auf, um in die Hymne einzustimmen. Zur allgemeinen Erleichterung beließ man es bei der ersten Strophe, denn die feuchte Kälte wurde langsam unerträglich.

Noch ehe der letzte Ton verklungen war, begannen die Gäste zum Tribünenausgang zu strömen, um anschließend von dort aus im Gänsemarsch über den Bretterpfad zurück zu den Wagen zu eilen.

Nur Luise trödelte. Sie blieb am Fuße des Tribünenaufgangs

stehen und blickte zu Freundlichs Mutter hinüber, die nach wie vor neben der Grabstätte ihres Sohnes stand und sich mit einem Zipfel ihres Kopftuchs die Tränen vom Gesicht tupfte. Luise hatte das Bedürfnis, ihr etwas Tröstendes zu sagen, doch als sie genügend Mut gefasst hatte, um zu ihr hinüberzugehen, war Johanna Freundlich bereits von SA-Männern umringt und Luise entschied, stattdessen den Rückweg anzutreten.

Sie war schon fast beim Mercedes des Kreisleiters angekommen, als sie eine leicht überdrehte Frauenstimme ihren Namen rufen hörte.

»Fräulein Littke! Fräulein Littke!«

Die Gattin des Bürgermeisters stand auf der gegenüberliegenden Straßenseite neben ihrer klotzigen Familienkutsche und schwenkte wild ihren Regenschirm.

»Fräulein Littke, kommen Sie, fahren Sie mit uns!«

Luise sah sich um. Exler schien wie vom Erdboden verschluckt. Auch der Adjutant war nirgends zu entdecken.

Gerda Grauwiedel machte eine einladende Handbewegung in Richtung ihres Autos und wiederholte: »Kommen Sie! Wir haben genug Platz. Wir nehmen Sie mit.«

Luise zögerte noch einen Moment, dann warf sie einen Blick auf die durchweichten Halbschuhe, in denen ihre Füße gerade ein Schlammbad nahmen, und entschied sich, das Angebot anzunehmen.

»Traudl fährt mit dem Wehrwirtschaftsführer mit«, erklärte Gerda Grauwiedel, als handelte es sich um die wichtigste Mitteilung des Tages, und deutete auf den silbergrauen Sportwagen, der einige Meter weiter vorne parkte. »Vielleicht nutzt er ja die Gelegenheit und macht ihr endlich einen Antrag.«

Sie schenkte Luise ein Lächeln, in dem eine Spur Mitleid glimmte, bevor sie ihr die Hand auf den Arm legte und ungeniert weiterschnatterte: »Unsere Traudl ist ein kluges Mädchen. Die weiß, was sie will. Die wird nicht nein sagen, wenn er sie fragt. Eine Frau muss zugreifen, solange die Männer noch ihre Jugend und

Schönheit preisen. Gerade jetzt, wo derartiger Männermangel herrscht …« Sie gab einen gedehnten Seufzer von sich. »Traudl ist ein kluges Mädchen. Die wird nicht so enden wie ihre Schwester.« Ein neuerlicher Seufzer. »Wenn ich daran denke, dass Magda heute die Frau von …«

»Es reicht jetzt, Gerda«, donnerte der Bürgermeister, der die ganze Zeit im Wagen gesessen und sich ausgerechnet diesen Moment ausgesucht hatte, um das Fenster herunterzukurbeln und seiner Frau das Wort abzuschneiden. »Ich bezweifle, dass Fräulein Littke sich für solche ollen Kamellen interessiert.«

Gerda Grauwiedel machte ein beleidigtes Gesicht, aber sie sagte nichts mehr.

Luise hätte sie am liebsten geschüttelt. Die Frau hätte bloß den Namen aussprechen müssen, und der Fall Freundlich wäre aufgeklärt gewesen!

Doch dann setzte die Ernüchterung ein.

Selbst wenn sie den Namen des Nebenbuhlers von Fritz Freundlich erfahren hätte – sie hätte so wenig darüber schreiben können wie über das, was Maria Blaszynska ihr erzählt hatte.

Die Wahrheit interessierte niemanden in Hitler-Deutschland.

Was man von ihr erwartete, war eine gut verpackte Lügengeschichte. Ein Loblied auf den Helden von Jederstadt, der im Kampf gegen die Bolschewisten gefallen war, und auf seine treuen Kameraden, die ihm nun ein Denkmal setzten. Dies war der Stoff, aus dem Reporter-Karrieren im Dritten Reich gemacht waren.

Die Wahrheit konnte sehen, wo sie blieb.

»Nun mal fix eingestiegen, die Damen. Sonst eröffnen sie das Büfett noch ohne uns«, polterte der Bürgermeister.

Gerda fasste Luise am Arm und zog sie hinter sich her zur Beifahrerseite, wo sie die hintere Tür öffnete und Magda, die bereits im Fond saß, anwies, beiseite zu rutschen.

Die Aufforderung war gänzlich unnötig. Magda Grauwiedel war so dünn, dass Luise dreimal neben ihr Platz gehabt hätte.

»Dann wollen wir mal«, trompetete der Bürgermeister, als alle saßen, und ließ den Motor an.

Luise warf einen letzten Blick auf die alte Eiche, die sich auf ihrem kargen Hügel gegen Wind und Wetter stemmte, dann fädelte Grauwiedel den Wagen in den Auto-Korso ein, der sich im unablässig fallenden Regen langsam zurück zur Stadt bewegte.

*****

Die offizielle Jederstädter Parteifeier zum Heldengedenktag fand im Rathaus statt, und zwar im Großen Ratssaal, in dem früher der Stadtrat getagt hatte. Inzwischen diente der prachtvolle Raum nur noch Repräsentationszwecken. Er war für die Feier mit zwei langen, parallel verlaufenden Tischreihen bestückt und dem Anlass entsprechend geschmückt worden: Von der mit Schnitzwerk verzierten Decke baumelten weiße Girlanden, die Wände waren mit roter Seide verhängt, die Tische mit schwarzen Tüchern drapiert. Auf den Tischen verteilt standen kleine Wimpel mit dem Wappen von Jederstadt, über dem Büfett hing eine große Hakenkreuzfahne. Am Kopfende des fast quadratischen Saales war eine kreisrunde Bühne aufgebaut worden, auf der ein glänzender schwarzer Flügel stand.

Das Büfett wurde gerade eröffnet, als Luise im Gefolge des Bürgermeisters in den Saal trat, doch die zahlreichen Köstlichkeiten waren ihr nicht einmal einen flüchtigen Seitenblick wert. Sie hatte nur Augen für die Frau, die neben dem Flügel stand.

Irina.

Sie war da.

Die musikalische Darbietung, die Exler am Donnerstag beiläufig erwähnt hatte, fand also hier und heute statt! Luise würde Irina nicht bloß noch einmal sehen, bevor sie Jederstadt verließ, sie würde sie auch singen hören.

Die Jederstädter Nachtigall, wie der Kreisleiter sie genannt hatte.

Dass Irina eine Diva sei, hatte Exler außerdem bemerkt, und wie eine solche sah sie heute auch aus. Ihr langes schwarzes Haar war zu einer kunstvollen Frisur hochgesteckt und das schimmernde dunkelblaue Samtkleid, das sie trug, umfloss ihren Körper wie Wasser. Um ihre Schultern wogte eine luftige Federboa, die Luise an das Berliner Varieté denken ließ, in dem sie mit Charlotte und Leonhard ein paarmal gewesen war. Irinas Augen waren auf das Notenbuch gerichtet, das aufgeschlagen vor ihr auf dem Flügel lag, während ihre Lippen stumm die Töne formten, die sie von den Notenlinien ablas.

Wären die Lippenbewegungen nicht gewesen, man hätte Irina für eine Statue halten können, so reglos stand sie da. Sie war so versunken in ihren stummen Gesang, dass sie nichts und niemanden um sich herum wahrzunehmen schien: nicht die Gäste, die über den Saal verteilt in kleinen Gruppen miteinander plauderten, nicht die Bediensteten, die mit Getränketabletts zwischen ihnen herumwuselten, und schon gar nicht Luise, deren Augen vom Saaleingang her auf ihr ruhten.

»Ihnen gefällt wohl, was Sie sehen«, sagte eine Stimme direkt neben Luises Ohr. Mit feuerrotem Gesicht drehte sie sich um.

Neben ihr stand Hermann Exler, ein anzügliches Lächeln auf den rosigen Lippen. Erst als ihr Blick auf den Gauorganisationsleiter fiel, der mit dem Kreisleiter eingetreten war, begriff Luise, dass Exlers Worte nicht ihr gegolten hatten: Der farblose Mann starrte die Frau am Flügel noch unverschämter an als sie.

Er hatte immerhin den Anstand, seinerseits zu erröten, als Exler süffisant hinzufügte: »Warten Sie erst mal, bis sie singt, dann werden Ihnen die Augen übergehen.«

Luise hätte dem aufgeblasenen kleinen Wicht am liebsten eine gescheuert. Und dem Gauorganisationsleiter gleich mit.

Stattdessen stellte sie sich den beiden in den Weg und bemerkte mit zuckersüßem Lächeln: »So fesselnd wie Ihre Ansprachen wird es bestimmt nicht werden.«

Der Gauorganisationsleiter löste den Blick von Irina und

wandte seine Aufmerksamkeit Luise zu. Auch Exler sah sie an. Für ein paar Sekunden musterte er sie so durchdringend, dass sie sich mit einem Anflug von Panik fragte, ob der Sarkasmus in ihrer Bemerkung wohl etwas zu dick aufgetragen gewesen war, doch dann erwiderte er ihr Lächeln.

»Keine Schmeicheleien, das passt nicht zu Ihnen«, sagte er zu Luise, ehe er sich dem Gauorganisationsleiter zudrehte: »Darf ich Ihnen Fräulein Littke vom STUTTGARTER VOLKSBLATT vorstellen? Sie wird dafür sorgen, dass die Kunde von unserem Denkmalprojekt auch außerhalb Schlesiens Verbreitung findet.«

Während der Gauorganisationsleiter Luise die Hand schüttelte und ein paar nichtssagende Floskeln über die Bedeutung der Pressearbeit für die Wehrhaftigkeit des Reiches von sich gab, blickte Exler sie unverwandt an. Seine Äuglein waren rot gerändert, entweder vom kalten Wind oder davon, dass die dringenden Angelegenheiten, mit denen der Adjutant gestern Nacht in der Führer-Suite aufgekreuzt war, ihn um den Schlaf gebracht hatten. Er stand so dicht neben ihr, dass Luise den Alkohol riechen konnte, den er bereits in nicht geringen Mengen zu sich genommen hatte. Der Bierdunst vermischte sich mit seinem penetranten Rasierwasser zu einer säuerlich-süßen Duftwolke, die ihren Magen rebellieren ließ.

Sie wollte eben einen Schritt zurücktreten, als Exler sie am Arm fasste und zum Gauorganisationsleiter sagte: »Sie haben doch nichts dagegen, wenn ich Fräulein Littke bitte, sich zu uns zu setzen. Ich glaube, die werte Gaufrauenschaftsleiterin würde sich über eine Geschlechtsgenossin am Tisch freuen.«

In diesem Augenblick hob Irina den Kopf, entdeckte Luise und nickte ihr zu, bevor sie sich wieder in ihre Noten vertiefte. Ein einziges Nicken nur, dennoch war Luise überzeugt, den Anflug eines Lächelns auf Irinas Lippen gesehen zu haben. Es entschädigte sie tausendmal für die Aussicht, die nächsten Stunden in Gegenwart von Exler und seinen Breslauer Parteigenossen verbringen zu müssen.

Sobald Luise an der Seite der Gaufrauenschaftsleiterin Platz genommen hatte, begab sich Exler zum Flügel, um den Auftritt der Jederstädter Nachtigall anzukündigen. Als ihr Begleiter trat niemand geringeres als Hauptsturmführer Raschler vors Publikum, der seine Rolle als Pianist offenbar genauso ernst nahm wie seine Rolle als SS-Offizier. Der Gesichtsausdruck, mit dem er den Klavierstuhl zurechtrückte, war so entschlossen, als führte er eine Order von höchster Stelle aus, das Nicken, mit dem er Irina anzeigte, dass es losgehen konnte, wirkte wie ein Befehl.

Dann fing Irina an zu singen, und Luise hatte nur noch Augen und Ohren für sie und für Schubert – oder von wem auch immer die Lieder stammen mochten, die sie zum Besten gab.

Luise verstand nicht viel von klassischer Musik. Ihre Mutter hatte ein Grammophon besessen, auf dem sie manchmal Orchesterwerke oder Kammermusik, seltener auch Lieder gespielt hatte, doch nach deren Tod war das Gerät im Estrich verschwunden, und Stille hatte sich über das Pfarrhaus gelegt. Luise konnte sich verschwommen erinnern, dass ihre Mutter gelegentlich gesungen hatte, aber weder die Lieder noch die Stimme hatten einen bleibenden Eindruck in ihrem kindlichen Gedächtnis hinterlassen. Irinas Gesang dagegen würde sie ihr Leben lang nicht mehr vergessen. Ihre Singstimme war voll und warm und von einer geheimnisvollen Dunkelheit erfüllt, die sich auf wunderbare Weise mit dem Klang des Flügels mischte.

Und dann die Leichtigkeit, mit der sie sang! Scheinbar wie von selbst strömten die Töne aus ihrem Mund und flogen auf den Schwingen des Flügels in den Saal hinaus, um das Publikum mit ihrer Schönheit zu betören.

Der Hauptsturmführer schien ein guter Pianist zu sein. Zumindest musste Luise sich eingestehen, dass sein Spiel sie berührte und überdies ausgezeichnet mit Irinas Gesang harmonierte. Die Entdeckung irritierte sie, wenngleich sie nicht zu sagen vermocht hätte, weshalb.

Charlotte, die sich für Jazz, Swing und alle anderen Musikstile begeisterte, die inzwischen verpönt waren, behauptete stets, die Nazis verstünden nichts von Musik, doch Luise teilte ihre Meinung nicht. Außer Märschen mochte sie eigentlich alles, was im deutschen Rundfunk lief. Als es das Wunschkonzert für die Wehrmacht noch gegeben hatte, hatte sie keine Ausgabe verpasst und sich über jedes Stück gefreut, das durch den Äther schallte. Am besten gefielen ihr die Schlager, gesungen von Zarah Leander oder Lale Andersen, aber sie setzte sich auch gerne dazu, wenn Frau Trost den Volksempfänger für das klassische Musikprogramm einschaltete.

Irgendetwas an diesem Klavier spielenden SS-Offizier missfiel Luise trotzdem.

Die übrigen Zuhörer teilten ihr Unbehagen offensichtlich nicht. Der Beifall, der nach dem letzten Stück durch den Saal brandete, war laut und anhaltend, und als der Hauptsturmführer nach der zweiten Zugabe demonstrativ den Deckel über der Tastatur zuklappte und sich vom Klavierstuhl erhob, um anzuzeigen, dass nun aber wirklich Schluss sei, war der Flügel im Nu von einer Schar Gratulantinnen und Gratulanten umringt, allen voran Kreisleiter Exler und seine Gäste aus der Gauleiterzentrale.

Auch Luise war aufgesprungen, sobald der Applaus verklungen war, doch als sie die Menschentraube sah, die sich in Windeseile um Irina und Raschler gebildet hatte, wandte sie sich statt der Bühne dem Saalausgang zu. Der überfüllte Raum kam ihr plötzlich unerträglich stickig vor, und sie hatte das dringende Bedürfnis, ein wenig frische Luft zu schnappen.

Draußen hatte es inzwischen aufgehört zu regnen. Von den Ästen der Kastanienbäume, die den Vorplatz säumten, tropfte noch das Wasser, aber die Regenwolken am Himmel hatten sich verzogen. Das Reiterstandbild des Preußenkönigs, das in der Mitte zwischen den Kastanien aufragte, glänzte im Abendlicht wie frisch gewaschen.

Luise stellte sich neben den Alten Fritz und blickte auf den menschenleeren Ring. Die Absperrungen, die man für die vormittägliche Weihestunde aufgebaut hatte, waren verschwunden. Vor dem Hoteleingang schräg gegenüber stand der ältliche Page in seiner himmelblauen Uniform und schlotterte erbärmlich, während der kalte Wind mit den bunten Kordeln an seiner Brust spielte.

Luise hob gerade die Hand, um ihm zuzuwinken, als sie eine Stimme in ihrem Rücken sagen hörte: »Fräulein Littke, was machen Sie denn so allein hier draußen? Haben Sie bereits genug von unserem schönen Fest?«

Luise überlief ein prickelnder Schauder. Mit weichen Knien drehte sie sich um.

Hinter ihr stand Irina Stolz und lächelte ihr wunderbar spöttisches Lächeln.

Weil Luise nicht einmal ein simples »Ja«, geschweige denn eine richtige Antwort zustande brachte, fuhr Irina nach einigen Sekunden in demselben leicht sarkastischen Tonfall fort: »Was meinen Sie, wie viele Menschen noch sterben müssen, bevor die Nationalsozialisten den Heldengedenktag wieder in Volkstrauertag umbenennen? Als ob Sterben je zu etwas anderem Anlass gegeben hätte als zu Trauer.« Sie seufzte laut. »Ich wünschte, man hätte diese ganze Veranstaltung abgesagt.«

»Dann hätte ich Sie nicht singen gehört«, brachte Luise endlich heraus.

Irinas Seufzen ging in ein melodiöses Lachen über. »Sie mögen klassische Musik?«

Am liebsten hätte Luise geantwortet: »Ich mag vor allem Sie«, aber sie beließ es bei einem Nicken.

Aus dem Innern des Rathauses drang Gelächter. Ein SA-Mann öffnete eines der Fenster, die auf den Ring hinausgingen, und pflanzte sich mit der rechten Hinterbacke aufs Fensterbrett, bevor er sich eine Zigarette anzündete und paffend die Aussicht begutachtete. Als seine Augen auf die beiden Frauen neben dem Denkmal fielen, rief er »Na, Mädels, nicht bisschen kalt dort draußen?« und grinste über sein ganzes, nicht sonderlich ansehnliches Gesicht.

Irina warf ihm über die Schulter einen abschätzigen Blick zu, dann wandte sie sich wieder Luise zu und bemerkte: »Ich hoffe, Sie haben wenigstens genug Material für Ihre Reportage sammeln können. Dann hätte sich die Teilnahme an dieser fragwürdigen Veranstaltung für Sie ja wenigstens gelohnt. Ganz zu schweigen von der langen Reise von Stuttgart hierher.«

Das mokante Lächeln war auf Irinas Lippen zurückgekehrt, aber in ihren Augen glaubte Luise noch etwas Anderes zu entdecken, eine Andeutung von Heimweh vielleicht oder auch von Sehnsucht. Es fehlte nicht viel und sie hätte zur Antwort gegeben: »Ich wäre bis nach Russland gereist, um Sie kennenzulernen«, dann setzte ihr Verstand wieder ein und sie antwortete nur knapp: »Ich denke schon.«

»Sie denken?«

Irina zog die Augenbrauen hoch.

Luise biss sich auf die Lippen. Sie sah zu Boden und zählte langsam bis zehn. Als sie wieder aufschaute, war Irinas fragender Blick immer noch auf sie gerichtet.

Luise gab ihren Widerstand auf.

»Irgendetwas stimmt mit dieser Freundlich-Geschichte nicht.«

Und dann purzelten die Sätze nur so aus ihr heraus, unbedacht, ungeordnet, wirr. Sie erzählte von den Geschwistern Blaszynski, die im Folter-Keller der SA gesessen hatten, von den Eltern Freundlich, die sich nicht einig waren, wer die Schuld am Tod ihres Sohnes trug, von Raschler, Grauwiedel und Exler, die losgezogen waren, den SA-Sturmführer zu suchen, von Fritz und Magda, die offenbar ein Paar gewesen waren, und von dem unbekannten Nebenbuhler, der Fritz vermutlich auf den Gewissen hatte.

Luise hörte erst auf zu reden, als Irina ihr den Finger auf die Lippen legte und im Tonfall einer strengen Lehrerin sagte: »Sie sollten jetzt still sein, Luise. Es gibt an diesem Ort zu viele Ohren.«

Für ein paar Sekunden, die Luise wie eine Ewigkeit vorkamen, ließ Irina den Finger auf ihren Lippen liegen. Sie stand ganz nahe vor ihr. Luise atmete den Duft ihres Parfüms ein, der sich mit dem Geruch des feuchten Pelzmantels mischte.

Was, wenn ich sie jetzt küssen würde?

Luise empfand den Satz mehr, als sie ihn dachte.

Dann wurde ihr bewusst, wo sie sich befanden, dass dort drüben ein SA-Mann aus dem Fenster hing, der sie feixend beobachtete, dass im Saal ein SS-Mann wartete, für den Irina Stolz wohl mehr als nur eine Haushälterin war, und dass Frauen, die andere Frauen küssten, vielleicht nicht unter den 175er-Paragrafen fielen, aber den Nazis – und neunundneunzig Prozent aller anderen Deutschen – mit Sicherheit trotzdem ein Gräuel waren, und sie trat einen Schritt zurück.

Während Irina ihre Hand sinken ließ, deutete Luise mit dem Zeigefinger auf das Reiterstandbild Friedrichs des Großen und bemerkte im sinnlosen Bemühen, ihre Empfindungen mit einem Scherz zu kaschieren: »Der hört bestimmt nichts mehr.«

Irina lachte nicht. Sie schaute Luise unverwandt an und fragte so ernst wie zuvor: »Versprechen Sie mir, dass Sie keine Dummheiten machen und Ihre abstrusen Theorien für sich behalten?«

Erst als Luise nickte, entspannten sich Irinas Züge. Sie lehnte sich vor, bis ihre Lippen beinahe Luises Ohr berührten, und flüsterte: »Danke.« Dann machte sie auf dem Absatz kehrt und ließ Luise mit ihrer Verwirrung allein.

Der Zeuge: Opferbereitschaft

Oktober 1934

Die blonde Frau ist gekommen, um am Fuße meines Stammes zu trauern. Sie setzt sich auf die Bank unter mir und weint, bis ihr die Tränen ausgehen. Sie weint um den starken blonden Fritz, der zu meinen Wurzeln verblutet ist, und um das Lebensglück, das sie mit ihm verlor.

Die junge Frau sitzt oft bei mir und beweint den Toten. Die Besuche tun ihr sichtlich nicht gut, und dennoch kehrt sie wieder und wieder hierher zurück. Sonntag für Sonntag kommt sie zu mir bei Sonne, Regen und Schnee.

Meistens kommt sie allein, doch heute bleibt sie es nicht. Ihr folgt ein großer, feister Mann, der Bürgermeister, ihr Vater. Schnaufend wühlt er sich durchs Laub, das die Kuppe meines Hügels bedeckt, stampft mit schweren Tritten zur Bank und setzt sich neben die Tochter.

Der Schweißgeruch, der seinen Kleidern entsteigt, macht meine Blätter kräuseln.

»Magda, meine Große«, brummt er, bevor er noch richtig Luft holen kann. »Hör bitte auf zu weinen. Der Fritz ist seit mehr als zwei Jahren tot. Irgendwann muss das Trauern doch ein Ende haben.«

Sein tiefer Bass ist voller Sorge um die Tochter und mehr noch: um seinen Ruf. Denn über das einstmals schönste Mädchen der Stadt kursieren unschöne Gerüchte. Gemütskrank sei es, so hört man. Nicht mehr ganz richtig im Kopf.

Ich für meinen Teil glaube das gerne. Das Mädchen weint nicht nur, wenn es bei mir sitzt, es führt auch Selbstgespräche. Die handeln nicht selten vom Sterben, mitunter sogar von Selbstmord.

Mit einem Seufzer legt der Vater der Tochter nun den feisten Arm um die Schultern und zieht sie an sich. Er gönnt sich zwei, drei Minu-

ten, um wieder zu Atem zu kommen, dann fährt er fort, ihr ins Gewissen zu reden.

»Magda, jetzt sei doch vernünftig. Was soll denn aus dir werden, wenn du auf ewig einem Toten nachweinst? – Es gibt in Jederstadt doch noch so viele andere brauchbare Männer. Die nähmen dich alle mit Handkuss. Du musst dich bloß für einen entscheiden. Meinetwegen kannst du jeden wählen, solange er für dich sorgen kann. Und kein Jude ist, natürlich.«

Die junge Frau, die sich Halt suchend an den Vater geschmiegt hat, wird bei dessen Worten ganz starr. Ich spüre, wie sie versucht, sich aus der Umarmung zu lösen. Aber der Vater lässt es nicht zu. Er hält die Widerspenstige weiter fest im Griff, indes er ihr wie ein Verkäufer die brauchbaren Männer der Stadt anpreist.

Beim dritten oder vierten Namen geht ein Ruck durch die Tochter. Wutentbrannt springt sie auf und schreit: »Ich habe Fritz mein Jawort gegeben! Wenn ich ihn nicht haben kann, dann will ich keinen!«

Ihr unerwarteter Ausbruch versetzt auch den Vater in Wut. »Schluss jetzt!«, donnert sein Bass. »Du tust jetzt, was ich dir sage! Du wirst vergessen und du wirst schweigen, wie wir anderen auch.«

Damit wuchtet er sich hoch, gestikuliert mit der Rechten zur Bank, über der noch sein Schweißgeruch wabert, und setzt dann grollend hinzu: »Wenn ich dich noch einmal hier finde oder auch nur höre, dass du hergekommen bist, bist du für immer meine Tochter gewesen. – Hast du das verstanden?«

Als er keine Antwort bekommt, lehnt er sich vor und wiederholt in bedrohlicher Tiefe: »Ob du das verstanden hast, Magda, will ich wissen.«

Jetzt nickt die Tochter gehorsam, der Vater gibt sich zufrieden.

Seine Magda wird tun, was er von ihr verlangt.

Sie wird weiterhin darüber schweigen, was er und die treuen Kameraden ihrem Geliebten angetan haben.

Aber vergessen, da bin ich mir sicher, vergessen wird sie es nicht.

Solange sie lebt.

Teil II:
Irina (1945)

9. Kapitel

Samstag, 27. Januar 1945

»Anhalten!«

Hans Raschler, Leiter des Außenlagers Jederstadt, das zum Stammlager Groß-Rosen gehörte, war auf die schneebedeckte Fahrbahn vor der Kommandantur hinausgetreten und hatte die Hand wie ein Stoppschild gehoben. Der vordere der beiden Transporter, die von den Mannschaftsunterkünften her anrollten, hielt unverzüglich. Der Hauptsturmführer öffnete die Wagentür und befahl dem Beifahrer, sich zu den Männern auf die Ladefläche zu verziehen, bevor er sich umdrehte und Irina aufforderte, in die Kabine zu steigen.

Er streckte die Hand aus, um ihr behilflich zu sein.

Irina tat, was er von ihr verlangte.

Eigentlich hatte sie zu Fuß in die Stadt gehen wollen. Radfahren konnte man wegen des vielen Schnees nicht mehr, und sie sehnte sich nach Bewegung. Doch Hans hatte es ihr verboten. Das Wetter sei zu unsicher und es könne jederzeit wieder zu schneien anfangen. Weil er selbst keine Zeit hatte, sie zu fahren, sollte sie sich dem Transport anschließen, der die nachmittägliche Wachablösung zum neuen Werk am Flussufer brachte, und Irina, die eigentlich immer tat, was Hans ihr befahl, hatte sich auch diesmal gefügt.

Während sie auf dem Beifahrersitz Platz nahm, wies Hans den Fahrer an, Fräulein Stolz zum Ring zu chauffieren, sobald er die Männer beim Werk abgeladen hatte, und auf sie zu warten, bis sie mit ihren Besorgungen fertig sei, dann knallte er die Wagentür zu und gab das Kommando zur Weiterfahrt.

Irina beobachtete im Seitenspiegel, wie Hans die Lastwagen

an sich vorbeiwinkte, ehe er kehrtmachte und mit langen Schritten in der Kommandantur verschwand. Er gab sich Mühe, ruhig zu wirken, doch Irina kannte ihn gut genug, um hinter die Fassade sehen zu können.

Seit vor etwas mehr als vierundzwanzig Stunden die Order zur Räumung des neuen Werks eingetroffen war – das alte stand schon seit Monaten still –, befand er sich in einem Zustand permanenter Hochspannung. Das SS-Wirtschafts-Verwaltungshauptamt hatte Lagerführer Raschler eine Woche Zeit gegeben, die Maschinen in ihre Einzelteile zu zerlegen und für den Abtransport bereitzumachen. Die Frist, so viel hätte Irina auch ohne Hans' detaillierte Erläuterungen begriffen, wäre selbst unter idealen Bedingungen kaum einzuhalten gewesen, unter den gegebenen Umständen war sie nachgerade unmöglich. Die zur Verfügung stehenden Häftlinge – Hans sprach wie immer nur von »Menschenmaterial« – waren weder zahlen- noch kräftemäßig in der Lage, das Werk innerhalb so weniger Tage zu räumen.

Dennoch war er entschlossen, den Befehl ordnungsgemäß auszuführen.

Die Losung hieß »äußerste Härte«. Hans hatte den Wachmannschaften die Erlaubnis erteilt, ihre Schlagstöcke ab sofort ohne Rücksprache mit einem Vorgesetzten gegen jeden Bummelanten einzusetzen und jedes noch so kleine Nachlassen in dem horrenden Arbeitstempo, das die Kapos ihren Häftlingskommandos vorgaben, rigoros zu bestrafen.

Für Führer und Vaterland war Hans kein Einsatz zu groß.

Irina löste die Augen vom Seitenspiegel und richtete sie auf die Fahrbahn.

Während der Lastwagen das äußere Lagertor passierte, fragte sie sich, was wohl mit dem Lager geschehen würde, wenn das Werk stillgelegt war. Hans hatte ihr verraten, wohin die Maschinen aus der Fabrik gehen sollten: in ein riesiges Untertagewerk im Harz, in dem die SS unter Hochdruck an der Entwicklung ferngelenkter Flugbomben arbeitete. Doch wohin man die Häftlinge bringen wollte, wenn man ihre Arbeitskraft in Jederstadt nicht mehr benötigte, hatte er ihr nicht gesagt. Irina vermutete, dass man sie ebenfalls in das Untertagewerk im Harz verlegen würde; oder in irgendein anderes, weiter westlich gelegenes Arbeitslager, wo die Maschinen noch auf Hochtouren liefen. Auf jeden Fall würde die SS nicht aufhören, ihr »Menschenmaterial« zu Tode zu schinden, bis ganz Deutschland von den Alliierten erobert war.

Irina langte nach dem Haltegriff über der Wagentür.

Der LKW hatte das Lagergelände hinter sich gelassen und rumpelte auf den Wald zu, der das Lager in allen vier Himmelsrichtungen umgab. Die Höppner AG, die vertragsgemäß für die Bereitstellung der Häftlingsunterkünfte aufkommen musste, hatte darauf bestanden, dass man das Lager an einem Ort errichtete, an dem es vor neugierigen Blicken geschützt sein würde, worauf der geschäftstüchtige Bürgermeister ihr das stadteigene Waldstück zur Pacht angeboten hatte. Die Neugierde der Firmenleitung über das, was sich hinter den Lagerzäunen abspielte, hatte sich derweil in engen Grenzen gehalten. Irina war dem Konzernchef nur zwei Mal im Lager begegnet, ein Mal im Sommer 1942, als Höppner und zwei weitere Aufsichtsratsmitglieder die fast fertiggestellten Lagergebäude besichtigt hatten; das zweite Mal im Herbst 1944, als er die Kommandantur aufgesucht hatte, um Hans einen Beschluss der Konzernleitung mitzuteilen: Man werde das alte Werk vorübergehend ruhen lassen und die Leitung des neuen in die Hände der SS legen, weil man sich als ziviles Unternehmen nicht länger in der Lage sehe, die Produktion unter Kriegsbedingungen aufrechtzuerhalten.

Die Unterredung der beiden Männer hatte nicht länger als zwanzig Minuten gedauert. Danach hatte sich Höppner verabschiedet und ward fortan in Jederstadt nicht mehr gesehen. Wenn es stimmte, was Hans' ehemalige Kameraden aus dem Sicherheitsdienst zu berichten wussten, hatte der Wehrwirtschaftsführer sich kurz nach diesem letzten Lagerbesuch in die Schweiz abgesetzt, wo er zur Stunde in einem gut geheizten Chalet im Berner Oberland saß und mit seiner frisch angetrauten Schweizer Gattin auf das Kriegsende wartete.

Der Lastwagen spurte auf den Waldweg ein, der das Lager in schnurgerader Linie mit dem neuen Werk an der Oder verband. Bevor sie zwischen die Bäume eintauchten, warf Irina einen Blick in den Himmel. Hans hatte recht: Das Wetter war sehr unsicher. Im Osten braute sich ein Sturm zusammen. Die Wolken über dem Wald türmten sich bedrohlich dunkel, und die Luft, die durch die Ritzen der Fahrerkabine drang, roch unverkennbar nach Schnee.

»Eine Saukälte ist das«, bemerkte der Fahrer.

Irina warf ihm einen Seitenblick zu. Sie konnte sich nicht erinnern, dem Mann zuvor schon einmal begegnet zu sein. Er war Anfang sechzig, hatte ein freundliches Mondgesicht und strähnige graue Haare, die für einen SS-Mann viel zu lang waren. Seine Uniform verriet, dass er einer der Wehrmachts-Reservisten war, die erst vor wenigen Wochen zum Lagerdienst aufgeboten worden waren. Hans mochte die Reservisten nicht besonders, weil sie seiner Meinung nach zu wenig Begeisterung mitbrachten, aber Irina fühlte sich in ihrer Gegenwart wohler als unter den SS-Männern. Die Reservisten waren im Allgemeinen umgänglicher.

Allerdings auch mitteilsamer.

»Wenn das so weitergeht, friert dem Russen der Arsch ein, bevor er an der Grenze ist«, fuhr der Fahrer fort, derweil er das Tempo drosselte, um den Laster an einem umgeknickten Bäumchen vorbeizumanövrieren.

Irina ließ auch diese Bemerkung unkommentiert. Sie wusste, dass die Rote Armee die Grenze zu Schlesien bereits überschritten hatte und nun zielstrebig auf Breslau zumarschierte. Hans, der gute Kontakte zum Oberkommando pflegte, hatte es ihr erzählt. Es konnte nur noch eine Frage von Tagen sein, bis »der Russe« vor Jederstadt auftauchen würde. Irina war ziemlich sicher, dass der Mann neben ihr das ebenfalls wusste, aber wie der Großteil seiner Landsleute die Augen vor der Realität verschloss und sich so lange wie möglich im Glauben wiegte, dass die Deutschen den Krieg gewinnen würden, wie es der Führer ihnen versprochen hatte.

Der Lastwagen streifte den tief hängenden Ast einer Fichte, geriet aus der Spur und blieb mit dem rechten Vorderrad im Graben stecken.

Der Fahrer fluchte.

Während er hektisch mit dem Schaltknüppel hantierte und mehrmals hintereinander den Motor aufheulen ließ, drehte Irina das Gesicht dem Seitenfenster zu und schaute auf die Bäume hinaus, die hier so dicht beieinander standen, dass kaum eine Schneeflocke den Boden erreichte. Von Hans wusste sie, dass der Wald von Menschenhand angepflanzt worden war, weshalb es kaum Unterholz zwischen den Bäumen gab. Kerzengerade wuchsen die Fichtenstämme aus dem nackten Boden empor, immer im selben Abstand voneinander, in Reih und Glied wie Soldaten.

In Deutschland steht sogar der Wald stramm, ging es Irina durch den Kopf.

Vielleicht war dies der Grund, warum die Deutschen sich so leicht hatten einreden lassen, sie könnten ein Riesenreich wie die Sowjetunion quasi im Handstreich erobern. Und weshalb sich so viele von ihnen noch immer standhaft weigerten, der Niederlage ins Gesicht zu blicken.

Irina konnte sich nicht vorstellen, wie man ernsthaft glauben konnte, »der Russe« lasse sich jetzt noch durch irgendetwas aufhalten. Wer so etwas glaubte, kannte die Sowjetunion nicht, dieses schrecklich-schöne Land mit seinen endlosen Weiten und unerschöpflichen Ressourcen; und er kannte den Sowjetmenschen nicht, dieses halb mythische, halb wirkliche Geschöpf mit seiner totalen Ergebenheit an Genosse Stalin und seiner bedingungslosen Liebe zu Mütterchen Russland, dem die Deutschen so Unaussprechliches angetan hatten.

Irina kannte den Sowjetmenschen.

Ihre Eltern waren solche Menschen gewesen.

Anna und Jakow Stolz hatten mit jeder Faser ihrer Körper an den Sowjetkommunismus geglaubt. Weder Bürgerkrieg noch Hungersnot hatten sie davon abbringen können, Anfang der Zwanzigerjahre nach Engels an der Wolga zu ziehen, um beim Aufbau der Autonomen Sozialistischen Sowjetrepublik der Wolgadeutschen zu helfen, denen Jakow seiner Abstammung nach zugehörte. Und weder Stalins Geheimpolizei noch das sibirische Straflager, in dem sie ihre letzten Lebensjahre verbrachten, hatten ihnen die Überzeugung rauben können, dass die Sowjetunion auf dem Weg in eine paradiesische Zukunft war. Wie hatte der Vater in seinem ersten und letzten Brief nach der Verhaftung geschrieben? – *Vergiss nie, meine Tochter, dass die meisten von uns nur Fußnoten der Geschichte sind. Es sind Männer wie Marx, Lenin und unser geliebter Führer Stalin, die die Menschheit voranbringen. Mögen sie auch im Einzelnen Unrecht verüben, so handeln sie doch im Ganzen gerecht.*

Menschen, die so etwas schrieben, ließen sich von nichts und niemandem aufhalten. Weder von schlechter Witterung noch von neuen Waffensystemen, ja, noch nicht einmal vom Tod.

Irina blickte wieder auf die Fahrbahn.

Der Reservist hatte den LKW in die Spur zurückgebracht und trat das Gaspedal durch.

Wenig später hatten sie den Wald hinter sich gelassen und fuhren über ein verschneites Feld, auf dem außer zwei halb verwehten Fahrrinnen nichts von einem Weg zu sehen war. Dafür tauchten die Umrisse des neuen Werks vor ihnen auf. Im trüben Licht des Winternachmittages erinnerte es Irina an eine mittelalterliche Trutzburg – allerdings ohne die romantische Aura, die Burgen für gewöhnlich umgab. Die Umfriedungsmauern waren mit Stacheldraht bewehrt, und auf den Wachtürmen gab es Scharfschützen, die befugt waren, auf jeden zu schießen, der sich ihnen unerlaubt näherte oder die Fabrik unerlaubt zu verlassen versuchte.

Irina war nur ein einziges Mal im Inneren der Anlage gewesen, als SS-Gruppenführer Pohl vom Wirtschafts-Verwaltungshauptamt dem neuen Werk auf seinem Weg nach Auschwitz einen Besuch abstatten wollte. Hans hatte darauf bestanden, dass Irina an seiner Seite war, während er und ein ziviler Vorarbeiter Pohl durch die überhitzte Fabrikhalle führten und ihm die verschiedenen Arbeitsschritte erläuterten, die von den Häftlingen an den Werkbänken ausgeführt wurden. Der Gruppenführer war durchaus höflich zu ihr gewesen, aber Irina war das Gefühl nicht losgeworden, dass ihn ihre Anwesenheit irritierte.

Nicht nur deshalb hatte es sie sehr erleichtert, als sich die Fabriktore wieder hinter ihr schlossen und der Tross des Gruppenführers in Richtung Auschwitz abfuhr.

Irinas Blick fiel auf den Flusspfad, der das neue Werk direkt mit dem alten verband. Vor einem Jahr hatte Hans die Höppner AG um Erlaubnis gebeten, beidseits des Pfades hohe Gitterzäune errichten zu lassen, damit seine Männer die Häftlinge zwischen den beiden Werken verschieben konnten, ohne Fluchtversuche befürchten zu müssen. Seit das alte Werk ruhte, wurde der Pfad nicht mehr benutzt; dennoch ließ es sich leicht ausmalen, wie die Gefangenen, angetrieben von Peitschen, durch den Gitterverschlag stolperten wie Tiere in einem Käfig.

Mit einem Frösteln wandte Irina die Augen von den Gittern ab und ließ sie über die Fabrikschlote hinweg zu dem Hügel auf der anderen Flussseite wandern, wo sich in Schemen das Freundlich-Denkmal abzeichnete.

Hans hatte einen Wutanfall bekommen, als er von den Plänen zum Bau der Statue erfahren hatte.

Irina erinnerte sich noch genau an die Szene.

Sie hatte sich auf der Rückfahrt von der zweiten oder dritten Inspektionsreise nach Jederstadt abgespielt, die er mit ihr und seinem Stellvertreter, Obersturmführer Jütte, im Frühling 1942 unternommen hatte. Sie waren gerade an dem Hügel mit der alten Eiche vorbeigefahren, als Jütte sich in unterwürfigem Ton erkundigte, ob der Hauptsturmführer diesen Fritz Freundlich denn eigentlich persönlich gekannt habe und ob der wirklich so ein Held gewesen sei, wie man allenthalben sage.

Hans hatte sich merklich Zeit gelassen mit der Antwort, und als er den Mund schließlich auftat, war die Abneigung in seiner Stimme unüberhörbar gewesen. »Der Freundlich war kein Kirchenlicht und ganz bestimmt kein Held. – Typischer SA-Mann halt. Der dachte, der Zweck der Bewegung liege im Verprügeln von ein paar harmlosen Metallarbeitern, die zufällig in der Gewerkschaft waren. Bei uns hätte der 's keine zwei Tage ausgehalten.«

An dieser Stelle wäre Jütte gut beraten gewesen, das Thema fallen zu lassen, doch er hatte arglos weitergeredet: »Ich habe gehört, dass die Stadt dem Freundlich ein Denkmal bauen will anlässlich seines zehnjährigen Todestages. Scheinbar fehlt nur noch das Geld.«

Da war Hans die Kontrolle über sich und beinahe auch über den Wagen entglitten. »Wo haben Sie das denn her?«, hatte er den Obersturmführer angefahren, die Hände am Steuer zitternd vor Zorn. Jütte konnte gerade noch ein »Aus dem Wirtshaus, wo wir gerade waren« hervorstammeln, bevor Hans zu einer einzigartigen Tirade ausholte.

»Ein Denkmal soll er kriegen? Wie lächerlich! Dieses kleine Licht wird als Held verehrt!«, schrie er mit hochrotem Kopf. »Uns wird keiner ein Denkmal setzen, wenn unsere schwere Aufgabe erfüllt ist. Dabei ist sie für das Überleben unseres Volkes unendlich viel wichtiger als alles, was dieser Kerl in seinem kurzen Leben zustande gebracht hat!«

Beim letzten Wort hatte das Auto einen Schlenker in die Wiese gemacht, und Hans war zur Besinnung gekommen. »Aber so ist die Welt, Jütte«, fuhr er fort, als er sich und den Wagen wieder im Griff hatte. »Wir sind ja auch nicht zur SS gegangen, damit man uns Denkmäler setzt, nicht wahr? Unser Lohn wird die Größe Deutschlands sein.«

Zu Irinas Verwunderung hatte Hans sich ein paar Monate nach dieser denkwürdigen Fahrt trotzdem bereiterklärt, auf Wunsch des Kreisleiters und mit ausdrücklicher Billigung der Höppner AG zwei Dutzend Häftlinge für den Denkmalbau abzustellen und dafür zu sorgen, dass die Bauarbeiten zügig voran-gingen. Nun, knapp zwei Jahre später, war das Denkmal beinahe fertig. Nur das Gewehr und die Standarte in den Händen des »Helden« fehlten noch, ebenso wie die Aussichtsplattform an dessen Schulter – der angebliche »Geniestreich des Führers« –, ohne die das Werk unvollendet geblieben wäre.

Beim Anblick der steinernen Arme, die aus dem Baugerüst herausragten wie aus einer Ritterrüstung, fragte sich Irina, wofür sowjetische Flieger das Denkmal wohl halten würden, wenn sie demnächst in ihren »Nähmaschinen« über Jederstadt auftauchten.

Für einen Bunker? Einen Flakturm? Oder gar für die Abschussrampe von Hitlers neuester Wunderwaffe?

Mit Sicherheit würde es ihnen mehr imponieren als die mickrigen Erdwälle, die rings um die Stadt aufgeschüttet worden waren, nachdem Hitler im vergangenen August endlich Befehl gegeben hatte, Verteidigungsmaßnahmen gegen die Rote Armee zu ergreifen und Schlesien, so der Herr über alle Deutschen, zu einer Festung zu machen, an deren Mauern der Ansturm des östlichen Untermenschentums zerschellen werde.

Da der Kreisleiter nicht im Traum daran dachte, die Häftlinge von der Denkmalbaustelle für die Schanzarbeiten einzusetzen, und die Höppner AG keine Veranlassung sah, der Stadt noch mehr ihrer kostspieligen Arbeitssklaven zur Verfügung zu stellen, hatten die Leute aus der Stadt selbst Hand anlegen müssen. Auch Irina hatte sich zum Dienst an der Schaufel gemeldet, um, wie sie behauptete, selbst einen Beitrag zur Verteidigung der Heimat zu leisten. In Wahrheit hatte sie etwas ganz anderes angetrieben: Sie wollte sie schuften sehen, die Deutschen.

Und geschuftet hatten sie.

Als säße ihnen der Teufel im Nacken.

Nie würde sie den Anblick der alten Männer, Frauen und Kinder vergessen, die in der spätsommerlichen Bruthitze ackerten, um ihren kümmerlichen »Ostwall« aufzuschütten, während der aufgeblasene Kreisleiter hinter ihnen auf und ab stolzierte, um sie zur Eile anzutreiben. Jeder ihrer Bewegungen war anzumerken gewesen, wie sehr es ihnen widerstrebte, dass plötzlich sie anstelle der Häftlinge die Drecksarbeit machen mussten.

Dennoch hatten sie nicht aufgehört zu graben und zu stechen, zu schaufeln und zu pickeln, bis die Schanze errichtet war.

Irina wusste, weshalb sie es taten.

Weil ein Gefühl sie antrieb, das stärker war als jeder Widerwille: Angst.

Todesangst.

Irina hatte gesehen, wie sie in den gekränkten Blicken der braven Leute aufgeflackert war, wann immer sie sich unbeobachtet fühlten, wie sie in ihren mürrischen Gesichtern aufschien, sobald sie einen Moment vergaßen, gute Miene zum bösen Spiel zu machen. Sie hatte das Zittern gesehen, das ihre Hände befiel, wenn sie ihr Werkzeug für einen Augenblick ruhen ließen, und das Zucken, das ihre Lippen erfasste, sobald sie aufhörten, sich über die Zumutung der verdammten Graberei zu beschweren.

Irina selbst empfand keine Furcht.

Ihr Vorrat an Furcht war aufgebraucht.

Sie ging davon aus, dass es irgendwo in ihrem Gehirn einen animalischen Überlebenstrieb geben musste, der ihr im Angesicht unmittelbarer Lebensgefahr befehlen würde zu fliehen. Aber sicher war sie sich nicht.

Vielleicht würde sie auch einfach nur froh sein, wenn »der Russe« endlich da war. Erleichtert, dass alles vorüber war. Bereit für das, was dann unweigerlich folgen, mit ihr, der Kollaborateurin, geschehen würde.

»Da wären wir.«

Der Fahrer brachte den Lastwagen mit einem Ruck vor dem Werk zum Stehen. Durch das beschlagene Seitenfenster erspähte

Irina eine Traube Wachmänner, die vor dem Fabriktor standen und sichtlich ungeduldig auf ihren Rücktransport warteten.

Seit die SS den Werksbetrieb übernommen hatte, wurde in der Fabrik unablässig gearbeitet, vierundzwanzig Stunden am Tag, sieben Tage die Woche. Um den Unmut der Wachmänner über den Nacht- und Sonntagsdienst zu besänftigen, hatte Hans angeordnet, ihre Schichten von acht auf sechs Stunden zu reduzieren. Die Häftlinge dagegen arbeiteten zwölf, manchmal auch vierzehn Stunden am Stück. Hinzu kam der Weg zwischen dem Lager und der Fabrik, den sie davor und danach zu Fuß zurücklegen mussten und der jetzt, mitten im Winter, ganz besonders beschwerlich war. Als Folge dieser Tortur starben die Gefangenen in so großer Zahl, dass Hans einen Fuhrkutscher aus der Stadt hatte anheuern müssen, der morgens und abends die Leichen wegschaffte. Ohne den unablässigen Nachschub von Häftlingen aus den Ostlagern – die eins nach dem anderen aufgelöst wurden, weil die Rote Armee dem »Altreich« immer näher kam – hätte der Fabrikbetrieb längst eingestellt werden müssen.

»Ich lasse bloß schnell die Kameraden aussteigen, dann bring' ich Sie in die Stadt«, sagte der Fahrer, bevor er die Wagentür aufstieß und aus der Kabine kletterte.

Während die Wachleute der Nachmittagsschicht von den Ladeflächen der Laster sprangen, um sich in die Fabrik zu begeben, betrachtete Irina die Gesichter der Männer der Frühschicht, die aus dem Werk auf den Vorplatz strömten. Sie sahen nicht aus, wie wenn sie sich über eine Verzögerung ihres Abtransports freuen würden. Eine Gruppe grimmig dreinblickender Kerle strebte schnurstracks auf den LKW zu. Es waren ein paar Volksdeutsche aus dem Balkan, die allerdings kaum Deutsch verstanden; außerdem die beiden Baltendeutschen, die Irina einmal, als Hans für ein paar Tage in Berlin weilte, als russische Hure beschimpft hatten, und ein junger Ukrainer, dem sie bei ihrem letzten Konzert in der Mannschaftskantine mit einem ukrainischem Volkslied aus ihrem Repertoire eine besondere Freude bereitet hatte.

Der Fahrer hatte seine liebe Mühe, die Männer davon abzuhalten, seinen Laster zu entern. Irina konnte sie zetern und fluchen hören, während der arme Reservist ihnen klarzumachen versuchte, dass sie auf Geheiß des Lagerführers ein wenig auf ihren Rücktransport warten mussten.

Irina überlegte kurz, ob sie den Rest des Weges nicht doch zu Fuß gehen sollte, dann besann sich eines Besseren.

Wenn es demnächst wieder zu schneien anfing, würde sie es vielleicht heute noch bis in die Stadt, aber von dort ganz bestimmt nicht mehr zurück ins Lager schaffen. Schon gar nicht mit ihren Besorgungen.

Ihr blieb nichts anderes übrig, als sich fahren zu lassen.

Sie setzte ihr schönstes Lächeln auf und winkte den Wachmännern zu.

Nur der Ukrainer winkte zurück.

*****

Sie benötigten knapp zwanzig Minuten, bis sie am Ring in der Südstadt angelangt waren. Irina wies den Fahrer an, den LKW vor dem *Grandhotel Ortlieb* zu parken und in der Hotelbar eine Tasse Kaffee auf ihre Kosten zu trinken, während sie ihre Erledigungen machte.

Wenigstens er sollte etwas davon haben, dass er auf sie warten musste.

Sobald der Mann im Hotel verschwunden war, nahm sie Kurs auf das Lebensmittelgeschäft der Grauwiedels. Der Marktplatz lag verlassen da. Auch auf der Fahrt von der Brücke hierher waren sie keiner Menschenseele begegnet. Nichts hatte darauf hingewiesen, dass erst gestern ein langer Flüchtlingstreck durch die Stadt gezogen war und vermutlich bald schon der nächste folgen würde. Die Flüchtlinge – offiziell sprach man von »Evakuierten« – kamen in Schüben, wie wenn das bestürmte Land sie Ortschaft für Ortschaft, Kreis für Kreis aus sich herauswürgte.

Nur die Züge aus Oppeln waren seit Wochen verlässlich voll mit verzweifelten Menschen, die vor der Roten Armee flohen. Die Leute wussten wohl, dass jeder Zug der letzte sein konnte, der nach Westen fuhr.

Während Irina in Trippelschritten über das vereiste Kopfsteinpflaster hastete, nahm sie aus den Augenwinkeln eine Gruppe junger Frauen wahr, die sich rauchend und schwatzend um das Reiterstandbild vor dem Rathaus drängten. An den weißen Schürzensäumen, die unter ihren Mänteln hervorlugten, war unschwer zu erkennen, dass es sich um Krankenschwestern handelte. Das Rathaus diente seit einigen Wochen als Militärlazarett, und genauso lange redete sich die Stadt schon den Mund über die Rotkreuzschwestern fusselig. Die Frauen der Stadt behaupteten, die Schwestern stiegen jedem Hosenbein nach, und die Männer taten so, als träfen die Behauptungen zu. Zu Hans' Ärger waren auch unter den SS-Männern nicht wenige, die damit prahlten, mit einem der Rotkreuz-Engel im Bett gewesen zu sein. Er selbst hielt die Schwestern für ziemlich impertinent, gab aber immerhin zu, dass sie sich aufopferungsvoll um die verwundeten Soldaten kümmerten.

Irina enthielt sich eines Urteils. Sie kannte die Frauen nicht und hatte auch nicht das Bedürfnis, ihre Bekanntschaft zu machen. In ihren ersten Monaten bei Hans hatte sie sich manchmal nach weiblicher Bekanntschaft gesehnt, nach Freundinnen, mit denen sie über Dinge sprechen konnte, über die man nur mit Freundinnen sprach. Aber diese Zeiten waren lange vorbei.

Davon abgesehen, waren die meisten deutschen Frauen, die Irina an der Seite von Hans kennengelernt hatte – die Krankenschwestern unter ihnen mit eingeschlossen –, an einer Freundschaft mit ihr auch gar nicht interessiert gewesen.

»Hallo! Guten Tag!«

Eine der jungen Frauen, eine hübsche Brünette mit Bubikopf, hatte Irina entdeckt. Sie winkte ihr fröhlich zu, wobei sie einladend eine Schachtel Zigaretten durch die Luft schwenkte. Irina reagierte nicht auf den Wink, obwohl die Zigaretten sie kurz in Versuchung führten, doch hinüberzugehen.

Allein, sie war zu sehr in Eile.

Im Weiterhasten kamen ihr die beiden Frauen in den Sinn, mit denen sie ihr Zehn-Quadratmeter-Zimmer in Jagotin geteilt hatte. Irina war sich nicht sicher, ob sie die beiden als Freundinnen bezeichnet hätte, aber zweifelsohne hatte zwischen ihnen eine Vertraulichkeit geherrscht, wie sie Freundschaften eigen war. In der Beengtheit des Wohnheims für alleinstehende Frauen, in dem sie untergebracht gewesen waren, konnte man kaum etwas voreinander verborgen halten. Die Frauen hatten fast alles voneinander gewusst: woher die Briefe kamen, die der Postbote bei der Heimvorsteherin für sie abgab, wer die jungen Männer waren, die sie abends auf dem Gemeinschaftstelefon im Flur anriefen, und von welchem von ihnen das zusätzliche Kilo Rote Bete oder die Extra-Ration Rindfleisch stammte, die sie sonntags in der Gemeinschaftsküche zubereiteten.

Irinas Mitbewohnerinnen hatten an derselben Schule unterrichtet wie sie, und obwohl Anastasia eine Ukrainerin aus Odessa war und Larissa eine Russin aus dem Ural, war Irina überzeugt, dass die Zukunft von ihnen dreien mehr oder weniger gleich aussähe: Nachdem sie einige Jahre an verschiedenen Schulen in der Sowjetunion unterrichtet hätten, würden sie sich irgendwo zur Direktorin hocharbeiten oder Karriere in der Schulbehörde machen. Vielleicht würden sie nebenbei auch noch heiraten und Kinder kriegen. Auf jeden Fall aber würden sie ihrem Land und der Partei dienen.

So oder so ähnlich hatte Irina sich ihre Zukunft vorgestellt.

Bis die Deutschen kamen.

Sie waren aus allen Wolken gefallen, als der Schuldirektor ihnen am Nachmittag des 22. Juni 1941 bei einem außerordentlichen Appell auf dem Schulhof verkündete, Deutschland habe die Sowjetunion überfallen. Völlig entgeistert hatten sie einander angeschaut und sich gefragt, was um alles in der Welt bloß geschehen war. Hatte ihr Land nicht vor zwei Jahren erst einen Nichtangriffspakt mit dem Deutschen Reich geschlossen und sich nur wenige Wochen danach friedlich mit den Deutschen auf die Teilung Polens verständigt? – Hatte der große Führer in Moskau den Führer in Berlin nicht unlängst noch einen großen Staatsmann genannt?

Noch mehr schockiert als der Angriff *per se* hatte sie jedoch dessen atemberaubendes Tempo: Anfang Juli waren Lemberg und Minsk in deutscher Hand, Mitte Juli Smolensk; Anfang September stand die Wehrmacht vor Leningrad, zwei Wochen später hatte sie Kiew erobert. Alles ging so unfassbar schnell, so unglaublich leicht vonstatten, dass bald nicht mehr nur vom Verrat der Deutschen an den Sowjets die Rede war, sondern auch von einem Verrat der Ukrainer an den Russen gemunkelt wurde. Ukrainische Bäuerinnen, so hieß es, hätten den Feind beim Durchmarsch durch ihre Dörfer mit Brot und Salz empfangen, während ihre Männer sich den Wehrmachtsgenerälen als Mitkämpfer angedient hätten. In den Städten, sagte man, würden ukrainische Nationalisten ihre Volksgenossen gegen die russischen Mitbürger aufhetzen, und in den Wäldern sammelten sich ukrainische Partisanen, um sich mit den Deutschen gegen ihre russischen Brüder zu verbünden.

Irina glaubte es gerne. Sie vermutete, dass es auch in Jagotin nicht wenige Leute gab, die den Einmarsch der Deutschen insgeheim herbeisehnten, weil sie von nationaler Selbstbestimmung und der Befreiung der Ukraine vom Sowjet-Joch träumten. Die meisten taten es exakt so lange, bis die »Befreier« leibhaftig in ihrem Städtchen erschienen.

Die ukrainische Hauptstadt stand kurz vor dem Fall, als die Deutschen in Jagotin einmarschiert waren und sich unverzüglich daran machten, die wenigen Männer, die sich noch in der Stadt befanden – Ukrainer wie Russen, Uniformierte wie Zivilisten –, zusammenzutreiben, die mutmaßlichen Politkommissare und Juden unter ihnen den Einsatzgruppen der SS zu übergeben und den Rest zum Arbeitsdienst einzuteilen.

Auch die Frauen wurden zur Zwangsarbeit verpflichtet. Irinas Mitbewohnerin Larissa wurde für den Straßenbau auserkoren, Anastasia für die Hauswirtschaft. Während Larissa Erde schippte und Steine schleppte, musste Anastasia die Uniformen der deutschen Besatzer ausbessern und die Kleidungsstücke ihrer Opfer sortieren, bis ein deutscher Unterfeldwebel befand, sie sei eigentlich viel zu hübsch für Hausarbeit, und ihr einen Platz in einem der Bordelle anwies, welche die Wehrmacht in Jagotin eingerichtet hatte.

Wahrscheinlich hätte Irina dasselbe Schicksal ereilt, wenn sie nicht etwas besessen hätte, was für die Besatzer noch wertvoller war als ihr makelloser junger Körper: Deutschkenntnisse. Jakow Stolz hatte großen Wert darauf gelegt, dass seine Tochter die Sprache seiner Vorfahren erlernte, und Irina, die sehr sprachbegabt war, hatte sich das Deutsch ihres Vaters ebenso schnell angeeignet wie das Russisch ihrer Mutter und das Französisch, das ihre Großmutter mütterlicherseits ihr beizubringen suchte. Später hatte Irina ihren Sprachschatz um das Ukrainische erweitert und mithilfe einer britischen Ausgabe der Gesammelten Werke von Marx und Engels sogar ein wenig Englisch gelernt. Fremdsprachen konnten einem Türen zu neuen Welten öffnen, das wusste Irina schon immer; nie und nimmer aber wäre sie auf den Gedanken gekommen, dass ihre Sprachkenntnisse sie eines Tages davor bewahren würden, in einem Wehrmachtsbordell zu landen.

Die Glocke über der Tür schellte unangenehm laut, als Irina das Geschäft an der Ecke betrat. Sie war die einzige Kundin im Laden. Hinter der Fleischvitrine, die sich schräg vis-à-vis des Eingangs befand, war Traudl Grauwiedel bereits damit beschäftigt, die Ware in Holzkisten zu verpacken, um sie für den Rest des Wochenendes im Kühlraum zu versorgen. Viel war es nicht mehr, was sie wegräumen musste. Die Vitrine, die zwei Drittel der gesamten Breite des Ladenlokals einnahm, war größtenteils leer. Auch auf den Regalen befanden sich nur mehr ein paar verbeulte Konservendosen und eine Handvoll vergilbter Kartonschachteln, indes die Kartoffelsäcke, die neben dem Schaufenster auf dem Boden standen, in sich zusammengesunken waren wie die sprichwörtlichen Häufchen Elend.

Traudls Mutter Gerda saß auf einem Schemel hinter der Kasse und unterhielt sich mit einer etwas jüngeren Frau, die ein bunt gemustertes Kopftuch trug. Als Irina sich den beiden näherte, brach die Bürgermeistersgattin die Unterhaltung ab und begrüßte sie mit einem betont heiteren »Guten Tag, Fräulein Stolz«, worauf die zweite Frau sie mit gebleckten Zähnen anlächelte.

Irina lächelte nicht zurück.

Sie wusste so gut wie alle anderen im Raum, dass die Heiterkeit nur gespielt war.

Die zweite Frau – sie hieß Herta Krause, wie Irina jetzt wieder einfiel – hatte dunkle Ringe unter den Augen, und ihre Haut war so wächsern wie die Fettschicht der einsamen Speckschwarte, die in der Fleischauslage vor sich hingammelte. In dem feisten Antlitz der Bürgermeistersgattin war keine Spur mehr von Selbstgerechtigkeit zu entdecken. Stattdessen lag nun ein selbstmitleidiger Ausdruck über ihren Zügen.

»Sie kommen bestimmt wegen der Bestellung des Hauptsturmführers«, bemerkte sie und wechselte einen vielsagenden Blick mit der Krause.

Irina bejahte knapp.

Seit ihm das Kommando des Außenlagers zugesprochen worden war, hatte Hans es sich zur Angewohnheit gemacht, an jedem letzten Wochenende im Monat einen Kameradschaftssonntag zu veranstalten, um seine Unterführer für ihre treuen Dienste zu belohnen. Dafür war er seit Neuestem sogar bereit, von seinen hehren Prinzipien abzugehen und einen Kauf unter der Hand zu tätigen. Diesmal hatte er sich für einen Schweinebraten Grauwiedel'scher Art entschieden, der eigentlich schon lange nicht mehr im Angebot war. Die Männer, die sich seit Monaten nur noch von Eintopf und Suppe ernährten, würden es ihm danken.

»Wenn du so gut wärst, Kind.«

Die Bürgermeistersgattin gab ihrer Tochter einen Wink.

Bei genauerem Hinsehen sah Traudl Grauwiedel noch unglücklicher aus als ihre Mutter und wirkte ziemlich verheult. Mit einem Anflug von Schadenfreude fragte sich Irina, was ihr wohl mehr zusetzte: die Ahnung über den verlorenen Krieg oder die Erkenntnis, dass ihr Geliebter sie nicht in sein Schweizer Exil nachzuholen beabsichtigte. Irina tippte auf Letzteres. Die Grauwiedel-Töchter hatten offenkundig einen Hang zu tragisch endenden Liebesverhältnissen. Sie konnte sich zwar nicht vorstellen, dass die Kunde von Höppners Heirat mit der Tochter eines Schweizer Bankiers bereits bis hierher vorgedrungen war, aber die Bürgermeisterstochter musste wohl auch so begriffen haben, dass sie den Wehrwirtschaftsführer verloren hatte.

Sobald Traudl durch die Hintertür verschwunden war, um den Braten aus dem Kühlraum zu holen, wandten die Frauen an der Kasse sich wieder ihrer Unterhaltung zu. Wie Irina mit halbem Ohr mitbekam, ging es um ein Kleid, das Herta Krause für ihre Schwiegertochter genäht hatte.

»Und was sagt das verwöhnte Ding zu mir?«, echauffierte sich die Krause, während Gerda Grauwiedel ihr beschwichtigend das Knie tätschelte. »›So was zieh ich im Leben nicht an!‹, sagt sie. Nicht einmal anprobiert hat sie's!«

Sie schüttelte fassungslos den Kopf und fuhr dann jammernd fort: »Wenn der Junge ihr bloß nicht andauernd diesen Firlefanz aus Paris geschickt hätte ... Jetzt denkt sie, sie wär 'ne Madam von der Champs-Élysées und hätte es nicht mehr nötig, sich mit uns Normalsterblichen abzugeben.«

Beim Wort »Champs-Élysées«, das Herta Krause wie »Schangselisee« aussprach, kam Traudl mit einem fest verschnürten Paket unter dem Arm in den Laden zurück. Sie knallte es auf die Ablage neben der Kasse, stemmte die Hände in die Hüften und bemerkte an Irina gerichtet: »Ich glaube nicht, dass Sie das selbst tragen wollen.«

Ihr Tonfall war so schnoddrig, dass Mutter Grauwiedel, die

gerade so etwas wie »Der Führer hat schon recht, wenn er die Luxussucht der westlichen Welt geißelt« von sich gegeben hatte, die Luft anhielt und der Tochter einen warnenden Blick zuwarf.

Traudl tat, als ob sie es nicht bemerken würde. Sie schob trotzig die Unterlippe vor, tippte mit dem Finger auf das Paket und fuhr nicht weniger frech als vorher fort: »Das wiegt mindestens sechs Pfund. So was lassen Sie sich in Ihrem Lager doch bestimmt von den Häftlingen tragen, oder etwa nicht?«

Irina quittierte die Bemerkung mit eisigem Schweigen.

Eine Weile herrschte Stille zwischen den Frauen im Laden. Dann räusperte sich die Krause und sagte zu Traudl: »Geh, hol unsern Willi. Der soll Fräulein Stolz das Paket tragen«, bevor sie zu Irina gewandt hinzufügte: »Es geht ins *Ortlieb,* wie ich annehme?«

Bevor Irina die Frage bejahen konnte, bimmelte die Glocke über der Tür, und die Frauen hinter der Kasse richteten ihre Blicke auf den Eingang.

Auch Irina drehte sich um.

Auf der Türschwelle stand Magda Grauwiedel in einem abgetragenen Wintermantel und stampfte sich den Schnee von den viel zu großen Stiefeln. Der lange Wollschal, der Kopf und Hals bedeckte, war mit frischen Schneekristallen übersät, ihr normalerweise fahles Gesicht von leuchtend roten Flecken bedeckt, und ihre Hände waren blau angelaufen von der Kälte.

»Mein Gott, Magda! Du bist ja ganz durchfroren!«, rief Gerda Grauwiedel.

Magda reagierte nicht. Ohne ihre Mutter, die Krause oder Irina eines Blickes zu würdigen, durchquerte sie das Ladenlokal, schob sich an der Kasse vorbei und verschwand im Hinterzimmer, von woher sie wenig später – ohne den Schal, dafür mit einer Schürze vor der Brust – wieder auftauchte, um sich hinter die Fleischvitrine zu stellen, als gelte es, Scharen von Kundinnen zu bedienen.

Irina war so fasziniert von dem Schauspiel, dass sie Magda

unverhohlen anstarrte. Die Frau war ihr stets wie ein Geist erschienen oder wie eine Marionette, die von fremder Hand geführt durchs Leben hampelte. Immer wenn sie Magda sah, versuchte sie in deren gespenstischen Zügen das schöne Mädchen zu entdecken, das sie einst gewesen sein musste, das Mädchen, das den Männern von Jederstadt reihenweise den Kopf verdreht hatte und die Frauen vor Neid erblassen ließ.

Es gelang ihr nie.

Die dreißigjährige Magda, die sie persönlich kannte, und die zwanzigjährige Magda, deren Antlitz ihr von dem Foto auf Hans' Schreibtisch vertraut war, wollten partout nicht zusammenpassen.

Hans hatte nie ein Geheimnis daraus gemacht, dass er einst mit Magda Grauwiedel verlobt gewesen war und die Ehe mit ihr auch eingegangen wäre, wenn sein Kodex als SS-Angehöriger ihm nicht verboten hätte, eine Geisteskranke zu ehelichen. Irina ihrerseits machte es nichts aus, dass auf Hans' Schreibtisch das Bild einer anderen Frau stand. Sie liebte Hans nicht, und Hans liebte sie nicht.

Hans hatte immer nur Magda geliebt.

Wie es um Magdas Gefühle für Hans stand, wusste Irina nicht. Sie konnte sich nicht vorstellen, dass die Frau dort hinter der Theke überhaupt zu lieben fähig war, aber vielleicht hatte sie es damals getan, vor mehr als zehn Jahren, als die Welt noch eine andere gewesen war.

»Ist gut, Magda, Fräulein Stolz ist schon bedient.«

Traudl war mit einem dicken Knaben im Schlepptau in den Laden zurückgekehrt und gesellte sich nun zu ihrer Schwester an die Vitrine. Erstaunt nahm Irina zur Kenntnis, wie ein Lächeln auf Magdas Lippen trat, als Traudl ihr mit der Hand über den Rücken streichelte und etwas auf Schlesisch zu ihr sagte, das Irina nicht verstand.

Das Lächeln verschwand aus Magdas Gesicht, als ihre jüngere Schwester sich wieder von ihr abwandte und ihre Aufmerksamkeit auf den Jungen richtete, der auf Zehenspitzen dastand und sehnsüchtig auf die Fleischauslage starrte.

»Willi …« Traudl griff nach dem Paket neben der Kasse und presste es ihm gegen die Brust. »Das trägst du der Dame jetzt über den Ring ins *Ortlieb.* Und danach bekommst du eine Scheibe Wurst.«

Als er das Wort »Wurst« hörte, leuchtete Willis Gesicht auf. Mit einem fragenden Blick an die Adresse seiner Mutter versicherte er sich, dass sie mit dem Auftrag und der Wurst einverstanden war, dann trottete er mit dem Paket zum Ladeneingang, um dort auf Irina zu warten.

Irina reichte Gerda Grauwiedel den Umschlag mit dem Geld, den Hans ihr mitgegeben hatte. »Na dann bis Dienstag«, zwitscherte die Bürgermeistersgattin, während sie das Kuvert in der Schürzentasche verschwinden ließ. »Wie man hört, singen Sie wieder für uns. Der Herr Hauptsturmführer ist ja auch ein begnadeter Pianist …«

Wortlos wandte Irina sich der Ladentür zu.

Als sie wenig später auf den Ring hinaustrat, blies ihr ein heftiger Wind entgegen. Der Schnee fiel in dicken Flocken vom dunkel gewordenen Himmel. Innerhalb der zehn oder fünfzehn Minuten, die sie im Geschäft gewesen war, hatte sich eine zentimeterdicke Neuschneeschicht über das Pflaster gelegt. Die Krankenschwestern vor dem Rathaus waren verschwunden. Irina und Willi standen ganz allein auf dem weiten, weißen Platz.

»Ich gehe voraus«, erklärte Willi und stapfte tapfer los.

Irina zog sich die Pelzmütze über die Ohren und folgte ihm mit gesenktem Kopf.

Etwa die Hälfte der Strecke lag hinter ihnen, als ein fernes Donnergrollen sie innehalten ließ. Irina hätte nicht zu sagen vermocht, aus welcher Richtung es kam, aber sie wusste sofort, was es zu bedeuten hatte.

»Das sind die Unsrigen! Die üben für den Ernstfall!«, quietschte Willi, ein wenig atemlos von der schweren Last.

Irina brachte es trotz allem nicht übers Herz, dem Jungen zu sagen, dass dies mit ziemlicher Sicherheit bereits der Ernstfall war. Rasch beugte sie sich zu ihm hinunter und nahm ihm das Paket ab. »Danke, das reicht«, sagte sie. »Den Rest schaff' ich auch allein. – Geh, hol dir deine Wurst.«

Willi zögerte. Einen Moment lang schaute er sie mit seinen großen Kinderaugen unsicher an, dann machte er auf dem Absatz kehrt und rannte im Schneegestöber davon.

Es donnerte erneut. Eine Windböe wirbelte den Schnee in der Mitte des Platzes auf. Irina beschleunigte ihre Schritte. Die Wachmänner würden es ihr nie verzeihen, wenn der Tansporter auf dem Rückweg zum Lager eingeschneit würde.

Der Fahrer saß bereits hinter dem Steuer, als sie den Laster vor dem Hotel erreichte. »Los, los! Rein mit Ihnen!«, rief er, während er ihr mit der einen Hand das Paket abnahm und sie mit der anderen in die Kabine zerrte. »Da kommt ein böses Gewitter auf uns zu.«

Ein Gewitter, dachte Irina, und für eine Sekunde hätte sie am liebsten schallend gelacht. Dann warf der Fahrer den Motor an und schlug den Weg in die Nordstadt ein.

10. Kapitel

Montag, 29. Januar 1945

Die Generalprobe am Montagnachmittag war ein Fiasko. Irina sang miserabel. Ihre Stimme zitterte wie die einer greisen Kirchenchor-Sopranistin, und ihre Intonation war so schlecht, dass es sogar einem Tauben aufgefallen wäre. Üblicherweise fiel es ihr nicht schwer, die Töne zu treffen. Ihre Gesangslehrerin am Seminar in Engels, eine alte, fast zur Zwergin geschrumpfte Moskauerin, von der das Gerücht ging, sie habe in jüngeren Jahren noch eine der letzten Romanow-Prinzessinnen unterrichtet, hatte Irina beigebracht, ihr »Sängergesicht« unter allen Umständen zu wahren, doch diesmal wollte es ihr partout nicht gelingen.

Hans hatte darauf bestanden, die Generalprobe für das Konzert am Ort ihres morgigen Auftrittes abzuhalten. So standen sie denn seit über zwei Stunden im Speisesaal des Hotels *Ortlieb* und gaben ihrem Programm zur Feier des zwölften Jahrestags der Machtübernahme den letzten Schliff. Im Raum herrschten Temperaturen wie in einem Eiskeller. Irina fror entsetzlich, obwohl sie ihren Pelzmantel und ein Halstuch trug. Direktor Ortlieb, zuvorkommend wie immer, hatte ihnen angeboten, den Saal für die Probe beheizen zu lassen, aber Hans hatte abgelehnt. Heizmaterial war knapp, und er wollte sich nicht vorwerfen lassen, seine Privilegien als SS-Offizier über Gebühr zu beanspruchen. Stattdessen trug auch er einen Schal, dazu fingerlose Handschuhe und den Uniformmantel über den Schultern.

Sie sahen aus wie zwei Figuren aus einem sibirischen Dorfschwank.

Ihr Publikum bestand aus drei Männern: Hoteldirektor Ortlieb, Kreisleiter Exler und dessen neuem Adjutanten, einem pickelgesichtigen blonden Bürschchen, das nicht älter als sechzehn Jahre sein konnte und noch seine HJ-Uniform trug. Der alte war trotz der Bemühungen des Kreisleiters, ihn UK stellen zu lassen, kurz vor Weihnachten eingezogen und wenig später als vermisst gemeldet worden. Ortlieb saß in der Nähe des Saaleingangs, indes Exler und der neue Adjutant einen Tisch in der vordersten Reihe in Beschlag genommen hatten, von wo aus sie freie Sicht auf das leer geräumte vordere Drittel des Saales genossen, das Hans und Irina als Bühne diente. Exler hatte seinen Stuhl so nahe an Irina herangerückt, dass sie sein penetrantes Rasierwasser riechen konnte, und beäugte sie seit Beginn der Probe mit unverhohlener Begierde.

Sie kam sich nackt vor unter seinen Blicken.

Der Kreisleiter war ein widerlicher Lüstling. Es war ein offenes Geheimnis, dass er den Auftrag der Parteileitung, sich um die Frauen gefallener Krieger zu kümmern, dazu missbrauchte, seinen ungezügelten sexuellen Appetit zu stillen. Sein jüngstes Opfer war Fräulein Wagner, die Empfangsdame des *Ortlieb,* deren Verlobter bei der Invasion der Alliierten in der Normandie im vergangenen Sommer ums Leben gekommen war. Wie man munkelte, hatte die junge Frau sich Exlers Avancen standhaft widersetzt, bis dieser sie mit einem Polizeibericht erpresste, in dem sie mit derart drastischen Äußerungen über den Führer zitiert wurde, dass nicht einmal der Hoteldirektor sie vor dem Zugriff des Kreisleiters hatte bewahren können.

Inzwischen dauerte die Liaison der beiden allerdings schon so lange, dass allenthalben über Heiratsabsichten spekuliert wurde. Irina hielt nicht viel von dem Gerede. Sie bezweifelte, dass ein notorischer Schürzenjäger wie Exler sich mit einer Ehefrau belasten würde, noch dazu mit einer, der er selbst ein so zweifelhaftes Leumundszeugnis ausgestellt hatte. Andererseits musste selbst Exler ahnen, dass sich seine Regentschaft als ungekrönter König von Jederstadt langsam dem Ende zuneigte und er vielleicht nicht mehr viele Möglichkeiten bekäme, eine bessere Königin als Fräulein Wagner zu finden. Ebenso schien Fräulein Wagner gewillt, das Beste aus ihrer Situation zu machen und dem Kreisleiter das Jawort zu geben.

»Noch einmal von vorn?«

Der Blick, mit dem Hans sie durch seine kreisrunden Brillengläser hindurch fixierte, verriet Irina, dass er mit ihrer Leistung alles andere als zufrieden war. Seine Stimme hörte sich gekränkt an, als glaubte er, sie sänge absichtlich schlecht, um ihn vor den anwesenden Männern bloßzustellen.

Irina nickte stumm. Sie blätterte zum Anfang des Liedes zurück und machte sich für den nächsten Durchgang bereit.

Das Lied trug den Titel *Helft mir, ihr Schwestern* und war das fünfte Stück von Robert Schumanns *Frauenliebe und -leben.* Der Kreisleiter hatte die Gestaltung des Konzertprogramms wie immer dem Hauptsturmführer überlassen, und Hans entschied sich für den berühmten Schumann'schen Liederzyklus, der seiner Meinung nach zum Besten gehörte, was die deutsche Romantik hervorgebracht hatte. Überdies war Hans der Ansicht, dass die Komposition Irinas Mezzosopran besonders gut zur Geltung brachte.

Auch bei ihrem allerersten gemeinsamen Auftritt hatten sie *Frauenliebe und -leben* vorgetragen. Es war im Kursaal des SS-Heims in Bayern gewesen, wo sich Hans im Frühjahr 1942 von seinem Einsatz in der Sowjetunion erholte. Die Zuhörer, etwa fünfzig SS-Männer, allesamt vom Osteinsatz heimgekehrte Angehörige der Sicherheitspolizei und des Sicherheitsdienstes, waren so begeistert von ihrer Darbietung gewesen, dass sie das Konzert am darauffolgenden Sonntag wiederholen mussten, wobei die Männer darauf bestanden, diesmal auch ihre Frauen und Freundinnen dazu einladen zu dürfen.

Spätestens nach diesem zweiten gemeinsamen Auftritt hätte Irina Schumann hassen müssen. Genauso wie sie Schubert, Brahms und das gesamte deutsche Liedgut hätte hassen müssen.

Allein, sie konnte es nicht.

Musik konnte man nicht hassen. Irina konnte sie nicht hassen.

Musik war die Liebe ihres Lebens. Und diese Liebe war ihr buchstäblich in die Wiege gelegt worden. Ihre Großeltern mütterlicherseits, bei denen sie die ersten neun Jahre verbracht hatte, waren beide Musiker gewesen. Großvater Iwan war Geiger, Großmutter Sophia Sängerin. Die Familie der Großmutter war einst sehr vermögend gewesen, doch als Irina eineinhalb Jahre vor der Oktoberrevolution in Leningrad, das damals noch Petrograd hieß, zur Welt gekommen war, waren von der Familie nur noch Sophia und von ihren einst zahlreichen Besitztümern nur noch das Palais am Newski-Prospekt übrig, das die Großeltern mit Irinas Eltern zusammen bewohnten. Nach der Revolution ging der Familie auch dieses Palais Zimmer für Zimmer, Quadratmeter für Quadratmeter verloren. Zuerst quartierte der örtliche Sowjet Parteiangehörige und Soldaten bei den Sorokins ein, danach Hausangestellte und Industriearbeiter, bis die Hauseigentümer schließlich nur noch ein winzig kleines Hinterzimmer ihr eigen nennen konnten.

Aus diesem Zimmer bestand die Welt, in der Irina aufwuchs, und es war – trotz allem – eine schöne Welt, denn sie war erfüllt von der Liebe der Großeltern und von deren Musik. In Irinas Erinnerung wurde in dem überfüllten Raum, den sie zuerst zu fünft, dann – nachdem die Eltern nach Engels gezogen waren – zu dritt bewohnten, von morgens bis abends musiziert. Tagsüber erteilte Großvater Iwan den Kindern der neuen Machthaber Geigenunterricht; abends sang die Großmutter ihr russische Volksweisen, aber auch Kunstlieder von Tschaikowski, Schubert und Brahms vor.

Irina hatte jeden Ton dankbar aufgenommen.

Die Musik hatte sie darüber hinweggetröstet, dass die Eltern ohne sie nach Engels gegangen waren, weil sie sich neben der revolutionären Aufbauarbeit nicht auch noch mit der Sorge um ein Kleinkind hatten belasten wollen; die Musik ließ Irina hoffen, dass man auch als Abkömmling einer bürgerlichen Familie im Arbeiter- und Bauernstaat der Sowjetunion seinen Weg machen konnte. Musik war der sättigende Brei, von dem sie und ihre Großeltern aßen, wenn es sonst nichts zu essen gab, der süße Nektar, von dem sie tranken, wenn ihnen der sowjetische Alltag wieder einmal gar zu bitter erschien. Sie war der kostbarste Besitz, den die Großeltern Irina vererben konnten – und der einzig bleibende. Die Musik hatte Irina nach Engels begleitet, als die Eltern sie endlich nachkommen ließen. Sie war mit ihr in die Ukraine gegangen, als Irina ihre Lehrerstelle in Jagotin angetreten hatte, und sie war an ihrer Seite geblieben, als sie nach Deutschland gekommen war.

Keine Sache, kein Mensch in Irinas Leben war je so beständig gewesen.

Der letzte Ton von *Süßer Freund, du blickest,* Lied Nr. 6 in der Reihe, verklang. Für einen Moment herrschte Stille im Raum, bevor Hans ihre Darbietung Note für Note zu sezieren begann. Irina hörte teilnahmslos zu, während er ihr Takt für Takt ihre Fehler darlegte, wobei er mit dem Zeigefinger auf die Stellen tippte, die ihm besonders missfallen hatten, und ihr vorsummte, wie man sie besser gestalten konnte.

Irina sang ihm ohne Begeisterung nach.

Sie teilte Hans' Perfektionismus in musikalischen Dingen nicht, wenngleich sie zugeben musste, dass sein Urteil in der Regel stimmte. Bevor seine Eltern – der Vater Assessor in einer mittelgroßen schlesischen Bank, die Mutter für den Haushalt und die Kinder zuständig – ihr beträchtliches Vermögen in der Hyperinflation von 1923 fast bis zum letzten Pfennig verloren hatten, wurde ihrem ältesten Sohn eine erstklassige musikalische Bildung ermöglicht. Hans spielte ausgezeichnet Klavier und war sogar in der Lage, eine Orchesterpartitur zu lesen. Wie er Irina einmal anvertraut hatte, wäre er am liebsten Dirigent geworden, aber sein Vater, der nie über den Verlust seines Vermögens hinweggekommen war, bestand darauf, dass der Sohn ein Fach studierte, das bessere Aussichten auf Lohn und Brot bot als eine Künstler-Karriere.

Hans hatte sich für das Studium der Rechts- und Staatswissenschaften an der Universität Breslau entschieden, das er mit einer Promotion summa cum laude abschloss. Doch sein Traum, ein Orchester zu führen, war nie ganz verloschen. Er hatte die Hoffnung wohl schon fast aufgegeben, als die Ernennung zum Lagerführer ihm endlich doch noch die Möglichkeit bot, sie sich wenigstens ansatzweise zu erfüllen.

Sobald er die Leitung des Außenlagers in Jederstadt übernommen hatte, setzte er alles daran, ein Häftlingsorchester zu gründen. Wieder und wieder schrieb er nach Groß-Rosen, um darum zu bitten, dass man ihm Berufsmusiker oder wenigstens begabte Laien für sein Unterfangen schicken möge, und die Kameraden in Groß-Rosen hatte ihr Möglichstes getan, der Bitte zu entsprechen. Für ein richtiges Orchester mangelte es im Stammlager zwar an geeigneten Kandidaten, aber für eine Zeit lang konnte Hans ein beachtliches Kammermusik-Ensemble auf die Beine stellen. Mit diesem hatte er in der Mannschaftskantine Soireen und Matineen veranstaltet, bis die wachsenden Zwänge des totalen Krieges ihm keine Zeit mehr für derartige Zerstreuungen ließen.

Auch Irina war an diesen Konzerten aufgetreten.

Sie hatte die Auftritte gehasst und sie dennoch auf verschämte Art genossen.

Die Häftlinge – unter ihnen zwei Geiger, ein Cellist und ein Klarinettist – waren wunderbare Musiker gewesen, und Hans war in ihrer Begleitung zu musikalischer Höchstform aufgelaufen. Nie hatte Irina ihn besser, schöner, gefühlvoller spielen gehört als an diesen Samstagabenden und Sonntagvormittagen, wenn sie in der zugigen Holzbaracke neben der Lagerküche saßen, in der sich Essensgerüche mit dem Gestank der nahen Häftlingsunterkünfte mischten, und miteinander musizierten.

Wenn er Klavier spielte, war Hans ein anderer Mensch, ein

Mensch mit Gefühlen, ein Mensch, mit dem man unter anderen Umständen vielleicht sogar Mitgefühl hätte empfinden können. So wie Irina Mitgefühl mit ihm empfunden hatte, als sie ihm das erste Mal begegnet war, damals, in dem Schulzimmer in der Ukraine, wo er in der Ecke kauerte wie ein verängstigtes Tier, am ganzen Körper bebend, bis ins Mark erschüttert von seinen Taten.

Abgesehen von der Erinnerung an jene Nacht in der Ukraine war die Musik das Intimste, was sie miteinander teilten. Hans schlief nicht mit ihr, hatte es niemals getan. Ob er es nicht konnte oder nicht wollte, ob er sich das Ausleben seiner Lust ebenso versagte wie den Alkohol und alles andere, was ihm Ablenkung von seiner unmenschlichen Aufgabe hätte bieten können, oder ob er, nach allem, was er gesehen und getan hatte, schlicht nicht mehr in der Lage war, den Geschlechtsakt zu vollziehen, wusste Irina nicht, und sie wollte der Frage auch nicht auf den Grund gehen. Sie war einfach froh, dass es so war. Ihr genügte es vollauf, dass Hans, wenn er nicht schlafen konnte, den Kopf auf ihre Brust bettete und sich von ihr in den Schlaf wiegen ließ wie ein Kind.

Schon das war eigentlich mehr, als sie ertragen konnte.

Hans schlug den Anfangsakkord des neunten und letzten Liedes in Schumanns Komposition an, das mit *Nun hast du mir den ersten Schmerz getan* überschrieben war, und Irina versuchte sich wieder auf die Noten zu konzentrieren.

Sie war in der Mitte der Phrase »Geliebet hab' ich und gelebt, ich bin nicht lebend mehr« angelangt, als die Saaltür aufging und eine vermummte Gestalt mit einer Reisetasche in der einen und einer Reiseschreibmaschine in der anderen Hand eintrat.

Irina hörte so abrupt auf zu singen, dass Hans sich in den Tasten vertat und entnervt die Hände verwarf.

»Was ist denn los mit dir heute?«, fuhr er sie an.

Irina beachtete ihn nicht.

Ihre Augen waren auf die Gestalt am Eingang gerichtet.

Sie erkannte die Frau sofort wieder, obwohl sie sehr verändert aussah. Sie trug eine Schirmmütze, eine viel zu große, wattierte Jacke und Wollhosen, die in ebenfalls viel zu großen Wanderstiefeln steckten. Als sie das Gepäck absetzte und die Mütze abnahm, bemerkte Irina zu ihrem Missfallen, dass sie sich die schönen Locken abgeschnitten hatte. Dann trafen sich ihre Blicke, und Irina konnte nicht anders, als zu lächeln.

»Fräulein Littke, was für eine angenehme Überraschung! Mit Ihnen habe ich nun wirklich nicht mehr gerechnet!«

Die Stimme des Kreisleiters ließ Irinas Lächeln so schnell erlöschen, wie es aufgeleuchtet war. Exler sprang vom Stuhl auf, um sich zu der jungen Frau am Eingang zu begeben. Indessen fuhr er mit lauter Stimme fort: »Hat der Herr Reichsminister sich also doch dazu durchringen können, Sie noch einmal zu uns zu schicken. Gut zu hören, dass man unser liebes Schlesien in Berlin nicht ganz vergessen hat.«

Was Luise ihm antwortete, vermochte Irina nicht zu verstehen. Die Reporterin sprach zu leise, als dass man ihre Stimme am anderen Ende des Saales hätte hören können, aber Irina konnte sich denken, worüber die beiden sprachen. Von Hans wusste sie, dass Exler mehrmals nach Berlin geschrieben hatte, um den Propagandaminister um die Entsendung eines Journalisten zu bitten, der über die erfreulichen Fortschritte beim Denkmalbau berichten würde. Offensichtlich hatte man Exlers Bitten am Wilhelmsplatz erhört und ihm erst noch den Gefallen getan, ihm die Reporterin seiner Wahl zu senden.

Ein kalter Luftzug wehte vom Eingang her durch den Saal.

Irina wandte sich wieder dem Klavier zu.

Hans, der dem Geschehen nicht die geringste Beachtung schenkte, nahm die Brille ab und fuhr sich ein paarmal mit Daumen und Zeigefinger über die geröteten Augen, dann hob er den Kopf und sagte müde: »Wir brechen ab. Ich muss zurück ins Lager.«

Irina nickte erleichtert. Während sie sich nach ihrer Handtasche bückte, um die Noten einzupacken, drifteten ihre Gedanken zu dem letzten Gespräch, das sie mit Luise damals geführt hatte.

Irina hatte ihr das Versprechen abgenommen, keine Dummheiten zu machen. Obwohl sie die junge Journalistin kaum kannte und es ihr eigentlich völlig gleichgültig sein konnte, mit wem diese sich anlegte, war Irina der Gedanke, dass Exler oder ein anderer Mann seines Zuschnitts Luise wegen einer unverblümten Formulierung, eines allzu offenherzigen Satzes in die Finger bekommen könnte, unerträglich gewesen, so unerträglich, dass sie die Vorstellung nicht mehr los wurde, bis sie Luises Reportage gelesen und sich mit eigenen Augen davon überzeugt hatte, dass daran nichts auszusetzen war.

Die Reportage hatte nicht nur in Jederstadt und Stuttgart, sondern auch in der Hauptstadt des Reiches Furore gemacht. Goebbels war so angetan gewesen, dass er sie in seiner Wochenzeitschrift Das Reich abdrucken ließ, und auch in der SS-Zeitschrift Das Schwarze Korps wurde ein vollständiger Nachdruck des Textes gebracht. Es war diese Version, die Irina las. Hans hatte sie ihr fünf oder sechs Wochen nach Luises Abreise beim Mittagessen auf den Tisch gelegt und sie beim Abendessen wie ein Oberlehrer nach dem Inhalt ausgefragt. Irina konnte sämtliche Fragen ohne Probleme beantworten. Sie hatte den Artikel so gründlich studiert, dass sie ihn im Schlaf hätte rekapitulieren können.

Kein Zweifel: Luise Littke konnte schreiben, und sie verfügte obendrein über eine blühende Fantasie. Irina hatte in dem gesamten viereinhalbseitigen Bericht nicht die leiseste Andeutung dafür gefunden, dass die Verfasserin Unstimmigkeiten in der offiziellen Version der Freundlich-Legende entdeckt hatte; dafür gab es sehr viele blumig ausgeschmückte Szenen aus dem Leben des »Helden von Jederstadt«, wie der Artikel überschrieben war, die mit ziemlicher Sicherheit mehr oder weniger frei erfunden waren. Luises Reportage bestand von Anfang bis Ende aus Sätzen, die in jeder Propaganda-Broschüre über Fritz Freundlich hätten stehen können, wenn sie nicht entschieden eleganter formuliert gewesen wären.

Irina verstand sehr wohl, warum Goebbels sich entschieden hatte, die junge Journalistin erneut nach Jederstadt zu schicken. Ob sie sich darüber freuen sollte oder nicht, war ihr dagegen weit weniger klar.

»Sieh dir die markierten Stellen bis morgen Abend noch einmal an. Ich will mich nicht blamieren«, sagte Hans, während er sich vom Klavierstuhl erhob und Irina seine Noten reichte.

Widerwillig nahm sie den Blick vom Eingang, wo Luise sich gerade angeregt mit Viktor Ortlieb unterhielt, und richtete ihn auf das Notenbuch. Hans, der ihren missmutigen Gesichtsausdruck offenbar auf sich bezog, sagte scharf: »Ich bin es nicht, der heute schlecht gespielt hat.«

»Ich weiß.«

Irina zwang sich zu einem Lächeln.

»Ich werde alles bis morgen noch einmal durchgehen, versprochen.«

Er wartete ungeduldig, bis sie die Notenbücher in ihrer Tasche verstaut hatte, ehe er sich umdrehte und Kurs auf den Saaleingang nahm. Irina folgte ihm mit ein paar Schritten Abstand.

Sie war schon fast bei Luise, als sie den Kreisleiter sagen hörte: »Einen Moment noch, Hans.«

Der Angesprochene blieb stehen.

Irina ebenfalls.

Exler bedachte sie mit einem schleimigen Lächeln, ehe er, an Hans gerichtet, fortfuhr: »Ich weiß, ihr habt viel zu tun in eurem Lager. Aber vielleicht kannst du Fräulein Stolz ja trotzdem für ein, zwei Stunden entbehren. Fräulein Littke will sich gerne unseren Fritz ansehen, und ich glaube, sie würde sich freuen, wenn die reizende Jederstädter Nachtigall uns dabei begleitet.«

Irina spürte förmlich, wie der Blick des Kreisleiters sich an ihr festsaugte. Ihre Augen suchten Luises, doch Luise sah Hans an, nicht sie.

Er zögerte mit der Antwort. Irina vermutete, dass er in Gedanken bereits wieder bei den drängenden Räumungsarbeiten war und den Vorschlag des Kreisleiters womöglich ablehnen würde, doch zu ihrer Überraschung bemerkte er nur gleichgültig: »Wenn du mir sagen kannst, wie sie zum Lager zurückkommt ... Ich habe keine Zeit, sie abzuholen, und zu Fuß gehen kann sie schlecht bei dem Schnee.«

»Mein Adjutant wird Fräulein Stolz zurückfahren«, erwiderte er. »Du hast mein Ehrenwort, dass sie noch vor Einbruch der Dunkelheit wohlbehalten bei dir abgegeben wird.«

Hans richtete seinen sezierenden Blick auf den pickelgesichtigen Jüngling, der unverzüglich strammstand. Dann wandte er sich Irina zu und sagte: »Meinetwegen. Ich erwarte allerdings nach wie vor, dass das Programm morgen Abend sitzt.«

»Das wird es«, antwortete Irina, und diesmal musste sie sich nicht zwingen, Hans dabei anzulächeln.

*****

Im Wagen saßen sie so dicht beieinander, dass Irina die Wärme von Luises Körper durch ihren Pelzmantel hindurch spüren konnte. Sie teilten sich die Rückbank mit Krassnik, den Exler herbeizitiert hatte, damit er Luise Auskunft über den Fortgang der Bauarbeiten gab. Er erweckte den Eindruck, eben erst aufgestanden zu sein, und roch auch dementsprechend. Seit seine Frau mit den fünf Kindern nach Thüringen verreist war – angeblich, um ihrer Schwester und ihrem Schwager auf dem Hof zur Hand zu gehen, in Wahrheit wohl, um sich in Sicherheit zu bringen –, verwahrloste der Stadtbauinspektor zusehends. Er hatte sich ewig nicht mehr rasiert, lediglich um Nase und Augen war noch ein schmaler Streifen gräulicher Haut zu sehen.

Der Mann hätte Irina leidgetan, wenn sie sich nicht so genau an die letzte Begegnung mit ihm hätte erinnern können. Das war im vergangenen November gewesen, kurz vor dem ersten Schnee. Irina hatte neben dem Auto zwischen den Hügeln gestanden und auf Hans gewartet, der auf der Denkmalbaustelle etwas regeln musste, als der Baumeister von seiner Mittagsrast bei der alten Eiche zurückgekehrt war. Irina wollte ihn gerade begrüßen, als ein gewaltiges Krachen ihre Aufmerksamkeit auf die Baustelle lenkte. Ein Teil des Gerüsts war eingestürzt und hatte drei Häftlinge unter sich begraben. Zwei mussten sofort tot gewesen sein, aber der dritte brüllte vor Schmerzen, bis einer der Wachmänner ihn mit zwei Schüssen zum Schweigen brachte. Die Schüsse dröhnten Irina noch in den Ohren, als sie Krassnik sagen hörte: »Ich versteh' nicht, warum sie die Leute immer gleich erschießen müssen. So werden wir nie bis nächstes Frühjahr fertig.«

Ein lautes Schnarchen des Baumeisters holte Irina in die Gegenwart zurück.

Sobald sie losgefahren waren, hatte Krassnik den Kopf gegen das beschlagene Seitenfenster gelegt und war eingeschlafen. Exler dagegen war hellwach. Er saß auf dem Beifahrersitz, das Gesicht dem Fond zugewandt, und redete ohne Punkt und Komma, hauptsächlich mit Luise, die sich Mühe gab, die interessierte Zuhörerin zu mimen.

Während sie die Hauptstraße hinunter in Richtung West-Tor fuhren, berichtete der Kreisleiter von seinen zahlreichen Anstrengungen, um der grassierenden Kriegsmüdigkeit in der Stadt Herr zu werden. Irina ließ seine Worte an sich vorbeirauschen. Sie wusste nur zu gut, mit welchem Feuereifer Exler jeden noch so harmlosen Fall von Wehrkraftzersetzung verfolgte – unlängst ließ er sogar eine Gruppe Kinder einsperren, weil sie »Flucht« gespielt hatten.

Erst als der Adjutant das Auto mit einer so scharfen Bremsung zum Stehen brachte, dass Exler beinahe vom Sitz gerutscht wäre, schaute sie wieder zur Vorderbank.

Der Kreisleiter hörte mitten im Satz auf zu reden und versetzte dem Adjutanten eine schallende Ohrfeige. Der Abdruck seiner kräftigen Hand auf der Wange des Burschen war noch deutlich zu sehen, als der junge Mann ihnen wenig später die Tür öffnete, um sie aussteigen zu lassen.

Irina setzte die Pelzmütze auf und wickelte sich den Schal wieder eng um den Hals. Dann hob sie den Kopf und blickte zu dem steinernen Koloss empor, der auf dem Hügel über ihnen thronte. Sein weiß bedecktes Haupt glitzerte in der Wintersonne, während der Wind Schneekristalle um seinen Gerüst-Panzer tanzen ließ.

»Ich fürchte, dieses Monstrum bekomme ich niemals ganz aufs Bild«, sagte Luise.

Sie war neben Irina getreten und machte sich nun an der kleinen Kompaktkamera zu schaffen, die sie unter der Jacke um den Hals trug. »Sie gehört meinem Bruder«, erklärte sie, als sie Irinas fragenden Blick auffing.

»Ah, der berühmte Fotograf«, bemerkte Irina lächelnd. Sie erwog einen Moment, Luise zu fragen, wo ihr Bruder denn stationiert sei, entschied sich jedoch dagegen. Die Frage erschien ihr zu persönlich. Was, wenn die Antwort darauf »Ich weiß es nicht« oder, noch schlimmer, ein »Er ist gefallen« lautete?

Prompt trug der Wind Geschützlärm herbei. Es war das erste Mal seit Samstagnachmittag, dass Irina das dumpfe Dröhnen vernahm. Fast achtundvierzig Stunden hatten die Kanonen geschwiegen.

Dafür klangen sie jetzt deutlich näher als zuvor.

Luise sah von der Kamera auf und wandte den Kopf in die Richtung, aus der das Wummern gekommen war. Irina beobachtete, wie sie leicht zusammenzuckte, als die nächste Barrage ertönte.

Sie hat Angst, schoss es ihr durch den Kopf.

Eigenartigerweise beruhigte sie der Gedanke.

Bevor sie länger darüber nachdenken konnte, warum dies so war, wies Exler auf den in den Schnee getretenen Pfad über den Hang und forderte die Damen auf, ihm vorauszugehen.

Irina beglückwünschte sich, dass sie zur Generalprobe nicht die eleganten hochhackigen Schuhen angelegt hatte, die sie üblicherweise bei Auftritten trug, sondern die flachen Halbschuhe. Noch lieber wären ihr allerdings ihre gefütterten Winterstiefel gewesen. Der Pfad war so vereist, dass sie mehrmals ausglitt und mit dem einen oder anderen Fuß im knietiefen Schnee neben der Spur landete. Nach der Hälfte des Weges fühlten sich ihre Unterschenkel trotz dicker Wollstrümpfe wie gefrorene Hähnchenkeulen an.

Der junge Adjutant, der die Spitze der Gruppe bildete, schlug ein forsches Tempo an. Als sie den Denkmalsockel erreicht hatten, waren Irina und Luise gehörig außer Atem, und auch die geblähte Brust des Kreisleiters hob und senkte sich deutlich schneller als gewöhnlich.

Während sie verschnauften und auf den Baumeister warteten, der schon nach wenigen Schritten zurückgefallen war, legte Irina den Kopf in den Nacken, um das »Monstrum« aus der Nähe zu betrachten.

Sie war ihm noch nie so nahe gekommen wie heute.

Bisher hatte sie sich so konsequent von der Denkmalbaustelle ferngehalten, wie sie sich vom neuen Werk am Fluss fernhielt. Wie das Werk, hatte sie auch die Baustelle nur ein einziges Mal betreten, und zwar an dem Tag, an dem der Sockel fertiggestellt worden war, was mit einer von Exler persönlich gestalteten Aufrichte-Zeremonie gefeiert wurde. Zwar hatte Hans sie auch vorher und nachher wiederholt mitgenommen, wenn er hinausfuhr, um den Einsatz der Häftlinge auf dem Bau zu kontrollieren, doch Irina konnte sich stets davor drücken, ihn auf den Hügel zu begleiten. Mal war es das falsche Schuhwerk, mal Kopf- oder Bauchweh, das sie vorschützte, damit Hans ihr erlaubte, beim Auto auf ihn zu warten. Dabei hatte sie sich jedes Mal größte Mühe gegeben, nicht sehen und hören zu müssen, was sich auf der Baustelle über ihr zutrug, was ihr mit Ausnahme jenes Gerüst-Einsturzes im vergangenen November auch gelungen war.

Doch jetzt, im Schatten des steinernen Kolosses, konnte sie sich der Frage nicht erwehren, wie viele Gefangene wohl bei der Arbeit an diesem Denkmal gestorben waren. Weniger als die Männer und Frauen, die in den Höppner-Werken ihr Leben ließen oder von der Fabrikarbeit zugrunde gerichtet nach Auschwitz überstellt wurden? War die Schufterei auf der Baustelle tatsächlich eine »Erholung« gewesen für die Gefangenen, wie Hans behauptete, oder eine noch schlimmere Tortur?

Beschämt musste Irina sich eingestehen, dass sie es nicht wusste oder genauer: nicht hatte wissen wollen. Sie hatte weder den Mut gehabt, sich selbst ein Bild zu machen, noch Hans danach zu fragen. Vermutlich hätte er es ihr sogar gesagt. Hans hatte ihr in den vergangen Jahren ungefragt zahlreiche Details über den Fabrikbetrieb anvertraut, auch solche, die eigentlich nicht für fremde Ohren bestimmt waren. Er war stolz auf die Effizienz, mit der er »seine« Fabrik leitete, und hatte das Bedürfnis, seine diesbezüglichen »Erfolge« mit ihr zu teilen. Gewiss hätte er ihr auch verraten, wie »effizient« mit dem »Menschenmaterial« auf der Baustelle umgegangen wurde.

Während Irina den knarzenden Geräuschen des Baugerüstes lauschte, die sich auf seltsam harmonische Weise mit dem fernen Kanonendonner vermischten, kam ihr in den Sinn, wie Hans ihr einmal beiläufig erzählt hatte, dass er die Höppner AG dazu gebracht habe, ihm eine Sonderzulage für die Baustellen-Häftlinge zu entrichten. Arglos hatte Irina gefragt, ob diese Gefangenen denn besonders hohe Essensrationen erhielten; da hatte er sie nur verächtlich angeschaut und ihr erklärt, der zusätzliche Betrag sei nötig, weil die Bewachung der Gefangenen auf der offenen Baustelle ungleich aufwändiger sei als hinter den Werksmauern.

»Na, Fräulein Littke, habe ich Ihnen zu viel versprochen? Ist unser Fritz nicht ein prächtiges Fotomotiv?«

Kreisleiter Exler, wieder zu Atem gekommen, hatte sich auf die unterste Stufe der Treppe gestellt, die auf den Sockel hinaufführte, und gestikulierte mit beiden Armen in Richtung der Statue, als wäre er ihr Verkäufer.

Luise gab keine Antwort. Stattdessen richtete sie die Kamera auf Exler und machte sich am Objektiv zu schaffen.

Derweil fuhr der Kreisleiter fort: »Glauben Sie, dass irgendein

Vertreter der sogenannten ›künstlerischen Moderne‹ etwas so Erhabenes hätte schaffen können? Können Sie sich vorstellen, welchen entarteten Schmutz, welchen minderwertigen Dreck diese Möchtegern-Genies mit ihren blauen Pferden und gelben Hunden hier hingepflanzt hätten? Moderne Kunst ... Dass ich nicht lache! Deutsche Kunst will nicht modern sein, sondern ewig! – Bleibende Werte, Fräulein Littke, das ist es, wonach die deutsche Seele strebt. Unser steinerner Held wird noch hier stehen, wenn wir längst unter der Erde liegen.«

Luise, ganz aufs Fotografieren konzentriert, murmelte etwas Unverständliches. Irina hörte die Kamera ein paarmal klicken, wobei Luise nach jedem Klicken die Position wechselte, um den Kreisleiter aus allen Winkeln abzulichten. Erst als sie die Kamera sinken ließ und »Die Bilder sind im Kasten« sagte, löste sich Exler aus seiner Pose und richtete das Wort an den Baumeister, der endlich bei ihnen angelangt war.

»Vielleicht möchtest du ja auch etwas zu der Thematik sagen«, forderte er den keuchenden Mann auf, wobei sein rosiges Gesicht einen Anflug von Verachtung zeigte. »Aus der Sicht des Künstlers, meine ich. Du weißt ja viel besser als ich, was man der deutschen Künstler-Seele in der Systemzeit angetan hat.«

Krassnik reagierte nicht auf die Aufforderung. Er hatte den Kopf in den Nacken gelegt und glotzte mit offenem Mund zu seinem Denkmal hinauf.

Während sie ihn von der Seite her betrachtete, musste Irina daran denken, dass Hans den Baumeister einmal den dümmsten Menschen genannt hatte, dem er je begegnet sei. Sie teilte seine Meinung nicht, musste aber zugeben, dass Krassnik in diesem Augenblick tatsächlich sehr dumm aus der Wäsche guckte. – Wie ein Kind, dessen Lieblingsspielzeug gerade kaputt gegangen war. Oder wie ein Spieler, der sein ganzes Geld auf eine Karte gesetzt und verloren hatte.

Irina vermutete, dass es sehr vielen Deutschen ähnlich erginge, wenn Hitler dereinst von der Bildfläche verschwunden sein würde und sie feststellen mussten, dass sie ihre Leben auf Gedeih und Verderb an einen Scharlatan gekettet hatten.

Für die Dauer eines Wimpernschlags fühlte sie eine schicksalshafte Verbundenheit mit dem Baumeister. Auch sie hatte ihr Leben auf Gedeih und Verderb an einen Mann gekettet, der ihr wenn schon nicht als Retter in der Not, so doch als beste aller schlechten Optionen erschienen war. Sie war mit Hans mitgegangen, ohne Fragen zu stellen. Auch als er ihr eine Woche später mitteilte, dass sein Sonderkommando zurück ins Generalgouvernement beordert worden sei und er sie als seine Haushälterin mitzunehmen gedenke, war sie ihm gefolgt.

Hatte Krassnik eine Wahl gehabt?

Hatte sie eine Wahl gehabt?

Eine schlaflose Nacht lang war Irina damals von dem Gedanken erfüllt gewesen, davonzulaufen. Doch wohin hätte sie gehen sollen? Nach Moskau, um sich der Roten Armee anzuschließen, in der eine Frau nur sicher vor Übergriffen sein konnte, wenn sie sich einen Politkommissar oder einen Offizier zum Liebhaber nahm? – Zurück in die ehemalige Autonome Sozialistische Sowjetrepublik der Wolgadeutschen, in der es keine Wolgadeutschen mehr gab, weil Stalin sie einen Monat nach dem deutschen Überfall als feindliche Ausländer nach Kasachstan hatte deportieren lassen? – Zu den Partisanen in die Wälder Weißrusslands oder der Ukraine, die wahlweise gegen die Deutschen oder gegen die Russen kämpften und für die sie, die Deutschrussin, in jedem Fall eine Verräterin gewesen wäre?

Was hätte sie tun sollen in Anbetracht der Tatsache, dass der sowjetische Winter vor der Tür stand und man sich schleunigst ein warmes, sicheres Plätzchen und genügend Vorräte besorgen musste, wenn man überleben wollte?

»Fräulein Stolz?«

Irina spürte, wie Luise sie an der Schulter berührte, und löste sich von ihren düsteren Grübeleien. Der Adjutant des Kreisleiters hatte den Denkmalsockel erklommen und machte sich an der

Tür zu schaffen, die ins Innere der Statue führte. Auch Exler war schon fast oben an der Treppe angelangt und forderte sie nun auf, es ihm nachzutun.

»Darf ich Ihnen behilflich sein?«, fragte Luise mit einem vielsagenden Blick auf Irinas Schuhe.

Sie reichte ihr den Arm.

Irina zögerte nur ganz kurz, bevor sie ihn ergriff. Seite an Seite stiegen sie die Treppe hinauf zur Tür.

Im Innern des Denkmals war es dunkel. In dem wenigen Licht, das durch die einzige Öffnung in der Schulter des Kolosses hereinfiel, konnte Irina eine hölzerne Leiter ausmachen, die vermutlich ungefähr an der Stelle stand, von wo aus später die eiserne Wendeltreppe zur Aussichtsplattform führen sollte. Im Hohlraum des rechten Schuhs des »Helden« zeichneten sich die Umrisse von Sand- oder Zementsäcken ab, die man zu mannshohen Türmen aufgestapelt hatte. Daneben standen zwei Schubkarren und ein paar Schaufeln mit zerbrochenen Griffen.

Die Stimme des Kreisleiters hallte gespenstisch von den Wänden wider, als er von der Kultstätte zu schwärmen anfing, zu der er das Denkmal nach Kriegsende auszubauen gedachte. Irina hörte ihn vom Annaberg reden, von den Kämpfen mit den Polacken, vom Schandfrieden von Versailles, von Hitler und den treuen Kameraden, die Land und Volk wieder aufgerichtet hätten, und fühlte zum wiederholten Mal in den vergangenen Tagen den Drang, in hysterisches Gelächter auszubrechen.

Nur Luises ernster Gesichtsausdruck hinderte sie daran.

Die junge Reporterin hatte die Kamera wieder unter der Jacke verstaut und versuchte in der Dunkelheit mit behandschuhten Fingern etwas in ihr Notizbüchlein zu kritzeln. Mit einem Mal fragte sich Irina, ob ihr Interesse wirklich nur gespielt war oder ob nicht vielleicht doch mehr von einer Nationalsozialistin in ihr steckte.

Ohne das Ende von Exlers Rede abzuwarten, ging sie zum Ausgang und trat ins Freie.

Draußen stand die Sonne bereits tief über dem Horizont. Die

Bäume des Waldes auf der gegenüberliegenden Flussseite verschmolzen in der Dämmerung zu einer dunkelgrauen Masse, aus der nur da und dort noch eine einzelne Tannenspitze herausragte. Der Geschützlärm war verstummt. Doch während Irina die Treppe hinunterging, vernahm sie in der Ferne ein anderes, ihr mittlerweile ebenfalls vertrautes Geräusch: Flugzeugmotoren.

Der Lautstärke nach zu urteilen, musste es eine ganze Staffel von Bombern sein.

Sie tauchten im Osten hinter der Stadt auf, als Luise und die Männer wenig später ebenfalls am Fuß des Denkmalsockels angelangt waren.

Und kamen direkt auf sie zugeflogen.

Irina sah, wie Luise heftig zu zittern anfing.

Einem Impuls folgend trat sie zu ihr und legte ihr den Arm um die Schultern.

Sie konnte sich nur in Ansätzen vorstellen, was es für die Menschen in Stuttgart und anderen deutschen Großstädten bedeuten musste, ein Leben unter ständigen Luftangriffen zu führen. Schlesien war bis weit ins Jahr 1944 hinein von Bombardierungen verschont geblieben. Anfang September hatten die Amerikaner begonnen, Bombenangriffe auf die oberschlesischen Industriegebiete zu fliegen, und im Oktober waren die ersten Bomben auf Breslau gefallen. Das kleine Jederstadt war jedoch weitgehend verschont geblieben. Nur einmal, kurz vor Weihnachten, lud ein Bomber seine Ladung aus Versehen am Stadtrand ab, wo sie außer einer Scheune nichts von Bedeutung traf. Dagegen waren die Zerstörungen, die Irina in Breslau gesehen hatte, ungleich größer gewesen. Aber auch sie standen in keinem Vergleich zu dem, was Hans ihr von Berlin berichtet hatte, ganz zu schweigen von den Aufnahmen aus Hamburg, die ihr in einer Ausgabe des Schwarzen Korps begegnet waren.

Wenn es um Stuttgart nur halb so schlimm stand wie um Hamburg nach dem Feuersturm, war es kein Wunder, dass Luise vor einer Bomberstaffel zitterte.

Irina hielt Luise an sich gedrückt, während die Flugzeuge über sie hinwegflogen und Kurs auf Breslau nahmen. Erst als das Dröhnen der Rotoren in der Ferne verklungen war und Luise ruhiger wurde, ließ Irina ihren Arm sinken und trat einen Schritt zurück.

Sie waren allein. Exler und Krassnik waren bereits auf halbem Weg den Hang hinunter zum Wagen, neben dem der Adjutant schlotternd auf sie wartete.

Luise schien es nicht eilig zu haben, ihnen zu folgen. Sie starrte mit brütender Miene zur alten Eiche auf dem Nachbarhügel hinüber, hinter dem die Sonne gerade verschwunden war.

»Was glauben Sie, was der Baum uns alles erzählen würde, wenn er sprechen könnte?«, fragte sie, indem sie Irina das Gesicht zuwandte.

Irina dachte an die Häftlinge, die das Monstrum hinter ihnen hatten errichten müssen, und an das, was der Baum in wenigen Tagen zu sehen bekäme, und gab mit einem Schaudern zur Antwort: »Ich will es lieber gar nicht wissen.«

Sie wollte noch etwas sagen, aber Luises eindringlicher Blick lähmte ihre Zunge. Mit einem kräftigen Ruck zog sie sich die Pelzmütze wieder über die Ohren und stapfte an Luise vorbei zu dem Pfad, der sie zum Wagen zurückbrachte.

Der Zeuge: Schutzhaft

April 1933

»Schaut sie euch an, unsere schöne kleine Stadt. Gut möglich, dass ihr sie heute zum letzten Mal seht«, sagt der Mann mit den eiskalten Äuglein im rosigen Gesicht.

Die Männer, mit denen er spricht, heben gehorsam die Köpfe. Sie sind seine Gefangenen, gezwungen, alles zu tun, was er von ihnen verlangt. Neben jedem von ihnen steht ein feixender Jüngling, Gummiknüppel bei Fuß, bereit, auf Befehl sofort zuzuschlagen.

Die Jünglinge tragen das Braunhemd und weiße Binden an den Armen. Auf ihren Milchgesichtern liegt noch ein Rest jener Unschuld, wie sie nur Kinder besitzen. Doch das hindert diese Knaben nicht, wie erfahrene Knechte zu foltern.

Es hat Minuten gedauert, bis ich in ihren Opfern die alten Freunde erkannte, die mich erst kürzlich besuchten. Der Mann mit den eiskalten Augen hat sie am helllichten Tag zu mir hinauftreiben lassen, um der Stadt zu beweisen, wie mächtig er jetzt ist; dass er es sich neuerdings leisten kann, seine wehrlosen Gegner in aller Öffentlichkeit niederknüppeln zu lassen.

Die Menschen haben die Botschaft verstanden. Nicht ein einziger ist gekommen, den Gefangenen Beistand zu leisten. Sie sind der Willkür ihrer Häscher schutzlos ausgeliefert.

Der Mann mit den eiskalten Augen schnuppert in die milde Frühlingsluft und sagt dann zu den Gefangenen: »Riecht ihr das? Riecht ihr diesen wunderbaren Duft? – Das ist der Duft der Freiheit.«

Mir scheint, die Luft riecht viel eher nach Kerker. Nach Blut und Exkrementen, nach vertiertem Mensch.

Der Puttenengel füllt sich die Lungen, bevor er lächelnd erklärt: »So herrlich frisch wird ganz Deutschland duften, sobald wir es von euch und euresgleichen gesäubert haben. – Und säubern werden wir Deutschland. So gründlich, wie ihr es euch in euren verdorbenen Gehirnen gar nicht vorstellen könnt.«

Er gibt ein seltsames Glucksen von sich, dann fährt er fort: »Ihr habt wohl gedacht, ihr könnt uns entkommen? Aber da habt ihr die Rechnung ohne den Wirt gemacht: Uns entkommt keiner. Wir werden nicht ruhen, bis wir mit euch Drecksgesindel ein für alle Mal aufgeräumt haben.«

Beim Wort »Drecksgesindel« gibt er seinen Knaben ein Zeichen. Diese heben ihre Knüppel und schlagen erbarmungslos zu. Die Gefangenen versuchen vergebens, den Schlägen auszuweichen. Ihre Peiniger wissen genau, wohin sie zielen müssen.

Während das Blut nur so spritzt, höhnt der Puttenengel in leidenschaftlichem Hass: »Jahrelang habt ihr elenden Verräter nichts Besseres zu tun gehabt, als im In- und Ausland gegen uns und den Führer zu wühlen. Jetzt sind wir an der Macht, und ihr wundert euch, dass es euch an den Kragen geht? Dabei hättet ihr Bolschewistenschweine doch wissen müssen, was mit Revolutionsverlierern geschieht. Wie viele Gegner hat euer verehrter Lenin denn in den Gulag geschickt, nachdem er sich Russland unter den Nagel gerissen hat? Hunderte? Tausende? Zehntausende? Es werden wohl eher Hunderttausende gewesen sein.«

Er gluckst noch einmal vergnügt, bevor er in Schweigen verfällt, das prächtige Schauspiel genießend, welches die Knaben ihm bieten.

Erst als die Gefangenen auf Knien vor ihm kriechen, befiehlt er den Burschen, innezuhalten. Er zieht ein gefaltetes Blatt Papier aus seiner Jackentasche und erklärt: »Wie's in unserem Gulag zu- und hergeht, haben die Herren ja dieser Tage gesehen. Ich gehe nicht davon aus, dass Sie sonderlich erpicht darauf sind, dorthin zurückgebracht zu werden. Darum mache ich Ihnen ein Angebot. Ein überaus großzugiges, wie ich finde.«

Er faltet das Blatt auseinander, um es den Gefangenen vor die blutenden Nasen zu halten. »Wenn mir der werte Herr Gewerkschaftsführer dieses Papier unterschreibt, werde ich dafür sorgen, dass er in ein *staatliches Gefängnis kommt und der werte Herr Ex-Bürgermeister nach Hause zu Frau und Kindern darf. Ein Staatsgefängnis in Breslau oder unser hübscher Keller in Jederstadt: Die Entscheidung liegt ganz bei Ihnen.«*

Der Puttenengel wedelt lächelnd mit dem Blatt, während die Folterknaben ihre Gummiknüppel befingern.

Der jüngere der beiden Gefangenen greift schon nach dem Papier, als sein Leidensgenosse ein letztes Mal aufbegehrt. Mühsam hebt er das graue Haupt und sagt mit dem Mut der Verzweiflung: »Das können Sie nicht tun, Herr Exler. Es gibt Gesetze ...«

»Wie recht er hat, der Friedel. Es gibt tatsächlich Gesetze. Vor allem eines: das Ermächtigungsgesetz. Will der Herr Ex-Bürgermeister, dass ich ihm den Wortlaut zitiere? – Nein? – Ich kann es ihm auch zusammenfassen. Es ist eigentlich ganz einfach: Mit diesem Gesetz hat der Führer sich und uns ermächtigt, mit Schmeißfliegen wie euch kurzen Prozess zu machen. Wenn der Herr Ex-Bürgermeister zurück in unseren Keller will, braucht er es nur zu sagen. Meine treuen Kameraden begleiten ihn gerne dorthin.«

Die Folterknaben heben ihre Stöcke.

Der Mann bricht zusammen, bevor die Schläge ihn treffen.

»Genug!«, ruft der Jüngere aus. »Ich unterschreibe, was immer Sie wollen!«

Ihr Peiniger frohlockt. Sein Plan ist aufgegangen. Er geht als großer Sieger aus diesem Kampf hervor.

Auch die Folterknabengesichter leuchten im Triumph, als der Gewerkschaftsführer seinen Namen unter das Schriftstück setzt.

Der Puttenengel nimmt das Geständnis aus der Hand des »Mörders« entgegen und gibt dann lächelnd das Zeichen, die Gefangenen abzuführen.

11. Kapitel

Dienstag, 30. Januar 1945

Irina sang auch am folgenden Abend nicht gut, obwohl es im Saal nun wohlig warm war und sie sogar in ihrem ärmellosen Kleid nicht fror. Dem Publikum schienen weder das übergroße Vibrato in ihrer Stimme aufzufallen noch die missratenen Pianissimi, noch die verpassten Einsätze, welche die Zornesfalten auf Hans' Stirn mit jedem Mal tiefer werden ließen. Der Schlussapplaus war zwar nicht gerade tosend, aber anhaltend genug für eine Zugabe. Danach war Irina endlich erlöst, und die Gäste konnten sich dem zuwenden, weswegen sie eigentlich gekommen waren: essen und trinken.

Vor allem Letzterem.

Direktor Ortlieb hatte dafür gesorgt, dass niemand auf dem Trockenen sitzen musste. Schon während des Konzerts waren Bier, Weißwein und Sekt ausgeschenkt worden, zum anschließenden Essen – es gab Rübensuppe und danach Kochwurst mit Blaukraut und Salzkartoffeln – trug man die besten Rotweine auf, die der Keller des *Grandhotels* aufzuweisen hatte. Nach der Suppe war ein Gutteil der Gäste bereits merklich angeheitert, wenn nicht sogar sichtlich betrunken.

Auch Exler schwankte leicht, als er sich vom Stuhl erhob, um seine Festansprache zu halten, und das war nicht die einzige Wirkung, die der Alkohol auf ihn hatte. Zu allem Überfluss machte er den Kreisleiter auch noch grauenhaft rührselig. Sobald der Lärm im Saal sich gelegt hatte und Exler zu reden anhob, war die Sentimentalität in seinem Tonfall unüberhörbar. Seine Bewegtheit steigerte sich mit jeder Minute, die er vor versammelter Menge in Erinnerungen an die »Kampfzeit« schwelgte. Als er beim überwältigenden Wahlsieg der NSDAP vom Juli 1932 angelangt war – den damals viele für so unmöglich gehalten hätten, wie sie heute den Endsieg für unmöglich hielten –, traten ihm allen Ernstes die Tränen in die Augen.

Angewidert wandte Irina sich ab.

Sie ließ ihren Blick über die Gästeschar gleiten, die an diesem Dienstagabend im *Ortlieb* zusammengekommen war, um den zwölften Jahrestag der Machtübernahme zu feiern. Neben den örtlichen Parteiführern und den SS-Chargen aus dem Lager, die keine Gelegenheit zu einem Besäufnis ausließen, handelte es sich vor allem um Frauen: um die Gattinnen, Töchter und Sekretärinnen der Parteiführer, um Verwaltungsangestellte, Flakhelferinnen und Rotkreuzschwestern. Von den Verwundeten, die der Kreisleiter nach eigenem Bekunden ebenfalls zur Feier eingeladen hatte, waren dagegen nur die wenigsten in der Lage oder Willens gewesen, der Einladung Folge zu leisten.

Die Festgesellschaft speiste an den großen runden Esstischen, an denen üblicherweise die Hotelgäste ihre Mahlzeiten einnahmen. Die Tische waren mit weißen Tüchern gedeckt und festlich geschmückt. In Ermangelung echter Blumen hatte Direktor Ortlieb – woher, wussten die Götter – bunte Papierblumensträuße herbeigezaubert, in denen kleine Hakenkreuzfähnchen steckten. Irinas Gedanken schweiften zu den Parteifeiern aus ihrer Kindheit und Jugend, allen voran zu den Paraden des 1. Mai, die den Höhepunkt des sowjetischen Festkalenders bildeten. Zum Abschluss ihrer Lehrerinnenausbildung im Frühling 1937 waren Irina und ein paar Klassenkameradinnen sogar nach Moskau gefahren, um den Umzug des werktätigen Volkes zum Tag der Arbeit über den Roten Platz zu bewundern. Irina erinnerte sich noch gut, wie begeistert sie ihr rotes Fähnchen geschwenkt hatte, während unzählige strahlende junge Menschen aus allen Teilen der Sowjetunion an der Ehrentribüne für die Mitglieder des Politbüros vor dem Lenin-Mausoleum vorbeidefiliert waren.

Wie ahnungslos und gutgläubig wir doch damals gewesen

sind, dachte Irina mit einem Kloß im Hals. Schnell spülte sie ihn mit einem Schluck Wein hinunter.

Währenddessen kam Exler zum Schluss seiner Rede.

»Zwölf Jahre, meine Herrschaften, zwölf Jahre sind wir nun an der Macht und werden es noch tausend Jahre bleiben!«, rief er, bevor er das Glas hob und ein dreifaches »Sieg Heil!« in den Saal schmetterte. Der Saal erwiderte den Ruf lallend, aber mit so viel Anteilnahme, dass es Irina kalt überlief.

Unter dem warmen Applaus setzte sich Exler wieder an die »Ehrentafel« im Zentrum des Raumes und schaute selbstzufrieden in die Runde. Zu dieser Runde gehörten neben Irina und Hans auch das Ehepaar Grauwiedel mit seinen beiden Töchtern Magda und Traudl sowie Luise, die der Kreisleiter sich an diesem Abend zur Tischdame erkoren hatte. Derweil musste sich Fräulein Wagner am Nebentisch mit dem griesgrämigen SA-Führer zufriedengeben, der den Jederstädter Luftschutz befehligte. Sie warf Luise einen bösen Blick nach dem andern zu und ignorierte ihren Tischherrn nach allen Regeln der Kunst.

Der Kreisleiter indes gab sich größte Mühe, Luise mit seinen militärischen Kenntnissen zu beeindrucken. Sobald die Hauptspeise aufgetragen war, kam er auf die Lage an der Front zu sprechen oder genauer: auf das, was er dafür hielt.

Irina bezweifelte, dass Exler viel mehr über den Kriegsverlauf wusste als die übrigen Anwesenden. Selbst für Hans mit seinen guten Kontakten zur Wehrmacht war es äußerst schwierig, an gesicherte Informationen über das Kriegsgeschehen zu kommen. Das hinderte Exler jedoch nicht daran, Luise und dem Rest der Tafelrunde seine detaillierte Lageanalyse darzulegen. Sie gipfelte in einer von ihm selbst so bezeichneten »Theorie des Endsiegs«, die im Wesentlichen auf zwei Annahmen gründete: erstens, dass die militärische Macht der USA bedeutend geringer war, als die amerikanische Propaganda die Deutschen glauben machen wollte – Demokratien brachten niemals gute Soldaten hervor –, und zweitens, dass das Bündnis der West-Alliierten mit der Sowjetunion in Kürze auseinanderbrechen würde, weil Churchill die Bolschewisten noch mehr hasste als die Nationalsozialisten.

Wie die beiden Annahmen genau zusammenhingen, wurde aus den Ausführungen des Kreisleiters nicht wirklich klar. Aber das spielte auch keine Rolle. Seine Thesen stützten sich offenkundig nicht auf Logik, sondern auf Wunschdenken.

Während Irina mit wachsender Ungläubigkeit zuhörte, spürte sie, wie sie schon wieder ein Lachreiz in der Kehle kitzelte. Als Exler sich auch noch zu der Behauptung verstieg, man werde die »Amis« so lange an der Rheingrenze anrennen lassen, bis ihnen die Puste ausginge, und danach mit den Russen verfahren, wie es die schlesischen Vorväter mit den Mongolen getan hätten, konnte sie nicht mehr an sich halten. Es gelang ihr gerade noch, einen Hustenanfall vorzuschützen und sich die Serviette vor den Mund zu halten, dann war es um ihre Selbstbeherrschung geschehen.

Der Kreisleiter hörte abrupt auf, an seiner Wurst herumzusäbeln. Langsam wandte er sich Irina zu und fragte mit einem schmierigen Lächeln auf den Lippen: »Ist Ihnen etwas in den falschen Hals gekommen, Fräulein Stolz?«

Irina schüttelte hüstelnd den Kopf.

Hans, der sich während des Vortrages merkwürdig still verhalten hatte – normalerweise ließ er keine Gelegenheit aus, mit Exler die verbalen Klingen zu kreuzen –, klopfte ihr mit der flachen Hand auf den Rücken und erklärte an niemand Bestimmtes gerichtet: »Eine Erkältung. Die Generalprobe gestern, und dann auch noch der Ausflug zum Denkmal. Das war wohl etwas viel für sie.«

Die Worte klangen teilnahmslos, als spreche er über einen Gegenstand. Irina rückte mit dem Stuhl ein Stück von ihm ab, sodass seine Hand von ihrem Rücken glitt.

Hans beachtete sie nicht weiter. Er richtete die Augen wieder auf Magda, die ihm direkt gegenübersaß und die er fast den ganzen Abend unverwandt angesehen hatte. Sie hatte sich schön gemacht für das Fest. Zum ersten Mal, seit Irina sie kannte, war sie geschminkt. Die rot bemalten Lippen wirkten gespenstisch in dem bleichen, eingefallenen Gesicht.

Zu Irinas Überraschung erwiderte Magda Hans' Blick, wenngleich ihre Miene nicht verriet, ob sie ihn auch tatsächlich wahrnahm. Ihre ausdruckslosen Augen hätten ebenso gut an eine leere Wand oder ins Nichts starren können.

Irina ließ die Serviette sinken und griff nach dem Weinglas, um sich die trockene Kehle zu benetzen.

Nachdem sie das Glas ausgetrunken hatte, schaute sie zu Luise, die zu Magdas Linken saß und Exlers Monolog schweigend gefolgt war. Gelegentlich hatte sie Irina einen beredten Blick zugeworfen, aber keine Anstalten gemacht, die Ausführungen des Kreisleiters zu kommentieren oder ihm auch nur eine Frage zu stellen.

Irina hätte zu gern gewusst, was ihr bei dem Geschwafel durch den Kopf gegangen war. Glaubte sie etwas von dem, was Exler da sagte? Bildete auch sie sich ein, Deutschland könnte den Krieg doch noch irgendwie gewinnen? Oder wartete sie vielmehr darauf, dass die Niederlage endlich eintreten, das Hitlerregime endlich sein Ende finden würde?

Irina hoffte inständig, dass Luise Letzteres dachte, aber sicher sein konnte sie sich nicht. Im Grunde kannte sie Luise so wenig wie fast alle Menschen in diesem Raum.

Selbst wenn ihre Gefühle ihr etwas anderes vorgaukelten.

Der Kreisleiter, aus seinen bizarren Endsieg-Fantasien in die Gegenwart zurückgekehrt, wandte das Gesicht und nahm den Faden wieder auf, als habe er ihre Gedanken gelesen: »Aber zu Ihnen, Fräulein Littke ... Wie beurteilen Sie denn die Lage? In Stuttgart sind Sie ja ganz nah dran an der Westfront. Wie machen sich denn unsere Truppen dort?«

Luise, der Exlers Fragen sichtlich unangenehm waren, zögerte ziemlich lange mit der Antwort. Schließlich lächelte sie halbherzig und begann: »Ich weiß nicht, ob ich als Frau ...«

Weiter kam sie nicht, denn wie auf Stichwort mischte sich der

Bürgermeister ins Gespräch ein. »Das Fräulein hat ganz recht, Hermann«, donnerte er über seinen und Magdas Teller hinweg, die er beide leergegessen hatte. »Lass uns die Damen nicht länger mit Dingen langweilen, von denen sie nichts verstehen. Man könnte ja fast meinen, wir säßen bei einer Stabsbesprechung im Führerhauptquartier!« Er lachte dröhnend.

Der Kreisleiter war nicht zum Scherzen aufgelegt. Seine kalten Äuglein fixierten nach wie vor Luise. Ohne Grauwiedel einer Erwiderung zu würdigen, fuhr er fort: »Nun, dann teilen Sie uns doch wenigstens mit, was Ihr Herr Bruder so erzählt. Wie ich mir sagen ließ, hat er für die Wehrmacht aus den Ardennen berichtet. Da wird er sich doch wohl eine Meinung zum Zustand unseres West-Heeres gebildet haben. Ich will ja sehr hoffen, dass unsere Soldaten im Westen mit demselben Feuereifer kämpfen wie hier. Am Ende ist es doch die Moral der Truppe, die im Krieg den Unterschied macht, oder etwa nicht?«

Als Luise wiederum sehr lange zögerte, gab der Kreisleiter seinen Konversationsversuch auf und stürzte sich in den nächsten Monolog.

Zum Glück wurde im selben Moment das Dessert aufgetragen, mit dem Irina sich von Exlers haarsträubendem Gerede ablenken konnte. Sie sah erst wieder von ihrem Teller auf, als dieser abgeräumt wurde und Exler sich abermals erhob, um den Höhepunkt des Festes anzukündigen: die Führer-Rede.

Im Saal, der eben noch von Gelächter und Gegröle erfüllt gewesen war, wurden es still. Gespannt, ja, fast andächtig verfolgten die Gäste, wie das Klavier beiseite gerollt und gegen ein überdimensioniertes Radiogerät ausgetauscht wurde, das man aus der Kanzlei des Kreisleiters herbeigeschafft hatte. Der pickelgesichtige Adjutant brauchte eine Weile, bis er die richtige Frequenz gefunden hatte. Beim vierten Anlauf erschallten die letzten Takte eines Militärmarsches.

Sekunden später war es 22 Uhr, und die Rede begann.

Hitler sprach langsam, fast schleppend, doch seine Artikulation war klar und deutlich. Man hätte ihn gut verstanden, wenn die Übertragung nicht immer wieder von Störgeräuschen unterbrochen worden wäre.

Während die abgehackten Worte durch den Saal flogen wie Granatsplitter, fragte sich Irina – nicht zum ersten Mal –, was die Deutschen dazu bewogen haben mochte, an diesen Mann zu glauben wie an einen Gott. Sie verstand durchaus, dass man sich an Massenaufmärschen und Volksfesten berauschen konnte; auch die Anziehungskraft visionärer Ideen war ihr nicht fremd. Nicht nur ihre Eltern waren überzeugte Kommunisten gewesen, auch sie selbst hatte einmal alles daran gesetzt, ihrer Umgebung zu beweisen, dass sie eine treue Anhängerin der Lehren von Marx, Engels und Lenin war. Sie war bei den Pionieren gewesen, später beim Komsomol; und sie hatte sich entschieden, Lehrerin zu werden wie ihre Mutter, um sowjetische Kinder zu echten Sowjetmenschen zu erziehen.

Natürlich hatte sie auch die Schriften Stalins gelesen und ein Bild von ihm besessen. Doch bei allem Gewese, dass man in der Sowjetunion ähnlich wie in Deutschland um den obersten Mann im Staat machte, hatte ihre Begeisterung stets in erster Linie den kommunistischen Idealen gegolten, nicht demjenigen, der sie verkündete.

Aber Stalin war ja auch kein großer Redner gewesen.

Irina war überhaupt nur eine einzige erwähnenswerte Rede des ›Woschd‹ im Gedächtnis. Er hatte sie ein paar Tage nach dem deutschen Überfall auf die Sowjetunion gehalten, und Irina hatte sie im Kreis ihrer Zimmergenossinnen am Radio gehört. Sie erinnerte sich noch gut, wie bass erstaunt sie gewesen waren, als Stalin seine Ansprache mit »Genossen, Bürger, Brüder und Schwestern« begann und sich auch sonst ungewohnt warmer Worte für seine Zuhörerinnen und Zuhörer bediente. In einem Russisch, das sich eher wie Georgisch anhörte, appellierte der große Führer an die Völker der Sowjetunion, ihr Land mit allen ihnen zu Gebote stehenden Mitteln zu verteidigen, und die

Völker der Sowjetunion hatten ihm ein schallendes »Das werden wir!« entgegengerufen.

Von dieser einen Rede abgesehen, glichen Stalins Ansprachen in Irinas Erinnerung eher den Vorträgen am Lehrerseminar: Egal, wovon Stalin sprach, man langweilte sich dabei zu Tode. Hitler dagegen musste einmal ein großartiger Redner gewesen sein. Darin waren sich offenbar alle Deutschen einig, selbst die, die ihr nicht als fanatische Nationalsozialisten aufgefallen waren. Hitler musste die Gabe besessen haben, die Leute mit seinen Worten anzurühren, eine Saite in ihnen zum Klingen zu bringen, ihnen aus der Seele zu sprechen, wie der schöne deutsche Ausdruck sagte. Und sie mussten in Hitlers Worten eine mehr mit dem Bauch empfundene als mit dem Verstand erfasste »Wahrheit« vernommen haben, die sie glauben machte, er sei Deutschlands Retter, wenn nicht gar ihr ganz persönlicher Erlöser.

Es rauschte und rumorte im Äther.

Irgendwo im Saal bekundete jemand seine Zustimmung zu den inzwischen kaum noch verständlichen Worten. Die Lautsprecher knisterten und knackten, während Hitler sich dem Schlusspunkt seiner Rede näherte. Irina meinte förmlich sehen zu können, wie die Zuhörer sich seiner heiseren Stimme hingaben, sich an jedes Satzfragment klammerten. Was auch immer den unheimlichen Bund zwischen Führer und Volk einst gestiftet hatte, es war offenbar stark genug, ihn zwölf Jahre Nazi-Herrschaft und mehr als fünf Jahre Krieg überdauern zu lassen.

Anders ließ es sich nicht erklären, dass Hitlers Rede selbst jetzt noch einen Hoffnungsschimmer auf die Gesichter so vieler zu zeichnen vermochte.

Das Rauschen des Radios wurde von beschwingter Tanzmusik abgelöst. Sie dudelte aus dem Grammophon, das Direktor Ortlieb in Gang gesetzt hatte, sobald die Stimme des Führers verklungen war. Eine Männerstimme, die Irina nicht kannte, begann von Mondschein und Liebe zu singen.

»Wenn ich bitten dürfte.«

Hans schob den Stuhl zurück und reichte Irina die Hand.

Irina, noch immer in Gedanken versunken, ergriff sie erst, als er seine Aufforderung etwas nachdrücklicher wiederholte. Während sie aufstand, trafen ihre Augen Luises. Im Blick der jungen Schriftleiterin lag etwas, das Irina nicht benennen konnte.

War es Neid? Sehnsucht? Etwa gar Eifersucht?

Bevor Irina sich für ein Gefühl entscheiden konnte, wandte Luise sich bereits von ihr ab und dem SS-Mann zu, der hinter ihr Aufstellung genommen hatte, um sie zum Tanz zu bitten. Es war Obersturmführer Jütte, der sich für den heutigen Abend rasiert hatte, sodass man das hässliche Muttermal auf seiner rechten Wange sah. Abgesehen davon war er ein gutaussehender Mann, doch Irina mochte ihn nicht. Er zeigte sich Hans gegenüber stets hündisch ergeben, derweil er die Männer seines Wachtrupps dermaßen von oben herab behandelte, dass sie sich manchmal wunderte, warum sie nicht gegen ihn revoltierten.

Befriedigt nahm sie zur Kenntnis, wie Luise dem Obersturmführer lächelnd, aber bestimmt einen Korb gab, worauf dieser mit betretener Miene die Segel strich; dann sagte Hans: »Kommst du?«, und sie folgte ihm auf die Tanzfläche.

*****

Irina hatte sich vorgenommen, nüchtern zu bleiben, doch als sie sich gegen Mitternacht anschickte, zur Toilette zu gehen, stellte sie fest, dass sie einen ziemlichen Schwips hatte. Viermal hatte sie mit Hans getanzt, zweimal mit Exler und einmal mit Grauwiedel, bis dieser ihr so heftig auf den Fuß getreten war, dass sie sich auf einen der Stühle neben der Tanzfläche setzen und die gequetschten Zehen reiben musste. Danach hatte sie jede weitere Aufforderung zum Tanz abgelehnt, dafür aber jedes Weinglas angenommen, das man ihr anbot.

Mit dem zu erwartenden Ergebnis.

Kaum erhob sie sich vom Stuhl, begann der Saal Karussell zu

fahren, ihr wurde speiübel und sie musste sich an der Stuhllehne festhalten, um nicht aus ihren Stöckelschuhen zu kippen.

Irina atmete ein paarmal tief durch, doch die Luft in dem Raum mit seinen hermetisch geschlossenen Fenstern war so stickig, dass ihr davon nur noch übler wurde.

Sie wollte sich gerade wieder hinsetzen, als sie eine schlecht gelaunte Frauenstimme hinter sich sagen hörte: »Geht es Ihnen nicht gut?«

Vorsichtig wandte Irina den Kopf.

Hinter ihr stand Traudl Grauwiedel und schaute sie missmutig an. Ihr Gesicht war gerötet vom letzten flotten Walzer, den sie mit Obersturmführer Jütte aufs Parkett gelegt hatte. Im Unterschied zu ihrer Schwester Magda, die weder Hans' noch Exlers Aufforderung gefolgt war, tanzte Traudl mit jedem Mann, der ihr die Hand reichte. Als wollte sie sich und der Welt beweisen, dass sie über den Wehrwirtschafsführer hinweg war und sich auch ohne ihn prächtig zu amüsieren wusste.

Irina richtete sich zu ihrer vollen Größe auf und erwiderte kurz angebunden: »Alles in Ordnung. Ich brauche bloß ein wenig frische Luft«, dann ließ sie die Stuhllehne los, um zum Ausgang zu gehen.

»Ich begleite Sie«, erklärte Traudl.

Irina zuckte die Achseln. »Wenn Sie meinen ...«

Sie waren offenkundig nicht die einzigen, die frische Luft brauchten. Im Hotelfoyer, das von Luftschutzlampen in ein schwaches, bläuliches Licht getaucht war, herrschte ein beständiges Hinaus und Hinein. Menschen mit erhitzten Gesichtern strebten ins Freie, während andere Zähne klappernd von draußen hereinkamen. Die Hitlerjungen, die sicherstellen sollten, dass nur geladene Gäste das *Ortlieb* betraten, hatten alle Mühe, nicht den Überblick zu verlieren.

»Heil Hitler«, sagte der eine, als Irina sich in Begleitung von Traudl dem Eingang näherte.

Der andere hielt ihnen die Tür auf.

Traudl gestattete einen Blick in ihren großzügigen Ausschnitt, bevor sie den Mantel zuknöpfte und die Arme über der Brust verschränkte. Die Hitlerjungen sperrten die Münder auf und glotzten ihnen nach, bis der ältliche Page sie zur Ordnung rief.

Die Nacht war sternenklar und so kalt, dass Irinas Benommenheit sofort verschwand. Der Mond schien hell, sodass man trotz vorschriftsmäßiger Verdunkelung problemlos bis zur anderen Seite des Rings sehen konnte. Vor dem Rathaus standen zwei Lastwagen, an deren Planen Rotkreuzfahnen befestigt waren.

Auf dem Gehsteig vor dem Hoteleingang hatte sich eine Handvoll SS-Männer versammelt, die Bier aus der Flasche tranken, während sie ein paar junge Frauen beäugten, die sich in einigen Schritten Entfernung frierend aneinanderdrängten und dabei gierig an ihren Zigaretten sogen.

Irina kannte die Männer, doch sie grüßte sie so wenig, wie die Männer sie grüßten, als sie mit Traudl im Schlepptau an ihnen vorbeiging.

Dafür hob eine der Frauen die Hand und winkte ihnen zu.

Wie Irina beim Nähergehen erkannte, war es die hübsche Krankenschwester mit dem Bubikopf, die ihr vor einigen Tagen schon einmal zugewinkt hatte. Sie trug als einzige keinen Mantel und weder Schal noch Handschuhe, wie wenn ihr die Kälte nichts anhaben könnte.

Irina hatte sich noch nicht entschieden, ob sie diese tollkühne Geste der Realitätsverweigerung eher anziehend oder vielmehr abstoßend finden sollte, als Traudl sie am Arm packte und schnurstracks auf die Frauenrunde zusteuerte.

»Zigarette?«, fragte der Bubikopf, sobald sie bei ihr angelangt waren, und zog auch schon eine halbleere Packung *Astra* aus der Rocktasche. Sie hielt sie zuerst Irina, dann Traudl hin, bevor sie den glühenden Stummel aus dem Mund nahm und ihn Traudl zum Anzünden anreichte. Nachdem sie sich ebenfalls einen frischen Glimmstengel angesteckt hatte, sagte sie: »Ich bin Lore. – Und wer sind Sie?«

Sie lächelte so breit, dass Irina die Grübchen in ihren Wangen sehen konnte.

Sie und Traudl nannten ihre Namen, woraufhin Lore ihnen die übrige Runde vorstellte. Drei von ihnen waren ausgebildete Krankenschwestern wie sie, bei den anderen beiden handelte es sich um junge Jederstädterinnen, die im Lazarett Hilfsdienst leisteten. Abgesehen von Lore schienen die Frauen nicht sonderlich aufgeräumter Stimmung zu sein. Sie wirkten abgekämpft, was Irina nicht weiter verwunderte. Sie beneidete die Frauen nicht um ihre Arbeit. Hans war unlängst im Lazarett gewesen, um die Patienten aufzumuntern, und hatte sich furchtbar über die unhaltbaren Zustände aufgeregt. In heller Empörung hatte er ihr berichtet, dass es den Ärzten und Schwestern an allem fehle: an Medikamenten, Verbandszeug, Spritzen, sauberem Wasser …

»Wie im Busch«, hatte Hans' vernichtendes Urteil gelautet.

Die schwere Lazarett-Arbeit schien indes nicht das Einzige zu sein, was die Frauen bedrückte. Als sie die Vorstellungsrunde beendet hatte, zog Lore an ihrer Zigarette und erklärte, immer noch lächelnd: »Wir haben uns gerade gefragt, wie lange es wohl noch dauert, bis die Russen hier sind. Was meinen Sie?«

Irina dachte an das Donnern der Artillerie, das in den vergangenen vierundzwanzig Stunden fast ununterbrochen zu vernehmen gewesen war. Doch bevor sie eine Schätzung abgeben konnte, antwortete Traudl: »Zwei Wochen. Wenn überhaupt.«

»Zwei Wochen?« Lore schnaubte so heftig, dass sich eine dichte, weiße Atemwolke vor ihrem Mund bildete. »Ich tippe auf höchstens zwei Tage.«

Irina bemerkte, wie die Zigarette in der Hand der Krankenschwester zitterte. Möglich, dass das Zittern von der Kälte kam. Möglich aber auch, dass Lore unter ihrem aufgekratzten Äußeren nicht viel anders zumute war als den übrigen im Kreis.

»Zwei Tage«, wiederholte die junge Frau, »allerhöchstens drei. Dann sind sie hier. – Und dann gnade uns Gott. Wenn auch nur die Hälfte von dem stimmt, was die Soldaten erzählen, sind die Russen schlimmer als Attilas Hunnen.«

Beim der Beschreibung zuckten die anderen Frauen zusammen wie unter einem Schlag. Irina bemerkte, wie die Krankenschwester mit den blonden Zöpfen, die Lore ihr als »meine Freundin Ingrid« vorgestellt hatte, am ganzen Körper zu schlottern anfing. Sogar ihre Stimme schien zu schlottern, als sie sagte: »So lange wart' ich nicht. Eher lauf' ich weg.«

Lore schnaubte erneut. »Und wohin?«, erkundigte sie sich trocken. »In der einen Richtung wartet die Gestapo, in der anderen die Rote Armee. Beides keine schönen Aussichten, wenn du mich fragst.«

Sie nahm die letzten Züge von der Zigarette, bevor sie die Kippe auf den Boden warf und die Glut mit dem Absatz ihres hohen Stiefels austrat. Dann bemerkte sie sarkastisch: »Ins KZ oder einmal einen Trupp Rotarmisten drüber lassen ... Wer die Wahl hat, hat die Qual!«

Für paar Sekunden herrschte Totenstille. Dann fuhr eine der beiden Hilfsschwestern Lore an: »Hör auf, solche Märchen zu erzählen! Das stimmt doch alles nicht!«

Es klang wie der letzte verzweifelte Versuch, sich selbst zu überzeugen.

»Du denkst, das ist alles nur Gräuelpropaganda von unserem lieben Doktorchen?«, erwiderte Lore mit ätzendem Unterton. »Damit auch ja niemand auf die Idee kommt, die Flinte ins Korn zu werfen?« Sie trat die erloschene Kippe noch etwas tiefer in den Schnee. »Da muss ich dich enttäuschen, Hildegard. In diesem Fall hat der Herr Propagandaminister für ein Mal recht. Meine Mutter hat Verwandtschaft in Ostpreußen. Dort sollen die Russen sogar achtzigjährige Frauen geschändet haben.« Ihr Blick wurde glasig. »Mama hat geschrieben, dass man am besten die Augen zumacht und an was anderes denkt ...«

»Vorher bring' ich mich um«, piepste Ingrid. Sie kam Irina sehr kindlich vor, obwohl sie bloß ein oder zwei Jahre jünger als sie selbst sein konnte. Wie eines dieser naiven jungen Gänschen, die in den Filmen der Deutschen immer die Hauptrolle spielten.

»Wär' vermutlich tatsächlich das Vernünftigste«, meinte Lore lakonisch.

Ingrid fing an zu weinen.

Lore, der ihre Grobheit augenscheinlich sofort leidtat, nahm ihre Freundin in den Arm und sagte mit unüberhörbarer Zärtlichkeit in der Stimme: »Ingrid, Liebste. Jetzt wein' doch nicht. Sieh's doch mal so: Nur noch ein paar Tage malochen, dann haben wir's hinter uns. Dann ist endlich Ruhe im Karton.«

Ingrid, unempfänglich für jeden Trost, schluchzte: »Das ist unsere Strafe! Wir hätten die Juden in Ruhe lassen sollen. Die reichen Bankiers, die hätte man ja vielleicht ... Aber arme alte Leute, Frauen und Kinder! Du hast doch gehört, was die Soldaten erzählen: Die haben an einem einzigen Nachmittag zehntausend Juden erschossen. Und einer hat gesagt, dass sie die Juden in den Lagern mit Gas ...«

Die Ohrfeige, die Traudl Ingrid versetzte, schallte so laut durch die Nacht, dass sie eine Stalin-Orgel übertönt hätte.

Ingrid verstummte augenblicklich.

»Sag mal! Du hast sie wohl nicht mehr alle!«

Lore machte Anstalten, auf Traudl loszugehen, doch Ingrid hielt sie zurück. »Lass«, sagte sie leise. »Sie hat ja recht. Mein Vater sagt auch immer, ich soll nicht gleich hysterisch werden.«

Sie lehnte die Stirn an Lores Schulter, während Traudl trotzig die Lippe vorschob und mit hocherhobenem Haupt davonstampfte.

Die Frauen in der Runde sahen ihr betreten nach.

Während Irina die Augen von einer zur andern wandern ließ, kam sie zu der Erkenntnis, dass allen Frauen in Jederstadt seit einigen Tagen dasselbe in den Gesichtern stand: Panik, gemischt mit Resignation.

Sie konnte kein Mitleid mit ihnen haben.

Auch nicht mit diesen ach so gutherzigen Rotkreuz-Engeln.

In Warschau, wo sie mit Hans auf der Rückreise aus der Ukraine Station gemacht hatte, war ihnen einer Gruppe deutscher Krankenschwestern begegnet. Manche von ihnen fuhren an freien Tagen ins Ghetto, um sich mit Luxusgütern einzudecken, die ihnen die verzweifelten Juden dort zu Billigstpreisen verkauften. »Auf Einkaufstour gehen« nannten sie das.

Nein, Irina konnte kein Mitleid mit den Frauen haben.

So wenig wie mit sich selbst.

Man hatte immer eine Wahl.

Es gab Frauen, die den Tod gewählt hatten. Oder die zumindest das Risiko zu sterben eingegangen waren.

Auch sie hätte nicht mit Hans mitgehen müssen. Sie hätte sich für einen anderen, gefährlicheren Weg entscheiden können. Dass sie sich für den einfacheren entschied, war vielleicht nachvollziehbar – die meisten Menschen waren keine Helden –, aber das entlastete sie nicht von ihrer Schuld. Keine Entscheidung ohne Konsequenzen. Früher oder später mussten alle Schulden beglichen werden.

»Komm, wir gehen wieder rein«, sagte Lore zu Ingrid. »Jetzt hilft nur noch tanzen.«

Sie wandte sich Irina zu.

»Kommen Sie mit?«

»Gleich«, sagte Irina und hielt die noch glühende Zigarette zwischen ihren Fingern in die Höhe.

Als sie wenig später in den Festsaal zurückkam, fiel ihr Blick als allererstes auf Luise, die neben der Tanzfläche stand und den Paaren zusah, die sich keuchend und schwitzend mit einem Wiener Walzer abkämpften. Sie musste sich irgendwo versteckt haben, um jeder weiteren Aufforderung zum Tanz zu entgehen. Ob es an den anwesenden Männern lag oder womöglich daran, dass sie zwei linke Füße hatte? Eigentlich wirkte Luise nicht wie eine Frau, die sich vor einem Tanz zu fürchten hätte, aber wer konnte schon sagen, was sich hinter einem selbstbewussten Äußeren verbarg?

Auch eine Frau in Hosen blieb eine Frau.

Mit all ihren Ängsten und Verletzlichkeiten.

»Der Tanz auf dem Vulkan. Karl Krauß hätte seine helle Freude gehabt.«

Irina fuhr zusammen, als die Stimme sie aus ihren Gedanken riss. Sie drehte sich um. Hinter ihr stand der Hoteldirektor und lächelte traurig.

Sie erwiderte sein Lächeln.

Irina mochte Viktor Ortlieb. Er machte keinen Unterschied zwischen seinen Gästen. Selbst sie, die Volksdeutsche mit russischem Blut, behandelte er so zuvorkommend wie alle anderen. Als Hans letzten August für einige Tage in Berlin gewesen war, hatte Ortlieb sie sogar zu einem Spaziergang eingeladen. Sie waren am Flussufer entlangflaniert. Zuerst hatte der Direktor von seinen Kindern erzählt – von seinem Sohn, der gerade eingezogen worden war, und seiner Tochter, die demnächst ihr Philosophie-Studium in München abschließen würde. Danach vertraute er Irina an, weshalb seine Angestellte in die Fänge des Kreisleiters geraten war: weil sie den Wunsch ausgesprochen habe, die Bombe der Attentäter vom 20. Juli hätte Hitler getötet.

Nach diesem Geständnis war Ortlieb abrupt stehengeblieben und hatte seinen Blick zu der Statue erhoben, die auf dem Hügel über ihnen emporragte. Er strich sich mit der Hand einige Male nachdenklich über das Ziegenbärtchen, bevor er ohne mit der Wimper zu zucken bemerkte: »Ist sie nicht ausnehmend hässlich?«

Irina war sich unsicher, was sie darauf hätte antworten sollen. Erst als sie das verschmitzte Lächeln sah, das auf den Lippen des Direktors lag, traute sie sich, Antwort zu geben: »Eine Verschandelung der Landschaft, in der Tat.«

Einen Augenblick standen sie schweigend nebeneinander und sahen den klapperdürren Menschen zu, die auf der Baustelle hin und her wankten, dann meinte Ortlieb mit einem Seufzer: »Ich weiß nicht, ob es Ihnen ein Trost ist, Fräulein Stolz, aber ich für meinen Teil bin überzeugt, der Tag wird kommen, an dem man den Männern des zwanzigsten Juli ein Denkmal setzen wird.«

Sein Tonfall hatte etwas Prophetisches an sich gehabt.

Jetzt sagte er mit einem ganz ähnlichen Unterton: »Früher hatte ich gehofft, meinen Kindern ein florierendes Hotel vererben zu können, wenn ich einmal sterbe. Heute hoffe ich bloß noch, dass meine Kinder mich überhaupt überleben. Mich und diesen elenden Krieg.«

»Glauben Sie, es ist der Mühe wert?«, fragte Irina.

»Zu überleben?«

Sie nickte.

Ortlieb drehte ihr das Gesicht zu und betrachtete sie lange schweigend mit einem Blick, der Irina entfernt an ihren Großvater Iwan erinnerte.

Der Wiener Walzer war schon fast zu Ende, als er leise, aber bestimmt zur Antwort gab: »Junge Menschen müssen leben, Irina, leben und lieben ... und für neues Leben sorgen. Es ist ihre Aufgabe. – Die einzige, die zählt.«

Mit diesen Worten fasste er sie an der Schulter und schob sie sanft in Richtung Tanzfläche.

12. Kapitel

Mittwoch, 31. Januar 1945

Zarah Leander steckte mitten in der zweiten Strophe von *Kann denn Liebe Sünde sein*, als das dudelnde Grammophon mit einem Kreischen verstummte und sich ein nervöses Tuscheln im Saal erhob. Irina löste sich von Lore, die sie soeben einmal quer über die Tanzfläche gewirbelt hatte – der Männermangel im Saal war so groß, dass niemand sich über tanzende Frauenpaare wunderte, und Lore hatte so nett gefragt, dass Irina nicht hatte ablehnen wollen.

Vom Saaleingang her näherten sich zielstrebig fünf Männer in Wehrmachtsuniformen. Der Mann, der sie anführte, erinnerte an das Gemälde eines preußischen Gardeoffiziers: Alles an ihm wirkte wie mit dem Lineal gezogen. Seine Züge waren scharf, die Lippen schmal, die Nase spitz. Er ging so aufrecht, als hätte man ihm einen Stock zwischen die Hinterbacken geklemmt. Sobald er die Tanzfläche erreichte, zog er die Handschuhe aus und verkündete: »Generalmajor von Liebenfels, Kommandant der 103. Jäger-Division. Ab sofort zuständig für die Verteidigung dieser Stadt. Wer hat hier das Sagen?«

Die Anwesenden schauten einander unsicher an.

Irina hob die Augen von den auf Hochglanz polierten Militärstiefeln des Kommandanten und ließ ihren Blick durch den Raum schweifen.

Der Speisesaal war trotz der vorgerückten Stunde immer noch gut besetzt. Mit Ausnahme einiger weniger, vorwiegend älterer Herrschaften, die sich unmittelbar nach der Hitler-Rede nach Hause begeben hatten, schienen die Gäste entschlossen, die Nacht durchzufeiern. Krassnik lag auf vier aneinandergereihten

Stühlen und schnarchte. Luise hatte sich wieder zu den Grauwiedels an die Ehrentafel gesetzt; Hans saß bei seinen Männern an einem der Tische im hinteren Teil des Raumes.

Nur Kreisleiter Exler war nirgends zu entdecken.

Der Generalmajor, nicht gewohnt, auf Antworten warten zu müssen, verlangte neuerlich zu wissen, wer hier zuständig sei, wobei er sich mit den Lederhandschuhen in der rechten Hand ungeduldig auf die linke Handfläche schlug.

Irina sah, wie Grauwiedel Anstalten machte, sich aus dem Stuhl zu wuchten. Auch Hans war aufgestanden. Doch eine allseits bekannte Männerstimme kam ihnen zuvor.

»Ich!«, rief die Stimme.

Im nächsten Moment kam Exler in den Saal gestiefelt, gefolgt von Fräulein Wagner, deren Bluse falsch zugeknöpft war, und dem pickelgesichtigen Adjutanten, dessen flammend rotes Gesicht erahnen ließ, in welch kompromittierender Lage er den Kreisleiter und das Empfangsfräulein vorgefunden hatte. Seinem Chef dagegen schien die Situation in keiner Weise peinlich zu sein. Die Wangen des Mannes leuchteten nicht rosiger als sonst, sein Lächeln war so frostig wie eh und je.

Zu Irinas Verblüffung ließ der eigentümliche Stechschritt, in dem er geradewegs auf den Kommandanten zustrebte, nicht das leiseste Anzeichen von Trunkenheit erkennen. Augenscheinlich hatte ihn das Schäferstündchen ausgenüchtert. Auch seine Stimme klang überraschend fest, als er Generalmajor von Liebenfels seinen Namen nannte und anschließend wissen wollte, was er denn für ihn tun könne.

Von Liebenfels, offenkundig kein Freund langer Begrüßungsrituale, antwortete in barschem Tonfall: »Sie können mir erklären, warum die Leute noch hier sind.«

Exler beäugte den bedeutend größeren Mann einen Moment lang mit leicht geneigtem Kopf, bevor er scheinheilig zur Antwort gab: »Warum sollten sie nicht mehr hier sein? Wir feiern das zwölfjährige Bestehen der Machtübernahme, da sollte es doch erlaubt sein, auch einmal bis drei Uhr morgens aufzubleiben, oder etwa nicht?«

»Lassen Sie die Scherze!«, fuhr von Liebenfels den Kreisleiter an, indem er einen Schritt auf ihn zutrat und ihm die spitze Nase entgegenstreckte. »Sie wissen genau, dass ich nicht von der Festgesellschaft hier spreche.« Er hob den Arm und gestikulierte in Richtung Marktplatz. »Das Oberkommando der Wehrmacht hat schon vor über einer Woche angeordnet, dass ein dreißig Kilometer breiter Streifen westlich der Oder von der Zivilbevölkerung zu räumen ist. Ihre Stadt sollte längst evakuiert sein! In weniger als achtundvierzig Stunden ist hier die Hölle los! Wenn die Stalin-Orgeln dröhnen und Granaten durch die Luft fliegen, kann ich keine Zivilisten gebrauchen, die meinen Truppen im Weg stehen!«

Die hellen Augen des Generalmajors bohrten sich in die dunklen Schweinsäuglein seines Gegenübers. Während seiner Rede hatte sich wachsende Aufregung im Saal breitgemacht. Die Gäste flüsterten und scharrten erregt mit den Füßen. In einer Ecke des Raumes fing eine Frau an zu winseln wie ein Hund, aus einer anderen brüllte ein Mann: »Halt die Schnauze, Weib!«

Nur der Kreisleiter war die Ruhe selbst.

»Mir ist nichts bekannt von einem Evakuierungsauftrag.«

Es fehlte nicht viel und er hätte dazu mit den Achseln gezuckt.

Irina wäre nicht überrascht gewesen, wenn von Liebenfels nun die Contenance verloren hätte, aber der Generalmajor wusste sich zu beherrschen, wenn auch nur ganz knapp. Seiner gepressten Stimme war anzuhören, dass er innerlich kochte, als er zurückgab: »Ob Sie den Befehl kennen oder nicht, kümmert mich nicht. Ihre Stadt ist Kriegsgebiet. Ab sofort hat hier die Wehrmacht das Sagen.«

Exler gluckste, wie wenn der Mann einen Witz gemacht hätte.

Langsam neigte er den Kopf auf die andere Seite, betrachtete den Kommandanten ein paar Sekunden lang aus diesem neuen Blickwinkel und erwiderte dann in einem Tonfall, den man nur als hämisch bezeichnen konnte: »Da muss ich Sie korrigieren, Herr Generalmajor. Der Führer hat verfügt, dass die Organisation von Evakuierungen in den Händen der Partei liegen soll. In Jederstadt sind das zufälligerweise *meine* Hände, und ich werde die Stadt nicht räumen lassen, bevor mir nicht ein schriftlicher Evakuierungsbefehl des Führers oder wenigstens des zuständigen Reichsverteidigungskommissars, Gauleiter Hanke, vorliegt.«

Das Lächeln, mit dem Exler den letzten Satz beschloss, ließ Irina das Blut in den Adern gefrieren.

Auch von Liebenfels wirkte wie eingefroren. Kein Muskel in seinem Gesicht zuckte, während er die Worte verdaute. Der Schlagabtausch mit dem Kreisleiter nahm eine Wendung, die er allem Anschein nach nicht vorausgesehen hatte. Es dauerte einen Moment, bis er sich aus der Erstarrung löste und seine Stabsoffiziere zu sich winkte. Dann hatten die Offiziere auch schon einen Kreis um ihren Vorgesetzten gebildet und von Liebenfels' Kopf war zwischen ihren Mützen verschwunden.

Während sich die Militärs mit gedämpften Stimmen besprachen, wurde die Unruhe im Saal größer und größer. Inzwischen hatten sich fast alle von den Stühlen erhoben, traten nervös auf der Stelle oder strebten dem Ausgang zu. Bei der Garderobe an der Tür bildete sich ein regelrechter Auflauf. Männer rangen um Mäntel und Hüte, Frauen stritten um Mützen und Schals. Alle schienen nur einen Gedanken zu haben: »Weg hier, und zwar so schnell wie möglich!« Allerdings traute sich niemand, den Raum auch tatsächlich zu verlassen. Die Leute schienen darauf zu warten, dass man ihnen die Erlaubnis zum Gehen erteilte.

Endlich hatte der Generalmajor die Meinung seines Stabes eingeholt. Als er zu sprechen anhob, war sein Tonfall entschieden zu konziliant für Irinas Geschmack.

»Ihre Treue zu Führer und Partei ehrt Sie, Kreisleiter Exler«, sagte er, wobei er sich ein kaum erkennbares Lächeln abrang. »Aber der Führer will bestimmt nicht, dass unschuldige Frauen, Kinder und Greise zwischen die Fronten geraten. Und Ihnen wird gewiss auch nicht gleichgültig sein, was mit den Menschen Ihrer Stadt geschieht. Als Kreisleiter ist es schließlich Ihre Aufgabe, die Bevölkerung zu beschützen.«

Exler gluckste erneut. Der Austausch mit dem Generalmajor schien ihm mit jedem Augenblick mehr Vergnügen zu bereiten.

»Was der Führer will oder nicht will, haben nicht Sie zu bestimmen, Herr Generalmajor«, erwiderte er, kaum dass von Liebenfels seine Sätze ausgesprochen hatte. »Und was meine Person betrifft ... als Kreisleiter bin ich in erster Linie dem Willen des Führers verpflichtet. Wenn der Führer befiehlt, dass ich meine Stadt bis zum letzten Mann halten soll, dann werde ich diesen Befehl ausführen. Sie und Ihre Herren Offiziere werden meine Haltung nachvollziehen können, wo Sie doch alle einen Eid auf den Führer geschworen haben. Wie lauten dessen Worte nochmal? – ›Ich schwöre bei Gott diesen heiligen Eid, dass ich dem Führer des Deutschen Reiches und Volkes, Adolf Hitler, dem Obersten Befehlshaber der Wehrmacht, unbedingten Gehorsam leisten ...‹«

Irina konnte beinahe sehen, wie die Beherrschung des Generalmajors bröckelte. Doch aus irgendeinem Grund gab von Liebenfels sich weiter Mühe, seinen Zorn im Zaum zu halten.

»Glauben Sie mir, Exler, ich verstehe sehr gut, was es bedeutet, sein Leben für den Führer einzusetzen«, gab er sarkastisch zurück. »Aber Sie haben es ja selbst gesagt: Bis zum letzten ›Mann‹ sollen wir unser Land verteidigen. Ich habe noch nie gehört, dass der Führer von Frauen und Kindern verlangt hätte, ihr Blut für ihn zu vergießen.«

»Aber warum denn nicht? Warum sollten deutsche Frauen und Kinder nicht mit Freuden für den Führer kämpfen und sterben, wenn sein Werk sich nur auf diese Weise retten lässt? Was gibt es denn Größeres, als für Führer und Vaterland sein Leben zu lassen?«

Die letzte Frage hatte Exler gleichsam an den ganzen Saal gerichtet.

Nun wandte er sich von den Militärs ab und ließ seinen kalten Blick erwartungsvoll über die Versammelten gleiten.

Niemand antwortete ihm.

Irina kam es vor, als ob die Menschen nicht einmal zu atmen wagten aus Angst, es könnte ihnen als Ablehnung – oder Zustimmung – ausgelegt werden.

Drückendes Schweigen senkte sich über den Raum, bis sich endlich jemand vom gegenüberliegenden Ende des Saales her zu Wort meldete.

Es war der Bürgermeister, der mit seiner Familie an der Tür stand und bereits seinen Mantel angezogen hatte. Seine Stimme war eine halbe Oktave höher als üblich und bedeutend weniger durchschlagend, als er sich räuspernd begann: »Hermann, wenn ich auch etwas einbringen dürfte ... Ich finde, der Herr Generalmajor hat recht. Natürlich wollen wir alle, dass Jederstadt verteidigt wird, aber es hilft doch niemandem, wenn Frauen und Kinder hier sitzen, während die Wehrmacht mit dem Feind ringt. Und für den Fall – nur für den Fall –, dass unser Städtchen vorübergehend in die Hand des Feindes ...«

Grauwiedel brach ab. Exlers Gesicht hatte bei seinem Gestammel einen so verächtlichen Zug angenommen, dass den Bürgermeister offensichtlich der Mut zum Weiterreden verließ.

»Auch du, Max?«, fragte Exler. »Wann bist du denn ein solcher Kleingeist geworden? Hast du nicht vor einer Stunde noch behauptet, man dürfe die Hoffnung auf den Endsieg nie aufgeben? Das galt wohl nur so lange, bis deine eigene Haut in Gefahr war. Oder die deiner Frau und Töchter.«

Bei deren Erwähnung ließ Irina ihren Augen wieder zur Tür wandern, wo die Bürgermeistersgattin und ihre jüngere Tochter gerade in unterdrücktes Schluchzen ausbrachen. Selbst in Magdas apathischer Miene zeigte sich ein Anflug von Besorgnis, als sie ihre weinende Schwester in die Arme nahm.

In Irinas Gedanken blitzte das Bild ihrer jüngeren Geschwister Juri und Swetlana auf, so, wie sie die beiden das letzte Mal gesehen hatte. Sie hatten einander bei den Händen gehalten und Irina nachgewinkt, als diese in den Zug gestiegen war, der sie in die Ukraine bringen sollte. Manchmal stellte Irina sich vor, dass die beiden sich genauso an den Händen gehalten hatten, als sie und ihre wolgadeutschen Großeltern wenige Jahre später von Stalins Schergen in den Zug nach Kasachstan verfrachtet worden waren. Dann hoffte sie jedes Mal, dass ihre Geschwister einander hatten festhalten können bis ans Ende ihrer Reise. Es war ihr einziger Trost: dass die Geschwister – und vielleicht auch die Großeltern – wenigstens gemeinsam in den Tod gefahren waren.

Exler, der damit fortfuhr, den Bürgermeister zu verhöhnen, holte Irina wieder in die Gegenwart zurück.

»Dein mangelndes Vertrauen in den Führer enttäuscht mich, Max. Aber ich will dich nicht aufhalten. Du kannst dem Herrn Generalmajor gerne zur Hand gehen und in Berlin oder Breslau um die Treckerlaubnis anfragen. Nur musst du dann auch in Kauf nehmen, dass dich das möglicherweise vor den Volksgerichtshof bringt.« Der Kreisleiter machte eine effekthascherische Pause, ehe er fast beiläufig hinzusetzte: »Bei Ihnen, Herr Generalmajor, wird es wohl eher ein Standgericht sein.«

Von Liebenfels fiel die Kinnlade herunter.

Dann schoss ihm das Blut ins Gesicht.

Seine Reaktion schien Exler nur weiter anzuspornen. »Wie man hört, soll der Führer nicht gut auf seine Generäle zu sprechen sein, nach allem, was sie in den vergangenen Jahren an Unfähigkeiten abgeliefert haben. Was denken Sie, wird er sagen, wenn Sie Jederstadt räumen lassen, bevor er sein Plazet dazu gegeben hat? Ausgerechnet die Stadt, in der das monumentale Denkmal eines Helden der Bewegung steht?«

Der Generalmajor starrte den Kreisleiter nur mehr wutentbrannt an. Dieser erwiderte das Starren auch diesmal, ohne eine Miene zu verziehen. Die Blicke der beiden Männer verbissen sich ineinander wie zwei kämpfende Hunde.

Zu Irinas Enttäuschung war es der größere und vermeintlich stärkere der beiden, der die Augen zuerst senkte.

»Ich werde mit Berlin Rücksprache halten«, erklärte von Liebenfels, während er sich die Handschuhe überstreifte und seinen Männern das Zeichen zum Aufbruch gab. »Danach sprechen wir uns wieder.«

»Wunderbar«, sagte Exler.

Der Generalmajor salutierte knapp, machte rechtsumkehrt und verließ den Saal, wie er gekommen war: an der Spitze seiner Offiziere.

Die Militärs waren kaum über der Schwelle, als der Raum komplett die Fassung verlor. Wie wenn jemand die Schleusen geöffnet hätte, begannen Frauen zu kreischen, Männer zu schreien, Füße zu rennen, Ellenbogen zu stoßen, Fäuste zu fliegen, bis eine Männerstimme – war es Jütte? – brüllte: »Ruhe im Saal!«

Erst als ein Warnschuss knallte und dieselbe Stimme »Nehmen Sie sich zusammen, Herrschaften!« schrie, legte sich der Tumult so weit, dass Exler sich an die Gäste wenden konnte.

»Sie haben es gehört«, rief er, laut genug, damit wirklich alle im Saal es mitbekommen konnten. »Jederstadt wird erst evakuiert, wenn ich von höchster Stelle Befehl dazu erhalten habe. So lange verlässt niemand die Stadt. Jeder, der dennoch zu fliehen versucht, wird als Volksverräter betrachtet und auf der Stelle exekutiert. Das gilt auch für Frauen und Kinder.«

Exlers Blick irrte durch den Raum. Nach ein paar Sekunden entdeckte er Luise, die nicht weit entfernt an der Wand neben der Tanzfläche stand und sehr bleich geworden war.

»Außer für Sie natürlich, Fräulein Littke«, erklärte der Kreisleiter, als seine Äuglein sie gefunden hatten. »Sie haben einen Auftrag aus Berlin und damit auch das Recht, was sag' ich: die *Pflicht,* dorthin zurückzukehren. Setzen Sie Jederstadt ein würdiges Denkmal, ganz gleich, wie unser letzter Kampf ausgehen wird.«

Mit diesen Worten machte Exler kehrt und stiefelte aus dem Saal.

Der Adjutant und Fräulein Wagner, die sich die Bluse inzwischen richtig zugeknöpft hatte, deren Frisur jedoch immer noch ein wenig ungeordnet aussah, beeilten sich, ihm nachzueilen.

Sobald die drei den Raum verlassen hatten, war unter den Gästen kein Halten mehr. Alle drängten gleichzeitig zum Ausgang. Stühle fielen um. Irgendwo im Saal krachte ein Tisch zu Boden. Frauen heulten, Männer fluchten. Ein zweiter Warnschuss knallte.

Irina sah, dass Luise sich nicht von der Stelle rührte. Lores Worte kamen ihr in den Sinn: »Am besten macht man die Augen zu und denkt an etwas anderes«, und plötzlich wünschte sie sich inständig, dass Luise noch einen Platz in einem der Züge nach Berlin oder auch nach Dresden ergattern konnte. Hauptsache, sie war weit genug weg, wenn die Russen hier ankamen.

Irina wollte schon hinübergehen, um ihr genau das zu sagen, als eine Hand sie am Oberarm packte. Sie kannte die Hand.

Es war eine schöne Hand. Schmal und trotzdem kräftig.

Eine Musikerhand.

»Gehen wir«, hörte sie Hans sagen.

Es war ein Befehl. Sicher keine Bitte.

Irina warf einen letzten Blick auf Luise, doch diese bemerkte sie nicht.

Flieh!, dachte sie, bevor sie sich abwandte, um Hans zum Ausgang zu folgen.

*****

Die Uhr am Rathausturm schlug halb vier und Irina fühlte bereits den morgendlichen Kater einsetzen, als Hans und sie ihr Zimmer im zweiten Stock des *Ortlieb* betraten, um noch ein paar Stunden zu schlafen.

Sie hatten sich ihrer Oberkleider entledigt und waren gerade zwischen die feuchtkalten Laken geschlüpft, als es an der Tür klopfte und eine Stimme, die Irina für diejenige des pickelgesichtigen Adjutanten hielt, krächzte: »Ein Anruf für Sie, Herr Hauptsturmführer. – Aus Groß-Rosen.«

Hans, der nur sehr selten fluchte, murmelte »Zum Teufel!« und stieg aus dem Bett.

Er hatte sich kaum angekleidet und den Raum verlassen, als Irina ein neuerliches Klopfen vernahm. Nicht sicher, ob sie es wirklich gehört oder sich das Geräusch bloß eingebildet hatte, hielt sie den Atem an und lauschte in die Dunkelheit.

Einen Augenblick herrschte Stille.

Dann klopfte es erneut.

Irina schlug die Decke zurück, knipste die Nachttischlampe an und stand auf. Mit einem unterdrückten Gähnen wickelte sie sich in den Pelzmantel und ging zur Tür.

»Was um alles in der Welt tun Sie hier?«, entfuhr es ihr, als sie sah, wer dort stand. Mit allem hätte sie gerechnet, nur nicht damit, Luise Littke vor sich zu haben, Luise, die in diesem Augenblick ihre Sachen hätte packen sollen, damit sie den ersten Zug nach Westen erwischen konnte, in dem noch ein Platz, eine Ecke, ein winziges Fleckchen frei war.

»Lassen Sie mich rein? – Bitte.«

Luises Stimme klang atemlos, drängend.

Irina warf einen nervösen Blick den Flur hinunter in Richtung Fahrstuhl, bevor sie einen Schritt beiseite trat.

»Was um alles in der Welt tun Sie hier?«, wiederholte sie, als Luise über die Schwelle getreten und die Tür hinter ihr ins Schloss gefallen war.

»Ich will Sie retten«, erklärte Luise.

Der Satz klang so absurd, dass Irina zu lachen begann.

»Mich retten? – Wovor?«

»Vor den Russen, natürlich«, erwiderte Luise, als wäre es das Selbstverständlichste von der Welt. »Wenn es stimmt, was die Leute sagen, macht die Rote Armee keinen Unterschied zwischen Soldaten und Zivilbevölkerung. Und wie die Russen mit deutschen Frauen umgehen, wissen wir spätestens seit Nemmersdorf.«

Irinas Heiterkeit verschwand so rasch, wie sie gekommen war. Sie wollte schon zurückschießen: »Und was glauben Sie, von wem die Russen das gelernt haben?«, als sie Luise mit leiser Stimme hinzufügen hörte: »Aber vor allem will ich Sie vor *ihm* retten.«

Irina zog die Brauen hoch. »Vor ihm?«, echote sie fragend, obwohl sie nur zu genau wusste, wen Luise meinte.

»Vor Raschler.«

»Was macht Sie glauben, dass ich vor ihm gerettet werden müsste?«

»Die Art und Weise, wie er Sie behandelt. Wie ein Stück ... Als wenn Sie sein Besitz wären.«

Irina verspürte abermals den Impuls, etwas Boshaftes zu erwidern, dann sah sie die ehrliche Empörung in Luises Miene und antwortete resigniert: »Vielleicht bin ich ja genau das. Sein Besitz ...«

Sie trat an eines der beiden Zimmerfenster, die in den engen Hinterhof hinausgingen. Zwei vermummte Gestalten trugen gerade die Abfallsäcke aus dem Hotel und warfen sie in die beiden riesigen Mülltonnen, die fast ein Drittel des Hofes einnahmen. Obwohl es rein gar nichts zur Sache tat, fragte sich Irina, ob die Müllabfuhr in Jederstadt eigentlich noch funktionierte. – Wahrscheinlich ja. Die Deutschen waren sehr gut darin, die Dinge am Funktionieren zu halten. Vermutlich hörten deutsche Beamte erst auf, ihre Pflicht zu tun, wenn die Russen ihnen die Bürostühle unter den Ärschen wegschossen. Buchstäblich.

»Kommen Sie mit mir.« Luise war zu ihr herangetreten, so nahe, dass Irina ihren Atem im Nacken spüren konnte. »Kommen Sie mit mir nach Stuttgart. Württemberg ist weit weg von hier. Niemand wird Sie dort vermuten. Ich habe Beziehungen in der Stadt. Ich kann Ihnen helfen, Arbeit zu finden und ...«

War sie wirklich so naiv?

Irina seufzte innerlich, antwortete aber nichts. Sie starrte weiter aus dem Fenster, als lägen in diesem stinkenden schlesischen

Innenhof die Antworten auf alle Fragen der Welt. Eine Katze, abgemagert bis auf die Knochen, machte sich an der Mülltonne zu schaffen. Irina stellte sich vor, wie erst die ausgehungerten Häftlinge über die Abfälle des *Grandhotels* herfallen würden, und schauderte bei dem Gedanken.

Im selben Moment hörte sie Luise sagen: »Sie wollen doch nicht wirklich bei ihm bleiben, oder?«

Irina hörte die Hoffnung in ihrer Stimme, und eine Sekunde lang war sie versucht, sich anzuziehen und Luise zu folgen, wohin diese auch ging.

Dann setzt ihr Verstand wieder ein.

Sie würden nicht einmal bis nach Breslau kommen. Und selbst wenn sie es bis nach Stuttgart schafften: Hans würde nach ihr suchen lassen, bis er sie fand. Mit seinen Beziehungen zum Sicherheitsdienst und zur Gestapo wäre das nur eine Frage der Zeit. Die Deutschen würden den Krieg verlieren, daran zweifelte Irina nicht, aber nicht schnell genug, damit sie Hans entkommen konnte. Exlers Auftritt von gerade eben war nur ein Vorgeschmack auf das, was die Alliierten in den nächsten Wochen und Monaten erwartete: fanatischer Widerstand. Die Deutschen würden jeden Zentimeter Heimatboden mit Zähnen und Klauen verteidigen. Vor ihren Gegnern lag noch ein hartes Stück Arbeit bis zum Sieg über die Nazis.

Entschlossen drehte Irina sich um.

»Ich habe keine andere Wahl, als bei ihm zu bleiben.«

Eine kurzen Pause, dann fragte Luise: »Lieben Sie ihn?«

Die Frage kam Irina so unsinnig vor, das sie kurz auflachen musste. Trocken, freudlos.

Sie war erst ein Mal in ihrem Leben verliebt gewesen. In Wladimir, einen Kommilitonen aus dem Lehrerseminar. Wladimir war weizenblond, hatte ein offenes Gesicht und sehr blaue Augen, in die man eintauchen konnte wie in klares Wasser. Außerdem war er klug. Jedenfalls kam es Irina so vor, denn er war in der Lage, lange Passagen aus den Schriften von Marx, Engels und

Lenin zu zitieren und sich mit den Lehrern über deren Auslegung zu streiten, wofür Irina ihn erst recht bewunderte. Dennoch war ihre Liebe zu ihm nicht stark genug gewesen, um ihre Abreise in die Ukraine mehr als ein paar Monate zu überdauern.

In den folgenden Jahren war Irina mit ziemlich vielen jungen Männern ausgegangen, ohne mehr als eine oberflächliche Anziehung für einen von ihnen zu empfinden. Allmählich waren ihr diese ganzen sogenannten Herzensfragen dermaßen lästig geworden, dass ihr der Krieg, der die Liebe wie einen gigantischen Menschheitsirrtum erscheinen ließ, wenigstens in dieser einen Hinsicht wie eine Erlösung vorkam.

»Lieben Sie ihn?«, drang Luises Stimme zu ihr vor.

Irina stieß einen Seufzer aus.

»Ach, Luise …« Sie legte Luise die Hand auf den Arm und versuchte zu lächeln. »Wachen Sie auf. Schauen Sie sich um. Der Krieg ist keine Zeit für die Liebe.«

Luise blieb störrisch. »Lieben Sie ihn?«, fragte sie ein drittes Mal. Das müde Licht der Nachttischlampe warf einen fahlen Schimmer auf ihr Gesicht und verlieh ihm einen bedrückten, fast schon verzweifelten Zug.

»Nein«, erwiderte Irina eine Spur ungehaltener als beabsichtigt. »Ich liebe ihn nicht. Und er liebt mich nicht. Ich habe vergessen, was Liebe ist, wenn ich es denn je wusste, und Hans …«, sie lachte abermals kurz und freudlos auf, »Hans hat in seinem Leben nur eine einzige Frau geliebt. Magda.«

»Magda?«

Luise merkte auf.

»Magda Grauwiedel?«

Irina nickte.

Auf einen Schlag nahm Luises Miene einen gänzlich anderen Ausdruck an. Alle Bedrücktheit fiel von ihr ab.

»Die Tochter des Bürgermeisters?«

Irina nickte erneut.

»Die beiden waren einst verlobt.«

Luise schlug sich mit der flachen Hand gegen die Stirn.

»Ich Idiotin! Warum bin ich nicht selbst darauf gekommen?«

Irina verstand nur Bahnhof. »Wovon reden Sie?«

Luise klang aufgekratzt, als sie hastig erklärte: »Davon, dass ..., dass dann wohl Raschler Fritz Freundlich ermordet hat! Ich habe Ihnen doch erzählt, dass etwas mit dieser Freundlich-Geschichte nicht stimmt. Dass Freundlich von einem Nebenbuhler umgebracht wurde, nicht von den Bolschewisten. – Dieser Nebenbuhler muss Raschler gewesen sein, Magdas Verlobter. Er hat Fritz umgebracht!« Luise schlug sich erneut gegen die Stirn und fügte dann freudenstrahlend hinzu: »Verstehen Sie, was das bedeutet?«

Irina verstand noch immer nicht. Natürlich erinnerte sie sich, dass Luise damals von Zweifeln an der offiziellen Freundlich-Geschichte gesprochen hatte, aber ihre Ausführung war so wirr gewesen, dass Irina dem nicht wirklich hatte folgen können.

Sie versuchte sich an die Details zu entsinnen, derweil Luise atemlos weitersprach: »Magda war die heimliche Geliebte von Fritz. Ihr Verlobter muss das herausgefunden und ihn dafür getötet haben. – Wenn das die Polizei erfährt, wird Raschler verhaftet und vor Gericht gestellt. Dann kann er Ihnen nichts mehr anhaben. Dann sind Sie frei!« Jetzt strahlte Luise übers ganze Gesicht. »Frei!«, lachte sie.

Sie packte Irina am Ärmel und zog sie zur Tür.

»Wir müssen zur Polizei! Jetzt, auf der Stelle!«

Irina ließ sich zwei, drei Schritte mitziehen, ehe sie ihre nackten Fersen in den Teppichboden stemmte und den Arm aus Luises festem Griff wand.

»Stopp! Sie können nicht zur Polizei. Sie haben keinerlei Beweise. Niemand wird Ihnen glauben. Hans wird alles abstreiten und Sie wegen Verleumdung anzeigen. Falls er sie nicht gleich erschießt.«

Langsam machte die Freude auf Luises Gesicht der Ernüchterung Platz.

Irgendwo im Flur fiel eine Tür ins Schloss.

Irina wurde bang. Rasch flüsterte sie: »Sie müssen fort, Hans kann jeden Moment zurückkommen!«

Sie wollte Luise an den Schultern zur Tür schieben, doch diese widersetzte sich ihr. »Ich gehe nicht«, erwiderte sie trotzig. »Mir wird etwas einfallen! Ich werde Sie retten. Vor ihm und vor den Russen!«

Bei den letzten Worten hatte Luise die Hände zu Fäusten geballt, als wollte sie Hans und die Russen eigenhändig zurückschlagen. Der Blick ihrer schönen braunen Augen war so leidenschaftlich, dass Irina ihn nicht lange aushielt.

Sie streckte die Arme aus und riss Luise an sich. Für ein paar Sekunden hielten sie sich fest umschlungen, dann löste Irina die Umarmung und trat zwei Schritte zurück.

»Sie können mich nicht retten«, sagte sie so ruhig, wie sie es in ihrem aufgewühlten Zustand vermochte. »Aber Sie können etwas anderes für mich tun. Sie können sich selbst retten.«

Sie fasste Luise bei der Hand und zog sie mit sich zu Tür. »Gehen Sie. Leben Sie. Schreiben Sie.«

Dann gab sie ihr einen Schubs und beförderte sie aus dem Zimmer.

13. Kapitel

Irinas Gefühl hatte sie nicht getrogen. Kaum war Luise aus dem Zimmer verschwunden, kam Hans zurück. Er befahl ihr aufzustehen und sich anzuziehen, damit sie auf der Stelle ins Lager zurückkehren konnten. Sein Vorgesetzter, der Kommandant des Stammlagers Groß-Rosen, hatte ihm mitgeteilt, dass ihm noch vierundzwanzig Stunden blieben, um die Räumung des neuen Werks abzuschließen und das Außenlager aufzulösen. Was von den Maschinen bis dahin nicht verladen war, sei nach Möglichkeit zu zerstören, genauso wie das Werk, die Lagergebäude und jener Teil der Einrichtung, den man mangels Transportkapazitäten nicht würde mitnehmen können. Die Häftlinge seien nach Groß-Rosen zu marschieren, von wo aus man sie auf weiter westlich gelegene Konzentrationslager – Hans tippte auf Buchenwald und Dachau – verteilen würde.

Wohin man ihn schicken würde, wenn sein Jederstädter Lager nicht mehr existierte, hatte Sturmbannführer Hassebroek ihm nicht gesagt. Während Irina in ihr Kleid schlüpfte und sich hastig das Haar im Nacken zusammenband, ging Hans die infrage kommenden Posten durch. Er sprach in der Ichform, aber die ungeduldigen Gesten, mit denen er sie zur Eile antrieb, ließen keinen Zweifel, dass Irina in seinen Überlegungen mitgedacht war.

Er würde sie mitnehmen, wohin er auch ging.

Bei der Vorstellung bekam sie eine Gänsehaut.

Seit die Rote Armee die Grenze zu Schlesien überschritten hatte, war Irina – bewusst oder unbewusst – davon ausgegangen, dass ihr Leben in Jederstadt zu Ende gehen würde. Doch als Hans sie nun mit einem schroffen »Gehen wir!« am Arm packte und zur Zimmertür bugsierte, wurde ihr klar, dass die Annahme falsch gewesen war. Hans würde weder schicksalsergeben auf sein Ende warten noch sich in einem letzten Gefecht heldenhaft für den Führer aufopfern.

Jedenfalls nicht hier und heute.

Und auch nicht morgen oder übermorgen.

Hans dachte nicht in Monaten oder Jahren.

Er dachte in Epochen.

Für ihn würde die bevorstehende Niederlage des Deutschen Reiches nur ein vorübergehender Rückschlag sein im ewigen Ringen der Völker gegeneinander. Kein Grund, dem Nationalsozialismus abzuschwören. Hans würde weiterkämpfen, solange er lebte, wenn es sein musste im Untergrund, nötigenfalls auch im Exil.

Während sie durch die dunklen Gänge des *Ortlieb* hetzten, tauchten Bilder des letzten Kameradschaftssonntags vor Irinas geistigem Auge auf. Sie hörte Hans von einer geheimen Gruppierung reden, die sich im Falle einer Niederlage sammeln würde, um im Verborgenen weiterzukämpfen.

Was, wenn diese »Organisation Werwolf« kein Hirngespinst war und Hans die Absicht hatte, sich ihr anzuschließen?

Die Eiseskälte, die sie auf dem Ring erwartete, ließ Irinas Gedankenfluss sofort erstarren. Auf der Rückfahrt schwiegen sie beide. Im Osten kroch bereits die Morgendämmerung hinter der Stadt hervor. Der anbrechende Tag versprach so klar zu werden wie die vergangene Nacht, doch im Wald rund um das Lager war es noch stockfinster. Das schwache Scheinwerferlicht des Automobils wurde schon nach wenigen Metern von der Dunkelheit verschluckt. Irina kam es vor, als führen sie in den Schlund eines Wals. Einmal sah sie zwei rote Tieraugen vor dem Wagen aufblitzen, die einem Reh oder vielleicht auch einem Fuchs gehören mochten, davon abgesehen rührte sich nichts zwischen den schwarzen Bäumen.

Sobald sie angekommen waren, eilte Hans in die Kommandantur, derweil Irina zum Wohnhaus hinüberging, um ihre persönlichen Sachen einzupacken.

In den ersten Wochen nach ihrer Ankunft in Jederstadt, als das Lager sich noch im Bau befunden hatte, hatte man sie im *Ortlieb* einquartiert. Wäre es nach Irina gegangen, wären sie auch dort geblieben, aber Hans bestand darauf, in die Nähe seiner Männer zu ziehen. Immerhin hatte er dafür gesorgt, dass ihr Haus in gebührendem Abstand zu den übrigen Lagergebäuden errichtet wurde, sodass Irina sich nicht permanent den Blicken der Wachen aussetzen musste, die vor den Mannschaftsbaracken herumlungerten und nichts Besseres zu tun hatten, als dem weiblichen Lagerpersonal nachzupfeifen.

Das Haus stand etwas zurückversetzt von der Straße und war bloß durch einen schmalen Streifen Garten und den äußeren Lagerzaun vom Waldrand getrennt. Es war ein einfacher, einstöckiger Holzbau, der sich äußerlich kaum von den Baracken unterschied, in denen die Wachmannschaften untergebracht waren. Auch im Inneren glich das Haus eher einer armseligen Gemeinschaftsunterkunft. Die Räume – Küche, Wohn- und Schlafzimmer sowie ein Arbeitszimmer für Hans – waren dunkel und eng, die Einrichtung minimalistisch. Ein Badezimmer gab es nicht. Sie wuschen sich in der Küche, in der sie auch ihre Mahlzeiten einnahmen. Die Latrine befand sich im Garten.

Die Eingangstür quietschte in den Angeln, als Irina eintrat. Sie warf den Mantel über den Haken, begab sich ins Schlafzimmer und holte die Koffer vom Schrank herunter. Hans hatte ihr aufgetragen, nur das Nötigste einzupacken: Kleider, Waschzeug, ihre persönlichen Effekten. Alles andere – selbst die Noten – würden sie zurücklassen müssen, da auf den Lastwagen kein Platz war.

Während sie ihren Schmuck aus der Nachttischschublade nahm – die Perlenkette mit den Ohrringen, die Hans ihr bei ihrer ersten Reise nach Berlin gekauft hatte, die silberne Anstecknadel in Form einer Sichel, ein Geschenk ihrer Mutter –, überlegte Irina, ob sie alles in den Saum ihrer Unterwäsche einnähen sollte, wie Großmutter Sophia es getan hatte, ehe sie und Großvater Iwan 1928 aus Leningrad aufgebrochen waren, um ihre alten Tage als Vertriebene im Haushalt der Tochter zu fristen. Die Behörden hatten entschieden, dass den ehemaligen Besitzern im Namen der Revolution auch noch das letzte Zimmerchen des Palais am Newski-Prospekt genommen werden musste.

Immerhin hatte man den russischen Großeltern eine Frist von vierundzwanzig Stunden gewährt, bevor sie die Stadt verlassen mussten. Die wolgadeutschen Großeltern hatten aller Wahrscheinlichkeit nach überhaupt keine Zeit gehabt, sich auf ihre Vertreibung vorzubereiten. Deutschen Geheimdienstberichten nach zu urteilen, die Hans ihr gezeigt hatte, waren die Wolgadeutschen praktisch von der Straße weg in die Transportzüge verladen worden, die sie in die kasachische Verbannung brachten. Sie hatten froh sein müssen, wenn ihre Kinder oder Enkel bei ihnen waren.

Irina wickelte den Schmuck in eines von Hans' Taschentücher und verstaute ihn in der Umhängetasche, die sie anstelle der Handtasche mitnehmen wollte. Dann begab sie sich ins Arbeitszimmer, um die Papiere einzupacken. Es handelte sich ausschließlich um private Unterlagen – Hans nahm nie Dokumente aus der Kommandantur mit nach Hause –, hauptsächlich um die Briefe seiner verwitweten Mutter sowie die Korrespondenz seiner Kameraden aus der Zeit bei den Einsatzgruppen, mit denen er nach wie vor regen Austausch pflegte.

Sie hatte die Schreibtischschublade beinahe geleert, als ihr ein dickes Papier in die Hände fiel, das überdies mehrfach zusammengefaltet war. Neugierig faltete sie es auseinander und breitete es auf der Tischplatte aus. Er war eine Zeichnung, genauer gesagt: ein Plan. Irina musste ihn zweimal um 360 Grad drehen, bis sie erkannte, was er darstellte. Es war eine Architekturskizze des Freundlich-Denkmals, ohne Lineal gezeichnet und nicht maßstabgetreu, aber unverkennbar. In der Mitte, zwischen den Füßen des Kolosses, war mit roter Tusche ein Rechteck eingetragen. Irina studierte die Zeichnung einen Moment lang mit zusammengezogenen Brauen, dann faltete sie das Papier wieder zusammen und schob es zu den anderen Dokumenten in Hans' Aktentasche.

Sie wollte die Tasche eben schließen, als ihr Blick auf das Foto fiel, das in der Schreibtischecke stand. Das weiche Licht der Morgendämmerung, das durch die beschlagene Fensterscheibe drang, ließ Magdas Gesicht noch schöner wirken.

Falls Luises Theorie stimmte, musste Hans sie noch viel mehr lieben, als Irina gedacht hatte. Was außer blinder Liebe würde einen Mann dazu bringen, das Bild einer Frau aufzustellen, die ihm Hörner aufgesetzt hatte?

Irina betrachtete Magdas Konterfei einen Moment lang, dann schob sie auch das Foto in die Aktentasche und stellte sie zu den gepackten Koffern neben die Tür. Danach ging sie ins Wohnzimmer, um sich für einen Moment aufs Sofa zu legen.

Sie musste eingeschlafen sein, denn als sie die Augen wieder öffnete, war es draußen taghell. Sonnenstrahlen fielen durch die Fenster und ließen das »Dreigestirn« aufleuchten, wie Irina die Porträts nannte, die Hans an der Wand über dem Sofa angebracht hatte. In der Mitte hing ein Foto von Hitler, rechts daneben, ein wenig nach unten versetzt, eines von Himmler, links davon, ebenfalls einige Zentimeter unterhalb des Führerbildes, eins von Heydrich.

Hitler, Himmler, Heydrich – seine großen Vorbilder.

Seine heilige Dreifaltigkeit.

Am meisten verehrte er Himmler. Hitler, so hatte Hans ihr einmal erklärt, sei der Politiker, der Mann, der die nationalsozialistische Lehre für die Massen aufbereitet habe. Himmler dagegen sei der Hüter der reinen Lehre, insbesondere derjenigen Aspekte, die man nur einem eingeweihten Kreis anvertrauen könne, weil sie für die meisten Menschen zu schwer zu ertragen seien. Die Notwendigkeit der Judenvernichtung, beispielsweise, vermöchten selbst unter überzeugten Nationalsozialisten nur die Stärksten zu erfassen. Himmler habe das begriffen. Er, mehr noch als der Führer, habe gewusst, dass der Nationalsozialismus eine Elite brauche, eine Auslese derjenigen, die am meisten gefestigt seien in ihrer Weltanschauung – »die Auserwählten«, wie Hans sie nannte. Umso glücklicher schätze er sich, dass er dieser Elite angehören durfte.

Hans erzählte oft und gern von den regelmäßigen Begegnungen, die er mit dem späteren Reichsführer SS gehabt hatte, als er Ende 1932 nach München und ein Jahr darauf nach Berlin gezogen war, um für den SD tätig zu sein. Damals seien die Verhältnisse in der Schutzstaffel noch geradezu familiär, die Männer des schwarzen Korps noch eine kleine, verschworene Truppe gewesen und Himmler für sie mehr ein Vater oder ein Gruppenältester als ein Vorgesetzter. Mit wachsender Aufgabenfülle habe Himmler zwar immer weniger Zeit für jeden einzelnen gehabt, doch das Wohl seiner Männer sei ihm stets ein zentrales Anliegen geblieben.

Er, Hans, sei dafür das beste Beispiel.

Irina setzte sich auf und nahm das Himmler-Portrait von der Wand.

Der Reichsführer SS hatte es eigenhändig unterschrieben, wie das Autogramm eines Filmstars. Der Vergleich erschien Irina absurd und dennoch irgendwie treffend. Hans' Verehrung hatte tatsächlich etwas von der Schwärmerei für ein Schauspiel-Idol an sich. Sie war genauso bedingungslos und überschwänglich. Und für nicht Gleichgesinnte genauso schwer nachvollziehbar.

Irina war Himmler nur ein einziges Mal persönlich begegnet, im April 1942, in dem SS-Heim in den bayrischen Alpen, wo Hans nach seiner Rückkehr aus dem Osten zur Kur gewesen war. Wie sich herausstellte, hatte der Reichsführer SS sich zufälligerweise denselben Zeitpunkt für seine Ankunft ausgesucht wie Irina, die in einer Pension in der benachbarten Ortschaft wohnte und fast jeden Tag zu Hans ins Heim fuhr. Sie würde den Anblick des Mannes nie vergessen, der für so viele Morde an unschuldigen Menschen verantwortlich war. Natürlich hatte sie Fotos von ihm gesehen, sogar bewegte Bilder in Wochenschauen. *In natura* war der Mann gewissermaßen die Unscheinbarkeit in Person. Wenn sie es nicht besser gewusst hätte, Irina hätte ihn für einen Buchhalter gehalten oder für einen Beamten, vielleicht sogar für einen Pfarrer.

Niemals aber für einen Massenmörder.

Einige Tage nach Himmlers Besuch im Erholungsheim wurde Hans vom Reichsführer zu einem Treffen nach München bestellt. Wie er ihr nach seiner Rückkehr aus der Hauptstadt der Bewegung offenbarte, hatte Himmler sich über eine Stunde Zeit für ihn genommen, Fragen gestellt, ihm zugehört und ihn am Schluss des Gesprächs in Anerkennung seiner Verdienste sogar zum Hauptsturmführer befördert. Die Geste hatte Hans mehr als wohl getan. »Der Reichsführer weiß, wie uns zumute ist, wie viel Kraft es uns kostet, seine Befehle ins Werk zu setzen und dabei aufrecht zu bleiben.« So tief bewegt hatte Irina Hans nie davor und nie danach erlebt. »Himmler gibt jedem eine zweite Chance, der sich nur redlich um die nationalsozialistische Sache bemüht.«

Ihm selbst hatte der Reichsführer sogar eine Auswahl an zweiten Chancen gegeben: Er stellte es ihm frei, entweder einen Schreibtisch im Reichssicherheitshauptamt in Berlin zu beziehen oder der nationalsozialistischen Sache als Leiter eines neuen KZ-Außenlagers in Schlesien zu dienen. Hans hatte sich für die Lagerführung entschieden, weil sie ihm die besseren Möglichkeiten zu bieten schien, sich für seinen Zusammenbruch in Jagotin zu rehabilitieren: Noch einmal, so wollte er beweisen, würde er sich nicht von der schweren Aufgabe des Judenmordes in die Knie zwingen lassen.

Irina hängte das Bild zurück und trat ans Fenster. Kalte Luft drang durch die Ritzen des Rahmens. Am unteren Rand der Scheiben saßen Eisblumen, die im Sonnenlicht glitzerten. Sie machte sich nie die Mühe, sie wegzukratzen. Man sah ohnehin nicht viel, wenn man durch die Scheiben blickte. Nur wenn man sich ganz weit aus dem Fenster lehnte, konnte man eine Ecke des meterhohen elektrifizierten Gitterzaunes sehen, der den Häftlingsbereich vom übrigen Lager abtrennte. Mehr nicht.

Zum Glück.

Das Häftlingslager war ein noch schrecklicherer Ort als das Werk und die Denkmalbaustelle. Obwohl Irina das Lager nur ein einziges Mal betreten hatte, hätte sie seinen Grundriss ohne Probleme aufzeichnen können.

Manchmal träumte sie nachts davon. Man betrat es durch ein schmiedeeisernes Tor, welches mit kleinen Hakenkreuzen verziert war. Das Tor führte auf den Appellplatz, auf dem die Häftlinge sich morgens vor dem Ausmarsch und abends nach der Rückkehr von ihrem Tagwerk zum Durchzählen aufstellen mussten. Früher, als der Sonntag noch ein arbeitsfreier Tag gewesen war, hatte Hans die Gefangenen manchmal zu Leibesübungen auf dem Platz antreten lassen. Damit sie nicht träge würden, wie er Irina erklärte. Die SS-Männer hatten sich darin gefallen, für ein Mal nicht die Wachleute, sondern die Sporttrainer zu geben, und hatten ihre Kommandos noch lauter als sonst über den Platz gebrüllt. Das Gelächter, mit dem sie jeden Zusammenbruch eines Häftlings quittierten, war auf dem gesamten Gelände zu hören gewesen.

An den Appellplatz schlossen die Baracken an. Dahinter befanden sich der »Bunker«, das einzige Steinhaus auf dem Areal, das als Gefängnis diente, und das »Hospital«, wie die hohnlachende Bezeichnung für den Bretterverschlag lautete, in den man die kranken Häftlinge steckte, seit man sie nicht mehr nach Auschwitz schicken konnte, weil die Öfen dort aufgehört hatten zu laufen. Die Häftlingsbaracken – es waren insgesamt acht an der Zahl – nannte man in der Lagersprache »Blöcke«, wobei jeder Block ungefähr achtzig Leute fasste. Sechs Baracken waren für Männer, zwei für Frauen bestimmt.

Anfangs hatte es nur männliche Häftlinge im Lager gegeben. Doch ab dem Frühsommer 1944 waren plötzlich auch Frauen unter den Gefangenen aufgetaucht, die dem Jederstädter Außenlager aus Groß-Rosen zugewiesen wurden. Zuerst waren es vor allem ungarische Jüdinnen gewesen, danach hauptsächlich Frauen aus den geräumten Ostenlagern. Die ersten Male hatte Hans noch versucht, sie wieder nach Groß-Rosen zurückzuschicken, doch als man ihm von dort mitteilte, dass der Einsatz der Frauen vom Wirtschafts-Verwaltungshauptamt ausdrücklich angeordnet worden sei, ließ er den Widerstand fahren.

Nur bei den Kindern war er hart geblieben. Die Frauen, die man ihm ins Lager schickte, waren sämtlich kinderlos. Ob durch den Willen der Natur oder durch den Willen der SS, war Hans gleichgültig. Er wollte keine Kinder in seinem Lager.

Und dabei blieb es.

Irina öffnete das Fenster. In den zweieinhalb Jahren, die sie inzwischen hier wohnte, hatte sie gelernt, die Lagergeräusche wie auf Knopfdruck auszublenden. Sie konnte haushalten, lesen, ja, sogar schlafen, ohne das Gebrüll der Wachmänner und die Schreie der Häftlinge wahrzunehmen. Nur den Gestank vermochte sie nicht zu ignorieren: die Ausdünstungen unzähliger ungewaschener, misshandelter Leiber, der über den Baracken waberte; der alles durchdringende Geruch menschlichen Elends und menschlicher Niedertracht, den auch der heftigste Wind nur für sehr kurze Zeit vertreiben konnte.

Heute wurde er von etwas anderem überlagert: Brandgeruch.

Über der Kommandantur sah Irina Rauch aufsteigen. Ein grauenerregender Verdacht keimte in ihr auf, und für einen Augenblick wurde ihr so schlecht, dass sie sich übergeben hätte, wenn ihr Magen nicht praktisch leer gewesen wäre.

Dann erblickte sie die glühenden Papierfetzen, die der Wind durch die Luft wirbelte, und ihr Magen beruhigte sich.

Die Verwaltungsmannschaft verbrannte die Akten aus den Büros. Es musste Berge davon geben. Irina hatte die hohen Aktenschränke gesehen und sich dabei jedes Mal gefragt, wie man so viel Papier mit Daten über Menschen füllen konnte, die man doch eigentlich bloß vernichten wollte. Sie hatte nie verstanden, weshalb die Deutschen sich die Mühe machten, Namen, Nummern, Ein- und Austrittsdaten, Arbeits- und Krankheitstage ihrer Opfer akribisch aufzuschreiben.

Aber so waren sie halt, die Deutschen. Sie hielten selbst ihre Gräueltaten peinlich genau in Verwaltungsakten fest. Vielleicht gab es ihnen das Gefühl, rechtmäßig zu handeln. Nach dem Buchstaben des Gesetzes, wie sie in ihrer Sprache sagten.

Oder vielleicht fiel ihnen das Töten auch einfach leichter, wenn sie ihre Opfer zuerst auf eine Nummer reduzierten.

Aktenzeichen waren einfacher zu verbrennen als Menschen.

Irina stützte die Hände aufs Fensterbrett. Während sie den Gestank des Lagers einatmete – tief, um ihn sich in allen Einzelheiten einzuprägen –, fragte sie sich plötzlich, ob Luise sie auch hätte retten wollen, wenn sie hier im Lager aufgetaucht wäre anstatt in dem sauberen Zimmer im *Grandhotel Ortlieb*.

Was hätte Luise beim Anblick, beim Geruch des Lagers empfunden? Wusste Luise überhaupt, dass es solche Lager gab – und noch weit größere als dieses? Wusste sie, was in diesen Lagern geschah?

Sie musste es wissen.

Alle Deutschen wussten das.

Es mochten nicht überall in Deutschland Denkmäler entstehen, bei deren Errichtung Häftlinge in aller Öffentlichkeit zu Tode geschunden wurden. Aber Lager gab es überall in Deutschland. Mehr als eintausend, wie Hans einmal nicht ohne Stolz erzählt hatte. Und die lagen bei weitem nicht alle in Wäldern versteckt oder unter Tage verborgen. Manche standen auf offenem Feld, in der Nähe von Dörfern oder mitten in der Stadt.

Das unterschied die deutschen Lager von den sowjetischen.

Die Sowjets bauten ihre Lager in fernen, unwirtlichen Gegenden, in denen niemand außer den Gefangenen und ihren Bewachern lebte: in der ewigen Kälte der Weißmeer-Region, der unbarmherzigen Hitze der kasachischen Steppe, der endlosen

Weite der sibirischen Tundra. In Norilsk, zum Beispiel, wohin ihre Eltern verschickt worden waren, nachdem eine Troika sie der Verschwörung gegen die Partei für schuldig befunden und zu fünfzehn Jahren Arbeitslager verurteilt hatte.

Irina war bereits drei Monaten in Jagotin gewesen, als die Geheimpolizei Anna und Jakow im Herbst 1937 abholen kam. Es hatte einen Monat gedauert, bis sie durch einen Brief ihrer Großeltern väterlicherseits von der Verhaftung erfuhr. Dem großelterlichen Brief lag einer ihres Bruders Juri bei, der ihr in der Sprache eines Elfjährigen – ein Erwachsener hätte gar nicht darüber zu schreiben gewagt – die Verhaftung schilderte: Drei Polizisten hätten mitten in der Nacht an die Tür geklopft. Einer hatte zuerst Jakow, dann Anna befragt, während die anderen beiden die Wohnung durchsuchten. Wenn es stimmte, was Juri schrieb, waren die Männer sehr freundlich gewesen, hatten sich am Ende gar bei ihm und Swetlana entschuldigt, dass sie die Eltern mitnehmen müssten, hatten versichert, dass ihnen nichts geschehen werde, wenn sie so unschuldig seien, wie sie behaupteten.

Nachdem mehrere Monate ins Land gezogen waren, ohne dass die Eltern entlassen worden wären, begann selbst Irina, an deren Unschuld zu zweifeln. Die Vorstellung, dass die Partei Unschuldige zu Lagerhaft verurteilte, war ihr noch unerträglicher gewesen als der Gedanke, dass Jakow und Anna gegen die Partei gehandelt haben könnten.

Erst Jahre später, als sie mit Hans ins Jederstädter Lager zog, war ihr klar geworden, dass man ihre Eltern so grundlos verhaftet hatte wie die Häftlinge, die in den deutschen Konzentrationslagern schmorten, dass es Stalin wie Hitler um nichts anderes ging als um die ungehinderte, unbarmherzige Ausbeutung ihrer Arbeitskraft. Die Industrialisierung der Sowjetunion gründete auf dem Tod von Heerscharen von Zwangsarbeitern, genauso wie die Großmachtstellung Deutschlands mit den Leben ungezählter KZ-Häftlinge erkauft war. Die Nickelkonglomerate, Kohlenbergwerke, Treibstofffabriken, Waffenschmieden der Diktatoren brauchten billige Arbeitskräfte. Darum ging es. Um nichts anderes. Der ideologische Überbau war nur leeres Gerede, sinnloses Geschwätz, schmückendes Beiwerk für jene, die sich die Wahrheit schönreden wollten.

Irinas Augen fingen in der rauchgeschwängerten Luft an zu tränen. Sie schloss das Fenster und trat wieder zum Sofa. Als sie sich eben hinsetzen wollte, schlug die Wanduhr halb zwölf. Eigentlich war es Zeit, das Mittagessen herzurichten, doch sie bezweifelte, dass Hans zum Essen zurückkommen würde. Normalerweise aß er an Werktagen bei seinen Männern im Mannschaftsquartier. Wenn er überhaupt aß. Manchmal vergaß er es auch einfach. Oder er verzichtete bewusst darauf, um sich selbst und den Männern zu beweisen, dass er auch ohne Essen auskommen konnte. Eine weitere seiner vielen Strategien, sich zum Ideal des asketischen SS-Mannes zu stilisieren.

Irina ließ sich aufs Sofa sinken und griff nach der Wolldecke, die über der Rücklehne lag. Sie hatte keinen Hunger. Sie war zu müde, um hungrig zu sein. Früher hätte sie sich trotz Müdigkeit aufgerafft, um etwas zu kochen – wenn nicht für Hans, dann wenigstens für sich selbst –, oder sie hätte sich sonst irgendwie beschäftigt, hätte Böden gewischt, Kleider geflickt, vielleicht auch in einem Buch geblättert.

Jetzt kam ihr alles sinnlos vor.

Sie wollte nur schlafen und am besten nie mehr erwachen.

Erschöpft zog sie sich die Wolldecke über den Kopf und machte die Augen zu. Im Wegdämmern hörte sie Luises Stimme, die leise »Kommen Sie mit mir« sagte.

Dann waren da nur noch Dunkelheit und Stille.

*****

Fast fünf Stunden hatte Irina geschlafen und sich anschließend im Zuber in der Küche gewaschen, als Hans ins Haus kam und ihr befahl, ihm eine Portion Suppe aufzuwärmen, damit er etwas Warmes zu sich nehmen konnte, bevor er ins Werk fuhr, um den Transport der letzten Maschinen zu überwachen, der noch nach Westen abging. Den Rest der Nacht würde er im *Ortlieb* verbringen und morgen früh die abschließenden Angelegenheiten mit dem Kreisleiter regeln, ehe er mit ihr nach Groß-Rosen aufbrechen wollte.

»Einer der Transporter wird dich mitnehmen«, sagte er, während Irina den Suppentopf vom Herd nahm und einen Teller für ihn füllte. »Ich erwarte dich spätestens um neun im Hotel.«

Irina nickte, bevor sie sich zu ihm an den Tisch setzte. Sie zwang sich, einen Teller mitzuessen, obwohl sie nach wie vor keinen Appetit verspürte. Während sie die Suppe mechanisch in sich hineinlöffelte, begann Hans erneut darüber zu spekulieren, wohin man ihn versetzen würde.

Irina dachte an Luise.

Wo sie jetzt wohl sein mochte? Unterwegs nach Breslau? Oder schon im Zug nach Berlin? Man konnte es nicht wissen. Die Züge fuhren seit einigen Wochen nur noch unregelmäßig.

Fuhren sie überhaupt noch?

»Irina?«

Hans klang aufgebracht.

»Hast du mir nicht zugehört? Ich habe gefragt, ob noch Suppe da ist.«

Im matten Schein der Gaslampe, die über dem Küchentisch flackerte, wirkte sein Gesicht noch eingefallener als sonst; die Haut schimmerte gelblich wie Pergament, das man über ein filigranes Gerüst gespannt hatte. Nur in seinen blutunterlaufenen Augen schien noch ein Rest Leben zu sein.

Irina zwang sich zu einem Lächeln. »Du kannst meine haben.«

Zu ihrer Überraschung zog Hans den Teller zu sich heran. Er aß schweigend, sorgfältig darauf bedacht, keinen Tropfen zu verschütten, als sei dies für lange Zeit seine letzte Mahlzeit. Seine Rechte hielt den Löffel, die Linke hatte er an den Teller gelegt, den er jedes Mal leicht anhob, wenn er den Löffel eintauchte.

Als Irina seine Hände betrachtete, kam ihr die Nacht ihres Kennenlernens wieder in den Sinn. »Ich bin ein Mörder«, war das Erste, das er zu ihr gesagt hatte. Sie hatte den Satz auf die zahllosen Juden bezogen, die er und sein Sonderkommando in der Ukraine umgebracht hatten. Von den einhundertfünfundzwanzig Juden Jagotins war ihnen kein einziger entkommen. Selbst der kleine Junge, der das Erschießungskommando, unter dem Körper seiner toten Mutter verborgen, schwerverletzt überlebte, war zwei Tage später in den Armen der russisch-orthodoxen Bäuerin gestorben, die sich seiner erbarmt hatte.

Hans war ein Mörder, ohne Zweifel. Aber vielleicht galt dies nicht nur für die vielen getöteten Juden.

»Hast du diesen Freundlich umgebracht?«

Die Frage war heraus, bevor Irina überhaupt wusste, dass sie sie hatte stellen wollen.

Hans erstarrte in der Bewegung. »Wer behauptet das?«, fragte er scharf. »Diese Journalistin, die hier herumgeschnüffelt hat?«

Irina hielt seinem Blick stand.

»Spielt das eine Rolle?«

Hans beantwortete die Frage nicht. Stattdessen sagte er: »Hermann, dieser Großkotz, wollte sich nicht damit zufriedengeben, dass Höppner ihm sein Denkmal baut. Nein, es musste ja gleich ganz Deutschland davon erfahren …«

Hans nahm den letzten Löffel Suppe und fügte dann abschätzig hinzu: »Inzwischen schreibt diese Littke immerhin für Das Reich. Aber sie hat längst noch nicht begriffen, dass es die Aufgabe des Journalisten im Nationalsozialismus ist, das Volk zu erziehen, nicht, ihm Räuberpistolen vorzusetzen.«

Er nahm die Serviette vom Schoß und tupfte sich sorgfältig den Mund ab, ehe er das Tuch zusammenfaltete und neben den Teller legte.

Irina erwartete schon, dass er aufstehen und gehen würde, doch er blieb am Tisch sitzen. Eine Weile lang sah er sie durch seine kreisrunde Brille forschend an, dann ergänzte er mit einer

Stimme, die keinerlei Emotion verriet: »Aber wenn du es unbedingt wissen musst: Ja, ich habe Fritz Freundlich erschlagen.«

Er ließ eine weitere halbe Minute verstreichen, bevor er trocken fortfuhr: »Er hat mir Magda genommen.«

Für ein paar Sekunden hörte man nur die Uhr im Wohnzimmer ticken. Dann fragte Irina: »Bereust du es?«

Hans zuckte die Achseln.

»Bereuen …«

Er nahm die Brille ab, um sich die Augen zu reiben.

Nachdem er das Gestell wieder aufgesetzt hatte, sagte er mit betonter Gleichgültigkeit: »Es wäre nicht nötig gewesen. Früher oder später hätte Magda eingesehen, dass Fritz nicht der Richtige für sie ist. Der Junge sah gut aus, aber er hatte nicht das Format, um eine Frau wie sie glücklich zu machen. Magda hätte das verstanden. Sie wäre zu mir zurückgekehrt.«

Hans verfiel in Schweigen. Als Irina schon glaubte, es käme nichts mehr, setzte er hinzu: »Ich bereue, dass Magda es mit ansehen musste. Vielleicht hätte unsere Verbindung sonst noch ein Zukunft gehabt.«

Hans strich mit der Hand einige Male über die Serviette, ohne Irina anzusehen. Als er den Kopf wieder hob, lag ein Ausdruck tiefster Bitterkeit auf seinem Pergamentgesicht.

»Er hatte die Stirn, ihr einen Antrag zu machen. Bei der alten Eiche, dort, wo ich wenige Monate zuvor um ihre Hand angehalten habe. Jeder andere in meiner Lage hätte das Gleiche getan.«

Die schlanken Finger krampften sich um die Serviette. Eine Weile hörte Irina nur Hans' erregtes Atmen.

Dann begann er zu erzählen.

Er erzählte ihr alles, was sich in jener Nacht zugetragen hatte. Die ganze Geschichte. Von dem Moment, in dem er mit Grauwiedel und Exler im *Ochsen* aufgebrochen war, um den SA-Führer zu suchen, über den Augenblick, wo sie Fritz und Magda turtelnd unter der Eiche gefunden hatten, bis zu dem Punkt, an dem sich die Wege der drei nach vollbrachter Tat vor dem Wirtshaus wieder trennten.

Während Irina zuhörte, wünschte sie sich, Luise hätte sein Geständnis mit anhören können. Es hätte sie bestimmt mit Genugtuung erfüllt zu vernehmen, dass sie recht gehabt hatte. Nicht seine politischen Gegner hatten Fritz Freundlich auf dem Gewissen, sondern ein Mann, der mit ihm um die Gunst einer Frau wetteiferte. Und noch mehr hätte es Luise wohl gefreut, den genauen Tathergang zu erfahren, noch dazu aus dem Mund des Mörders selbst. Sie hätte aus Hans' Schilderung mit Sicherheit eine packende Szene gemacht.

»Jetzt weißt du alles.«

Seine Stimme klang so monoton wie zuvor, aber in seiner Miene lag etwas, was Irina als Erleichterung deutete. Sie hatte einmal gelesen, dass Menschen, die ein Verbrechen verübt hatten, ihr Leben lang das Bedürfnis verspürten, jemandem ihre Tat zu beichten, selbst wenn sie überzeugt waren, recht gehandelt zu haben.

Hans schob seinen Stuhl zurück.

Auch Irina stand auf, um ihm zur Haustür zu folgen.

Sie verabschiedeten sich auf der Türschwelle voneinander. »Sei pünktlich«, sagte er, bevor er die Mütze aufsetzte und seine Aktentasche vom Boden aufnahm. »Ich will spätestens morgen Abend in Groß-Rosen sein.«

Irina versprach es.

Sie blieb auf der Schwelle stehen und beobachtete, wie Hans mit langen Schritten zum Wagen ging, den er bereits in Fahrtrichtung gewendet hatte, sich hinters Steuer setzte und die Tasche neben sich auf den Beifahrersitz legte.

Über dem Verwaltungsgebäude stieg noch immer Rauch auf. Irina spürte ihn in den Lungen. Der Nachthimmel schimmerte orangefarben im Schein des Feuers. Die Verwaltungsangestellten würden vermutlich die ganze Nacht durcharbeiten müssen, wenn sie bis morgen früh fertig sein wollten.

Sie stellte sich vor, wie die Männer und Frauen emsig Aktenstapel um Aktenstapel aus der Kommandantur schleppten, um sie in die Flammen zu werfen, und fühlte sich plötzlich todmüde.

Schon wieder.

Immer noch.

Hans' Wagen war im Wald verschwunden.

Langsam ging Irina wieder ins Haus, räumte mechanisch den Tisch ab und spülte das Geschirr. Eigentlich hätte sie die Sachen auch einfach stehen lassen können, aber aus irgendeinem unerfindlichen Grund wollte sie das Haus nicht unaufgeräumt zurücklassen. Danach legte sie sich im Schlafzimmer halb ausgezogen unter die Decke.

Sie wusste nicht, wie spät es war. Zu früh zum Schlafen, vermutlich.

Aber wen kümmerte es, ob sie ins Bett ging oder nicht?

Im Halbschlaf kehrten ihre Gedanken zu Hans' Geständnis zurück.

Er hatte ihr den Mord in so klaren Bildern geschildert, als hätte er ihn erst gestern begangen. Ob Hans sich an alle Morde seines Lebens so genau erinnerte?

Sie wünschte ihm, dass er es tat.

Dass er sich erinnerte.

An jeden einzelnen Mord.

Bis in alle Ewigkeit.

Der Zeuge: Heldentod

16. Juli 1932

Meine Wurzeln schmecken Blut. Langsam sickert es aus dem Schädel des blonden Jünglings, der vor mir auf der Erde liegt, während der hagere Mann stumm daneben steht und zuschaut, wie das Leben aus dem dahingestreckten Körper weicht.

Mit einem Mal ist es sehr still unter meinen Blättern. Eben haben die beiden sich noch lautstark gestritten. Ein Streit, so alt wie die Menschheit. Binnen Sekunden entschieden von einem Stein.

Ein Schluchzen durchbricht die Stille.

»Ist er ... tot?«, jammert das schöne Mädchen.

Der Hagere wirft den Stein ins Gras und geht vor mir in die Knie. Er ergreift das Handgelenk des blonden Jünglings, um nach dessen Puls zu tasten.

»Noch nicht. Aber bald.« Seine Miene ist undurchdringlich, doch sein Tonfall verrät den Gehörnten. Vor wenigen Wochen noch war er es, der mit ihr in meinem Schatten saß und von Heirat sprach.

Nun wendet das Mädchen sich entsetzt ab und schlägt die Hände vor das Gesicht. Eine Weile hört man nur verzweifeltes Weinen und das Zirpen der Grillen in den Wiesen rund um mich her.

Dann mischt sich ein dröhnender Bass in den seltsamen Gesang.

»Kind, was ist mit dir?«

Ein dritter Mann betritt die Szene, ihm auf den Fersen ein vierter. Der eine ist groß, der andere klein, und beide sind ganz außer Atem von der Anstrengung, die es sie gekostet hat, zu mir hinaufzugelangen.

Der größere greift nach dem Mädchen und zieht es an seine Brust. Derweil deutet der andere das Bild, das sich ihm in der Dämmerung bietet.

Man braucht nicht viel Licht, um zu erkennen, was sich hier abgespielt hat.

Das wird auch dem Hageren mit einem Schlag bewusst. »Er hat es nicht anders verdient«, beeilt er sich zu erklären, und für Sekunden fällt seine Maske, lässt sich die Kränkung an seinem Gesicht ablesen.

Dann hat er sich wieder unter Kontrolle. Mit einem großen Schritt steigt er über sein Opfer hinweg und tritt auf die Mitwisser zu. »Das bleibt unter uns, verstanden?!« Seine Stimme ist drohend und bittend zugleich.

Die Männer wiegen die Köpfe, doch eine Antwort bleiben sie ihm schuldig.

Drückendes Schweigen breitet sich aus.

Nur das Mädchen wimmert leise an der Brust des Vaters.

Der Mörder ist der erste, der das Schweigen bricht.

»Morgen fahr' ich nach Breslau und spreche mit dem Gauleiter.« Er wischt sich das Blut an den Fingern mit einem Taschentuch ab. »Der Tag der nationalen Erhebung ist nah. Diesmal werden wir die Wahlen gewinnen. Wenn wir erst an der Macht sind, werden wir Deutschland von Grund auf neu bauen. Dafür werden wir Männer wie euch brauchen, Männer. die dem Führer und seiner Sache treu ergeben sind.«

Er senkt die Stimme, bis sie nur noch ein drohendes Flüstern ist: »Ihr seid dem Führer doch treu ergeben, oder etwa nicht?«

Diesmal zögern die Männer nicht, ihm eine Antwort zu geben. Natürlich sind sie dem Führer ergeben, jetzt noch mehr als zuvor!

»In diesem Fall sind wir uns ja einig«, stellt der Hagere fest, derweil er das blutige Taschentuch in der Jackentasche verschwinden lässt. Er wirft einen letzten Blick auf den leblosen Körper am Boden, dann wendet er sich zum Gehen.

Der beiden anderen schicken sich an, ihm zur Straße zu folgen. Nur das Mädchen will sich partout nicht von dem Sterbenden trennen.

Allein, es sträubt sich vergebens gegen des Vaters festen Griff. Die Weinende zwischen sich nehmend, ziehen die Männer von dan-

nen. Bald schon verschwinden ihre Schemen in der hereinbrechenden Nacht.

Erneut senkt sich Stille über das Land. Kühlender Nachtwind umspielt meine Blätter, während der Jüngling am Fuß meines Stammes langsam sein Leben aushaucht.

Meine Wurzeln schmecken Blut.

Es ist der Geschmack der kommenden Zeit.

14. Kapitel

Donnerstag, 1. Februar 1945

Als Irina am nächsten Morgen erwachte, war es draußen noch stockfinster. Sie hatte geschlafen wie ein Stein, bis laute Trommelgeräusche sie geweckt hatten. Es dauerte einen Moment, bis sie begriff, dass es nicht Schüsse waren, sondern Regentropfen, die auf das Wellblechdach prasselten.

Sie stand auf, schlüpfte in Hose und Pullover, die sie vor dem Zubettgehen bereitgelegt hatte – es waren ihre wärmsten und bequemsten Sachen –, und ging in die Küche, wo sie im Dunkeln ein Stück Brot aß und ein Glas Wasser trank. Anschließend spülte sie das Glas aus, stellte es auf das Abtropfbrett und machte sich bereit zum Aufbruch.

Als sie mit ihrer Umhängetasche über der Schulter aus der Tür trat, wehte ihr ein für diese Jahreszeit ungewöhnlich warmer Wind entgegen. Das plötzliche Tauwetter und der heftige Regen hatten den Schnee in Matsch verwandelt, den Boden darunter in Schlamm, sodass Irinas Stiefel nach wenigen Schritten bis zu den Knöcheln hinauf verdreckt waren.

Obwohl es erst sechs oder halb sieben Uhr in der Früh sein konnte, war das Lager bereits auf den Beinen.

So es denn überhaupt geschlafen hatte. Vor dem Mannschaftsquartier beluden übernächtigte Wachmänner die Lastwagen mit allem, was wertvoll genug für den Abtransport war, derweil unrasierte Büromitarbeiter und ungekämmte Sekretärinnen auf dem Platz vor der Kommandantur Aschenberge nach Akten durchforsteten, die noch nicht gänzlich verkohlt waren. Fanden sie ein Stück Karton oder Papier, auf dem noch etwas leserlich war, rissen sie es von Hand in winzige Schnipsel, damit auch nicht der kleinste Rest eines Beweises dem Feind in die Hände fiele.

Auch beim Verwischen ihrer Spuren waren die Deutschen äußerst gründlich.

Irina bat eine von Hans' Ordonnanzen, ihre Koffer aus dem Haus zu holen und in den Lastwagen zu verfrachten, der sie in die Stadt bringen würde. Dann trat sie an das schmiedeeiserne Tor, um zu sehen, was sich im Häftlingslager zutrug.

Dieses eine, letzte Mal würde sie sich zwingen, hinzusehen. Wenigstens jetzt würde sie dem Elend dieser Menschen, neben denen sie mehr als zwei Jahre gelebt hatte, ins Antlitz schauen. Wenn es keine Akten mehr gab, dann sollte es wenigstens Zeugen geben, die von ihrem Leid berichten konnten.

Der Appellplatz glich einem Ameisenhaufen. Obersturmführer Jütte, der in Hans' Abwesenheit das Kommando führte, stand mit dem Rücken zum Tor und brüllte Befehle in Richtung der Häftlingsbaracken. Die Gefangenen, angetrieben von seinem Gebrüll und den Schlagstöcken der Wachmänner, stolperten noch halb schlafend aus ihren Blöcken, um sich auf dem Platz zu Marschkolonnen zu formieren.

Sie taten es mit erstaunlicher Geschwindigkeit.

Mit der Routine von Versklavten.

Innerhalb weniger Minuten hatten rund sechshundert ausgemergelte Gestalten in Reih und Glied vor dem Obersturmführer Aufstellung genommen.

Für viele von ihnen würde es der letzte Marsch sein. Sie schafften es vielleicht noch knapp bis zum Werk am Fluss. Aber nach Groß-Rosen? Achtzig Kilometer durch Regen und Schnee? In ihrer verschlissenen Häftlingsmontur, mit nichts als Holzpantinen an den Füßen?

Da hätte man sie auch an Ort und Stelle umbringen können.

Irinas Blick blieb an drei leblosen Körpern hängen, die am Galgen am Rand des Lagerhofes baumelten und vom Licht eines Suchscheinwerfers angestrahlt wurden. Sie vermutete, dass es sich um Männer handelte, die im Arrest gesessen hatten. Sie konnten noch nicht lange tot sein. Man konnte ihnen die Qual des Sterbens noch von den Zügen ablesen. Trotz der Eile, in der die Hinrichtung vonstattengegangen sein musste, hatte sich jemand die Zeit genommen, ein Pappschild mit den Worten »Ich bin ein verdammtes Judenschwein« zu bemalen und es dem mittleren der drei um den Hals zu hängen.

»Stillgestanden!«, brüllte Jütte.

Augenblicklich wurde es auf dem Appellplatz totenstill.

Dafür drangen nun schauerliche Laute aus der Krankenbaracke an Irinas Ohr. Die Häftlinge, die dort auf dem nackten Boden lagen, ahnten wohl, dass man sie nicht mitzunehmen gedachte, und nahmen die letzten Kräfte zusammen, um dagegen zu protestieren. Selbst ein Todesmarsch nach Groß-Rosen schien ihnen das bessere Los zu sein, als im Lager zurückgelassen zu werden.

Irina hoffte, dass die Russen sie finden würden, bevor es zu spät war.

Wenigstens würde die SS darauf verzichten müssen, die Baracken in Brand zu stecken, wie der Räumungsbefehl es eigentlich vorsah. Dafür war es schlicht zu nass.

Der Obersturmführer gab das Zeichen zum Abmarsch.

Langsam setzte sich die vorderste Kolonne in Bewegung.

Irina trat vom Lagertor zurück und ging auf die Kommandantur zu.

Während sie auf dem Platz vor dem Verwaltungsgebäude nach dem Mann Ausschau hielt, der ihre Koffer aus dem Haus geholt hatte, hörte sie jemanden ihren Namen rufen. Es war der Fahrer des hintersten von drei Lastwagen, die schräg gegenüber parkten. Er winkte ihr aus dem Wagenfenster zu und rief: »Fräulein Stolz! Kommen Sie! Sie fahren mit mir!«

Sie wollte sich über den Platz zu dem LKW begeben, doch die Häftlingskolonne, die sich in diesem Augenblick mit schwankenden Schritten an der Kommandantur vorbeischleppte, hinderte sie daran. Mit Grausen verfolgte Irina, wie die Elendsprozession an ihr vorüberzog. Schädel wie Totenköpfe, Körper wie Skelette, durch eine grausame Laune des Schicksals immer noch am Leben.

Die Kolonnenspitze war schon fast beim äußeren Lagertor angelangt, als Jütte aus voller Kehle »Anhalten!« schrie und der Zug stolpernd zum Stehen kam.

Irina bemerkte aus den Augenwinkeln, wie einer der Gefangenen von einem anderen Häftling angerempelt wurde, ins Straucheln geriet und auf die Knie fiel. Binnen Sekunden war ein Wachmann bei ihm. »Aufstehen, du faules Aas!«

Der Gestrauchelte versuchte sich aufzurappeln, doch es gelang ihm nicht. Der erste Wachmann fuhr fort, ihn aus voller Kehle anzubrüllen, indes ein zweiter herbeieilte, um ihm mit dem Knüppel Beine zu machen.

Es nützte alles nichts.

Der Gefangene war zu schwach.

Irina war nahe daran, die grausamen Wachmänner anzuschreien, als ihre Aufmerksamkeit von einer Bewegung weiter vorn in der Kolonne abgelenkt wurde. Zwanzig oder dreißig Schritte von ihr entfernt, ganz in der Nähe des Pfades, der zu ihrem Wohnhaus führte, scherte ein zweiter Häftling aus der Marschformation aus und torkelte in den Tiefschnee neben der Straße.

Im ersten Augenblick dachte Irina, der Mann hätte die Orientierung verloren, dann wurde ihr klar, dass er die Aufregung um den gestrauchelten Leidensgenossen zur Flucht nutzen wollte.

Mit dem Mut der Verzweiflung stürzte er sich in sein Unterfangen.

Er hatte bereits zehn Schritte im regenschweren Schnee hinter sich gebracht, als die Wachmänner ihn entdeckten. »Hiergeblieben, Drecksau!«, brüllte der erste, während der zweite das Gewehr von der Schulter nahm und auf den Fliehenden anlegte.

Als der Schütze sein Gesicht in Irinas Richtung drehte, erkannte sie den Mann. Sie erinnerte sich sogar an seinen Namen:

Sämann, Jürgen Sämann, einer der Unterführer, deren Rangbezeichnungen Irina nie hatte behalten können. Er nannte die Häftlinge »Mistbienen« und »Stinktiere« und prahlte gern damit, wie viele von ihnen er schon »auf ewig umerzogen« habe. Einmal, vor ein paar Monaten, als es in der Offiziersmesse wieder einmal sehr feuchtfröhlich zu- und hergegangen war, hatte Sämann ihr ein Foto von »seinen Mädchen« gezeigt, einer Gruppe jüdischer Frauen, an deren Erschießung er in Riga beteiligt gewesen war. Hans hatte ihn sofort angewiesen, das Foto wegzustecken, aber die Sekunden, die Irina auf das Bild geblickt hatte, waren genug, dass sich die Gesichter der jungen Frauen auf immer in ihr Gedächtnis eingebrannt hatten.

Ein Schuss knallte. Dann noch einer.

Der Fliehende schrie auf, aber er fiel nicht.

»Verdammte Scheiße!«, fluchte Sämann und spuckte aus. Er legte erneut an, zielte und schoss. Doch diesmal schoss er nicht auf den fliehenden Häftling, der inzwischen beinahe hinter dem Wohnhaus verschwunden war, sondern auf den gestürzten, der im Schnee vor seinen Füßen kniete.

Ohne einen Laut von sich zu geben, kippte der Mann auf die Seite. Er zuckte noch einige Male und griff mit der Hand in die Luft, wie wenn er sich dort an etwas festhalten wollte, dann drehte er das Gesicht in den Matsch und regte sich nicht mehr.

»Fräulein Stolz! – Wir müssen!«

Die Stimme des Fahrers drang wie aus weiter Ferne an Irinas Ohr. Sie starrte auf den Toten, dessen gestreifter Anzug sich langsam rot färbte.

Ihr Gehirn setzte aus.

Ohne zu begreifen, dass es ihre eigene Stimme war, hörte sie jemanden rufen: »Einen Moment! Ich habe noch etwas vergessen!«

»Vorwärts!«, brüllte Jütte über die Häftlingskolonnen hinweg.

Irina rannte los wie auf Kommando. Sie rannte zurück zum

Haus, schloss mit zitternden Fingern die Tür auf, eilte in die Küche und stürzte durch die Hintertür in den Garten.

Der Mann hatte es beinahe bis zum Zaun geschafft. Er kauerte unter den herabhängenden Zweigen einer Tanne, die in den Garten ragten. Als Irina sich über ihn beugte, zuckte er zusammen und hielt die Arme vors Gesicht, als fürchtete er, dass sie ihn töten würde.

»Keine Angst, ich tu' dir nichts«, sagte sie leise, während sie sich neben ihn kniete. Es war ein Jude, wie sie an dem gelben Stern auf seiner Kleidung erkannte. Sie hätte nicht sagen können, wie alt er war. Er hatte das furchtbare Einheitsgesicht, das alle Gefangen früher oder später bekamen und das eigentlich fast nur noch aus zwei großen dunklen Augenhöhlen zu bestehen schien. Auch sein Körper war nur noch Haut und Knochen. Obwohl ein erwachsener Mann, hätte sie ihn tragen können wie ein Kind.

Ohne Nachzudenken, zog Irina ihren Pelzmantel aus.

Der Pelz war das Letzte, was sie von ihrer Großmutter Sophia besaß. Er war das einzig Wertvolle – abgesehen von ihrem Schmuck –, das die Großmutter vor den Klauen der Parteifunktionäre hatte retten können, als man sie und Großvater Iwan aus Leningrad verjagte. Sie hatte Irina den Pelz geschenkt, bevor sie, verbittert und krank, im fremden Engels verstarb. In der Sowjetunion hatte Irina den Mantel nie getragen. In Deutschland hatte er aus der einfachen Jagotiner Lehrerin die Jederstädter Nachtigall gemacht.

»Hier, nimm das.«

Irina breitete den Mantel über den zitternden Mann.

»Der Hausschlüssel ist in der Tasche«, sagte sie, während sie ein letztes Mal über den feinen Pelz strich. »Geh ins Haus, wenn alle weg sind. Dort findest du noch etwas Suppe und Holz. Es sollte ausreichen, dich warm zu halten, bis die Russen kommen.«

Der Häftling starrte sie an, ohne einen Ton von sich zu geben. In seinem Blick lag Misstrauen.

Oder war es Furcht?

Sie fragte sich, ob er sie überhaupt verstanden hatte.

Sie griff nach der Hand des Mannes – sie war eiskalt – und führte sie zu dem Schlüssel in der Manteltasche. Dann wies sie auf das Haus und wiederholte das eben Gesagte auf Russisch. Vielleicht war er ja einer der wenigen Juden aus den Ostlagern, die noch lebten.

Von der anderen Seite des Hauses her hörte sie den Lastwagen hupen.

Plötzlich wurde ihr bewusst, dass sie schon viel zu lange bei dem Gefangenen verharrt hatte. Rasch richtete sie sich auf. Sie warf einen letzten Blick auf den Mann, der sich unter ihrem Mantel zusammengerollt hatte wie ein Tier, und sagte, einem Impuls folgend, auf Russisch: »Gott schütze Sie«, dann wandte sie sich ab und rannte zurück.

»Da sind Sie ja endlich«, rief der Fahrer. Er öffnete die Beifahrertür. Als er sich über den Sitz lehnte und ihr die Hand reichte, sah sie, dass es sich um den Reservisten handelte, der sie vor ein paar Tagen in die Stadt gebracht hatte.

»Was hatten Sie denn noch so lange im Haus zu suchen?«

Die Frage schien zum Glück rhetorischer Natur zu sein. Kaum saß sie neben ihm, drehte der Mann sich wieder dem Steuerrad zu und ließ den Motor an. Er hatte Irina nur flüchtig angesehen und dabei wohl auch nicht bemerkt, dass sie statt des Pelzmantel nun eine dünne Steppjacke trug.

»Bloß weg hier, bevor der Iwan uns die Karre unterm Arsch wegschießt«, sagte er und legte den Gang ein.

Der LKW rollte an. Sekunden später holperten sie an der hintersten Kolonne des Häftlingszuges vorbei, der sich in Richtung Jederstadt schleppte.

Wachmänner brüllten.

Gefangene stürzten.

Schüsse knallten.

Irina dachte an den Mann im Garten. – Was war ein gerettetes Leben wert angesichts von Hunderttausenden, die starben?

Es war eine der Fragen, die sie Gott gern gestellt hätte, wenn sie noch an einen Gott hätte glauben können.

*****

Der Fahrer fuhr, als klebte »der Iwan« ihnen am Heck. Er drosselte das Tempo erst, als sie die Brücke zwischen Nord- und Südstadt erreicht hatten und der junge Wehrmachtssoldat, der dort postiert war, um den Verkehr über den Fluss zu regeln, mit ausgebreiteten Armen auf die Straße stürzte und ihnen anzuhalten befahl.

Irina rieb sich den Ellbogen, den sie sich auf der holprigen Fahrt mehrmals an der Wagentür angeschlagen hatte. Der Fahrer schüttelte den Kopf und bemerkte missmutig: »Der Bengel schikaniert uns doch bloß.«

Gleich darauf sah Irina ein Dutzend zerbeulter deutscher Panzer von der Südstadt her auf die Brücke zukriechen wie ein Zug riesiger brauner Käfer.

Während sie dem seltsamen Knirschen lauschte, das die Panzerraupen im nassen Schnee erzeugten, schaute sie den Eisschollen nach, die auf dem schwarzen Wasser der Oder in Richtung Breslau trieben. Sie versuchte abzuschätzen, wie lange die Russen wohl brauchten, um den Fluss zu überwinden. Die Deutschen würden die Brücke sprengen, wenn sie die Nordstadt nicht mehr halten konnten, genau so, wie es die Rote Armee 1941 mit den Brücken getan hatte, über die sie sich vor der Wehrmacht hatte zurückziehen müssen. Man nannte das die »Taktik der verbrannten Erde«, wie Hans ihr einmal überflüssigerweise erklärt hatte.

Alle Kriegsparteien beherrschten sie.

Und alle Kriegsparteien wussten, dass sie den Feind damit nicht aufhalten, sondern dessen Vormarsch lediglich verlangsamen konnten.

Zwei Tage, schätzte Irina. Höchstens.

Länger würden die Russen nicht brauchen, um eine behelfsmäßige Brücke über die Oder zu bauen. Ihre Flieger würden die Wartezeit zu nutzen wissen. Die Luftwaffe der Roten Armee würde die Südstadt in Schutt und Asche legen. Von Jederstadt würde nicht mehr viel übrig bleiben, wenn »der Russe« mit ihm fertig war.

Irina ließ ihre Augen über den Fluss zu den Häusern am anderen Ufer wandern. Sie fragte sich, was die sowjetischen Soldaten wohl dabei empfanden, wenn sie deutsche Städte zerstörten, deutsche Männer töteten, deutsche Frauen vergewaltigten.

Erfüllte es sie mit Genugtuung?

Linderte es ihren Schmerz?

Der letzte Panzer überquerte soeben die Brücke. Ihm folgten zwei Pferdegespanne, die Kanonen zogen, und eine Gruppe Fußsoldaten, von denen ein paar Maschinengewehre schleppten. Die Männer marschierten in geordneter Formation über die Brücke, doch ihre Uniformen wirkten abgerissen, ihre Gesichter verbraucht. Einige trugen wuchernde Bärte; die meisten waren noch so jung, dass auf ihren Wangen nicht mehr als weicher Flaum spross.

»Arme Schweine«, murmelte der Fahrer neben ihr. »Der Russe macht Hackfleisch aus denen. Die sehen ja jetzt schon aus, als kämen sie aus Sibirien.«

Mit einem Mal wünschte sich Irina, sie hätte Mitleid mit ihnen haben können, mit diesen deutschen Soldaten, die mit stumpfen Mienen dem Tod, der Verstümmelung oder der sowjetischen Kriegsgefangenschaft entgegengingen.

Allein, sie konnte es nicht.

Sie konnte kein Mitleid haben mit den Deutschen. Mit diesen Menschen, deren Sprache sie sprach und die sie dennoch nie wie eine der ihren behandelt hatten; die ihre Heimat mit Krieg und Gewalt überzogen und sie als Deutschrussin zu ewiger Heimatlosigkeit verdammt hatten; die russische, ukrainische, polnische und vor allem jüdische Menschen in unfassbarer Zahl ermordet oder in Arbeitslager gesperrt hatten, um sie dort für die Welteroberungspläne ihres »Führers« zu Tode zu schinden.

Nein, mit solchen Menschen konnte man kein Mitleid haben.

Die Brücke war wieder frei, doch der Wachposten ließ sie noch immer nicht weiterfahren. Der Reservist am Steuer wurde zunehmend ungehalten. »Jetzt lass uns endlich passieren, Bürschchen«, knurrte er, wobei er mit den Fingern ungeduldig auf das Lenkrad trommelte.

Das Geräusch ließ Irina daran denken, dass Hans im *Ortlieb* auf sie wartete. Sie wusste nicht, wie spät es war, aber neun war vermutlich bald vorbei. Hans war kein geduldiger Mensch. Er würde sehr wütend werden, wenn sie zu spät kam. Irina stellte sich vor, wie er in diesem Moment in der Eingangshalle des Hotels auf und ab ging, wie er dabei immer wieder auf seine Armbanduhr sah, wie sein Zorn wuchs. Hans wollte los, nach Groß-Rosen, auf seinen nächsten Posten, nach Buchenwald oder Dachau oder in irgendein anderes Lager fern der Front. Und er wollte sie mitnehmen in dieses andere Lager, wenn es sein musste auch in den Untergrund oder ins Exil ...

Irina grub die Finger in die Pelzmütze, die sie auf dem Schoß hielt. »Kommen Sie mit mir nach Stuttgart«, hatte Luise gesagt. »Dann sind Sie frei.«

Irina kannte nur wenige Städte in Deutschland; vor allem Breslau und Berlin. Einmal war sie mit Hans in Leipzig gewesen, wo er Mutter und Schwester besucht hatte. Bis Stuttgart war sie nie gekommen.

Konnte man dort frei sein? – Hätte sie frei sein können, wenn sie mit Luise nach Stuttgart gegangen wäre?

Was hieß das überhaupt, frei sein?

Gab es Freiheit – für sie, für irgendjemanden?

Die Fragen waren müßig. Hans würde sie überall aufspüren, und ihn bei der Polizei anzuzeigen war heute so zwecklos wie gestern. Sein Geständnis war kein Beweis. Er konnte ganz einfach behaupten, sie habe sich die Geschichte bloß ausgedacht.

Niemand würde ihr glauben. Und wenn doch: Wer sollte es überhaupt wagen, Hans Raschler zu verhaften, wenn die mächtigen Herren von Jederstadt mit ihm in einem Boot saßen? Wenn es stimmte, was er ihr erzählt hatte, dann waren der Kreisleiter und der Bürgermeister mitschuldig an Freundlichs Tod. Freundlich hätte den Schlag mit dem Stein wohl überlebt, wenn Exler oder Grauwiedel einen Arzt gerufen hätten. Doch sie taten nichts dergleichen. Und würden jetzt den Teufel tun, um Hauptsturmführer Raschler verhaften zu lassen, geschweige denn gegen ihn auszusagen.

Aber wen gab es sonst, der die Macht besaß, es mit Hans aufzunehmen?

»Jetzt lass uns durch, Junge! Wir haben nicht den ganzen Tag Zeit, Herrgott nochmal!«

Der Fahrer hatte das Fenster heruntergekurbelt und gestikulierte mit dem Arm wild zum anderen Flussufer. In seinen Augen brannte der Ärger, und unter den grauen Bartstoppeln war er fast grün vor Wut und Angst. Er drohte dem Posten offen, ihn über den Haufen zu fahren, als Irina den Kübelwagen erblickte, der in halsbrecherischem Tempo auf die Brücke zugerast kam. Sekunden später hatte das Auto den Fluss überquert und brauste an ihnen vorbei den Panzern nach.

Alles war so schnell gegangen, dass Irina nur einen kurzen Blick unter das Regendach des Wagens hatte werfen können. Aber der Blick hatte genügt, um den Mann am Steuer zu erkennen: Generalmajor von Liebenfels.

Kurzentschlossen stieß sie die Wagentür auf.

»Was tun Sie da?« Der Fahrer klang wie ein nach Luft schnappender Ertrinkender.

»Ich muss noch was erledigen«, sagte Irina und setzte die Mütze auf.

»Was erledigen? Sagen Sie mal, wollen Sie mich verarschen?«

Aus dem Mund des Fahrers klang Irinas Satz tatsächlich wie ein schlechter Scherz. Wenn Sie darüber nachgedacht hätte, wäre ihr klar geworden, dass das, was sie plante, tatsächlich lächerlich war. Aber sie dachte nicht nach.

Sie handelte.

»Sagen Sie dem Hauptsturmführer, ich komme mit dem nächsten Transporter«, gab sie über die Schulter zurück, bevor sie aus der Kabine sprang.

»Es gibt keinen nächsten Transporter! Hinter uns kommt keiner mehr!«, schrie der Fahrer am Rande eines Herzanfalls.

Irina registrierte seine Worte nicht mehr. Sie rannte. Immer den Spuren des Wagens nach, die sich deutlich im Schneematsch auf der Straße abzeichneten. Mehrmals wäre sie fast ausgerutscht und der Länge nach hingefallen, aber es gelang ihr jedes Mal, sich im letzten Augenblick zu fangen und weiterzuhasten.

Sie verlangsamte ihre Schritte erst, als sie den Kübelwagen wieder erblickte. Er parkte zirka hundert Meter hinter der Stadtgrenze am Straßenrand neben einem behelfsmäßigen Unterstand aus Planen. Auf der anderen Straßenseite standen die Panzer zur Kette aufgereiht hintereinander. Beidseits der Straße schlängelte sich Exlers mickriger Ostwall in einem weiten Bogen um die Nordstadt herum. Der Kreisleiter hatte den Wall mit Halbwüchsigen und Greisen bemannen lassen, die vergangenen Herbst in aller Eile zum Volkssturm eingezogen worden waren. Irina bezweifelte, dass sie mehr als eine rudimentäre Ausbildung an der Waffe besaßen. Sofern man sie überhaupt mit einer Waffe ausgestattet hatte. Uniformen trugen sie jedenfalls keine. Nur eine Armbinde mit der Aufschrift *Deutscher Volkssturm – Wehrmacht* zeigte an, dass sie keine Zivilisten waren.

Sobald Irina näherkam, stieg ein Mann aus dem Kübelwagen und stellte sich ihr in den Weg. »Was machen Sie hier?«, fragte er barsch. »Das ist militärisches Sperrgebiet. Zivilisten haben hier nichts zu suchen.«

Er schaute sie verärgert an. Irina meinte, in ihm einen der Stabsoffiziere zu erkennen, die den Generalmajor vorgestern Nacht begleitet hatten. Er war ziemlich jung für einen Mann in dieser Position, aber der Eindruck konnte täuschen. Sein Gesicht war von einem feinen Narbengeflecht überzogen, was ihm einen ziemlich bedrohlichen Ausdruck verlieh und darauf schließen ließ, dass er über einschlägige Gefechtserfahrung verfügte.

Plötzlich wurde Irina bewusst, wie sie aussehen musste. Ihre Wangen fühlten sich heiß an, ihre Gliedmaßen eiskalt. Mit Ausnahme ihres Haars, das unter der Pelzmütze steckte, triefte sie vor Nässe. Außerdem japste sie wie ein abgehetzter Hund. Wie der sprichwörtliche begossene Pudel, ging es ihr durch den Kopf, während sie fieberhaft überlegte, wie sie dem Narbenmann ihr Erscheinen erklären sollte.

Er hob schon die Hand, um sie fortzuscheuchen, als Irina etwas in den Sinn kam, was ihre Gesangslehrerin ihr stets eingebläut hatte: »Eine schlechte Sängerin mag in schönen Kleidern halbwegs erträglich klingen. Eine gute Sängerin geht in Lumpen auf die Bühne und klingt wie eine Königin.« Und so erwiderte sie mit aller Selbstüberzeugung, die sie in ihrem jämmerlichen Zustand aufzubringen vermochte: »Ich will Generalmajor von Liebenfels sprechen.«

Es half nicht, dass ihre Stimme erste Anzeichen von Heiserkeit zeigte, aber offenbar klang sie noch königlich genug, dass der Offizier sie nicht gleich wegschickte.

»Weshalb?« In seinem Ton schwang Argwohn mit.

Auch auf diese – sehr berechtigte – Frage hatte Irina keine befriedigende Antwort parat. Sie war ohne zu überlegen losgerannt. Jetzt war es zu spät, um einen Rückzieher zu machen. Sie musste sich etwas einfallen lassen.

Nach kurzem Nachdenken sagte sie: »Ich habe Informationen für ihn.«

»Informationen?«

Nun klang der Narbenmann mehr als misstrauisch.

»Über die Russen«, schob Irina nach und war zum ersten Mal, seit sie nach Deutschland gekommen war, froh darüber, dass man ihrem Deutsch die russische Herkunft anhörte.

Auch dem Offizier schien ihr Akzent aufgefallen zu sein. Anders war es wohl nicht zu erklären, warum er allen Ernstes nachdachte, anstatt sie *stante pede* zum Teufel zu jagen.

»Warten Sie hier.«

Er verschwand, um Sekunden später wieder aufzutauchen und sie hereinzuwinken.

Der Generalmajor stand mit dem Rücken zum Eingang, ein Fernglas vor den Augen, und unterhielt sich mit zwei weiteren Stabsoffizieren. Der mit den Narben wartete, bis von Liebenfels sich zu ihnen umgedreht hatte, bevor er mit dem Zeigefinger auf Irina wies und sich dann ohne ein Wort zurückzog.

Von Liebenfels musterte Irina einen Augenblick streng, dann reichte er dem Offizier zu seiner Rechten das Fernglas und sagte: »Ich höre. Aber fassen Sie sich kurz.«

Irina fasste sich sehr kurz. »Ich brauche Ihre Hilfe«, sagte sie. »Sie müssen Hauptsturmführer Raschler verhaften lassen. Er ist ein Mörder. Er hat mir gegenüber zugegeben, im Sommer 1932 den SA-Sturmführer Fritz Freundlich erschlagen zu haben.«

Die Nasenflügel des Generalmajors begannen gefährlich zu flattern. Irina fürchtete schon, dass er sie aus dem Unterstand werfen lassen würde, weil sie sich unter Vortäuschung falscher Tatsachen Zutritt zu ihm verschafft hatte, aber zu ihrer Überraschung hob er nur die Brauen und fragte: »Und Sie sind?«

»Irina Stolz. – Raschlers ... Haushälterin.«

Der Generalmajor musterte sie abermals mit ernster Miene.

»Wieso kommen Sie damit zu mir? Sie wissen doch so gut wie ich, dass hierfür die Polizei zuständig ist, nicht die Wehrmacht. Weshalb gehen Sie damit nicht zu Ihrem Kreisleiter? Der Mann fühlt sich in dieser Stadt ja für alles und jedes zuständig.«

Beim letzten Satz gestattete sich von Liebenfels ein süffisantes Lächeln. Seine Stabsleute zogen beleidigte Gesichter. Sie hatten alle nicht vergessen, wie der aufgeblasene Wicht sie im *Ortlieb* vor aller Augen gedemütigt hatte.

Irina nahm den Ball dankbar auf. »Kreisleiter Exler wird

nichts gegen den Hauptsturmführer unternehmen«, antwortete sie so bestimmt, dass der Generalmajor sofort aufmerkte.

»Und weshalb nicht?«, fragte er scharf.

»Weil er sich selbst mitschuldig gemacht hat. Genauso wie der Bürgermeister. Beide haben die Tat mit angesehen, aber nichts unternommen, um Freundlich zu helfen oder Raschler vor Gericht zu bringen.«

Von Liebenfels ließ die Worte einen Moment lang in sich wirken, ehe er bemerkte: »Interessant. – Aber haben Sie auch Beweise für Ihre Anschuldigungen gegen den Hauptsturmführer ... und die anderen beiden Männer? Gibt es jemanden, der Ihre Aussage bezeugen kann?«

Irina sank das Herz.

Sie wollte schon verneinen, als ihr plötzlich einfiel, dass es tatsächlich einen Zeugen gab.

Oder besser: eine *Zeugin.*

Sie nickte rasch. »Es gibt jemanden.«

»Gut. In diesem Fall biete ich Ihnen Folgendes an: Ich treffe mich heute um elf im *Grandhotel* mit den Herren Exler und Grauwiedel zur Lagebesprechung. Bringen Sie mir die Person, und ich werde sehen, was ich für Sie tun kann.«

Irina war schon halb aus dem Unterstand, als sie ihn hinzufügen hörte: »Sie sind übrigens schon die zweite innerhalb von vierundzwanzig Stunden, die mir mit dieser Geschichte kommt.«

Irina drehte sich um. »Die zweite?«

»Da war eine junge Frau.«

Von Liebenfels wandte sich dem Offizier mit der Narbe zu, der die Plane angehoben hatte, um Irina durchzulassen.

»Becker, wie hieß das Fräulein nochmal, das mich gestern in dieser Sache aufgesucht hat?«

»Littke, Herr Generalmajor, Fräulein Littke.«

»Fräulein Littke, genau.«

»Was wollte sie von Ihnen?«, fragte Irina mechanisch, obwohl sie die Antwort schon kannte.

»Dasselbe wie Sie: dass ich Raschler festnehmen lasse.«

»Und was haben Sie ihr gesagt?«

Der Generalmajor ließ sich das Fernglas reichen.

»Dasselbe wie Ihnen. Dass ich ihr helfe, wenn sie mir Beweise bringt.«

Irinas Puls begann zu rasen.

»Was hat sie geantwortet?«

Von Liebenfels wandte sich wieder an den Narbenmann. »Was hat sie geantwortet, Becker?«

»Sie wollte eine Zeugin beibringen, Herr Generalmajor.«

»Dann hätten wir ja schon zwei Zeugen«, kommentierte von Liebensfels trocken, während er sich das Fernglas umhängte.

Es war das letzte, was Irina hörte, bevor sie aus dem Unterstand stürzte und sich auf den Weg in die Südstadt machte.

15. Kapitel

Auf dem Gesicht des Hausmädchens, das ihr die Tür öffnete, lag ein Ausdruck vorweggenommenen Triumphes. Wenigstens kam es Irina so vor, und obwohl sie der Polin die Freude über die nahende Befreiung nicht verübeln konnte, verspürte sie einen Anflug von Animosität gegenüber der Frau. Der Tonfall, in dem sie Einlass verlangte, war so herrisch, dass Irina über sich selbst erschrak. Die Polin bedachte sie mit einem hasserfüllten Blick, trat aber gehorsam beiseite, um sie vorbei zu lassen.

Der Haushalt des Bürgermeisters war in Auflösung begriffen. In der Eingangshalle stapelten sich Holzkisten in so großer Zahl, dass man dafür zwei Lastwagen benötigt hätte – oder einen Bagger, um ein Loch auszuheben, das groß genug gewesen wäre, die Kisten darin zu verstecken.

Auch das Esszimmer, wohin das Hausmädchen Irina führte, stand voller Kisten. In deren Mitte waren die Bürgermeistersgattin und ihre jüngere Tochter damit zugange, das geblümte Porzellan aus dem Geschirrschrank einzupacken. Traudl blickte nur kurz auf, als Irina sie begrüßte, und fuhr dann schweigend fort, filigrane Tässchen in Zeitungspapier zu wickeln. Die Hausherrin musterte Irina zweimal von Kopf bis Fuß, bevor sie in einem Ton, der in seiner aufgesetzten Freundlichkeit ganz und gar nicht mit ihrer Leichenbittermiene harmonierte, wissen wollte, was Fräulein Stolz denn bei diesem Wetter zu ihnen führe.

»Ich möchte zu Magda. Hans hat mich gebeten, ihr ein paar … Sachen zurückzugeben, die er noch von ihr besaß.« Sie zeigte auf ihre Umhängetasche und schob dann lächelnd nach: »Persönlich.«

Die Bürgermeistersgattin stemmte die Hände in die Hüften und wackelte unentschlossen mit dem Doppelkinn. Einen Moment lang hatte es den Anschein, als wollte sie von Irina verlangen, ihr die »Sachen« auszuhändigen, doch zu Irinas Erleichterung sagte sie: »Magda ist oben auf ihrem Zimmer. Das Mädchen zeigt es Ihnen. Aber regen Sie sie nicht auf. Es geht ihr nicht gut.«

»Danke.«

Irina hätte Magdas Zimmer auch gut ohne das Hausmädchen gefunden. Es war das einzige, dessen Tür geschlossen war. Die Polin tat nicht einmal so, als ob sie anklopfen wollte. Forsch stieß sie die Tür auf, gab ein gehässiges »Bitte sehr« von sich und stapfte dann ohne ein weiteres Wort davon.

Irina trat ein und sah sich im Zimmer um.

Der Schrank stand offen und war bis auf ein paar wenige Kleiderstücke leer. Die Schubladen des Nachttischs und des schmucken Sekretärs neben dem Fenster waren herausgezogen und ebenfalls ausgeräumt worden. An der Wand neben der Tür sah Irina drei aufeinandergestapelte Holzkisten, die bereits zugenagelt zu sein schienen, auf dem Bett lag ein aufgeklappter Koffer, der mit Kleidern und Schuhen vollgestopft war.

Magda saß am Sekretär, eine Wolldecke über den Knien, und wühlte in einem Wust von Papieren – Briefen, Ansichtskarten, Fotos. Sie war so vertieft, dass sie Irinas Eintreten nicht bemerkte.

»Fräulein Grauwiedel?«

Magda wandte den Kopf und starrte sie mit verständnisloser Miene an.

»Was wollen Sie?«, fragte sie nach einer ganzen Weile.

Als Irina die Leere in den blauen Augen sah, stellte sie sich exakt dieselbe Frage. Zwölfeinhalb Jahre hatte Magda über die Ereignisse jener Nacht des 16. Juli 1932 geschwiegen. Welche Veranlassung sollte sie haben, ausgerechnet jetzt und ausgerechnet mit ihr darüber zu sprechen? Geschweigen denn, sie ins *Ort-*

lieb zu begleiten, um gegen ihren ehemaligen Verlobten, gegen ihren eigenen Vater und den Kreisleiter auszusagen?

Irina schüttelte unmerklich den Kopf und räusperte sich.

Es war keine gute Idee gewesen, diese derangierte Frau um Hilfe zu bitten. Aber sie war nun mal gekommen, um genau dies zu tun. Also wollte sie es wenigstens versuchen.

»Ich muss mit Ihnen reden. Über Fritz.«

Magda blinzelte.

»Über Fritz darf ich nicht reden.«

Sie klang wie ein Kind, das eine eingebläute Antwort wiedergibt, aber ein weiteres Blinzeln verriet, dass der Name etwas in ihr aufgewühlt hatte, das sich nicht so leicht unterdrücken ließ. Als sie das nächste Papier aus dem Wust zog – eine Fotografie, wie Irina unschwer erkennen konnte –, zitterten ihre Hände.

Irina trat näher, um das Foto betrachten zu können. Es zeigte einen jungen Mann in Braunhemd und Wanderhosen, der flankiert von zwei anderen SA-Männern vor einem Gipfelkreuz stand und grinsend in die Kamera blickte. Er hatte die Arme um die Schultern der Kameraden gelegt und zwei Finger der rechten Hand zum Siegeszeichen erhoben.

Irina kannte nur zwei Fotografien von Fritz Freundlich: die beiden, die in Luises Artikel abgedruckt gewesen waren. Im Unterschied zu dem Text hatte sie den Fotos keine große Aufmerksamkeit geschenkt, dennoch erkannte sie Freundlich auf Margas Foto sofort wieder. In seiner kraftstrotzenden, blonden Männlichkeit hätte er einem von Hans' Büchern über die Krieger der alten Germanen entstiegen sein können. Nur die lässige Siegesgeste störte den reckenhaften Eindruck ein wenig.

»Über Fritz darf ich nicht reden«, wiederholte Magda, derweil sie die geknickten Ecken des Fotos mit den Fingern zu glätten versuchte.

»Jetzt schon«, sagte Irina im selben Ton, in dem sie früher schüchterne Schülerinnen zum Sprechen ermuntert hatte. »Jetzt dürfen Sie über Fritz reden, Magda. Sie mussten lange genug schweigen.«

Sie machte Anstalten, ihr die Hand auf die Schulter zu legen, als irgendwo im Haus ein schwerer Gegenstand zu Boden ging. Der Lärm ließ Irina in der Bewegung erstarren. Die keifenden Stimmen der beiden anderen Grauwiedel-Frauen tönten aus dem Esszimmer zu ihnen empor. Rasch zog sie die Hand zurück.

Magda legte das Bild in die Kartonschachtel und langte nach einer anderen Fotografie, einer Nahaufnahme Freundlichs in SA-Uniform.

Indessen nahm Irina den Faden wieder auf: »Sie wissen, was damals passiert ist, nicht wahr, Magda? Sie haben gesehen, wie Hans Ihren Geliebten erschlagen hat.«

Magda antwortete nicht. Sie betrachtete das Portrait in ihren Händen noch etwas länger, bevor sie es ebenfalls in der Schachtel verstaute und sich das nächste Erinnerungsstück vornahm.

Während sie akribisch damit fortfuhr, ihre Unterlagen zu sichten – ab und zu warf sie etwas in den Papierkorb, die meisten Blätter und Fotos wanderten nach kurzer Begutachtung in die Kartonschachtel –, fühlte Irina, wie Frustration in ihr aufkeimte. Mit einem unterdrückten Schnauben trat sie ans Fenster und schaute in den verschneiten Garten hinaus. Ihr Blick blieb an dem schmucken Badehäuschen hängen, das auf Pfählen im eisbedeckten Uferwasser stand. Es wirkte wie ein Fremdkörper in der klammen Winterwelt. Wie das trostlose Überbleibsel einer ungleich wärmeren, freudvolleren, friedlicheren Epoche, die für die Bewohner dieser Stadt nie mehr wiederkehren würde.

Irina wandte sich wieder um.

Während sie die Augen über Magdas elegant geschwungene Stirn, ihre gerade Nase, den vollen Mund gleiten ließ, fragte sie sich, was wohl aus der Bürgermeisterstochter geworden wäre, wenn Hans seinen Nebenbuhler nicht getötet hätte.

Hätte sie Fritz Freundlich wirklich geheiratet? Und – was eine noch viel interessantere Frage war – wäre sie bei ihm geblieben?

Hätte es der schönen Magda Grauwiedel genügt, die Frau eines kleinen SA-Führers aus der schlesischen Provinz zu sein?

Irgendwie fiel es Irina schwer, das zu glauben.

Sie hatte in ihrer Zeit mit Hans ziemlich viele Frauen kleiner SA- oder SS-Führer kennengelernt; die große Mehrheit dieser Frauen war nicht annähernd so schön. Früher oder später wäre die Magda von damals einem höheren SA- oder SS-Mann begegnet, vielleicht sogar einem Gauleiter oder einem Minister, einem jedenfalls, der ihr sehr viel mehr zu bieten gehabt hätte als der simple blonde Fritz. Und die Magda von damals, da war sich Irina plötzlich sicher, hätte den simplen blonden Fritz verlassen, um jenem anderen Mann in höhere Sphären der Macht und zweifellos auch in eine größere Stadt zu folgen.

Die Liebe zu einem Verstorbenen ließ sich in den meisten Fällen besser konservieren als die Liebe zu einem lebenden Menschen. Vor allem dann, wenn der Betreffende auf dem Höhepunkt der ersten großen Liebe von einem gegangen war.

Irina räusperte sich erneut, bevor sie einen zweiten Anlauf nahm, die Frau am Tisch für ihren Plan zu gewinnen.

»Magda, Sie können bezeugen, dass Hans der Mörder von Fritz ist.« Ihre Stimme war mittlerweile hörbar heiser, das Sprechen verursachte ihr Schmerzen. »Begleiten Sie mich zu Generalmajor von Liebenfels. Er wird dafür sorgen, dass man Hans endlich für seine Tat bestraft. – Ihn und den Kreisleiter.«

»Und den Bürgermeister«, hätte sie hinzusetzen müssen, aber das wusste Magda zweifellos selbst. Sie murmelte etwas, das wie »Du wirst vergessen und du wirst schweigen« klang, und sortierte weiter ihre Papiere.

Die Uhr in der Eingangshalle schlug Viertel vor elf.

Der Hall der Schläge ließen Irina zuerst daran denken, dass von Liebenfels sie erwartete, und danach an Luise. Auf dem Weg hierher hatte sie überlegt, von welcher Zeugin Luise gesprochen haben mochte. Luise kannte den genauen Tathergang nicht. Sie schien die Möglichkeit, dass Magda den Mord mit angesehen hatte, nie in Betracht gezogen zu haben. Zumindest konnte Irina sich nicht entsinnen, dass Luise eine solche Möglichkeit je erwähnt hätte.

Aber wer sonst mochte die Zeugin sein, die sie beibringen wollte? Gab es diese Zeugin überhaupt? Oder hatte Luise bloß geblufft?

Abermals vernahm Irina laute Stimmen aus dem Untergeschoss. Gerda und Traudl schienen erneut zu zanken, wobei Traudl den hörbar dominanten Part in dem Streit spielte. Irina konnte ihre Worte nicht verstehen, aber die junge Frau klang sehr erregt, als stünde sie kurz vor einem heftigen Gefühlsausbruch. Prompt ging Traudls Geschrei von einer Sekunde zur andern in hysterisches Schluchzen über.

Magda hielt in ihrer Tätigkeit inne.

Irina kam eine Idee.

»Wenn Exler verhaftet wird, kann der Generalmajor den Evakuierungsbefehl erteilen. Sie und Ihre Familie können die Stadt verlassen. Sie wollen doch nicht, dass Ihre Mutter und Ihre Schwester den Russen in die Hände fallen? Sie wissen doch, was die mit Frauen machen. Besonders mit jungen und hübschen wie Traudl ...«

Bei der Erwähnung von Traudls Namen setzte Magda sich kerzengerade hin. Sie verharrte einen Augenblick reglos in dieser Haltung, dann sagte sie, ohne aufzuschauen: »Traudl hätte längst weggehen sollen. Zu unserem Onkel nach Frankfurt am Main. Dort wäre sie vor den Russen in Sicherheit gewesen. Aber das dumme Ding musste ja unbedingt hier bleiben, um auf ihren Fabrikdirektor zu warten.«

Langsam hob Magda den Kopf und blickte an Irina vorbei aus dem Fenster. Ein kaum merkliches Lächeln legte sich auf ihre Lippen. »Aber das liegt wohl in der Familie, dass wir Grauwiedel-Mädchen nicht von unseren Männern lassen können. Nicht einmal, wenn sie längst über alle Berge sind. Oder tot.«

Beim letzten Satz schaute Magda Irina direkt in die Augen.

Ihr Blick war plötzlich klar.

Bevor er sich erneut nach innen kehren konnte, sagte Irina: »Bitte, Magda, kommen Sie mit mir! Erzählen Sie dem Generalmajor, was Sie wissen.«

Irina griff nach Magdas Handgelenk, um sie vom Stuhl hochzuziehen, doch Magda entwand sich ihrem Griff. »Wenn ich das tue, wird man meinen Vater verhaften.«

Irina spürte, wie ihre Geduld langsam, aber sicher zur Neige ging. »Ihr Vater hat zugesehen, wie Ihr Geliebter starb! Er hat Ihnen Ihr Lebensglück genommen. Meinen Sie nicht, dass er eine Strafe verdient hat?«

Anstelle einer Antwort säuselte Magda lächelnd: »Mein Lebensglück, mein Lebensglück, es ging mit dir dahin ...«

Es klang, wie wenn sie einen Schlager gesummt hätte.

Irina musste an sich halten, um der Frau keine Ohrfeige zu versetzen. Nur mit größter Selbstbeherrschung brachte sie es fertig, sich ihren Zorn nicht anmerken zu lassen.

»Sie haben die Wahl, Magda. Sie können Ihren Vater schützen oder die Frauen Ihrer Familie retten. – Und sich selbst, natürlich. Wenn Sie hier sitzen bleiben, werden Sie alle sterben.«

Magdas Augen drohten abermals den Fokus zu verlieren, doch ihre Stimme war erstaunlich klar. »Sterben ... Das wollte ich auch. Zweimal habe ich es versucht. Man hat mich nicht gelassen.« Ihr Tonfall wurde ganz leicht, fast licht. »Mein Vater wollte einfach nicht begreifen, dass mir keiner den Fritz ersetzen konnte. Keiner. Er verlangte allen Ernstes von mir, dass ich einen anderen heirate. Irgendeinen. Ich könne jeden nehmen, solange er kein Jude ist. So ungefähr hat er sich ausgedrückt.«

Sie lachte auf, glockenhell.

Dann wurde ihre Miene wieder ernst.

»Er hätte mich sterben lassen sollen. Es wäre das Beste gewesen. Für uns alle.«

Mit dieser Bemerkung wandte Magda sich wieder dem Tisch zu. Unbesehen stopfte sie die restlichen Papiere in die Kartonschachtel, setzte den Deckel darauf und erhob sich. Nachdem sie die Wolldecke, die ihr beim Aufstehen von den Knien gerutscht war, mit einem Fußtritt in die Zimmerecke befördert hatte, verstaute sie die Schachtel in ihrem Koffer.

Erst als sie diesen mit einiger Mühe zugeklappt und die Gurte um das überquellende Gepäckstück festgezurrt hatte, sah sie wieder zu Irina. »Sie glauben also wirklich, dass dieser Generalmajor Hans und Hermann verhaften lässt, wenn ich ihm die Wahrheit erzähle?«, verlangte sie zu wissen. »Und dass er dafür sorgt, dass Traudl und meine Mutter die Stadt verlassen dürfen?« Sie sah Irina dabei direkt in die Augen.

Irina nickte energisch. »Er hat es mir versprochen.«. Sie hoffte inständig, dass von Liebenfels sie nicht enttäuschen würde.

»Gut«, sagte Magda. »Dann komme ich mit.«

Sie ließ den Koffer auf dem Bett liegen und holte ihren Mantel aus dem Schrank. Während sie in den Mantel schlüpfte, fragte sie: »Was haben eigentlich Sie davon? Sie hätten doch sowieso hier weggekonnt … mit ihm.«

Irina entschied sich für die Wahrheit. »Ich will weg von hier«, entgegnete sie, »aber nicht mit ihm.«

Magda legte die Stirn in Falten, als ob sie angestrengt über die Antwort nachdenken müsste. Nach ein paar Sekunden fing sie an zu kichern wie ein Schulmädchen.

»Das wird ihn ärgern. Da musste er bis nach Russland, um endlich eine Frau zu finden, die ihn nimmt, und dann laufen Sie ihm auch noch weg …«

Kichernd knöpfte sie den Mantel zu und folgte Irina in den Flur.

*****

Sie verließen die Villa durch die Hintertür. Magda, die begreiflicherweise nicht die Absicht hatte, Mutter und Schwester von ihrem Plan zu unterrichten, wies Irina den Weg. Er führte auf den

Balkon im Schlafzimmer ihrer Eltern, der durch eine Wendeltreppe mit dem Garten verbunden war, und von dort zum Flussuferweg, der sie zur Hauptstraße und zum Ring brachte.

Sie legten die Strecke im Laufschritt zurück. Der Regen hatte etwas nachgelassen, nichtsdestotrotz waren beide Frauen komplett durchnässt, als sie beim *Ortlieb* anlangten. Zu allem Überfluss hatte Magda vergessen, einen Hut aufzusetzen, sodass ihr das Haar wie feuchtes Stroh am Kopf klebte, was sie noch verwirrter aussehen ließ als üblich.

Bei ihrem Anblick kamen Irina Zweifel, ob der Generalmajor ihr überhaupt Glauben schenken würde, und für den Bruchteil einer Sekunde bereute sie es, aus dem LKW gesprungen zu sein.

Doch dann dachte sie an Hans, der inzwischen fuchsteufelswild sein musste, weil sie nicht rechtzeitig aufgetaucht war, und ihre Entschlossenheit kehrte zurück.

Die Hitlerjungen, die den Hoteleingang bewachten, verweigerten ihnen den Einlass. Der Kreisleiter habe Befehl gegeben, nur noch Parteileitern und Wehrmachtsoffizieren Zutritt zu gewähren, erklärte der eine wichtigtuerisch, während der andere sich mit vor der Brust verschränkten Armen vor den Frauen aufbaute und wie wild den Kopf schüttelte.

Irina hatte bereits den Mund geöffnet, um den Grünschnäbeln ein heiseres Schreigefecht zu liefern, als Viktor Ortlieb in der Tür erschien und die Krise in gewohnt professioneller Manier entschärfte. »Das geht in Ordnung, Burschen. Die Damen sind Gäste des Hauses.«

Der Direktor machte einen erschöpften Eindruck. Selbst im schummerigen Licht des Hotelfoyers war der Schatten eines Dreitagebarts auf seinen Wangen unübersehbar, und zu ihrem Erstaunen vermeinte Irina sogar, eine Andeutung von Knitterfalten in Ortliebs erlesener Kleidung zu entdecken.

Sein Lächeln allerdings war so tadellos wie immer.

»Fräulein Stolz, Fräulein Grauwiedel, wie schön, Sie zu sehen. Der Generalmajor erwartet Sie bereits.«

Ortlieb deutete auf die Hotelbar, die von einem guten Dutzend Wehrmachtsangehörigen in Beschlag genommen wurde. Generalmajor von Liebenfels ging ungeduldig zwischen den Sesseln auf und ab, während seine Stabsoffiziere mit angespannten Gesichtern dastanden und auf Anweisungen warteten.

Hans war nirgends zu sehen.

Auch von Luise fehlte jede Spur.

Gegen ihren Willen verspürte Irina leise Enttäuschung, als sie den Blick durch die Eingangshalle schweifen ließ und sie nirgends zu entdecken vermochte.

Konnte es sein, dass sie sich bloß verspätet hatte?

Irina hielt es für unwahrscheinlich. Die Uhr am Rathausturm war gerade auf zwanzig nach elf gesprungen, als Magda und sie am Ring eintrafen. Viel wahrscheinlicher war, dass Luise es sich doch noch anders überlegt und Jederstadt an diesem Morgen in Richtung Berlin verlassen hatte.

Wenigstens ist sie dann in Sicherheit, dachte Irina.

Von Liebenfels hielt im Gehen inne und nahm die Frauen in Augenschein. Aus seiner Miene sprach Verärgerung über ihr Zuspätkommen, aber er verzichtete darauf, sie dafür zurechtzuweisen. Stattdessen musterte er Magda einen Moment lang schweigend, bevor er sich Irina zuwandte und ohne ein Wort der Begrüßung wissen wollte, ob dies die Zeugin sei. Als Irina bejahte, machte der Generalmajor auf dem Absatz kehrt und nahm mit dem Ausruf »Mitkommen, alle miteinander!« Kurs auf den Fahrstuhl.

Die Lagebesprechung, die von Liebenfels ihr in Aussicht gestellt hatte, fand in der Kanzlei des Kreisleiters statt, wie von Irina vermutet. Exler und Grauwiedel standen über den riesigen Schreibtisch gebeugt und verschoben Holzklötzchen auf einer Militärkarte von Niederschlesien.

Auch Hans war da.

Allerdings schien er im Begriff, den Raum zu verlassen. Er hatte den Männern am Tisch den Rücken zugekehrt und wollte sich eben die Handschuhe überstreifen, als die gebieterische Stimme des Generalmajors ihm Einhalt gebot.

»Einen Augenblick, Hauptsturmführer!«

Hans hob den Kopf und sah den Generalmajor irritiert an.

Sobald er Irina erblickte, die unmittelbar hinter von Liebenfels stand, verwandelte sich seine Irritation in Ärger. Dann fiel sein Blick auf Magda, und der Ärger machte einem Ausdruck tiefster Verunsicherung Platz.

Auch der Bürgermeister schaute verunsichert drein, als er seine Tochter erblickte. »Magda, Kind! Was machst du denn hier?«, tönte er durch den Raum, wobei ein Hauch von Panik in seiner Stimme mitschwang.

Nur Exler schien von Magdas Erscheinen nicht im Geringsten beunruhigt zu sein. Ohne die Bürgermeisterstochter – oder auch Irina – eines Blickes zu würdigen, wandte er sich von Liebenfels zu und erklärte: »Herr Generalmajor, gut, dass Sie kommen. Allerhöchste Zeit, dass wir uns auf eine Verteidigungsstrategie verständigen.«

»Zuerst haben wir eine andere Angelegenheit zu klären.«

Der Generalmajor blieb in der Mitte der Suite stehen.

Exler neigte den Kopf zur Seite und legte die glatte Stirn in Falten. »Ach ja, haben wir das?«, fragte er in einer Mischung aus Neugierde und Belustigung. »Und welche Angelegenheit, werter Generalmajor, ist wichtiger für Sie und Ihren Stab als die Verteidigung unserer Stadt?«

Von Liebenfels trat einen Schritt näher und beugte sich leicht herab, wobei seine spitze Nase sich dem Gesicht des Kreisleiters bedenklich näherte.

»Wir sind hier, um den Fall Ihres Fritz Freundlich neu aufzurollen«, antwortete er in einem Tonfall, der an Geringschätzung nicht zu überbieten war. »Dafür *muss* Zeit sein, *Herr* Kreisleiter. Oder wollen Sie bestreiten, dass deutsches Recht und Gesetz auch in Jederstadt gilt?«

Exler lächelte kalt, aber er sagte nichts.

Also fuhr der Generalmajor fort: »Der Mann, dem Sie im Namen des Führers in Ihrer Stadt ein Denkmal errichtet haben, ist nämlich nicht im Kampf mit den Bolschewisten gefallen. Er wurde von einem Parteikameraden erschlagen. Während zwei andere Parteikameraden daneben standen und nichts unternahmen, um dem Opfer zu helfen.«

Der Generalmajor richtete sich wieder auf und ließ seinen Adlerblick über die Anwesenden gleiten.

»Wenn mich nicht alles täuscht, wissen die Herren sehr genau, von welchen Parteikameraden ich spreche. Und falls nicht, kann diese Dame«, er deutete auf Magda, »ihrem Gedächtnis auf die Sprünge helfen. Sie kann die Tat bezeugen.«

Für ein paar Sekunden herrschte Grabesstille, dann warf Exler den Kopf in den Nacken und begann lauthals zu lachen. »Da hat Ihnen aber jemand einen schönen Bären aufgebunden, von Liebenfels«, gackerte er. »Die Dame da hat nicht mehr alle Tassen im Schrank! Kein Mensch glaubt eine Silbe von dem, was Magda Grauwiedel sagt.«

Irina bemerkte von der Seite her, wie die Gesichtsmuskeln des Generalmajors nervös zu zucken anfingen, doch er behielt sich unter Kontrolle.

»Fräulein Grauwiedel«, forderte er Magda auf, »erzählen Sie den Anwesenden, was Sie in jener Nacht gesehen haben.«

Magda reagierte nicht.

Irina hätte nicht zu sagen vermocht, ob sie den Generalmajor überhaupt gehört hatte. Die Augen der Bürgermeisterstochter waren auf das Hitlerbild über dem Kaffeetisch gerichtet, ihre Lippen bewegten sich lautlos, als hielte sie mit dem Führer Zwiesprache.

Das Zucken im Gesicht des Generalmajors verstärkte sich.

Auch Irina fühlte, wie das Blut in ihren Adern zu kochen anfing.

Ohne viel Federlesen packte sie Magda bei den Schultern und zwang sie, sich von Liebenfels zuzuwenden. »Der Generalmajor hat Sie etwas gefragt«, zischte sie. »Reden Sie! Erzählen Sie ihm, was Sie wissen.«

Magdas Lippen blieben verschlossen.

Ihr Blick ging durch den Generalmajor hindurch, als wäre dieser aus Glas.

Irina war der Verzweiflung nahe. Sie atmete ein paarmal tief durch, bevor sie ihren Mund ganz dicht an Magdas Ohr brachte und beschwörend wiederholte: »Reden Sie, Magda. Tun Sie es für Traudl!«

Der Name der Schwester wirkte auch diesmal.

Magdas Blick klärte sich.

Langsam ließ sie die Augen vom Generalmajor zu ihrem Vater, von diesem zu Exler und von Exler zu Hans gleiten, der sie unverwandt anstarrte. Einen Moment lang sahen sie sich in die Augen, dann streckte Magda den Arm aus, wies mit dem Zeigefinger auf Hans und sagte leise, aber gut verständlich: »Dieser Mann hat meinen Fritz erschlagen. Mit einem Stein. Ich kann es bezeugen. Ich war dabei.«

Magdas Zeigefinger wanderte zu Exler weiter, bevor sie etwas lauter hinzufügte: »Hermann und mein Vater waren auch da. Sie haben zugesehen, wie Fritz verblutet ist. – Sie haben ihn sterben lassen.«

»Magda! Magda, mein Kind, was erzählst du da! Du bist nicht bei dir!«

Nun war die Panik in der Stimme des Bürgermeisters unüberhörbar. Grauwiedel machte Anstalten, sich seiner Tochter zu nähern, doch der Kreisleiter hielt ihn zurück. Er gluckste, wie wenn das Gehörte in irgendeiner Weise amüsant gewesen wäre.

»Herr Generalmajor, die Frau redet Unsinn! Sie ist krank. – Falls es Ihnen nicht bekannt sein sollte: Genosse Blaszynski wurde als Mörder von Fritz Freundlich überführt. Rechtskräftig. Es gibt sogar ein von seiner Hand unterzeichnetes Geständnis. Also, lassen Sie uns dieses Theater hier beenden. Wir haben Wichtigeres zu tun, als den Fantasien gestörter Frauenzimmer nachzugehen.« Exler deutete mit dem Kinn auf Grauwiedel. »Der Bürgermeister und ich haben uns eben über die Evakuierungsfrage unterhalten. Wenn Sie mir schriftlich versichern, dass das Oberkommando der Wehrmacht ...«

Der Generalmajor hörte ihm nicht mehr zu. Er hatte das Gesicht Irina zugewandt und fragte mit kaum unterdrücktem Zorn: »Es gibt ein Geständnis?«

»Das hat keine Bedeutung«, krächzte Irina.

»Keine Bedeutung?« Die spitze Nase des Generalmajors schien sie zu durchbohren. »Weshalb hat ein *Geständnis* in einem Mordfall keine Bedeutung?«

»Weil es falsch ist«, sagte eine Frauenstimme vom Eingang her.

In der Tür stand Luise, flankiert von einem Mann in Arbeiterkluft, den Irina nicht kannte. Während sich sämtliche Augenpaare im Raum auf die Reporterin richteten, erklärte diese an von Liebenfels gewandt: »Das Geständnis wurde Lech Blaszynski unter Folter abgepresst. Der hatte in der fraglichen Nacht aber keinerlei Kontakt zu Fritz Freundlich, ebenso wenig wie sein angeblicher Mittäter Josef Meidlinger. Die Schwester des Verurteilten, Maria Blaszynska, kann das bezeugen.«

Luise wies auf die Gestalt an ihrer Seite.

Irina besah sich die gedrungene Person neben Luise genauer.

Blaszynskis Schwester also.

Sie bewegte sich schwerfällig, das Gehen bereitete ihr sichtlich Schmerzen. Der gebeugte Rücken und ihr geschorener Kopf erinnerten Irina an die Häftlinge, die zur Stunde unterwegs nach Groß-Rosen waren, und ließen sie erneut schaudern.

Sie versuchte sich gerade zu entsinnen, ob Luise ihr je von dieser Maria Blaszynska erzählt hatte, als die Frau mit einer Stimme, fast so heiser wie ihre eigene, sagte: »Mein Bruder war kein Mörder. Er hat dem Freundlich kein Haar gekrümmt. Aber die Nazis brauchten einen Sündenbock, und Lech kam ihnen gelegen. Der da«, sie zeigte auf den Kreisleiter, »und seine Schläger-Buben haben ihn gezwungen, das Geständnis zu unterschreiben.«

Beim letzten Satz verging auch Exler das Lachen. Ihm schien endlich aufzugehen, was es geschlagen hatte.

»Das wird ja immer besser!«, schrie er, das Puttengesicht zur Fratze verzerrt. »Eine Geisteskranke und eine Bolschewikin bezichtigen aufrechte Nationalsozialisten einer solchen Schandtat! Ich werde beide an die Wand stellen lassen! – Jentsch! Nehmen Sie diese verdammten Lügenweiber fest!«

Der Kreisleiter sah sich nach seinem pickelgesichtigen Adjutanten um. Dieser machte einen Schritt auf Magda zu, doch der Bürgermeister stellte sich ihm schützend in den Weg. »Er war doch schon tot! Fritz Freundlich war schon tot, als Hermann und ich bei der Eiche ankamen!«, japste er. »Das heißt, wir hielten ihn für tot ... Er sah tot aus!« Grauwiedel zog ein Taschentuch aus der Hosentasche und tupfte sich den Schweiß von der Glatze. »Aber wie Hermann sagt: Wir haben jetzt wirklich Wichtigeres zu tun. Außerdem ... Hans, ich meine, der Herr Hauptsturmführer, hat doch nur getan, was jeder in seiner Situation getan hätte. Ein Mann kann sich doch nicht ungestraft Hörner aufsetzen lassen! Wo kämen wir denn hin, wenn ...«

Dem Bürgermeister ging die Luft aus. Er schaute den Generalmajor flehentlich an, aber von Liebenfels zeigte sich unbeeindruckt. »Das wird ein Gericht entscheiden« war alles, was er sagte, bevor er seinen Offizieren Anweisung gab, die beschuldigten Männer festzunehmen.

Sie hatten sich kaum von Stelle gerührt, als zwei Schüsse sie erstarren ließen.

Erschrocken verfolgte Irina, wie Grauwiedel den Mund aufsperrte, bevor er wortlos in sich zusammensackte. Dann beobachtete sie, wie Exler sich entgeistert an die Brust fasste und ächzend in die Knie sank.

Sie starrte noch auf das Blut, das zwischen den Fingern des Kreisleiters hervorquoll, als sie hinter sich Hans mit unnatürlich ruhiger Stimme zu den Stabsoffizieren sagen hörte: »Die Mühe können Sie sich sparen, meine Herren. Die beiden haben ihre

Strafe bekommen. Und was meine Person betrifft, rate ich Ihnen, mich ziehen zu lassen, wenn Sie nicht wollen, dass Ihrem Vorgesetzten dasselbe geschieht.«

Irina fuhr herum.

Hans hielt seine Pistole auf den Generalmajor gerichtet, während er aus den Augenwinkeln die Offiziere im Blick zu halten versuchte.

Von Liebenfels starrte in den Lauf der Waffe, ohne mit der Wimper zu zucken. Sein aristokratisches Gesicht war rot vor Beschämung und Wut, aber er war klug genug, sich nicht zu einer unüberlegten Bewegung verleiten zu lassen.

Indessen sprach Hans weiter. »Meinen Sie nicht, dass der Gerechtigkeit nun Genüge getan ist? Zwei Leben für eines, diese Rechnung müsste doch auch für Sie aufgehen. Und überhaupt: Was geht Sie ein dummer kleiner SA-Sturmführer an, der vor zwölf Jahren starb? Kümmern Sie sich lieber um die Lebenden. Sorgen Sie dafür, dass die Stadt evakuiert wird! Das ist es doch, was Sie von Anfang an wollten, oder nicht?«

Hans wies mit der Pistolenspitze kurz auf die Tür hinter sich und richtete die Waffe dann wieder auf den Generalmajor.

Die Offiziere sahen ihren Vorgesetzten unschlüssig an.

Von Liebenfels zögerte nicht.

»Berger, tun Sie, was der Hauptsturmführer sagt«, rief er, an den Narbenmann gerichtet. »Das ist ein Befehl! Lassen Sie überall verbreiten, dass die Treckerlaubnis vorliegt. Wenn Ihnen ein Parteimann dazwischenfunkt, erklären Sie ihm, dass der Kreisleiter tot ist und die Wehrmacht das Kommando übernommen hat. Um mich brauchen Sie sich nicht sorgen, ich komme zurecht.«

Nach einem letzten Zögern salutierten die Offiziere und eilten aus dem Raum.

»Und was machen wir jetzt, Herr Hauptsturmführer?«, fragte von Liebenfels, als die Männer verschwunden waren.

Irina hatte sich gerade dieselbe Frage gestellt. Was hatte Hans nun vor? – Er konnte nicht ernsthaft beabsichtigen, den Generalmajor als Geisel zu nehmen. Von Liebenfels würde das Spiel nicht lange mitmachen. Der Mann war ein Offizier allerältester Schule und adelig obendrein. Er würde sich eher erschießen lassen, als einem des Mordes überführten SS-Mann als Fluchthelfer zu dienen.

Tatsächlich bemerkte Irina nun, wie Hans sich langsam in Bewegung setzte. Aber er ging nicht näher zur Tür.

Er kam auf Magda und sie zu.

Zu spät begriff Irina. Bevor sie irgendetwas sagen oder tun konnte, hatte Hans Magda an sich gerissen und ihr den Pistolenlauf an die Schläfe gesetzt.

»Ich warne Sie«, fuhr er den Generalmajor an, dessen Hand reflexartig ans Pistolenhalfter geglitten war. »Egal, wie schnell Sie schießen, Magda ist vor mir tot.«

Von Liebenfels ließ die Hand sinken.

Hans wandte sich den übrigen im Raum zu.

»Niemand rührt sich von der Stelle, bis wir aus der Suite sind. Niemand wird versuchen, uns zu folgen. Magda passiert nichts, solange Sie sich an die Anweisungen halten.«

Beim Eingang ließ er Magda die Tür öffnen, bugsierte sie über die Schwelle und schlüpfte hinter ihr aus dem Raum.

Erst als die Tür mit einem dumpfen Knall ins Schloss gefallen war, lösten sich die Anwesenden aus ihrer Erstarrung.

Die, die noch lebten.

Der Kreisleiter war tot.

Der Bürgermeister beinahe.

Als Irina neben ihn trat, glotzte er sie aus weit aufgerissenen Augen an. »Retten Sie meine Tochter.«

Blut und Speichel schäumten aus seinen Mundwinkeln.

Irina wollte schon erwidern: »Was geht mich deine Tochter an?«, als sie Luise sagen hörte: »Machen Sie sich keine Sorgen, Herr Grauwiedel. – Wir werden Magda retten.«

Das Letzte, was Irina sah, ehe Luise sie an der Hand packte und aus der Suite zerrte, war Maria Blaszynska, die dem toten Exler ins Gesicht spuckte.

16. Kapitel

»Luise, bleiben Sie stehen!«

Irina erschrak beim Klang ihrer eigenen Stimme. Sie war nur noch ein qualvolles Rasseln. Die nächsten Worte – »Das hat doch keinen Zweck! Die sind längst über alle Berge!« – hörten sich an wie durch Sand gesprochen.

Luise reagierte nicht auf die kläglichen Rufe und auch nicht auf Irinas verzweifeltes Zerren an ihrer Hand. Ihre Aufmerksamkeit war einzig und allein darauf gerichtet, das *Ortlieb* so schnell es ging zu verlassen, um Hans und seiner Geisel nachzusetzen und dabei möglichst nicht auf die Nase zu fallen.

Die Hitlerjungen neben dem Hoteleingang sagten höflich »Auf Wiedersehen, die Damen«, als die beiden Frauen Hand in Hand an ihnen vorbeistürmten. Der Regen fiel nun wieder dichter, sodass man kaum bis zur anderen Seite des Rings sehen konnte. Heftiger Wind fegte über den Platz.

Luise ließ sich nicht einmal durch das unsägliche Wetter von ihrem Kurs abbringen. Sie hielt lediglich kurz inne, um sich die Schirmmütze tiefer in die Stirn zu ziehen, fasste Irinas Hand fester und stürzte sich mit dem Ausruf »Die kriegen wir!« auf den Ring hinaus.

Irina folgte notgedrungen.

Sie hatten den Platz zur Hälfte überquert, als sie das erste Fuhrwerk erblickten, das aus der Nordstadt herbeigerollt kam, und gleich darauf ein zweites, dann ein drittes. Die Nachricht, dass die Treckerlaubnis erteilt worden sei, musste sich rasend schnell in der Stadt verbreitet haben. Als sie wenig später zum West-Tor einbogen, versperrte ihnen ein ganzes Gewirr aus Fuhrwerken, Handkarren, Kinderwagen und Schlitten den Weg. Die Gefährte standen kreuz und quer auf der Straße, während Menschen – es waren mehrheitlich Frauen und Kinder – zwischen ihnen herumstolperten, Hausrat anschleppten, Koffer aufluden, Säcke festbanden, einander anschrien und sich gegenseitig anrempelten. In der Nähe rief eine Mutter nach ihrem verloren gegangenen Kind. Von irgendwoher brüllte eine Männerstimme unverständliche Befehle in den pfeifenden Wind.

Während Irina sich in Luises Fahrwasser einen Weg durch das Gewühl bahnte, sah sie die Verwirrung in den Gesichtern der Menschen. Sie schienen gar nicht zu wissen, in welche Richtung sie fliehen sollten: ob über die Hauptstraße nach Breslau, wo man möglicherweise noch einen Zug nach Berlin oder nach Dresden erwischen konnte, oder über die Landstraßen ins Protektorat, von wo aus man sich vielleicht nach Österreich oder Bayern würde durchschlagen können.

Irina bezweifelte, dass die Richtung eine Rolle spielte. Die Chance, dass den Leuten die Flucht glückte, war so oder so gering.

Bei diesem Wetter und bei dem miserablen Zustand, in dem sich die Straßen allenthalben befanden, würde der überladene Zug viel zu langsam vorwärtskommen, um sich vor dem anrückenden Feind in Sicherheit zu bringen. Und selbst wenn es den Flüchtlingen gelang, den Fußtruppen der Roten Armee einen Schritt voraus zu sein, den sowjetischen Fliegern würden sie nicht entkommen können. Die Piloten würden sich einen Spaß daraus machen, sie abzuknallen wie die Hasen.

»Vorsicht!«

Luise zerrte Irina mit aller Kraft zur Seite. Ein Fuhrwerk preschte an ihnen vorbei in Richtung West-Tor. Gegen die Hausmauer gepresst, beobachteten sie, wie das schlingernde Gefährt einen voll bepackten Leiterwagen streifte, der sogleich umkippte und seine gesamte Ladung scheppernd auf den Gehsteig erbrach. Die Besitzerin des Wagens, einen quengelnden Säugling auf der

Hüfte, begann zu schreien wie am Spieß, indes ein alter Mann der rücksichtslosen Fuhrwerkslenkerin aus dem Fenster über ihnen eine Salve von Flüchen hinterherschickte.

»Komm!«, rief Luise, die umstandslos zum Du übergegangen war, und setzte sich wieder in Bewegung.

Im Weiterhasten bemerkte Irina, wie eine jüngere Frau eine ältere – vermutlich ihre Mutter, vielleicht auch Großmutter – an beiden Armen aus einem Haus zu ziehen versuchte. Die Ältere zeterte: »Ich geh hier nicht weg! Ich bin in diesem Haus geboren. Ich bleib hier, und wenn der Iwan mich in Stücke hackt!« Die Jüngere keifte: »Wir *müssen* weg, Mutter! Jetzt sei doch vernünftig. Es ist doch nur für kurze Zeit. Sobald der Krieg vorbei ist, kommen wir zurück.«

Irina hatte den letzten Satz noch im Ohr, als Luise abermals stehen blieb und plötzlich ganz aufgeregt keuchte: »Schau!«

Sie deutete mit der Hand auf das Fuhrwerk, das dreißig oder vierzig Meter vor ihnen stehengeblieben war. Zuerst begriff Irina nicht, doch dann entdeckte sie die Lichter, die vor dem Fuhrwerk aufleuchteten.

Es waren die Rücklichter eines Autos.

Die Rücklichter von Hans' Auto, wie Irina aufging, als sie gleich darauf ein wildes Hupen vernahm. Wenn sie schnell genug liefen, würden sie den Wagen einholen können, bevor der Stau sich aufgelöst hatte.

Aber was dann? Was gedachte Luise zu tun, wenn sie das Auto erreicht hatten? Wollte sie Magda mit Gewalt herausziehen, sie Hans mit bloßen Händen entreißen?

»Da! Das muss er sein!«, unterbrach Luise ihre Grübeleien, und Irina ließ sich willenlos mitziehen.

Sie überholten das Fuhrwerk und hatten Hans' Wagen beinahe erreicht, als dieser wieder anfuhr. Er nahm rasch Tempo auf. Binnen Sekunden hatte er das Stadttor passiert und brauste im strömenden Regen davon.

Luise rannte weiter, bis Irina die Absätze in den Schnee grub und sie zum Anhalten zwang. Mit einem frustrierten Schrei gab Luise auf. Ein paar Atemzüge lang starrte sie keuchend dem immer kleiner werdenden Auto nach, dann ließ sie die Schultern hängen und wandte sich Irina zu.

»Und was machen wir jetzt?«, fragte sie geknickt.

Irina betrachtete Luises regennasses Gesicht, das vor Anstrengung und Kälte violett angelaufen war, und erwiderte, so ruhig sie konnte: »Jetzt gehen wir zurück ins Hotel. Sie müssen sich umziehen.«

Luise musste weg aus Jederstadt, so viel stand fest. Sie musste fliehen wie alle anderen auch. Aber in diesen nassen Klamotten würde sie nicht weit kommen. Dann war es aus mit ihrer Chance, Stuttgart je wiederzusehen.

Irina wollte sich gerade erkundigen, ob Luise Kleider zum Wechseln hatte, als ihre Aufmerksamkeit von Bremslichtern abgelenkt wurde, die in der Ferne aufschimmerten.

Irgendetwas daran machte sie stutzig.

Sie legte die Hand über die Augen und spähte angestrengt durch den Regen. Nach zweimaligem Blinzeln begriff sie, was es war, das sie irritierte: Die Lichter bewegten sich nicht mehr. Im nächsten Moment erloschen sie sogar. Der Wagen von Hans war beim Denkmalshügel zum Stehen gekommen.

Aber warum?

Hatte er eine Panne?

Hatte der Motor den Geist aufgegeben?

Das konnte Irina sich nicht vorstellen. Hans hatte das Auto wie alle anderen Wagen im Lager regelmäßig warten lassen. Er musste willentlich angehalten haben.

Bloß weshalb?

Was wollte er dort oben?

Irinas Blick wanderte hinauf zu dem steinernen Koloss, der ihr bei diesem Wetter noch unförmiger und unwirklicher vorkam als sonst. Seine Konturen schienen im unaufhörlichen Niederschlag zu zerfließen wie eine Tuschzeichnung.

Über dem Bild fiel ihr der Plan aus Hans' Schreibtisch wieder ein. Vor ihrem inneren Auge leuchtete ein rotes Rechteck auf, das in den Umrissen des Denkmalsockels eingezeichnet war.

Plötzlich wusste sie, warum Hans angehalten hatte.

»Zum Denkmal!«, krächzte sie.

Als sie zwanzig Minuten später auf der Hügelkuppe eintrafen, brannten Irinas Lungen wie Feuer. Dafür spürte sie ihre Füße nicht mehr. Ihre Hosenbeine waren bis über die Knie mit matschigem Schnee verklebt, eiskaltes Wasser lief ihr in die Schuhe.

Luise hatte es noch schlimmer getroffen. Sie war auf dem rutschigen Pfad den Hang hinauf zweimal gestürzt und sah nun aus wie ein Schneemann im Frühling. In einem anderen Leben hätte Irina den Anblick lustig gefunden, doch wie die Dinge lagen, erinnerte er sie bloß daran, wie leichtsinnig ihr Unterfangen war.

Während sie Atem schöpften, erwog Irina, Luise zur Umkehr zu bewegen, ließ die Idee jedoch rasch wieder fallen. Luise würde nicht umkehren. Nicht, nachdem sie ihr von dem Plan in Hans' Schreibtisch erzählt hatte.

»Komm! Lass uns reingehen«, drängte Luise weiter.

Die Metalltür, die ins Innere der Statue führte, war zum Glück unverriegelt. Vorsichtig darauf bedacht, keinen Lärm zu erzeugen, stieß Irina sie auf. Luise schlüpfte als erste hindurch.

Im Innern des Kolosses war es fast vollständig dunkel.

Während sie darauf warteten, dass ihre Augen sich an das Dämmerlicht gewöhnten, versuchte Irina, sich die Lage des roten Rechtecks zu vergegenwärtigen. Das Rechteck stellte eine Kammer dar, da war sie sich ziemlich sicher. Sie musste sich ungefähr in der Mitte des Denkmalsockels befinden.

Doch wo war der Eingang?

Irina tastete um sich.

»Wonach suchen wir?«, flüsterte Luise, den Mund dicht an ihrem Ohr.

»Nach einer Tür oder einer Luke, möglichst versteckt«, wisperte Irina zurück

»Der Fuß! Jemand hat die Säcke beiseite geräumt.«

Luise hatte recht. Der Stapel Sand- und Zementsäcke, der Irina bei ihrem Besuch am Montag sofort ins Auge gestochen war, war zur Hälfte abgetragen worden. Die entstandene Lücke gab den Blick in den rechten Schuh der Statue frei.

Darin war es so eng und dunkel wie in einer Gruft.

Ein idealer Ort, um den Einstieg zu einer Geheimkammer zu verstecken.

Irina machte sich klein und schlüpfte in den Hohlraum.

Luise folgte ihr, ohne zu zögern.

Irgendwo muss diese verdammte Luke sein, dachte Irina, während sie mit den Händen den Boden abtastete. Sie befürchtete schon, die Zeichnung falsch gelesen zu haben, als sie am äußersten Ende des Fußes, quasi am großen Zeh des steinernen Fritz, eine Erhebung erspürte und einen eisernen Griff.

Als Irina den Deckel anhob – er war aus Metall und so schwer, dass sie beide Hände zu Hilfe nehmen musste –, drang ein schwacher Lichtschein aus dem Innern des Sockels. Unter ihr öffnete sich ein Schacht, der gerade groß genug war, dass ein Mensch hindurchsteigen konnte. An der Wand waren metallene Griffe befestigt, an denen man sich beim Hinabsteigen festhalten konnte.

Irina kletterte als Erste hinunter.

Der Schacht war nicht sehr tief. Nach wenigen Tritten gelangte sie in einen niedrigen, zirka fünf Meter langen Gang, an dessen Ende flackerndes Licht zu erkennen war. Es fiel durch den Spalt einer Türe in den Gang.

Ohne auf Luise zu warten, pirschte Irina sich an.

Der Anblick, der sich ihr bot, war so bizarr, dass sie ihren Augen kaum traute.

Hinter der Tür lag ein Raum von vielleicht fünfundzwanzig oder gar dreißig Quadratmetern Fläche. An den Wänden waren hölzerne Regale aufgebaut, auf denen sich Konservendosen, Wasserkanister und Kerosinflaschen türmten. Daneben hatte man Holzkisten aufeinandergestapelt. Im Zentrum der Kammer standen sechs Stockbetten, auf denen Wolldecken lagen; in der linken hinteren Ecke befand sich ein Waschbecken, daneben ein Eimer, der wohl zur Verrichtung der Notdurft gedacht war.

Was sie vor sich hatten, war offenbar eine Art Bunker, in dem Vorräte für mehrere Tage, wenn nicht gar Wochen lagerten. Nur dass man diesen »Schutzraum« nicht tief in die Erde getrieben, sondern mitten auf einen Hügel gesetzt hatte.

Wessen Idee war das bloß gewesen?

Hans' wohl kaum. Hans mochte ein Fanatiker sein, aber er war kein Spinner. So etwas wie diesen Bunker konnte sich eigentlich nur einer ausgedacht haben: Exler.

Hatte der Mann sich hier verschanzen wollen, bis die Rote Armee über Jederstadt hinweggeschritten war? Oder hatte er vorgehabt, sich in dieser Kammer in einem letzten Akt heroischen Widerstandes bei lebendigem Leibe begraben zu lassen?

Mit einem Stupsen in die Seite machte Luise sich bemerkbar. Sie spähte an Irinas Schulter vorbei in den Raum und deutete aufgeregt auf die Stockbetten. Irina kniff die Augen zusammen. Auf einem der Betten saß Magda und strich mit den Händen gedankenverloren über die Falten ihres dünnen Rockes. Unweit von ihr stand Hans mit dem Rücken zu ihr und wühlte in einer der Kisten vor der Wand. Sie enthielt Kleidungsstücke – Zivilkleidung, wie Irina an dem karierten Hemd und der grauen Strickjacke erkennen konnte, die er über den Kistenrand gelegt hatte.

Wie es schien, wollten sie sich umziehen oder wohl besser: verkleiden.

»Wir gehen nach Bayern.« Er zog einen Wollmantel aus der Kiste. »Bis München werden wir uns unerkannt durchschlagen können. Dort werde ich uns neue Papiere besorgen. Damit können wir untertauchen, bis der Staub sich gelegt hat.«

Hans' Worte klangen gespenstisch hohl in der Kammer.

»Jetzt mischen wir uns erst mal unter die Flüchtlinge. Irgendeine Gruppe, die nicht aus Jederstadt stammt. Sind ja genug unterwegs.«

Er wühlte noch einen Moment länger in der Kiste. Als er sich, eine Hose in Händen, zu Magda umdrehte, hallte ein lautes Scheppern durch den Raum.

Irina spürte, wie Luise neben ihr vor Schreck zusammenzuckte.

Hans fluchte leise. Er war mit der Stiefelspitze gegen das am Boden liegende Brecheisen gestoßen, mit dem er die Kiste aufgebrochen haben musste. Mit einem gezielten Tritt beförderte er es unter das Bett, auf dem Magda saß.

Während Hans den Uniformrock auszog und sich das Hemd aufknöpfte, fuhr er fort: »Der Krieg mag verloren sein. Die Bewegung ist es nicht. Die Bewegung ist nicht verloren, solange es Männer gibt, die an sie glauben. Eines ist sicher: Der Tag wird kommen, an dem wir uns wieder neu formieren, wieder mit erhobenen Köpfen durch die Straßen marschieren. Bis dahin werden wir im Untergrund kämpfen, mit allem, was uns zu Gebote steht.«

Er zog die Stiefel aus und machte sich eben an seiner Uniformhose zu schaffen, als Irina die Pistole entdeckte. Hans hatte sie auf das Regal neben der offenen Kiste gelegt. Sie versuchte die Distanz zwischen sich und dem Regal mit den Augen abzumessen. Wie viele Schritte mochten es sein?

Vier oder fünf, sechs maximal.

Es war riskant, aber nicht unmöglich.

Mit klopfendem Herzen wartete sie, bis Hans die Uniformhose auf die Knöchel hinuntergesunken war, dann stürzte sie los.

Tatsächlich verlor Hans beinahe das Gleichgewicht, als sie durch den Raum auf ihn zuflog. Doch er fing sich schnell.

Zu schnell.

Sie war noch anderthalb Schritte vom Regal entfernt, als er die Pistole an sich riss und sie direkt auf sie richtete.

Irina blieb stocksteif stehen und starrte in den Lauf der polierten Waffe.

»Sie bleiben, wo Sie sind!«, blaffte Hans. »Sonst erschieße ich Sie zuerst.«

Es war Luise, an die er das Wort richtete – Luise, die ihr hinterhergestürzt war und nun mitten im Raum stand.

Sobald er sich versichert hatte, dass sie der Anordnung Folge leistete, wandte er seine Aufmerksamkeit Irina zu. Sein Blick war unbewegt, aber an der Zornesfalte zwischen seinen Augenbrauen konnte sie erkennen, wie sehr ihr Erscheinen ihn getroffen hatte. Mit einer Hand zerrte er sich seine Hose wieder über die Hüften und hielt sie am Bund fest.

»So dankst du es mir also, dass ich dich gerettet habe! Ich hätte wissen müssen, dass eine wie du keine Dankbarkeit kennt! Ich hätte dich im Lager zurücklassen sollen. Deine Landsleute hätten dir sicher gern eine Sonderbehandlung für Vaterlandsverräter angedeihen lassen. Damit wäre uns beiden geholfen gewesen.«

Irina machte den Mund auf, um etwas zu erwidern, aber Hans schnauzte mit der Pistolenmündung auf den Boden weisend: »Hinknien!«

Sie gehorchte schweigend.

Der Zementboden war eiskalt.

»Bitte, bitte, tun Sie ihr nichts! Ich flehe Sie an: Lassen Sie Irina am Leben!«, hörte sie Luise hinter sich sagen. »Wir werden Sie nicht aufhalten. Wir bleiben hier, bis Sie weg sind. Und ... und wir verraten auch niemandem ein Sterbenswörtchen über Ihre Pläne. Das verspreche ich Ihnen hoch und heilig.«

Zu Irinas Überraschung ließ Hans Luise ausreden.

»Seien Sie unbesorgt, Fräulein Littke. Es wird ihr nicht wehtun, wenigstens nicht mehr als nötig.« Seine Stimme klang milde, fast freundlich. »Unser Arzt, Doktor Weiß, hat uns gezeigt, wie man tötet, ohne dem Opfer unnötige Schmerzen zuzufügen. Man hat uns beigebracht, mit Anstand zu töten.«

Er machte eine kurze Pause, während der er den Hosenbund zunestelte, und fuhr dann im selben Tonfall fort: »Sie glauben nicht, dass man mit Anstand töten kann? Oh doch, Fräulein Littke, man kann. Man *muss*. Es ist eine Frage der Haltung. Des Glaubens, wenn Sie so wollen.« Beim Wort »Glauben« nahm

Hans' Stimme wieder den vertrauten belehrenden Unterton an. »Denken Sie nicht, dass es uns Spaß gemacht hätte, Frauen und Kinder zu erschießen. Nein, das war keine Freude. Männer, die mit Freude töten, sind krank. Von denen gab es ein paar, aber das waren keine guten Männer. Gute Männer töten nicht aus Spaß, sie töten für ein höheres Ziel. Wir haben es für unser deutsches Volk getan. Die Juden zu liquidieren war unsere Pflicht. Hätten wir die Kinder leben lassen sollen, damit sie die Eltern rächen, wenn sie erwachsen sind? Nein, Fräulein Littke, diese Ausflucht war uns nicht gegeben. Die Juden zu vernichten war der einzige Weg, unser Volk zu retten. Im Frieden, da hätten wir das Problem vielleicht anders lösen können. Da hätte sich wohl irgendein Ort auf dieser Welt gefunden, wo wir die Juden hätten isolieren können. Madagaskar vielleicht, oder Sibirien. Aber im Krieg?« Er schüttelte bedauernd den Kopf.

»Im Krieg, Fräulein Littke, zählt nur noch eines: Dass das eigene Volk am Leben bleibt. Unser Krieg gegen das Weltjudentum war und ist ein Daseinskampf. Und in einem solchen Kampf kann es nur einen Sieger geben.«

Hans machte eine neuerliche Pause. Inzwischen war seinem Gesicht anzusehen, wie bewegt er innerlich war. Doch die Hand, mit der er die Pistole auf Irina gerichtet hielt, zeigte weiterhin nicht das leiseste Zittern.

»Im Grunde ist alles Dasein Kampf, und aller Kampf ist Dasein«, redete er nach kurzem Nachdenken weiter. »Das ist das Wichtigste, was der Führer uns gelehrt hat: Wir existieren nur im und durch den Kampf. Mann gegen Mann. Volk gegen Volk. Blut gegen Blut. Das ist der Lauf der Dinge. So geht es immerfort. Nur das Volk, das sich im Kampf durchsetzt, hat es verdient, länger auf der Welt zu sein. Das ist ein Naturgesetz, Fräulein Littke. Alle Völker handeln danach.«

In Luises Miene mussten Zweifel oder gar Missbilligung aufgeschienen sein, denn als Hans weitersprach, hatte seine Stimme deutlich an Schärfe gewonnen.

»Sie bezweifeln das, Fräulein Littke? Was glauben Sie denn, was passiert wäre, wenn wir dem jüdischen Bolschewismus in Europa freie Hand gelassen hätten? Was meinen Sie, wie es uns Deutschen dann ergangen wäre?« Er machte mit dem Kinn eine Bewegung zu Irina hin. »Fragen Sie sie. Fragen Sie Irina, was mit ihrer Familie geschehen ist, nachdem Genosse Stalin die Wolgadeutschen nach Kasachstan verfrachten ließ. Jämmerlich krepiert sind sie, alle miteinander. So sieht der völkerverbindende Sozialismus in Tat und Wahrheit aus.«

Irina wollte protestieren, aber die Angst hatte ihr die Kehle verschlossen. Aus ihrem Mund kam nichts als ein heiseres Stöhnen.

Hans nahm keine Notiz von ihr. »Sind Sie Nationalsozialistin?«, fragte er, immer noch an Luise gewandt.

Luise gab keine Antwort.

»Kein Ja? Kein Nein?«

Hans seufzte.

»Und sehen Sie, genau das ist das Problem. Wenn man Nationalsozialist ist, muss man es ganz sein, oder man ist es nicht. Der Nationalsozialismus verträgt keine Lauheit, keine halben Sachen. Er ist wie eine Religion, wie ein Glaube. Wer wirklich glaubt, der tut es mit ganzem Herzen, mit aller Kraft. Nur so lassen sich die strengen Gebote eines jeden Glaubens befolgen.«

Sein sezierender Blick fixierte Luise, indes er fortfuhr: »Und wissen Sie, was das höchste Gebot des nationalsozialistischen Glaubens ist, Fräulein Littke? – Treue. Treue zum Führer und seiner Sache. Treue zu den Kameraden. Treue zur Volksgemeinschaft. Im Nationalsozialismus hat der Mensch in erster Linie treu zu sein. Darum geht es, Fräulein Littke. Fehlende Liebe, das kann der Nationalsozialist verzeihen. Fehlende Treue nicht.«

Mit diesen Worten trat Hans auf Irina zu und setzte ihr die Pistole an die Stirn.

Als sie das kalte Metall auf der Haut spürte, musste Irina an die einhundertfünfundzwanzig Juden denken, die er und sein

Sonderkommando in Jagotin erschossen hatten. Sie hatte keinen von ihnen mehr als flüchtig gekannt, und doch fühlte sie sich ihnen in diesem Augenblick näher als je einem anderen Menschen zuvor.

Sie wollte nicht sterben.

Sie wollte leben.

Atmen.

Frei sein.

Irina schaute zu Hans auf.

Ein letztes Mal trafen sich ihre Blicke, dann schloss sie die Augen.

Sie hörte, wie er die Waffe entsicherte, doch es folgte kein Schuss.

Aus irgendeinem Grund zögerte Hans abzudrücken. – Vielleicht, weil er trotz allem etwas für sie empfand? Vielleicht, weil er es nicht gewohnt war, seinen Opfern vorher ins Gesicht zu sehen? Irina wusste es nicht, aber es spielte auch keine Rolle.

Hans zögerte, und sein Zögern rettete ihr das Leben.

Statt eines Schusses vernahm sie einen dumpfen Schlag.

Ihm folgte ein Schrei.

Hans schrie. Er brüllte wie ein Tier.

Irina riss die Augen auf.

Die Pistole lag am Boden.

Neben Hans stand Magda, das Brecheisen in der Hand. Sie hatte ihn mit voller Wucht ins Gesicht getroffen. Irina sah das Blut, das ihm auf den Uniformkragen tropfte, sah, wie er zurücktaumelte, wankte, aber nicht fiel. Sie sah Magda zu einem weiteren Schlag ausholen, sah, wie Hans die Arme schützend vors Gesicht riss. Vergeblich. Der zweite Hieb traf ihn so hart wie der erste. Er sackte röchelnd zusammen.

Magda schlug ein drittes Mal zu.

Dann ein viertes und ein fünftes Mal.

Beim sechsten Mal wurde Irina schwarz vor Augen.

*****

»Irina, Irina wach auf!«

Luises Stimme klang erstaunlich gefasst, doch als Irina die Augen aufschlug und in das leichenblasse Gesicht blickte, das über ihr schwebte, erkannte sie, welche Erschütterung darin lag. Sie hätte nicht zu sagen vermocht, was Luise mehr zugesetzt hatte: die grausame Hinrichtung, deren Zeugin sie soeben geworden war, oder die Rede, die Hans ihr davor gehalten hatte. Auf jeden Fall schwammen Luises Augen in Tränen.

Irina wünschte sich, sie nie hierhergeführt zu haben. Doch für Reue blieb keine Zeit.

»Ich bin in Ordnung«, sagte sie, obwohl sie ganz und gar nicht sicher war, ob das tatsächlich stimmte. Ihr Kopf fühlte sich an wie in Watte gepackt. Ihre Glieder schmerzten von dem harten, kalten Zement. Als sie aufzustehen versuchte, versagten ihr die Beine den Dienst.

»Warte, ich helfe dir.«

Luise fasste sie am Ellbogen und zog sie hoch.

Erst als Irina einigermaßen sicher stand, wagte sie sich umzusehen.

Magda hatte sich wieder aufs Bett gesetzt und starrte auf den Toten. Er bot keinen schönen Anblick. Von Hans' Gesicht war nicht mehr viel übrig. Eine zersplitterte Brille auf einem unförmigen Klumpen Fleisch. Das Brecheisen, mit dem sie auf ihn eingeschlagen hatte, triefte vor Blut. In der Luft hing der Geruch von Eisen und Urin.

Irina nahm die Strickjacke vom Kistenrand und breitete sie über die Leiche.

Während sie sich wieder aufrichtete, bemerkte sie, dass Magda mit einem Mal heftig zu zittern begonnen hatte. Sie klapperte mit den Zähnen, wie wenn sie fürchterlich fröre, und aus ihrer Kehle kam ein Laut, der Irina entfernt an das Winseln eines Hundes erinnerte. Sie wollte sie gerade wütend anfahren, sie solle endlich still sein, als Luise sich neben Magda setzte und ihr den Arm um die Schultern legte.

»Sch…, sch…«, machte Luise, als wäre die Frau ein Kleinkind, das man beruhigen musste. »Sch… Es wird alles gut.«

Mit einer Mischung aus Unverständnis und Bewunderung verfolgte Irina, wie Luise die zitternde Magda in den Armen wiegte, wobei sie fortlaufend beschwichtigende Geräusche von sich gab und zwischendurch »Es wird alles gut« murmelte.

Irina betrachtete die beiden Frauen, bis die Musik einer Stalin-Orgel sie aus ihrem Versunkensein riss. Der Lärm klang seltsam fern im Bauch des Denkmals, aber sie wusste, dass der Schein trog.

Die Rote Armee konnte nicht mehr weit sein.

Und mit ihr die sowjetischen Flieger.

Das Denkmal würde ihnen ein wunderbares Ziel bieten, um sich auf Jederstadt einzuschießen.

Irina wandte sich der offenen Kiste zu und begann fieberhaft in den Kleidern zu wühlen. Es waren gute Sachen. Die meisten aus Stoffen, die man in deutschen Läden schon lange nicht mehr bekam; dennoch wirkten die Kleider wie neu. Es waren Männerkleider. Aber das konnte ihnen jetzt auch egal sein. Vielleicht war es sogar ein Vorteil, wenn man ihnen ihr Geschlecht nicht sofort ansah.

In Windeseile hatte Irina zwei Garnituren trockener Sachen zusammengestellt. »Hier. Ziehen Sie das an«, sagte sie und legte eine Garnitur neben Luise aufs Bett.

Luise, immer noch damit beschäftigt, der wimmernden Magda gut zuzureden, hob fragend den Kopf.

»Wir können nicht mehr zurück in die Stadt«, erklärte Irina. »Dafür reicht die Zeit nicht mehr. Wir brechen direkt nach Breslau auf. Wenn wir die Nacht durchmarschieren, sind wir morgen Mittag dort.«

Luise schien immer noch nicht zu verstehen, was sie mit den Kleidern sollte.

Irina streife ihre Steppjacke ab und schüttelte sie vor Luises Augen aus. Wasser spritzte nach allen Seiten. »Ich weiß nicht, ob wir es schaffen werden«, sagte sie unwirsch. »Aber wenn, dann sicher nicht in diesem nassen Zeug. Darin holen wir uns garantiert den Tod. Also, zieh dich um. Und beeil dich, bitte.«

Sie schmiss die Jacke vor Luise auf den Boden.

Erst jetzt löste Luise die Arme von Magda. Einen Moment lang starrte sie auf die Jacke zu ihren Füßen, dann stand sie auf und machte sich daran, ihre Kleider zu wechseln.

Die Sachen, die Irina für sie ausgesucht hatte, waren ihr viel zu groß, aber als sie umgezogen war, sah Luise immerhin aus, als ob sie eine Februarnacht im Freien überleben würde.

»Was machen wir mit ihr?«, fragte sie, während sie sich den Mantel zuknöpfte, und wies auf Magda, die sich auf dem Bett zu einer Kugel zusammengerollt hatte.

Irina gab keine Antwort. Sie hatte nicht vor, irgendetwas mit Magda Grauwiedel zu machen. Ihr war es egal, was aus der Frau wurde, aber sie zögerte, das auch zu sagen. Aus irgendeinem unerfindlichen Grund schien Luise mehr an Magda zu liegen, und aus irgendeinem ebenso unerfindlichen Grund wollte Irina Luise nicht wehtun. Also zuckte sie bloß die Achseln und fuhr schweigend fort, die Kleider zu wechseln.

Luise setzte sich wieder auf den Bettrand.

»Magda.«

Sie berührte die vor sich hin Wimmernde leicht an der Schulter.

»Magda, stehen Sie auf. Wir müssen fort von hier.«

Magda zeigte keine Regung.

»Stehen Sie auf«, wiederholte Luise nun beinahe verzweifelt.

Als noch immer keine Reaktion kam, packte Luise sie mit beiden Armen bei den Schultern und drehte sie zu sich.

»Magda! Sehen Sie mich an!«

Ein leerer Blick ging durch sie hindurch.

Resigniert seufzte Luise und ließ die Arme sinken.

Sie hatte sich schon halb vom Bett erhoben, als Magda mit belegter Stimme zu sprechen ansetzte. »Wussten Sie, dass Fritz eigentlich Matrose werden wollte? Er hat immer davon geträumt, die Oder bis zur Mündung zu befahren. Und danach das große, weite Meer …«

Sie lachte leise.

Luise starrte sie konsterniert an.

Magda ließ ein weiteres helles, fast mädchenhaftes Lachen hören. »Und wissen Sie, wovon *ich* immer geträumt habe? – Von einem Leben mit ihm. Mit meinem Fritz. Ich habe immer nur ihn gewollt. Einfach ihn, Fritz. Ich hätte ihn auch genommen, wenn er kein SA-Führer gewesen wäre. Meinetwegen hätte er Kommunist sein können. Oder eben Matrose. – Das hat mich alles nicht interessiert. Politik. Die Bewegung und all das … Ich wollte nur ihn. – Verstehen Sie?«

In den leeren Augen leuchtete für Sekundenbruchteile so etwas wie Erkenntnis auf.

In Luises Züge war zunehmend Fassungslosigkeit eingekehrt. »Stehen Sie auf, Magda! Wir müssen hier weg«, sagte sie in einem letzten Versuch, die Frau zur Vernunft zu bringen.

Doch ihre Worte verhallten ungehört. Magda hatte sich auf die Matratze zurücksinken lassen und stierte mit blödsinnigem Lächeln an das Bett über ihr.

Irina streckte die Hand aus und legte sie auf Luises Arm.

»Lass, es hat keinen Zweck. Sie wird uns nur behindern.«

Ihre heisere Stimme klang härter als beabsichtigt.

Luise zögerte noch eine Sekunde länger, dann griff sie nach der Decke, die am Fußende des Bettes lag, und deckte Magda damit zu.

»Vielleicht findet sie ja jemand.«

»Vielleicht«, sagte Irina ohne Überzeugung.

Erneut hörte sie eine Stalin-Orgel heulen.

Sie mussten los. Irina machte ein letztes Mal kehrt und wandte sich dem leblosen Körper von Hans zu. Nach kurzem Zögern kniete sie sich neben ihn und griff in seine Hosentasche, wo sie zu ihrer großen Erleichterung den Autoschlüssel fand.

Es dämmerte bereits, als die Frauen aus dem Denkmal traten. Ein schmutziger, dunkelgrauer Himmel hing über dem aufgeschwemmten Land. Der Regen hatte aufgehört, aber die Luft war noch schwer von Feuchtigkeit. Genauso wie der Schnee, der an ihren Schuhen klebte wie Blei, als sie sich auf den Weg zur Straße machten. Halb gingen, halb rutschten sie den Hang hinunter und waren sehr erleichtert, als sie heil unten anlangten.

Die Straße war menschenleer.

Irina konnte auch keine frischen Wagenspuren auf der Fahrbahn entdecken.

Die Leute aus der Stadt mussten sich entschieden haben, in Richtung Süden zu fliehen. Möglicherweise hatte ihnen die Wehrmacht befohlen, den Weg über die Nebenstraßen nach Böhmen einzuschlagen. Irina hatte von Fällen gehört, in denen das Militär Flüchtlinge sogar anwies, querfeldein zu fliehen, damit sie den Truppen auf den Straßen nicht im Weg waren.

Einen Moment lang flackerte vor ihren Augen das Bild eines endlosen Flüchtlingstrecks auf, der sich mühsam über tief verschneite Felder schleppte. Es vermischte sich mit den Bildern des Häftlingszuges, den sie heute Morgen aus dem Lager hatte ziehen sehen.

Dann fiel ihr Blick auf den Wagen, der am Straßenrand stand, und Irinas Konzentration kehrte zurück ins Hier und Jetzt.

»Kannst du Auto fahren?« Irina gab sich Mühe, sich ihre Hoffnung nicht anmerken zu lassen.

Zu ihrer Überraschung nickte Luise.

»Mein Bruder hat es mir beigebracht.«

Was auch immer mit ihnen geschehen würde, wenn man sie, zwei Frauen in ziviler Männerkleidung, in einem SS-Auto entdeckte, das Risiko mussten sie eingehen. Wenn sie Glück hatten – und das Benzin reichte –, würden sie es heute noch bis nach Breslau schaffen, vielleicht sogar bis nach Görlitz.

Dort konnten sie weitersehen.

»Wir kommen da raus. Wir schaffen das«, sagte Luise, ehe sie sich zur Fahrerseite begab und sich hinters Steuerrad setzte.

Irina warf einen letzten Blick zur alten Eiche hinauf, deren Umrisse sich unscharf in der Dämmerung abzeichneten. Es musste ein schöner Ort gewesen sein, bevor dort ein Mord geschah und der erhabene Baum zu einer Pilgerstätte der Nazis verkam.

Für einen Augenblick bereute es Irina, nie auf den Hügel hinaufgestiegen zu sein. Vielleicht hätte sie Jederstadt von dort oben aus in einem anderen, milderen Licht gesehen.

Oder vielleicht auch nicht.

»Steig ein.«

Luise öffnete ihr von drinnen die Beifahrertür.

»Wir schaffen das«, wiederholte sie, bevor sie den Motor anließ.

»Ich hoffe es«, gab Irina zur Antwort. Dann lehnte sie sich in den Sitz zurück und überließ ihr Leben dem Schicksal – und den Fahrkünsten Luises.

Der Zeuge: Endsieg

Februar 1945

Man erntet, was man sät. Aus einer Eichel wird eine Eiche, keine Buche und auch keine Birke. Wer Gewalt sät, wird Gewalt ernten, nicht Frieden noch Freiheit. Wer Hass pflanzt, dem wird Hass erwachsen. Nicht Liebe noch Vergebung.

Jederstadt, über das ich wache, war einmal blühend und schön. Jetzt ist es wüst und leer.

Man erntet, was man sät. Die Braunhemden säten Hass, und Hass ist, was sie ernten.

Auf dem Hügel nebenan rauchen die Trümmer ihres Wahns.

Man erntet, was man sät. Die Braunhemden säten Gewalt, und Gewalt ist, was sie ernten. – Und die Menschen meiner Stadt mit ihnen.

Zwischen meinen Ästen hängt noch das Stöhnen der Greise und Knaben, die von Kugeln getroffen in den Straßen Jederstadts fielen; über meiner Krone schwirren noch die Schreie der Frauen und Mädchen, die mit blutenden Schenkeln in die Fluten der Oder stiegen. Jeden Morgen trägt der Wind mir die Namen der Flüchtlinge zu, die der Kälte der Nacht zum Opfer gefallen sind.

Die Toten bleiben am Wegesrand liegen, zurückgelassen wie zu schweres Gepäck oder ein kaputtes Gefährt.

Man erntet, was man sät. Die Braunhemden säten Krieg, und Krieg ist, was sie ernten.

Fünf Sommer und sechs Winter sind ins Land gezogen, seit ich den mit Kanonen bewehrten Zug ihres Führers vorbeifahren sah, den Krieg ins Nachbarland tragend – und weit darüber hinaus. Fünf Sommer und sechs Winter hat der Krieg gebraucht, um zurückzukehren. Und wie er ging, so kommt er zurück: Er macht Dörfer und Städte dem Erdboden gleich, vernichtet und vertreibt.

Man erntet, was man sät.

Haben die Menschen meiner Stadt diese Ernte verdient?

Wer bin ich, darüber zu richten? Ich bin nur ein Baum, seit dreihundertfünfundzwanzig Jahren auf meinem Flecken Erde verwurzelt. Ich kann nur erzählen, was sich hier zugetragen hat.

Aber erzählen will ich. Vom Anfang bis zum Ende.

Den Gegenwärtigen zum Gedenken.

Den Nachgeborenen zur Warnung.

Epilog

Stuttgart, Juli 1945

Luise hat Recht behalten. Sie haben es geschafft, obwohl sie ihren Worten selbst nicht ganz geglaubt hatte. Das Benzin reichte bis Breslau, wenn auch nur ganz knapp. Sie ließen den Wagen am Stadtrand stehen und gingen zu Fuß in die Stadt. In den Massen von Evakuierten, die die Breslauer Straßen verstopften, fielen sie gar nicht auf. Von Breslau aus fuhren sie mit der Bahn weiter nach Görlitz und von dort über Dresden zurück nach Stuttgart. Die Fahrkarten haben sie von der Schalterbeamtin am Breslauer Hauptbahnhof im Tausch gegen Irinas Perlenschmuck bekommen. Von Luises Reichsmark wollte die Frau nichts wissen. Sie ahnte wohl, dass Hitlers Geld bald nichts mehr wert sein würde.

Sie haben es geschafft. Sie sind den Russen entkommen. Viele andere hatten nicht so viel Glück. Manchmal wird Luise nachts von schrecklichen Träumen heimgesucht. Dann sieht sie die Flieger der Roten Armee über Jederstadt kreisen und Horden Roter Soldaten sich in die Straßen ergießen. Meistens enden die Träume damit, dass ein sowjetischer Panzerfahrer das Denkmal auf dem Hügel vor der Stadt in Schutt und Asche legt, bevor er in Richtung Breslau weiterrollt.

Irina und sie hatten großes Glück. Sie haben es aus Breslau hinausgeschafft, kurz bevor sich der Belagerungsring um die niederschlesische Hauptstadt schloss. Die Rote Armee brauchte fast drei Monate, um Breslau einzunehmen, so fanatisch hat Gauleiter Hanke es gegen »den Iwan« verteidigt. Hitler hatte die Stadt zum »festen Platz« erklärt und seinem treuen Vasallen befohlen, sie bis zum letzten Mann zu halten. Was am Ende allerdings auch nichts an der deutschen Niederlage änderte.

Breslau fiel am 6. Mai.

Am 8. kapitulierte Berlin.

Da war Hitler schon seit einer Woche tot und Stuttgart seit zwei Wochen in der Hand der Alliierten. Am 22. April sind die Franzosen in die Stadt einmarschiert, nachdem Bürgermeister Strölin sie ihnen kampflos übergeben hat. Gauleiter Murr wäre zwar lieber dem Beispiel Hankes gefolgt, aber im Fall von Stuttgart hat sich die Wehrmacht auf die Seite des Bürgermeisters geschlagen.

Die Bevölkerung schickte sich widerstandslos in die Niederlage. Sie war des Durchhaltens müde und der Durchhalteparolen erst recht. Beim Einzug der Franzosen hingen allenthalben weiße Fahnen aus den Fenstern. Die Hakenkreuzflaggen waren schon Tage zuvor aus dem Stadtbild verschwunden, genauso wie alle anderen nationalsozialistischen Symbole. Fast hätte man meinen können, in Stuttgart wie in ganz Deutschland habe es nie auch nur einen Nationalsozialisten gegeben.

Die deutschen Stuben erzählen eine andere Geschichte.

Im Wohnzimmer von Frau Trost zeugt ein dunkles Rechteck in der ausgebleichten Tapete von dem Hitler-Porträt, das dort jahrelang hing, und im Bücherregal klafft eine Lücke, wo das Buch des Führers stand. Immer wenn Luise das eine oder das andere sieht, wundert sie sich, wie es wohl um die Stuben derjenigen Deutschen bestellt ist, die eingefleischte Nationalsozialisten waren.

Da müssen die Bücherregale eine einzige große Leerstelle sein.

Manchmal kommt ihr die ganze Stadt wie eine Bibliothek mit unzähligen fehlenden Büchern vor. Die ausgebombten Häuser ragen wie halbleere Gestelle in den zerstörten Lesesaal, der sich nach wie vor Stuttgart nennt. Nur haben die Menschen keine Zeit, sich mit den Lücken zu befassen, die in den letzten zwölf Jahren ihrer Vergangenheit klaffen.

Sie sind zu sehr mit der Gegenwart beschäftigt. Ständig muss man organisieren: etwas zu essen, ein Dach über dem Kopf, eine Zukunftsperspektive.

Auch in dieser Hinsicht haben Irina und sie großes Glück gehabt. Frau Trosts Haus ist von den Bomben unversehrt geblieben. Nur umziehen musste Luise, weil im Obergeschoss seit Mitte Februar Ostflüchtlinge wohnen. Frau Trost hat ihr das Arbeitszimmer ihres verstorbenen Gatten im Erdgeschoss gegeben. Dort teilt Luise sich mit Irina nun ein altes, schmales Bett. Zwar hat die Vermieterin Irina die Kammer angeboten, in der Luise früher hauste, aber Irina meinte nur, sie sei es gewohnt, auf engem Raum mit anderen Menschen zu wohnen.

Tatsächlich scheint Irina die Nähe nicht zu stören. Die Art und Weise, wie sie sie nachts beim Einschlafen an sich zieht, macht Luise sogar glauben, das Gegenteil sei der Fall.

Luise ihrerseits hofft, dass die Flüchtlinge noch möglichst lange bleiben, obwohl das Zusammenleben mit ihnen nicht immer einfach ist. Es sind zwei Schwestern aus Rastenburg am Rande von Masuren, die mit zusammen fünf Kindern und einer betagten Mutter buchstäblich in letzter Minute aus Ostpreußen entkommen sind.

Luise hat Mitleid mit den Frauen, die nicht nur ihre Männer, sondern auch ihre Heimat für immer verloren haben. Irina ihrerseits hat nur Verachtung für die Flüchtlinge übrig. Sie geht ihnen aus dem Weg, so gut das eben möglich ist in einem Haus, in dem es nur ein Bad und eine Küche gibt. »Dieses Selbstmitleid widert mich an«, hat sie kürzlich zu Luise gesagt, nachdem sie eine der Frauen weinend auf der Treppe antraf. »Bei allem, was die Deutschen in diesem Krieg verbrochen haben, sollten sie froh sein, dass sie noch am Leben sind.«

Luise ist sich nicht sicher, ob man das eine so einfach gegen das andere aufrechnen kann. Sie weigert sich auch zu glauben, dass Stuttgart die verheerende Zerstörung durch die Bomben der Alliierten irgendwie verdient haben soll. Oder dass die Stuttgarterinnen zu Recht in Massen von französischen Soldaten vergewaltigt worden sind.

Aber Luise ist froh, dass sie noch am Leben ist, genauso wie ihr Vater und ihr älterer Bruder. Leonhard sitzt in französischer Kriegsgefangenschaft, wo es ihm, wie er schreibt, den Umständen entsprechend gut geht. Von Georg dagegen fehlt jede Spur, ebenso wie von Charlotte, von der sie seit Ende März ohne Nachricht sind. Luise hat beim Roten Kreuz Suchmeldungen für die beiden aufgegeben, doch der Erfolg ist bisher ausgeblieben. Auch ihre Versuche, unter den heimkehrenden Soldaten auf dem Stuttgarter Hauptbahnhof einen zu finden, der Georgs Foto erkennt, haben sich bis anhin als vergeblich entpuppt.

Irina weigert sich standfest, Nachforschungen nach ihren Verwandten anzustellen. Der russische Zweig der Familie sei ohnehin längst tot und ihre wolgadeutsche Verwandtschaft mit ziemlicher Sicherheit auch. Mehr hat sie, so scheint es, zu dem Thema nicht zu sagen.

Und Luise wagt nicht, weiter in sie zu dringen.

Sie hat schon einmal erlebt, was geschieht, wenn sie Irina zu etwas drängt, das diese partout nicht will. Vor ein paar Wochen hat Luise den Fehler begangen, sie ungefragt zum Vorsingen an der Stuttgarter Oper anzumelden. Als Irina davon erfuhr, hat sie drei Tage lang kein Wort mehr mit ihr gesprochen und sich beim Schlafen weggedreht. Am Morgen des vierten Tages hat sie beim Frühstück gesagt: »Ich singe nicht mehr«, und Luise hat genickt, als hätte sie verstanden.

Irina singt nicht mehr.

Statt mit Singen verdient sie sich nun ihren Lebensunterhalt im Hauptquartier der neuen Besatzer. Worin Irinas Tätigkeit für die Amerikaner genau besteht, kann Luise nicht sagen. Vermutlich übersetzt sie Dokumente aus dem Russischen für sie. Nach allem, was man hört, sind sich die Amerikaner und die Sowjets nicht grün. Manche meinen gar, Europa stünde ein neuer Krieg zwischen den alten Alliierten bevor. Aber Irina sagt, das sei alles bloß Gerede. Die Amerikaner hätten den Krieg so satt wie alle anderen auch.

Irina mag die Amerikaner. Neuerdings spricht sie sogar davon, in die Vereinigten Staaten auszuwandern, sobald sich eine Gelegenheit dazu ergibt. Dann sagt Luise: »Amerika muss toll sein« und hofft im Stillen, dass es nie soweit kommt.

Oder dass sie, wenn schon, zusammen nach drüben gehen.

Luise kann sich nicht mehr vorstellen, ohne Irina zu leben. Mit ihr zusammen zu sein ist das Schönste, was sie sich denken kann. Sie hat schon mehrmals versucht, sich Irina zu erklären, hat ihr schon mindestens ein Dutzend Liebesbriefe geschrieben. Doch jedes Mal, wenn sie kurz davorstand, ihr einen der Briefe zu geben, hat sie im letzten Augenblick der Mut verlassen.

Einen wichtigen Brief hat Luise immerhin abgeschickt. Sie hat sich um eine Stelle bei der neuen Zeitung beworben, welche die Amerikaner in Stuttgart gründen wollen. Sie soll den Deutschen zeigen, was Demokratie und Pressefreiheit bedeuten. Gestern Morgen hat sie erfahren, dass ihre Bewerbung angenommen wurde und dass sie kommenden Monat bei den NEUEN STUTTGARTER NACHRICHTEN als Redakteurin anfangen kann.

Frau Trost findet, das sei ein Grund zum Feiern, weshalb sie Irina und Luise an diesem Sonntagnachmittag zu Kaffee und Kuchen im Garten eingeladen hat. Der Kaffee ist natürlich kein richtiger, aber im Kuchen sind frische Eier und echte Zitronen drin. Irina hat die Kostbarkeiten vor ein paar Tagen von der Arbeit mit nach Hause gebracht. Luise will lieber nicht wissen, wie sie daran gekommen ist, doch auf den Kuchen freut sie sich trotzdem.

»Auf Ihre neue Stelle«, sagt Frau Trost, sobald die Frauen am Gartentisch unter den Bäumen Platz genommen haben. Sie hebt die dampfende Tasse, wie wenn es ein Weinglas wäre, und fügt dann lächelnd hinzu: »Sie glauben nicht, wie sehr ich mich freue, bald wieder etwas von Ihnen zu lesen.«

Die Worte erinnern Luise daran, dass sie noch eine weitere gute Nachricht zu verkünden hat.

»Vielleicht können Sie schon bald ein ganzes Buch von mir lesen«, bemerkt sie zwischen zwei Bissen des Kuchens, der geradezu himmlisch schmeckt.

»Sie schreiben an einem Buch? Wie schön!«, entgegnet Frau Trost, bevor sie wissen will, wie das Werk denn heißen und wovon es handeln soll.

»Der Zeuge«, gibt Luise zur Antwort.

Sie wirft einen Blick auf Irina, die mit zusammengezogenen Brauen an ihrem Ersatzkaffee nippt, und fügt dann ein wenig verlegen hinzu: »Es handelt von einem Baum, einer alten Eiche, die von einem Mordfall erzählt.«

Luise hat beschlossen, die Geschichte von Fritz Freundlich und seinem Denkmal noch einmal zu erzählen und zwar so, wie sie sich wirklich zugetragen hat. Sie will die Wahrheit aufschreiben. Das hat sie sich geschworen, als Irina und sie in jener Februarnacht im Wagen eines Mörders nach Breslau geholpert sind.

Frau Trost schaut etwas skeptisch, doch auf Irinas Lippen breitet sich ein Lächeln aus. Es ist das besondere Lächeln, das Luise so sehr liebt.

»Das wird ein gutes Buch«, sagt Irina, indem sie ihre Tasse auf den Unterteller stellt.

»Lesen Sie uns etwas vor?«, fragt Frau Trost, nachdem sie ihre Skepsis überwunden hat. Luise ziert sich ein wenig, aber nur so lange, bis die Vermieterin ein »Bitte« anfügt. Dann zieht sie die beiden Blätter aus der Tasche, die sie mitgebracht hat. Sie sind auf allen vier Seiten eng mit Bleistift beschrieben.

Weil die Erika in Schlesien zurückgeblieben ist, schreibt Luise von Hand.

So leserlich, wie es halt geht.

Bei den Überschriften hat sie sich besonders viel Mühe gegeben.

Über dem Text, den sie mitgebracht hat, steht in verschnörkelten Großbuchstaben »Endsieg« geschrieben. Es ist das erste Kapitel des Buches oder vielleicht auch sein letztes. Luise hat sich noch nicht entschieden, wo sie es platzieren soll.

Auf jeden Fall ist es das erste, das sie einem Publikum vortragen wird.

»Wir sind ganz Ohr«, sagt Frau Trost mit einem Augenzwinkern an Irinas Adresse. Doch die nimmt das Zwinkern gar nicht wahr. Ihre Augen sind erwartungsvoll auf Luise gerichtet.

Mit einem Mal schlägt Luises Herz so heftig, dass ihr beinahe die Stimme versagt.

»Jetzt machen Sie's nicht so spannend, Luise, Kind«, ermuntert Frau Trost sie.

Da holt Luise tief Luft und beginnt zu lesen.

BARBARA MARTINA STREBEL

ist am Zürichsee geboren und aufgewachsen. Sie studierte Geschichte und Philosophie und war nach ihrem Studium einige Jahre in der Entwicklungszusammenarbeit tätig. 2016 erschien ihr Roman »Zu keiner anderen Zeit« (Ulrike Helmer Verlag). 2007 veröffentlichte sie das Sachbuch »Der Weg ins Paradies ist keine Asphaltstraße« (Orell Füssli) mit Eindrücken aus ihren Einsätzen für Caritas Schweiz in Äthiopien. Seit 2009 arbeitet die Zürcherin als Kaderfrau in der öffentlichen Verwaltung.

Die ersten beiden Strophen des Horst-Wessel-Liedes sind zitiert nach: Daniel Siemens, Horst Wessel: Tod und Verklärung eines Nationalsozialisten, München 2009, S. 80, 83.

Printausgabe gedruckt auf FSC zertifiziertem Frischfaserpapier.

ISBN 978-3-89741-459-4

Originalausgabe

Covergestaltung: Atelier KatarinaS / NL
unter Verwendung eines Fotos von © Javier Romera / photocase.de

Ulrike Helmer Verlag
Blütenweg 29, 64380 Roßdorf b. Darmstadt
info@ulrike-helmer-verlag.de

www.ulrike-helmer-verlag.de